EEN MOOIE DAG
OM TE STERVEN

Van dezelfde auteur:

De derde arm
Kaalslag

STEPHEN SOLOMITA

Een mooie dag om te sterven

Uitgeverij Luitingh ~ Sijthoff

Dit boek is fictief. Namen, personages, plaatsen en gebeurtenissen zijn of ontsproten aan de fantasie van de schrijver, of worden op een fictieve manier gebruikt. Elke overeenkomst met ware gebeurtenissen, plaatsen of personen, levend of dood, is zuiver toeval.

© 1993 Stephen Solomita
Published by arrangement with Otto Penzler Books,
an Imprint of Simon & Schuster
All rights reserved. No part of this book may be reproduced or transmitted in any form or by any means, electronic or mechanical, including photocopying, recording or by any information storage and retrieval system, without permission in writing from the Publisher.
© 1995 Nederlandse vertaling
Uitgeverij Luitingh B.V., Amsterdam
Alle rechten voorbehouden
Oorspronkelijke titel: *A Good Day To Die*
Vertaling: Hugo en Nienke Kuipers
Omslagontwerp: Renée Lawant & Pete Teboskins
Omslagfotografie: Gerhard Jaeger

CIP-GEGEVENS KONINKLIJKE BIBLIOTHEEK, DEN HAAG

Solomita, Stephen

Een mooie dag om te sterven / Stephen Solomita ; [vert. uit het Engels: Hugo Kuipers ... et al.]. – Amsterdam : Luitingh-Sijthoff
Vert. van: A Good Day To Die. – New York : Penzler, 1993.
ISBN 90-245-2285-4
NUGI 331
Trefw.: romans ; vertaald.

voor Paul Goldstein,
nog altijd onderweg

DANKBETUIGING

Ik moet twee vrienden van me bedanken. Jim Appello voor zijn informatie over jagen en Dake Cassen voor het ophalen van herinneringen aan vuurgevechten in Vietnam. Hun hulp en hun geduld hielpen me aan veel cruciale details die *Een mooie dag om te sterven* (naar ik hoop) authentiek maken.

I

Lorraine Cho wist dat het vijf uur was toen Melissa Williams midden in Andy Williams' versie van *Moon River* de radio uitzette. En daar ging die arme Andy, als een zieke koe. *Moeoeoeoeoe... klik.* Melissa zette de radio altijd om vijf uur uit. Al zat de wachtkamer stampvol patiënten die al om drie uur een afspraak hadden. De particuliere kliniek, het Medisch Centrum Brooklyn, was officieel van negen tot vijf uur geopend en dàt, had Melissa meer dan eens tegen Lorraine gezegd, was dàt. Volgens Lorraine Cho was dit een schoolvoorbeeld van een situatie waarin onschuldige slachtoffers de dupe werden. De artsen trokken drieëntwintig minuten voor een patiënt uit. Dat hadden ze afgesproken na een weekendsymposium over *De moderne medische praktijk* in Vail, Colorado, dat door een softwarefabrikant was georganiseerd. Aan het simpele feit dat zij, de artsen, 's morgens meestal tot halftien of tien uur hun ronde liepen in een van de ziekenhuizen waar de kliniek mee samenwerkte, waren ze in hun berekeningen finaal voorbijgegaan. En ook hadden ze er geen moment bij stilgestaan dat ze twee of drie keer per week naar een spoedgeval in het ziekenhuis moesten, waardoor het hele schema overhoop werd gegooid. De heren artsen die eigenaar van de kliniek waren, hadden op dat symposium alles over winstmaximalisering door efficiency-verhoging te horen gekregen. Er was hun bijvoorbeeld verteld dat patiënt nummer drie zich alvast in een onderzoekkamer kon uitkleden, terwijl patiënt nummer twee verzocht werd te kuchen en patiënt nummer één in een plastic bekertje urineerde.

Lorraine wachtte even. Ze deed haar koptelefoon af en liet haar vingers vanaf haar schrijfmachine op haar schoot vallen.

'De inboorlingen zijn onrustig,' fluisterde Melissa.

'Zoals gewoonlijk,' antwoordde Lorraine zonder op te kijken. Ze kon

de patiënten in de wachtkamer horen mompelen, maar ze kon ze niet zien. Ze kon Melissa Williams trouwens ook niet zien. Lorraine Cho was blind.
'Zullen we gaan?'
Lorraine glimlachte. Melissa had haar jasje al aan. 'Ik heb nog een paar rapporten liggen. Ik red me wel.'
'Ik heb liever niet dat je in je eentje naar huis gaat.'
'Het is maar een paar straten.'
Lorraine zuchtte. Deze woordenwisseling was hun vaste ritueel als ze moest overwerken, ondanks het feit dat ze in Lawrence Street woonde, nog geen kwartier lopen van de kliniek vandaan. Ooit had Lorraine geprobeerd Melissa uit te leggen wat het betekende om jezelf te kunnen redden. En dat je anders zo gauw van anderen afhankelijk werd, omdat het zo gemakkelijk was alles voor je te laten regelen. Melissa had alleen maar gesnoven, zoals ze wel vaker deed.
'Meid, je moet Flatbush Avenue over. Die autodebielen hebben schijt aan die zelfredzaamheid van jou.' Weer dat gesnuif, nu nog verachtelijker. 'En dan heb ik het nog niet eens over dat tuig dat overal rondhangt. Die klerelijers zien je lopen en geloof maar niet dat ze dan denken: kijk, wat is die mevrouw zelfredzaam. Nee, het enige dat ze denken is, da's een makkie. En hup, daar smak je tegen de straatstenen en daar gaat je handtas. En misschien willen ze nog meer dan je handtas. Als je snapt wat ik bedoel.'
Lorraine had haar niet tegengesproken. Als ze iemand kende die een goed hart had, was het wel Melissa Williams, al zei die zelf altijd: 'Als zwarte vrouw in een wereld van blanken moet ik wel hard zijn.'
Voor Melissa betekende 'hard zijn' dat ze het Medisch Centrum Brooklyn stipt om vijf uur verliet, ongeacht de hoeveelheid verzekeringsrapporten op haar bureau. De verpleegkundigen en de laboranten konden tot zes of zeven uur blijven werken. Die hadden niet veel keus. Maar het administratief personeel had die verplichting niet. Melissa had een man en twee kinderen die in hun flat aan First Avenue in Manhattan op haar wachtten. Die gingen voor.
Lorraine zat nog een paar minuten naar het zoemen van haar IBM Selectric te luisteren. Ze herinnerde zich hoeveel geduld Melissa Williams had gehad toen ze opdracht had gekregen een blinde typiste op te leiden. Lorraine Cho wist dat ze waarschijnlijk alleen maar in dienst was genomen omdat een van de artsen spontaan had besloten 'haar

een kans te geven', maar voor Melissa Williams betekende Lorraines 'kans' dat ze haar maandenlang in alle rust alles moest uitleggen en haar fouten in de medische rapporten moest corrigeren.

Lorraine had grote moeite gehad het onbekende jargon te leren dat uit de koptelefoon van haar dictafoon kwam. Toch was dat nog maar één van de obstakels geweest die ze had moeten overwinnen sinds ze vijf jaar geleden met haar auto in volle vaart tegen een betonnen zuil in Roosevelt Avenue was gereden, nadat ze op een gezellig avondje bij haar vriendin te veel gedronken had.

De pijn was nog het gemakkelijkst geweest. In het begin werd ze zo door de pijn beheerst dat ze niet aan 'haar toestand', zoals haar moeder het noemde, had gedacht. Zolang haar gezicht in het verband zat, kon ze zich inbeelden dat het daardoor kwam. En dat dokter Marren op een dag het verband voorzichtig zou weghalen waarna ze een strakblauwe hemel met opwiekende duiven zou zien. Net als in de film. Het feit was dat ze helemaal geen ogen had. (Zonder plastische chirurgie, besefte ze later, zou ze niet eens een gezicht hebben gehad.) Maar het gekke was dat die fantasie zich niet liet verdrijven, zelfs niet toen het verband eraf was, zelfs niet toen ze minder Demerol ging slikken, zelfs niet toen ze weer bij haar ouders thuis in Kew Gardens woonde.

Organiseren en onthouden. Een plaats voor alles en alles op zijn plaats. Het duurde maanden voor ze het onder de knie had. Toen kon ze eindelijk van de keuken naar de slaapkamer gaan zonder haar schenen te stoten aan de hoek van het bijzettafeltje. Of haar tanden poetsen zonder de tandpasta en het plastic bekertje op de vloer te laten kletteren.

Het was een enorme opgave geweest om dat kleine stukje van de wereld, die zeskamerflat van haar ouders, in haar hoofd te prenten. Maar toen het eenmaal gelukt was, kon Lorraine tot rust komen en na al die pijn en onzekerheid eindelijk in veiligheid en geborgenheid leven.

En waarom zou ze ook niet? Haar ouders steunden haar in alle opzichten. Steunden en beschermden haar. 'We zullen er altijd voor je zijn,' zeiden ze keer op keer. 'Je hoeft je nergens zorgen over te maken.'

De blindenbibliotheek stuurde haar boeken op de band – stuurde ze gratis, zoals ook de ziende brailleleraar gratis was. Als ze frisse lucht wilde, hoefde ze alleen maar het balkon op te stappen en diep adem te halen. Zeker, de televisie zei haar niets, maar de Newyorkse radiokanalen op FM en middengolf zaten vol met stations die alle soorten mu-

ziek aanboden, en praatprogramma's, en religieuze uitzendingen, stations met vierentwintig uur per dag nieuws... Waarom zou ze ergens heen gaan? Wat had dat voor zin? Zeker, als je niemand had om voor je te zorgen, om de boodschappen te doen, het eten klaar te maken, het huis schoon te maken, de was te doen... dan moest je je wel in die donkere en gevaarlijke wereld wagen. De wereld die je blind had gemaakt. Maar zij verkeerde niet in die positie. Haar vader was een ingenieur met een uitstekende baan. Voor Lorraine Cho zou geld nooit een probleem zijn.
Wat ik toen deed, besefte ze veel later, was me mee laten drijven als een pluisje in langzaam stromend water. Ik verwachtte toen nog steeds dat ik ooit weer zou kunnen zien. Ik wachtte nog steeds op genezing.
Tien maanden nadat ze het ziekenhuis had verlaten, gebeurde er iets waardoor haar leven veranderde. Haar vader was naar zijn werk en haar moeder was boodschappen doen. Ze stak haar hand in de koelkast om een blikje cola te pakken en toen viel er ineens een fles grapefruitsap op de vloer kapot. Eerst was ze woedend. Sapflessen moesten op de linkerkant van het bovenste plankje staan, niet in het midden. Hoe konden ze zo stom zijn? Wisten ze dan niet dat ze blind was?
Het duurde een volle minuut voordat Lorraine besefte dat ze met blote voeten op een vloer met glasscherven stond. Het zou nog uren duren voor haar moeder terug was en ze kon geen buurvrouw bellen, want ze kon niet bij de telefoon. Ze zou dit zelf moeten oplossen.
Het eerste dat ze deed was op haar hurken gaan zitten en glasscherven van haar voeten vegen. Het lag voor de hand om daar te beginnen, en het laatste dat ze verwachtte, vechtend tegen haar woede en paniek, was dat ze nu een ander mens zou worden. Toen haar vingertoppen daar over de linoleumvloer streken, was ze zich opeens bewust van een gevoeligheid die verder ging dan alles wat ze ooit had gedroomd. Haar vingers leefden; ze tastten de vloer af alsof ze ogen hadden. Alsof zíj ogen had. Ze kon de scherpste stukjes glas oppakken alsof ze zich niet druk hoefde te maken om haar veiligheid. Die puntige scherven waren niet gevaarlijker dan schuimpjes.
Ze maakte wat ruimte rond haar voeten, liet zich op haar knieën zakken en werkte zich over de keukenvloer naar de bezemkast. Ze nam een plastic stoffer en blik en begon de vloer systematisch van glas te ontdoen. Met de gevoeligheid van een minnares die de huid van haar

geliefde streelt, veegde ze de scherven in het blik. De uiterste concentratie waarmee ze de gewaarwordingen via haar vingertoppen verwerkte, verdreef alle andere gedachten uit haar hoofd.

Toen ze klaar was, toen ze het blik in de pedaalemmer bij het fornuis had geleegd, was het net of er een uitstraling van allerlei emoties om haar lichaam heen hing, als een halo om het hoofd van een middeleeuwse heilige. Diep onder de indruk bleef ze nog een tijdje op de vloer zitten. Toen stond ze op en ging naar de badkamer.

Nog steeds verbijsterd kleedde ze zich uit, draaide de kraan open, zorgde dat het water de juiste temperatuur had en stapte onder de douche. Toen het water tegen haar gezicht en borst sloeg, was het of de gevoeligheid zich vanuit haar vingers naar iedere cel van haar lichaam had verspreid. Ze was zich intens bewust van het water dat tegen haar huid sloeg, van de stroompjes over haar ribben en dijen, van de damp die rond haar lichaam opsteeg. Ze hoorde druppels in het bad vallen, hoorde ze boven het harde sissen van de douchekop uit.

Het was een wonder. En het was ook onmogelijk. Natuurlijk had ze wel eens gehoord dat mensen die blind waren veel meer aan hun andere zintuigen hadden dan niet-blinden. Dat zou een soort compensatie zijn. Maar als dat zo was, waar was die extra gevoeligheid dan al die tijd geweest? En nog belangrijker: wat zou ze doen als die bijzondere opmerkzaamheid plotseling verdween?

Maar dat gebeurde niet. Zeker, na verloop van tijd verdwenen haar opwinding en emotie. Ze raakte gewend aan haar nieuwe talenten, die steeds groter werden. Binnen een maand kon ze mensen aan het geluid en het ritme van hun ademhaling herkennen. Binnen twee maanden wist ze bij het binnengaan van een kamer onmiddellijk of daar mensen waren, al hielden ze zich muisstil. Na vijf maanden verwisselde ze de flat van haar ouders in Kew Gardens voor een woongroep van blinden en begon ze zich te bezinnen op de rest van haar leven.

'Nou, dan ga ik. Weet je zeker dat je je kunt redden?'

Melissa's stem bracht Lorraine met een schok tot de realiteit terug.

'Natuurlijk wel, Melissa. Ik ga verder met mijn werk.'

Ze wachtte even tot ze Melissa's voetstappen niet meer hoorde, zette haar koptelefoon op en drukte op de voetpedaal van de dictafoon.

Focale regio van afgenomen echogeneciteit in de punt van de milt. Differentiële diagnose omvat artefact vs. spleno-infarct of tumor. Splenomegalie. Cho-

lelithiasis. Flebolieten vs. distale urethrale calculi aan weerskanten van het bekken.

Ze werkte nog zo'n twintig minuten. Typen ging vanzelf, al was dat niet altijd zo geweest. In het begin had haar leraar haar achter een oude Smith-Corona gezet en gezegd: 'Als je kon typen toen je nog kon zien, kun je nu ook typen. Vooruit.'
Maar ze kon het niet. In het begin niet. Wat haar zo ergerde, was dat ze haar eigen werk niet kon controleren. Als ze een fout maakte, merkte ze dat niet, en daardoor aarzelde ze en maakte ze fouten. Pas toen John met haar naar de huiskamer ging en haar een paar stukken uit zijn George Shearing-collectie liet horen, begreep ze het eindelijk. Shearing was een blinde pianist en toch sloeg hij nooit een verkeerde toets aan. In zekere zin had hij het nog moeilijker dan zij, want als George Shearing een fout maakte, wist hij dat zelf. En het publiek ook.
Waar het haar aan ontbrak, had ze beseft, was zelfvertrouwen, en de beste manier om dat te verwerven was maar een eind weg te hameren op de toetsen, als een peuter die zorgeloos een stapel blokken op elkaar zet. In het begin eiste ze dat John Tufaro haar werk nakeek, maar na een paar weken merkte ze dat ze wist wanneer ze een fout maakte. De vingertoppen die haar over een vloer met glasscherven hadden geleid, konden het verschil voelen tussen een *l* en een puntkomma, al sloegen ze soms de verkeerde toets aan.
Ze wist niet precies hoe ze die dingen registreerde, maar dat deed er eigenlijk ook niet toe. Waar het om ging, was dat ze weer kon typen en dat ze een stap verder was op de weg naar zelfredzaamheid. Een weg die van een autowrak naar een ziekenhuisbed en naar een flat in Queens leidde, en naar een woongroep en naar een...
Ze had geen duidelijk omschreven beeld van de volgende stap, maar ze was er zeker van dat iedere voorafgaande stap een vooruitgang was, en zolang ze maar vooruit bleef gaan, was ze op de goede weg.
Een halfuur later zette Lorraine Cho haar IBM af. Het was stil in de wachtkamer. Dat betekende dat de laatste patiënt in een van de hokjes was verdwenen die als onderzoekkamer fungeerden. Ze zat een ogenblik van de stilte te genieten, schoof toen haar stoel van het bureau vandaan, pakte haar lange witte stok en stond op. Nadat ze zonder aarzelen naar de personeelskast was gelopen, nam ze haar wollen jas en

trok hem aan. Er heerste een koudegolf in New York en het kon toch al gauw een halfuur duren voor ze thuis zou zijn. Per slot van rekening moest ze Flatbush Avenue oversteken.

Lorraine bewoog zich vlug door de wachtkamer. Ze tastte de vloer met geoefend gemak af. Dit territorium kende ze goed, maar het was altijd mogelijk dat een patiënt iets had achtergelaten, een stoel had verplaatst of een tijdschrift op de vloer had laten vallen. (Op zo'n tijdschrift stappen was net zoiets als je plotseling op glad ijs begeven.) Maar op weg naar buiten kwam ze niets tegen dat niet was zoals het hoorde.

Een gure wind sloeg haar in het gezicht, maar in plaats van weg te duiken in de kraag van haar jas zette ze haar neusgaten wijdopen en zoog ze de zuivere, koude lucht in. Ondanks de vijf graden onder nul en de ijzige windvlagen voelde ze de warmte van de zon. Het was een heerlijke mengeling.

Ze liep naar de hoek van Flatbush Avenue en Willoughby Street en bleef bij het mechanisme staan dat de verkeerslichten regelde. Het probleem van Flatbush Avenue was dat de acht rijstroken allemaal rechtstreeks naar de Manhattan Bridge leidden. Op een werkdag om zes uur zat die weg altijd in beide richtingen vol met auto's, bumper aan bumper. Vaak gingen die auto's nog gauw het kruispunt op als het licht op rood sprong, zodat Lorraine, al hoorde ze het licht van groen via oranje op rood springen, nooit zeker wist of ze veilig kon oversteken. Ook wist ze niet zeker of automobilisten die van Willoughby Street kwamen en Flatbush Avenue in reden haar voorrang zouden geven, zoals hun plicht was. In New York verkeerden voetgangers en automobilisten in een voortdurende staat van oorlog, iets waarvan ze altijd graag gebruik had gemaakt toen ze nog kon zien. Toen was ze, zoals het een echte Newyorker betaamde, vaak door rood licht gereden, zonder zich al te veel van voetgangers aan te trekken.

Nu moest ze daar de prijs voor betalen. En dat kon op maar één manier. Een manier waardoor de kans op lichamelijk letsel erg klein werd. Lorraine liep naar de trottoirband, bleef roerloos staan en wachtte tot een bereidwillige voorbijganger haar te hulp kwam. Er werkte meestal een verkeersagent op dit kruispunt, een zekere Joe, die haar altijd naar de overkant hielp. Jammer genoeg had Joe nu geen dienst. Lorraine wist dat hij er niet was, want Joe blies altijd op zijn fluitje en hield het verkeer tegen als het licht versprong. Lorraine rook de stank van benzine- en dieseldampen, hoorde het dierlijk gebrul van bussen die zich in beweging zetten en het agressieve koor van auto's die elkaar met hun claxon de voorrang betwistten. Maar er was geen politiefluitje.

Op een dag, besloot ze, zou ze Joe moeten vragen waarom hij niet iedere werkdag op dit uur dienst had. Het kon niets met de verkeersdrukte te maken hebben. Die drukte was recht evenredig met het aantal loeiende claxons. Hoe meer de automobilisten zich ergerden, des te harder klonk de claxonsymfonie. Vanavond hoorde ze Tsjaikovski's kanonnades.

'Kan ik u helpen, mevrouw?'

Lorraine glimlachte, blij dat ze een stem hoorde, vooral een vrouwenstem. Dat was ook iets waar Melissa gelijk in had. De griezels die op zoek naar een prooi door de straten van New York slopen, zouden zich niets aantrekken van Lorraines blindheid en ook niets van de ziende ogen van mogelijke getuigen. Ze was het slachtoffer bij uitstek, rijp voor een beroving, en het enige verrassende was dat ze nog nooit was aangevallen. Kwetsbaarheid was de prijs van de zelfredzaamheid; daar kun je niet omheen.

'Dat zou ik echt op prijs stellen,' antwoordde Lorraine. Ze maakte een gebaar in de richting van de onzichtbare auto's. 'Ik geloof niet dat ze voor me willen stoppen. Of voor wat dan ook.'

'Nou, ik doe dit voor het eerst. Als u me zegt wat ik moet doen, zal ik u graag helpen.'

Lorraine luisterde aandachtig. Ze kon horen wat voor een vrouw het was. Het accent klonk zuidelijk, de stem was jong maar serieus en de woorden waren op een vreemde manier van elkaar gescheiden. *Nou, ik doe dit... voor het eerst. Als u... me zegt... wat ik moet doen... zal ik u... graag helpen.*

'Mag ik uw linkerarm vasthouden? En dan normaal lopen.'

'Goed.' Toen de vrouw om haar heen liep, ving Lorraine een zweem van een eau de toilette met een bloemengeur op. Seringen overheersten, maar er waren ook andere geuren. Die geur versterkte Lorraines indruk dat de vrouw van buiten de stad kwam. Seringen rook je in New York niet veel. 'Zijn er gaten in de weg?' vroeg Lorraine.

'Nou, de weg is nogal slecht, maar dat geldt toch voor alle straten in New York? Er is een werkploeg – ik geloof van de telefoon – aan de

overkant bezig, maar daar kunnen we omheen. Zullen we?'
Lorraine pakte de arm van de vrouw vast, voelde dat het een slanke maar tamelijk gespierde arm was.
'Ik had vroeger een tante,' zei de vrouw toen ze van het trottoir af stapten, 'die blind was. Maar dat was in Atherton in Mississippi. Die had daar vast niet dit soort straten. En alle mensen kenden haar en bleven staan om haar te helpen. Ik vind het verschrikkelijk dat u in uw eentje over straat moet. Maar is dat niet typisch iets voor New York? Alles is hier zo koud. Waar ik vandaan kom, geven de mensen om elkaar.'
Lorraine luisterde met maar een half oor naar het gebabbel van haar barmhartige Samaritaanse, want ze concentreerde zich op het oversteken. Uit bittere ervaring wist ze dat kleine onvolkomenheden in het wegdek, hobbels die een ziende mens niet eens zou opmerken, haar ten val konden brengen. En als het op grotere obstakels aankwam, kon ze ook niet helemaal op het oordeel van haar weldoenster vertrouwen. Zo had een goedbedoelende vreemde haar een keer tegen de uitlaat van een kleine vrachtwagen op laten lopen. Door de botsing en de diepe brandwond had ze zich bijna een week alleen strompelend kunnen voortbewegen.
'Nog een paar stappen, mevrouw, en dan zijn we aan de overkant. We moeten nog om een busje heen.'
Lorraine stak haar linkerarm uit om de afstand tussen haarzelf en het busje te schatten. Ze wilde de vrouw niet beledigen, maar ze kon de motor van het busje horen draaien en wist dat ze erg dichtbij was.
Haar arm tastte in de lege ruimte en het duurde even voor ze besefte dat de achterdeuren van het busje open stonden. Toen greep iemand haar pols vast en rukte haar naar voren. Ze vloog het busje in en stootte met haar knieën tegen de bumper.
'Dichtgooien en rijden. Vlug.' Een mannenstem, gespannen en ongeduldig, gevolgd door dichtslaande autodeuren en een vuist die tegen de zijkant van haar hoofd sloeg. 'Hou je bek, trut. Hou goddomme je bek.'
Ze reageerde niet. De gedachten tolden zo snel door haar hoofd dat ze geen antwoord kon bedenken, al was ze zich bewust van alles. Bewust van de geur van houtrook en pijptabak die om de man heen hing. Van de plotselinge rukbeweging toen het busje wegreed. Van de schelle lach van haar weldoenster. Van de hand die de man in haar kruis stak.

Van zijn vinger die tegen de glazen bollen drukten die haar oogkassen vulden.
'Verrek, baby, dit is er eentje om te houden. Een spleetoogje met puike tieten en zonder ogen. Eentje om te houden!'

2

Toen mijn verlosser kwam opdagen, kaarsrecht in haar gesteven uniform, was ik de waanzin al nabij. Vanaf de kansel zeiden ze altijd dat de verlossing een visioen van licht is, begraven in de onzichtbare diepten van je meest duistere ogenblikken. Inspecteur Vanessa Bouton voldeed niet aan dat beeld. Mahoniezwarte huid, kort en zorgvuldig gestyled zwart haar, de bruine ogen ver uit elkaar – allesbehalve een ranke engel die uit een zwarte wolk nederdaalde. Niettemin is het een feit dat Vanessa Bouton mijn stumperige hachje heeft gered.
'Roland Means?' zei ze. 'Rechercheur Roland Means?'
Ik stond op dat moment achter een werkbank in het ballistisch lab en tuurde door een microscoop naar een paar kogelhulzen, kaliber .22. Ik vergeleek die hulzen om te kijken of ze uit hetzelfde wapen kwamen.
Dat is niet de leukste manier om je werkdag door te brengen. Zeker niet voor een straatsmeris, want dat was ik altijd geweest en wilde ik altijd blijven. De sporen op zo'n huls zijn niet meer dan krasjes. Krasjes gemaakt door het schuifmechanisme van een semi-automatisch wapen, wanneer het laadt en hulzen uitwerpt. Officieel zijn die sporen allemaal verschillend, net als vingerafdrukken. Nou, ik heb ook nooit een hoge pet opgehad van vingerafdrukken.
Nu ga ik een beetje te ver. De ballistiek is een wetenschap, en de weinige keren dat ik twee identieke hulzen had, sprongen die krasjes opeens te voorschijn als een korhoen dat uit de struiken komt. Hoeveel uren ik ook in het bos zat (of door een microscoop tuurde), ik was er nooit klaar voor.
Het enige probleem was dat ik bijna de hele tijd aan het zoeken was.
'Haal deze .45 eens door het archief, rechercheur. We denken dat hij bij een overval is gebruikt.'
Ik maakte dan eerst microfoto's van de groeven in de loop, van de uitwerper, van de slagpinsporen. Vervolgens ging ik naar het archief en haalde daar foto's uit van kogels die uit lijken waren verwijderd. Het

kaliber maakte het zoeken natuurlijk iets gemakkelijker, maar toch was het vooral vissen. Een of andere rechercheur (meestal een inspecteur of hoger) pakt een crimineel een wapen af en denkt dat hij een held wordt als hij met behulp van de ballistische jongens kans ziet er een moordzaak van te maken.

Het trieste is dat het allemaal ook met een computer te doen zou zijn. Ook vingerafdrukken. De computer leest een foto in en gaat op zoek naar een soortgelijk exemplaar. Je kunt je systeem zelfs aan NCIC koppelen, de geheugenbank van de FBI. Jammer genoeg maakt het politiekorps van New York geen gebruik van computers. Het korps maakt gebruik van sukkels als ik, die uren achtereen naar dia's zitten te turen.

Ik moet niet overdrijven. De meeste smerissen die ik bij Ballistiek ben tegengekomen, waren blij dat ze daar zaten. Je had regelmatige werktijden en je hoefde niet bang te zijn dat je overhoop werd geknald. Of dat je een loden pijp in je nek kreeg, of een mes tussen je ribben, of dat je achteraf last kreeg met een of andere kantoorpik, als je iets deed om te voorkomen dat het bovenstaande zou gebeuren. Nee, voor de meeste smerissen die op een van de politielaboratoria werkten, of in een team zaten dat onderzoek deed op plaatsen waar een misdrijf was gepleegd, was het prachtig werk. (Op zijn minst. Op zijn meest was het een carrière die volgens microscopisch nauwkeurige maatstaven vastlag.)

Voor mij daarentegen waren de tien maanden die ik in het lab had doorgebracht een straf. Het korps wilde me met alle geweld van de straat hebben.

'Rechercheur Means?' Haar stem klonk autoritair (een kwestie van gewoonte, denk ik), maar haar ogen keken onderzoekend. Ze probeerde te ontdekken wat ik precies voor iemand was.

Ik was die reactie wel gewend. Sinds ik meer dan vijftien jaar geleden uit het plaatsje Paris in de staat New York was weggegaan, maakte ik vaak mee dat mensen op die manier naar me keken. Mijn vader was een volbloed Indiaan, een Cherokee met een onduidelijke levensweg maar een duidelijke voorkeur voor alcohol. Mijn moeder was Schots-Iers en ook aan de drank. Op de een of andere manier zijn ze getrouwd en kregen ze een kind. (Of zijn ze getrouwd omdàt ze een kind kregen?) Ongeveer een maand nadat mijn moeder was bevallen, schijnt mijn vader bekeerd te zijn door een rondtrekkende prediker van de pinksterbeweging. Pa bleef nog een maand of zes hangen en deed zijn best om ook die goeie ouwe mam te bekeren, maar uiteindelijk gaf hij dat op en ging naar het westen om zich bij zijn volk aan te sluiten. Daarna heeft niemand in het plaatsje Paris hem ooit nog gezien.

Het eindresultaat van die kortstondige vereniging (ikzelf dus) was geen mengeling van de rassen, maar bestond uit stukjes van een genetische puzzel die samen een gezicht vormden. Ik heb het gitzwarte haar, de smalle zwarte ogen, de hoge jukbeenderen en het voorhoofd van mijn vader. Mams bijdrage bestaat uit een mopsneus, dunne lippen en een ferme Ierse kin. Alleen mijn huid zelf, licht ivoorgeel, zou een indicatie van een echte verbintenis kunnen zijn.

Nee, inspecteur Vanessa Boutons onderzoekende gezicht was niets nieuws voor mij. Mensen waren geneigd me als een soort half-Aziaat te zien, maar met mijn een meter vijfentachtig en vijfennegentig kilo was ik te lang en te zwaargebouwd om aan dat stereotype te voldoen.

'Wat kan ik voor u doen, inspecteur...'
'Bouton. Vanessa Bouton. Jij bènt Roland Means.'
'Jazeker.'
'Laten we ergens gaan zitten.'

Ze ging met me naar het kantoortje van adjunct-inspecteur Flynn. Flynn was nergens te bekennen, wat laat op de middag niet zo bijzonder was, want hij had altijd wel een of ander excuus om het lab voor een bar te verwisselen.

'Ga zitten, Roland.'
Ik ging zitten en zag dat Vanessa Boutons rug, ook nu ze zat, nog even recht en onbuigzaam was als toen ze stond.
'Hoe lang ben je al bij de politie?' Ze keek nu niet meer zo onderzoekend. Haar ogen waren hard en indringend. Zoals het een inspecteur tegenover een derderangs klojo betaamt.
'Ruim achttien jaar.' Ik sprak nonchalant. Het kon me niet zoveel schelen wat ze wilde, als ik maar weg kon uit die ballistische doolhof.
'En hoe lang ben je rechercheur geweest?'
'Negen jaar.' Het gouden plaatje was al mijn ambitie geweest voordat ik toelatingsexamen voor de politie had gedaan.
'Je deed er niet lang over om in de problemen te komen.'
'Problemen, inspecteur?'
'Lul niet, Means. Ik heb geen tijd voor dat gezeik.'
Was die woordkeuze haar manier om me te laten weten dat ze geen

stijve bureaucraat was die alles volgens het boekje deed? Ik had er mijn linkerbal wel onder willen verwedden dat ze bij de eerste de beste gelegenheid van de straat af was gegaan. Dat ze nog geen dode junk in het lijkenhuis kon schaduwen. Dat ze in geen tien jaar iemand had gearresteerd, tenzij ze andermans arrestant had ingepikt.

'Ik weet niet wat je bedoelt,' hield ik vol. 'Ik heb drie eervolle vermeldingen en geen berispingen. In 1989 ben ik voorgedragen voor Rechercheur van het Jaar.' Toegegeven: ik glimlachte toen ik dat zei.

Bouton bleef me nog even aankijken. Als je die houding van haar even buiten beschouwing liet, had ze zachte gelaatstrekken. Brede neus, volle lippen, ronde wangen, grote vochtige ogen. In een ander leven zou ze misschien wel moederlijk zijn geweest. In dit leven was ze vastbesloten om nog onsympathieker over te komen dan een sergeant-majoor met voetschimmel.

'Jij hebt een man gedóód.'

'Een man. Bedoel je geen beest? Voor zover ik weet vindt het korps het niet erg als je beesten doodmaakt. Zeker beesten met een pistool in hun poot.'

'Je hebt hem met een mes gedood.'

Het probleem was dat ik niet wist welk antwoord ze van me verwachtte. De feiten waren vastgesteld door zo'n onderzoekscommissie die aan het werk gaat als er een burger is omgekomen. Ik had tegenover een pooier gestaan en hij had een pistool tegen mijn borst gedrukt. Omdat ik met mijn armen omhoog stond, had ik maar één wapen tot mijn beschikking gehad en dat was een plastic mes, een dolk, in mijn mouw. Het was het beste mes om me te verdedigen dat ik ooit heb gehad, en ik was goed kwaad geweest toen de commissie het achterhield. Ik had nog nooit een plastic mes gezien voordat ik dat ding van een straatjunk had afgepakt. Het woog praktisch niks en toch was het scherp genoeg om rondjes uit een stuk krantepapier te snijden. Een perfecte, kleine, tweesnijdende dolk die ik mis tot op de dag van vandaag.

Die pooier had me ter plekke overhoop moeten knallen. (Daar had hij reden genoeg voor; ik liep hem al maanden voor de voeten.) Maar hij haalde de trekker niet meteen over. Hij moest zo nodig de bink uithangen. Wat hij deed, was opscheppen dat ik een stuk stront was dat hij van zijn schoen moest schrapen. Wat ìk deed, was met de vingers van mijn rechterhand dat mes pakken en zijn pistool met mijn linkerhand

opzij duwen terwijl ik het lemmet over zijn keel trok. Hij stond daar nog even zijn bloed over mijn Evan Picone-jasje te pompen en ging toen als een blok tegen de straatstenen – met, kan ik tot mijn genoegen zeggen – zijn Glock 9 mm in mijn hand.
(Niet dat ik mezelf een held wil noemen. Er zat helemaal geen risico aan vast. Die klootzak had twee fouten gemaakt. Niet alleen was hij te dichtbij gekomen, hij had mij ook de eerste zet laten doen. Hij kon de trekker níet hebben overgehaald voordat ik zijn hand raakte. Daar twijfelde ik op dat moment niet aan. Ook nu twijfelde ik daar niet aan. Om hem koud te maken had ik maar één ding nodig gehad: het zelfvertrouwen om het zonder aarzeling te kunnen doen.)
'Hoezo, inspecteur? Die moord is onderzocht en ik ben van blaam gezuiverd.'
'Ik moet weten of jij een doodgewone fanatiekeling bent of een echte psychoot. Het korps heeft je van de straat gehaald omdat dat niet duidelijk was.'
'Wil je het waterdichte bewijs? Dat kan ik niet leveren. Wil je daarentegen sterke aanwijzingen, dan moet je naar de afgelopen tien maanden kijken. Ik was hier iedere morgen op tijd. Ik tuurde door een microscoop tot mijn ogen er scheel van stonden. En nooit klagen. Nóóit. Ik weet dat ik hier op proef ben, inspecteur. Ik ben niet achterlijk. Maar toch moet ik vragen of ik iets kan doen om het goed te maken.'
Ik wierp haar een felle blik toe om een beetje verontwaardiging te tonen. Hopelijk zou ze daarvoor vallen. In werkelijkheid had ik zelf sterk de indruk dat het Newyorkse politiekorps er stukken verstandiger aan deed als ze me lieten zitten waar ik zat. Ik was nu eenmaal geen teamspeler en zou dat nooit worden ook. Wat ik van een baan bij de politie verlangde, had erg weinig met salaris en pensioen te maken. Ik voelde me net een jachtopziener die probeert uit te leggen hoe er buiten het seizoen een hert in zijn kofferbak terecht is gekomen.
'Het was niet de eerste keer, hè?' Haar gezichtsuitdrukking veranderde niet. Die verdomde het om te veranderen. Reken maar dat ze me niet zou loslaten voordat ze antwoord op haar vraag had. Ik heb heel wat politieofficieren gekend die deden alsof ze keihard waren omdat ze dachten dat het van ze verwacht werd. Vanessa Bouton, inspecteur, politiekorps New York, deed niet alsof.
'De eerste keer?'

'De eerste keer dat je iemand dóódde. Als ik het goed heb, was je nog geüniformeerd toen het de eerste keer gebeurde.'
Die opmerking beloonde ik met een glimlach. 'De eerste keer was lang voordat ik bij het korps kwam, inspecteur. In een land dat Vietnam heet. Moet ik daarover vertellen?'
'Hoeft niet.'
'Hoeft dat niet? Hé, je bedoelt dat ik een fanatiekeling ben? Dat ik in mijn eigen tijd aan het werk was terwijl ik ook gezellig met mijn maatjes bier had kunnen hijsen? In zo'n kroeg waar allemaal smerissen komen, met zo'n belegen mokkel dat op uniformen geilt tegen me aan? Volgens mij was het juist daarom dat ze me hebben gevraagd om bij de recherche te komen. Dat leverde me die aanbevelingen op waar jij niet over wilt praten. En ik zal je nog wat anders vertellen, inspecteur. Ik word nooit het soort smeris die zijn uren draait en dan naar huis gaat. Nooit. Dan neem ik nog liever mijn ontslag.'
Plotseling walgde ik van mezelf. Waarom zat ik me daar in te likken bij die kantoortrut? Door een donkere gang in een leegstaande huurkazerne in de South Bronx sluipen was in de ogen van inspecteur Vanessa Bouton het politie-equivalent van uit een helikopter springen zonder parachute. Voor mij daarentegen was het de ultieme superkick.
'Wat weet je van King Thong?'
Dat kwam onverwachts. Ik barstte in lachen uit en lachte gewoon door toen ik Vanessa Bouton met een strak gezicht zag terugkijken. Ik weet niet van welk roddelblad de nieuwste Newyorkse seriemoordenaar die naam had gekregen. (Indertijd had ik het ongelooflijk tactloos gevonden, zelfs voor Newyorkse begrippen. Later hoorde ik dat journalisten in Seattle de slachtoffers van Ted Bundy de namen Miss Maart, Miss April, Miss Mei enzovoort hadden gegeven.) In ieder geval was King Thong het grootste deel van het afgelopen jaar bezig geweest mannelijke prostitués te vermoorden en te verminken. Hij had zijn bijnaam gekregen doordat hij een smalle strook leer, een 'thong', om de penis van zijn slachtoffers had getrokken, waarna hij de uiteinden om het middel van het slachtoffer bond, zodat het leek of de dode een permanente erectie had. De roddelpers en de alternatieve weekbladen (vooral de *Soho Spirit*) hadden van het begin af een zekere bizarre humor in hun verslaggeving gestopt. Het feit dat ieder slachtoffer een homo èn een prostitué was, zorgde ervoor dat die journalisten (in elk geval volgens henzelf) niet zoveel medelijden hoefden te hebben, maar aan de

humor was abrupt een eind gekomen toen de *Spirit* een cartoon publiceerde waarin een lange strook leer om het Empire State Building was geslagen. Het bijschrift 'Thong leeft' deed de deur dicht. De volgende morgen stonden er tweeduizend demonstranten voor het hoofdkantoor van de *Spirit*.

'Sorry.' Plichtsgetrouw veegde ik de grijns van mijn gezicht. 'Daarmee verraste je me.'

'Vind jij moord altijd zo grappig, Means?'

'Niet altijd. Maar ja, niet elke moordenaar krijgt een naam als "King Thong".'

Vanessa Bouton kon nu eindelijk een glimlachje opbrengen. Ze grinnikte een beetje. 'Het mooiste is nog,' zei ze, 'dat we dat van dat leer eigenlijk hadden willen achterhouden. Iemand van de speciale eenheid heeft het laten uitlekken.'

Ik knikte begrijpend. Rechercheurs houden vaak bijzonderheden achter om later te kunnen nagaan of een bekentenis afkomstig was van de echte moordenaar of van een of andere maniak – zoals ze ook vaak informatie verstrekten aan hun favoriete verslaggevers, al riepen ze altijd dat ze de pest aan de media hadden.

'Om je de waarheid te zeggen, inspecteur, weet ik niet meer van die seriemoordenaar dan wat er in de kranten heeft gestaan.'

En meer wilde ik er ook niet van weten. Moorden waarbij dader en slachtoffer elkaar niet hebben gekend, zijn het ergste wat je als rechercheur kunt hebben. Waar kun je beginnen? Elke rechercheur krijgt wel eens een professionele moord, en ik was daar geen uitzondering op. Na een tijdje werd ik er bang voor, want ik wist dat ik er nooit een zou oplossen. Niet één.

Toch moest ik de procedure afwerken. Moest ik al het bewijsmateriaal dat ik vond naar de laboratoria sturen. Moest ik de buurtbewoners vragen of ze iets hadden gehoord. Moest ik steeds weer mijn DD5's indienen. NR, NR, NR. Negatief Resultaat. Altijd.

Als het op seriemoordenaars aankomt, kun je op diezelfde frustratie rekenen, maar dan vermenigvuldigd met een factor tienduizend. De media stampen de simpele waarheid er dagelijks bij het publiek in: geen verdachten, geen sporen, helemaal niks. En dat terwijl er onvoorstelbare speciale eenheden van zeshonderd man in het leven zijn geroepen, die op hun beurt duizenden kilo's nutteloos papier voortbrengen.

'Je kent niemand van de speciale eenheid? Helemaal niemand?'
'Ik ga in mijn vrije tijd niet met andere smerissen om.'
'In je vrije tijd? Ik heb me laten vertellen dat jij vierentwintig uur per dag politieman bent. Is het waar dat je, toen je nog geüniformeerd was, met de metro ging om rovers te betrappen?'
'Ik probeerde in de metro rovers te betrappen voordat ik bij de politie ging.' Ik boog glimlachend naar voren. 'Om je de waarheid te zeggen, inspecteur, dat is de reden waarom ik bij de politie ben gegaan.'
Nu was het haar beurt om zich op haar stoel voorover te buigen. Ze ging daarmee door tot haar gezicht nog maar een paar centimeter van het mijne verwijderd was. 'Hoor eens, miezerig huftertje, als jij denkt dat je me kunt intimideren, heb je het mis. Nou, ga eens achterover zitten en probeer je hersens te gebruiken in plaats van je hormonen.'
'Volgens mij was dat mijn tekst.'
Een patstelling. Maar niet zo onplezierig.
'Hou je van dat soort uitsmijters, rechercheur?' vroeg ze zonder op mijn gevatte opmerking in te gaan.
'Alleen als ik niet degene ben die eruit gesmeten wordt.'
'De slachtoffers van King Thong waren níet willekeurig gekozen. Het waren geen seriemoorden zoals wij ze gewend zijn. Het was niet iets seksueels, niet het werk van een psychopaat. Een van de moorden had een doodgewoon, begrijpelijk motief. De rest is gepleegd om die ene moord te camoufleren.'
Nu had ze mijn aandacht. De Thong-moorden waren meer dan een jaar geleden begonnen. Een moord per maand, zeven maanden lang, en toen niets meer. Het korps had in zijn oneindige wijsheid geprobeerd de eerste drie onder het tapijt te vegen. Ze waren aan Moordzaken overgegeven alsof het routinezaken waren. Toen had iemand de feiten laten uitlekken naar een CBS-verslaggever die nauwe banden onderhield met de grote homogemeenschap van New York. Die grote gemeenschap had gereageerd met een georganiseerde woede zoals die sinds de hoogtijdagen van het Vietnam-protesttijdperk niet meer was vertoond.
En waarom ook niet? Hoe konden homo's, geteisterd door een ziekte die aids heette, belaagd door agressieve troepen dolgedraaide tieners, de reactie van het Newyorkse politiekorps als iets anders zien dan als het zoveelste bewijs dat de gemeente zich geen moer aan hun lot gelegen liet liggen? Die grenzeloze onverschilligheid kon alleen maar het

logisch verlengstuk zijn van de volkswijsheid dat wat er ook met een mietje gebeurde, het Gods straf was voor zijn verdorven levensstijl.
Gedurende de eerste paar weken waren enorme mensenmassa's te hoop gelopen voor het stadhuis en voor Gracie Mansion, de ambtswoning van de burgemeester. Er hadden daar trouwens niet alleen een stuk of tien homo-actiegroepen gedemonstreerd, maar ook veel gewone burgers. Er liep een seriemoordenaar door de straten, een roofdier op zoek naar slachtoffers. Hoe kon de politie (en in de ogen van de demonstranten ook de burgemeester en al die andere politici) proberen dat buiten de publiciteit te houden? Een jaar later, maanden nadat er plotseling een eind aan de moorden was gekomen, bleven groepjes demonstranten met brandende kaarsen in hun hand de burgemeester overal volgen waar hij heen ging.
De Newyorkse politie had zich (na een serie zorgvuldig georkestreerde schuldbetuigingen) gedwongen gezien de openbaarheid te zoeken. De zestien rechercheurs die op de eerste drie moorden waren gezet, werden er al gauw honderd, en toen tweehonderd, en op het hoogtepunt van het onderzoek zelfs zeshonderd. Er was een hotline gekomen, de FBI was erbij gehaald en hele volksstammen van psychologen werd gevraagd hun licht over de motieven van de moordenaar te laten schijnen.
Allemaal vergeefs. Aan de moorden was vanzelf een eind gekomen, vijf maanden voordat Vanessa Bouton in mijn leven kwam. De speciale eenheid kreeg niets nieuws meer te onderzoeken en begon al in te krimpen.
'Wat is er, rechercheur, heb je je tong verloren? Is de wijze man door zijn wijsheid heen?' Haar grijns was nu veel breder.
'Ik geef toe dat je mijn volledige aandacht hebt.' Ik verschoof op mijn stoel en vroeg me onrustig af wat dit stukje informatie voor míj te betekenen had. 'Is dat het officiële standpunt van het korps?' Al voordat ik die vraag had gesteld, wist ik dat dat niet zo was. Als de jongens van de speciale eenheid in Vanessa Boutons theorie geloofden, zouden ze zelf al op onderzoek zijn gegaan.
'Nee, dat is het niet.' De grijns verflauwde en meteen keek ze weer zo autoritair als in het begin.
'Weet het korps dat je hier bent?'
'Waar haal jij als recherchepiepeltje het lef vandaan om zoiets aan een inspecteur te vragen? Doe jezelf een lol, Means, en ga niet zitten spe-

culeren. Tenzij je van plan bent de rest van je carrière in dit lab te blijven.'

Ze verwachtte blijkbaar een antwoord, maar ik vertikte het om iets te zeggen. Het enige wat ze kon doen (zoals ze zelf al fijntjes had opgemerkt) was me laten waar ik was. Ik werd al gestraft.

'Wat weet je van seriemoordenaars?' vroeg ze na een tijdje.

'Dat ze niet gepakt worden zolang ze geen fout maken.'

'Dat is niet erg veel.'

'Hoor eens, inspecteur, de laatste seriemoordenaar die we in New York hadden, was die naäper van de Zodiac-moordenaar. Die heeft kans gezien iemand te vermoorden en nog een paar anderen te verwonden voordat hij spoorloos verdween. Hoeveel moorden hebben we daarna gehad? Tweeduizend? Drieduizend? Vijfduizend? Seriemoordenaars vormen een groot probleem voor politici, niet voor de politie.'

Het was de waarheid en er was geen speld tussen te krijgen. De mythe van de seriemoordenaar – dat hij ergens buiten rondloopt tot jíj eraan komt – jaagt kiezers de stuipen op het lijf, en die kiezers zetten de politici onder druk, en de politici zetten het korps onder druk. Maar het korps is niet – en is ook nooit geweest – de individuele politieman die elke dag zijn werk doet. In dit geval is het geheel iets anders dan de som van de delen. Het geheel, en nu bedoel ik het Newyorkse politiekorps, is een politieke bureaucratie die de hele tijd bezig is zich in te dekken en daar desnoods de individuele politieman voor opoffert.

'Je gelooft niet dat deze specifieke seriemoordenaar een probleem was voor de zeshonderd rechercheurs die uit hun gewone werk waren gehaald om in de speciale eenheid te werken?'

'Ze betalen je en je doet hun werk.' De universele verklaring van smerissen die een vervelend klusje accepteren.

Plotseling stond Vanessa Bouton op. 'Je bent me van harte aanbevolen, Means, maar ze hebben me ook voor je gewaarschuwd. Nu ik de bijsluiter heb gelezen, denk ik dat de mogelijke bijwerkingen de mogelijke voordelen tenietdoen.'

'Wacht eens even, inspecteur. Je vroeg me wat ik van seriemoordenaars wist. Je hebt me niet gevraagd wat ik van moord in het algemeen weet.' Bluffen is ook een vak. 'Wil je me vertellen waarom Thong volgens jou geen seriemoordenaar is? Alstublieft.'

Ze deed een stap naar voren zonder weer te gaan zitten. 'Thong ìs een seriemoordenaar. Per definitie valt iedere serie moorden met een afkoelingsperiode ertussen in de categorie seriemoorden. Huurmoordenaars zijn bijvoorbeeld ook seriemoordenaars. Zoals ik al zei, waren de slachtoffers van King Thong niet willekeurig gekozen. Of tenminste, dat was één van hen niet. Nou, wou je nog weten hoe ik tot die conclusie ben gekomen? Of wil je doorgaan met die stomme machospelletjes van je tot ik hier wegloop?'

3

Die spottende uitdrukking op haar gezicht was gewoonweg schitterend. De minachting droop eraf als het gif van de tanden van een ratelslang voordat hij die in het vlees van een nietsvermoedend konijn zet. Ik keek aandachtig naar dat gezicht en realiseerde me dat Vanessa Bouton, net als iedere andere politieofficier die het tegen een ondergeschikte heeft, nu van mij verwachtte dat ik voor konijn speelde. Dat ik dat bewust en vrijwillig ging doen.
Nou, dan had ze mooi pech gehad. En als ze nog iets anders wilde dan het hoofd van de seriemoordenaar (bijvoorbeeld míjn hoofd), was ze kwetsbaar. Dat was gunstig voor mij, want dan kon ik de slang in het konijn zijn: malse groene blaadjes vreten tot het rood vlees eraan komt.
'Alsjeblieft, wil je me vertellen waarom Thong volgens jou zijn slachtoffers er niet willekeurig uitpikt?' vroeg ik zo oprecht mogelijk.
'Als je gelijk hebt, zou dat opzienbarend zijn.'
Dat maakte indruk. Ze keek me met een brede glimlach aan en knikte.
'Dus je hebt het eindelijk door. En het mooiste is nog dat we het niet hoeven te delen. Het korps houdt het nog op de theorie van de seriemoordenaar. Als wij Thong te pakken krijgen, jij en ik, dan zullen ze nog een hele lange tijd over ons praten.'
Die had natuurlijk al visioenen van televisieoptredens in haar hoofd. Wilde ze soms hoofdinspecteur worden? Commissaris? Hoofdcommissaris? De rang die ze nu had, inspecteur, was zo hoog als ze via examens kon komen. De rest van haar carrière (als er een rest was) zou een kwestie van politiek zijn.
'Ik zei: àls je gelijk hebt, inspecteur. Ik wil me misschien wel laten overtuigen, maar ik neem het niet voetstoots aan.'
De perfecte mengeling van respect en scepsis? Het was net of ik iemand aan het verhoren was. Of ik een verklaring probeerde los te krijgen uit een onwillige dader.

'Een vuistregel: seksueel gemotiveerde seriemoordenaars beginnen aarzelend. Er is geen school voor moordenaars. Ze leren in de praktijk. De Thong-moorden waren van het begin af identiek. De slachtoffers waren allemaal mannelijke prostitués en ze waren allemaal aan het werk toen ze werden vermoord, en toch zijn er geen sporen van verkrachting gevonden. Ze werden allemaal gedood met een enkele kogel door het hoofd, een kogel uit hetzelfde .22 pistool, en de lichamen werden verminkt nadat de dood was ingetreden. Ik wil niet in details treden – je krijgt nog volop kans om daar zelf achter te komen – maar de verminkingen waren zo exact gelijk dat het erop leek dat de moordenaar een instructieboekje naast zich had liggen. Bekijk het eens vanuit je eigen ervaringen. Jij hebt honderden mensen verhoord. In het begin moest je je aarzelend opstellen. Je wist wat je wilde, maar je moest zelf ontdekken hoe je dat bereikte. Met seriemoordenaars gaat het net zo. Ze moeten leren, en onze man begon aan de top.'
'Je denkt dat hij een boek heeft gelezen of zoiets?' Ik bleef vaag glimlachen en knikte er een beetje idioot bij.
'Dat is precies wat ik denk.' Inmiddels was ze opgestaan. Ze liep heen en weer. Haar handen, de palmen omhoog, de vingers gespreid, bewogen zich in opgewonden halve cirkels. 'Er zijn wel duizend boeken over seriemoordenaars verschenen. Iedereen wil eraan verdienen. Psychologen, criminologen, rechercheurs, advocaten, journalisten. Het is heel goed mogelijk dat onze jongen een paar maanden studie van het onderwerp heeft gemaakt voordat hij in actie kwam. Wat mij zo verbaast is dat de FBI, met al haar ervaring, daar nooit aan heeft gedacht.'
Ik stak mijn hand op. 'Neem me niet kwalijk, inspecteur, maar zie je nou niet iets over het hoofd? Misschien is hij al ergens anders bezig geweest voordat hij hierheen kwam. Het schijnt dat seriemoordenaars van de ene stad naar de andere gaan.'
Ze bleef meteen staan en plantte haar vuisten op haar heupen. Fors en breedgeschouderd als ze was, zag ze er geducht uit. Zelfs in dat uniform met die gouden strepen op de schouders.
'Dacht je dat ik daar niet aan had gedacht? Dacht je dat ik dom was, Means? Zwarte mensen vinden het niet leuk om voor dom versleten te worden. Als ik jou was, zou ik dat voortaan maar in mijn oren knopen.'
Nu had ik natuurlijk kunnen zeggen dat wij ook altijd voor 'stomme Indiaan' worden versleten. Ik had kunnen klagen dat alle minderheden

onder dat soort dingen te lijden hebben. Maar ik deed het niet. Ik bleef rustig zitten en wachtte tot ze verder ging.

'Toen ik het zaakje niet meer vertrouwde, heb ik eerst contact opgenomen met VICAP. Heb jij enig idee wat VICAP is?'

'Geen flauw idee.'

'Waarom vind ik dat niet vreemd?' Ze liep weer heen en weer en haar handen bewogen net zo snel als haar mond. 'VICAP is een onderdeel van de FBI in Quantico. Het is een afkorting van Violent Criminal Apprehension Program en het is dus een programma om gewelddadige misdadigers op te sporen. In theorie worden alle onopgeloste moorden bij de FBI aangemeld, en dan gaan ze in de database van VICAP. De programmeurs hebben het systeem zo opgezet dat moordenaars die van het ene naar het andere deel van het land gaan toch in de administratie blijven. Als Thong ergens anders aan het moorden is geweest voordat hij naar New York kwam, deed hij het op een andere manier dan hier.'

'Met alle respect, inspecteur, maar je zei "in theorie"...'

'Ja, ja.' Ze maakte een ongeduldig gebaar. 'Die aanmelding is vrijwillig en er lopen massa's rechercheurs rond, zoals jíj, die niet eens weten wat VICAP is. Maar we hebben het wel over verminkte mannelijke prostitués die met stroken leer zijn gebonden. Dat is nou niet iets wat je in een archief stopt en voorgoed vergeet.'

Ik zag al voor me hoe ze met deze zelfde argumenten was komen aanzetten bij wie het ook was die aan het hoofd van die speciale eenheid stond. Ik zag ook al voor me hoe die commissaris of hoofdinspecteur of weet ik veel uit de hoogte naar dat ongeduldige standje van een zwarte vrouw keek – een vrouw die volgens hem, net als alle andere vrouwelijke officieren, het korps de grootste dienst zou bewijzen als ze subiet haar ontslag indiende. Vanessa Bouton was hooguit vijfendertig en ze had toch de examens voor aspirant- en adjunct-inspecteur en inspecteur afgelegd. Alleen al daarom zou de helft van de kopstukken van het Newyorkse korps de pest aan haar hebben.

'Ga maar na,' ging ze verder, en ze bleef even staan om me strak aan te kijken. 'De slachtoffers werden opgepikt op verschillende plaatsen in Manhattan en omgeving: de "strip" in 53rd Street, de pieren van West Street, Queens Plaza onder de 59th Street Bridge, Hunts Point in de Bronx, Roosevelt Avenue in Jackson Heights. Hij kreeg ze van de straat zonder dat iemand het merkte, en vermoordde ze en verminkte

ze en liet ze ergens achter. Waarom zou hij ze ergens dumpen waar ze vast en zeker gevonden zouden worden? Waarom zou hij het risico nemen betrapt te worden als hij de lichamen dumpte?'
'Misschien is hij dom.' En dat was precies wat ze wilde horen.
'Dom? Kom nou, Means, hij is zo lijp als het maar kan. Toen hij op zoek ging naar zijn vierde slachtoffer, keek de halve homobevolking van de stad naar hem uit. Om nog maar te zwijgen van alle surveillerende politieagenten en de grootste speciale eenheid die de Newyorkse politie ooit in het leven heeft geroepen. En toch zag hij kans om nog vier mensen te doden en hun lichaam op een straathoek achter te laten, zonder dat iemand hem betrapte. Dat komt op mij niet zo dom over. Het lijkt er eerder op dat hij juist wilde dat de lichamen ontdekt werden.'
'Het kan toch ook dat hij gewoon trots was op zijn werk? Misschien hoorde het bij de kick dat hij zevenentwintigduizend Newyorkse smerissen te slim af was.'
'Waarom deed hij er dan geen briefje bij? Waarom belde hij de media niet? Dan kon hij de wereld toch precies vertellen wat hij deed? Nog een vuistregel: seriemoordenaars willen niet gepakt worden. Sommigen laten hun slachtoffers achter op de plaats waar ze ze hebben vermoord maar degenen die de lichamen verplaatsen, proberen die bijna altijd te verbergen. Neem dat nou maar van mij aan. Ik heb de literatuur grondig doorgenomen.'
Ze ging weer tegenover me zitten. Haar gezicht was ernstig, bijna smekend. 'En dan is er nog iets wat me dwarszit. De slachtoffers waren heel verschillende types. Thong haalde een tienjarige jongen van Hunts Point, een nog niet geopereerde transseksueel van Queens Plaza, een biker in het leer van West Street, een tweeëntwintigjarige plattelandsjongen van 53rd Street...'
'Wacht eens even. Een tweeëntwintigjarige man op de strip? 53rd Street is de plek waar ouwe kerels heen gaan als ze trek hebben in iets jongs. Tweeëntwintig lijkt me stokoud voor 53rd Street.'
'Dat is het nou juist, nietwaar? Thong was erg voorzichtig. Te voorzichtig. Het leek wel of hij op maar één ding lette, en dat was: niet betrapt worden. Hij had geen sex met zijn slachtoffers. Dat is een van de weinige dingen die we buiten de media konden houden. Er zat geen zaad in of op een van de lichamen. En ze hadden ook geen verse scheurtjes in de anus, zodat we bijna met zekerheid kunnen uitsluiten

dat hij het met een condoom deed.' Ze boog zich naar voren, haar ogen fel van overtuiging. 'Tel het nou eens bij elkaar op, Means. Het kon hem niet schelen wie hij oppikte. Het ging hem niet om sex. Hij liet de lijken ergens achter waar ze vast en zeker gevonden zouden worden. Hij verminkte de lichamen en bond dat leren ding om ze heen om aandacht van de media te krijgen. Er klopt hier iets niet. Er zit een luchtje aan.'

Ik wou er toen nog niet aan. Vooral omdat ik ervan uitging dat mannen als John Wayne Gacy en Henry Lee Lucas (en onze eigen King Thong) gek waren. Hoe kon je zulke willekeurige moorden anders verklaren? Later ging ik er anders over denken, maar op dat moment, toen ik in die felle ogen van Vanessa Bouton keek, zag ik eigenlijk alleen maar een uitweg uit de ballistiek.

'Stel dat ik het met je eens ben. Stel dat ik ook vind dat er een luchtje aan zit. Wat heb ik er dan mee te maken?'

'Heel simpel, Means. Die slachtoffers waren allemaal mannelijke prostitués en jij hebt tien jaar op Zedendelicten gewerkt. Ik heb met inspecteur McIntyre gesproken, je vroegere chef. Hij zei dat je een kei was in straatwerk. Sterker nog, hij zei dat je de beste straatsmeris was die hij ooit had meegemaakt.'

'Dan had hij het vooral over de tijd voordat ik rechercheur werd. Dat is lang geleden.'

Ze had wel gelijk, voor zover dat iets betekende. Bij Zedendelicten had ik dat wereldje goed leren kennen. De meeste pooiers zijn gemene rotzakken en ze zitten vaak ook tot hun nek in de cocaïnehandel. Ze moeten wel, anders krijgen ze grote last met hun stal. Ik heb geloof ik al gezegd dat de mensen nooit goed weten wat ze van mijn uiterlijk moeten denken. Dat had ik ook met de hoeren die ik moest arresteren. Reken maar dat ze pisnijdig waren als ik mijn penning liet zien en de magische woorden uitsprak. Maar niet zo pisnijdig dat ze te beroerd waren om met wat informatie op de proppen te komen, als ze daardoor hun leven van geweld, ziekte en drugverslaving konden blijven leiden zonder eerst nog een nachtje in de cel te hoeven doorbrengen. Of een paar maanden, als ze toevallig wat drugs in hun glimmende handtasjes hadden.

'Bedoel je dat je daar geen connecties hebt? Geen informanten?'

Ik zag haar gezicht betrekken en besefte dat ik een grote fout had gemaakt.

'Nee, dat bedoel ik niet. Maar je moet ook geen wonderen verwachten. Ik heb de laatste tien jaar in Manhattan gewerkt. Je zei dat sommige slachtoffers zijn opgepikt op Queens Plaza en op Hunts Point in de Bronx. Ik kan niet zomaar die buurten ingaan en verklikkers van de trottoirs plukken.' Ik zweeg even, alsof ik nadacht. Het werd tijd dat ik haar iets gaf waar ze op in kon gaan. Iets waar ze zelf ook al aan had gedacht. 'Mag ik aannemen dat je aan chantage denkt? Dat een van onze slachtoffers een beroemde klant herkende en zijn inkomsten probeerde aan te vullen?'
Bingo. Ze glimlachte als een klein meisje dat voor de eerste keer in haar leven een kerstboom ziet.
'Dat zou een goed begin zijn.'
Alsof zíj dat kon weten! Dat moest je die officieren van het korps nageven: aan arrogantie geen gebrek.
'Hoe groot is de eenheid waar we het nu over hebben? Het is heel wat om dat allemaal na te gaan.'
'Jij en ik, Means. Wij zijn de eenheid.'
Het lukte me mijn voorhoofd te fronsen en met mijn hoofd te schudden. En intussen bonsde mijn hart van geluk.
'Grondig kan het niet,' zei ik. 'En vlug ook niet. Zeven slachtoffers... dat kan een eeuwigheid duren. Of we moeten geluk hebben.'
'Misschien.' Ze had die gloed weer in haar ogen. 'Maar als we succes hebben, is dat helemaal van ons.'
'Hoor eens, inspecteur, met alle respect, ik weet wat er voor jou te halen valt. Je bent jong, je bent intelligent en je bent ambitieus. Waarom ook niet? New York bestaat voor meer dan de helft uit minderheden. Er is geen enkele reden waarom jij niet binnen een paar jaar hoofdinspecteur kunt zijn. Of commissaris, als je het maar lang genoeg volhoudt. Als dit op niets uitloopt, maakt dat voor je carrière niet veel uit, zeker niet als je dit onderzoek niet aan de grote klok hangt. Míjn probleem is dat ik niet weet of ik er wel tegen kan om weer hierheen te worden gestuurd als ik een tijdje op straat ben geweest.'
Ze snoof en trok haar hoofd terug om langs het puntje van haar neus naar me te kijken. 'Jij hebt wel lef, rechercheur.'
'Daarvoor ben je toch naar me toe gekomen?' Ik keek haar recht in de ogen. Ze had al toegehapt. Nu hoefde ik haar alleen nog op de kant te trekken. 'Het is nogal vergezocht wat je me allemaal vertelt. Ik moet wel het idee hebben dat ik het niet op mijn brood krijg, als het niks

wordt. Ik moet het gevoel hebben dat er aan het eind van de regenboog een pot met goud staat.'
'Vind je het niet genoeg om een seriemoordenaar van de straat te halen?'
'Voor mij is het genoeg om een seriemoordenaar van de straat te halen. Ik maak me niet druk over wat er gebeurt als we succes hebben.'
'Je maakt je druk over wat er gebeurt als het op niets uitloopt.'
'Nu heb je het begrepen, inspecteur.'
Eindelijk ontspande ze. Haar schouders namen hun normale houding aan en ze haalde diep adem. 'Jij bent niet zo dom als je eruitziet.'
Ze zal wel een repliek hebben verwacht, maar ik was niet van plan om van onderwerp te veranderen.
'Goed,' zei ze. 'Ik bied je het volgende aan. Of we nu succes hebben of niet, ik beloof je dat je weer gewoon recherchewerk mag doen. Misschien wordt het geen Moordzaken, waar je werkte tot aan... het incident. Maar je mag de straat weer op. Is dat wat je wilt horen?'
'Ja.'
'Er zijn wel een paar voorwaarden aan verbonden. Of eigenlijk één grote voorwaarde.'
Ze laste een dramatische pauze in en ik boog me met een vaag glimlachje naar voren. Alsof ik niet wist wat ze ging zeggen.
'Wij werken samen, Means. Jij doet níets zonder mijn toestemming. Niets. Al wil je alleen maar je neus snuiten, je vraagt het eerst aan mij. Al wil je alleen maar een schéét laten. Begrepen?'
Ik knikte verstandig. 'Ja hoor, geen probleem, inspecteur.'
'Ik meen dit, Means. Als je over de schreef gaat, kun je het recherchewerk voorgoed gedag zeggen. Voorgoed.'
'Verdomme, het lijkt wel of ik een crimineel ben.' Nu was het mijn beurt om even te zwijgen en haar beurt om me met een onbewogen gezicht aan te kijken. 'Inspecteur, je zei dat we gingen samenwerken. Bedoel je ook op straat?'
'Ik bedoel alles en overal. Ik wil je niet uit het oog verliezen.'
'Het lijkt wel of je bij me in wilt trekken.'
'Ik zal midden in de nacht op je deur kloppen. Daar kun je van op aan.'
'Bedcontrole? Zijn we op zomerkamp?' Ik probeerde te glimlachen, maar in werkelijkheid was ik weer kwaad. Als ik het lab uit wilde, zou ik als een hondje achter haar aan moeten lopen tot ze er genoeg van

kreeg en weer gewoon achter haar bureau ging zitten. Nou, misschien kon ik haar nog wat laten zien. Bijvoorbeeld hoe de andere helft van de bevolking – de straathelft – leeft. Al was dat nou niet bepaald in mijn eigen belang.
'Nee, Means,' zei ze zonder met haar ogen te knipperen. 'Het is geen zomerkamp. Het is voorwaardelijke invrijheidstelling met intensief toezicht. Ik zou een elektronische armband om je pols doen, als ik er een te pakken kon krijgen.'
'Je bent bang dat ik iemand met een mes ga steken?'
Ze haalde diep adem en schudde haar hoofd. 'Snap je het nog steeds niet?'
'O, ik snap het heus wel. Jij wilt dat het een flop wordt. En eigenlijk verbaast dat me helemaal niet, want van zo'n bureaucraat als jij kun je ook niets anders verwachten.'
'Klootzak…'
Nu had ik haar op een gevoelige plek getroffen. Ik dacht zelfs even dat ze met haar vuist zou uithalen. Niet dat ik van plan was me op mijn gezicht te laten stompen.
'Als je een rechercheur wou die alles volgens het boekje doet,' zei ik zo rustig mogelijk, 'had je uit wel honderd anderen kunnen kiezen. Je bent naar mij toe gekomen omdat je denkt dat ik in korte tijd resultaten kan behalen. En nou is het mijn probleem dat jij volgens mij niet alles op alles wilt zetten om die resultaten te behalen. Als je verstandig was, zou je je terugtrekken en mij het werk laten doen, maar dat durf je ook niet. Het komt er dus op neer dat het een geheid fiasco wordt. Wees nou redelijk, inspecteur. Je kunt niet van twee walletjes eten. Je kunt niet zeggen: "Sorry, meneer pooier, ik doe een moordonderzoek en ik heb uw medewerking nodig." Als je Thong wilt hebben, moet je wat risico's nemen. Die gouden strepen op je schouder mogen dan grote indruk maken op andere smerissen, op straat hebben ze geen moer te betekenen.'
Ze draaide zich om en liep zonder nog een woord te zeggen de kamer uit. Ik luisterde nog even naar haar voetstappen en hoorde toen een deur dichtslaan. En daarna niets meer.
Ik deed er niet lang over om te beseffen dat van alle klootzakken die ik in de loop van mijn leven had ontmoet, ikzelf veruit de ergste, de stomste, de achterlijkste was. Ik had er al mijn zelfdiscipline voor nodig gehad om iedere dag op het lab te verschijnen. Om daar goed werk

te leveren zonder de prettige bijkomstigheden die je als rechercheur hebt. Iedere avond ging ik naar huis en bleef ik thuis. Als de spanning me te veel werd, ramde ik daar tegen een van de zware zakken die met kettingen aan een stalen balk hingen. In plaats van tegen de criminele psychopaten waar ik eigenlijk de voorkeur aan gaf.

Vergeleken met het leven dat ik in de straten van Manhattan had geleid, was dat werk op het lab en dat 's avonds thuis zitten nog erger dan de dood. Het was de dood met open ogen. Het enige wat me op de been hield, was de hoop dat ik uiteindelijk zou worden bevrijd. Dat er een engel met een toverstokje zou verschijnen om de gevangenisdeuren te openen.

Waarom had ik die engel nu dan weggestuurd? Waarom moest ik me net zo dwangmatig gedragen als de criminelen waar ik zo graag op joeg? Alles ging perfect. Ik had met Vanessa Bouton mee kunnen gaan en een onderzoek volgens het boekje kunnen doen. Dat zou niets hebben opgeleverd, maar dat zou ook in mijn voordeel zijn geweest. Inspecteur Bouton zou het niet langer dan een paar weken hebben uitgehouden. Wat was dat in vergelijking met de tien maanden die ik al op het ballistisch lab had doorgebracht? Of de tien jaar die ik er nog zou doorbrengen?

Mijn tirade tegen mezelf werd onderbroken door voetstappen. Vanessa Boutons voetstappen door de gang. Ik kreeg mezelf met enige moeite weer onder controle. Op mijn gezicht was geen spoor van triomf of uitbundigheid te zien.

'Nou, ik wil dat je het volgende gaat doen, Means.' Ze stond in de deuropening, schouders breed, handen in de zij. 'Je gaat nu meteen naar Jane Street 655 en meldt je bij brigadier Pucinski. Hij gaat over de gegevens die door de eenheid zijn verzameld. Blijf daar als het moet de hele nacht. Morgen moet je de gegevens in je hoofd hebben. Is dat een probleem?'

'Geen probleem, inspecteur.'

'Ik sta morgenvroeg om tien uur voor je deur. Ik wil zo snel mogelijk beginnen.'

Ik kon een glimlach niet onderdrukken. 'Inspecteur, de mensen die we moeten hebben, zijn er overdag niet. Tien uur 's avonds zou een veel betere tijd zijn om te beginnen.'

Haar gezicht werd een beetje milder. 'Goed, Means. Het zou niet erg logisch zijn als ik een expert in dienst nam en me dan niks van zijn advies aantrok. Ik ben er om een uur of twee. Dan kun jij me vast wel al de naam van de dader noemen. En je doet niks op eigen houtje. Risico's nemen is tot daar aan toe, maar in een afgrond stappen is heel iets anders.'

4

Voorzichtig raakte Lorraine Cho de metalen plaat aan die het enige raam in de kamer bedekte. Ze vroeg zich af of ze weer een nacht was doorgekomen. Het metaal voelde koel aan, maar dat betekende alleen dat de zon niet scheen. Het kon ochtend zijn; het kon bewolkt zijn; het kon...
Wat had het voor zin? Waarom zou ze alle nachten tellen die voorbij waren gegaan?
Ze wist dat ze hier nooit meer uit zou komen. Het enige waarop ze kon hopen, was dat een jager op de hut stuitte (al lag het jachtseizoen nog zes maanden in het verschiet) voordat Becky en haar man (ze wist nog steeds niet hoe hij heette) deden wat ze volgens Becky al met drieëntwintig andere vrouwen hadden gedaan. Drieëntwintig vrouwen en zeven mannen.
'Nou, die mannen... nou, Lorraine, die mannen telden gewoon niet mee. Papa zei dat we die mannen moesten doden, maar we vonden het helemaal niet leuk. O nee. Ik zweer je op het boek van de Heer, Lorraine, dat ik de kriebels kreeg als ik alleen maar bij die homoseksuelen in de buurt kwam. Ik hoop echt dat ik geen aids krijg. Natuurlijk waren we voorzichtig met het bloed en van papa moest ik rubberhandschoenen dragen. Maar evengoed, die jongens waren homoseksuélen.'
Lorraine huiverde en trok de deken wat dichter om zich heen. Haar kleren waren haar afgenomen, al begreep ze niet waarom.
'Papa zegt dat we je kleren hebben afgepakt omdat je dan niet van ons weg kunt lopen, Lorraine. Jij bent net de baby die we niet kunnen krijgen omdat papa geen baby's kan verwekken. O, ik wilde al zo lang een klein meisje en nu ben jíj mijn kleine meisje.'
'Maar ik kan nergens heen vluchten, Becky. Of ik nu kleren aan heb of niet.'
Hoeveel uren had ze niet met haar oor tegen het raam gestaan? Luiste-

rend of ze een menselijk geluid hoorde, een fabrieksfluit in de verte, gierende banden op een wegdek, loeiend vee in een weide, het kraaien van een haan bij het aanbreken van de dag.

In een andere tijd, op een andere plaats, zouden de geluiden van het bos haar als muziek in de oren hebben geklonken. De vogels zongen in een honderdstemmig koor en het zuchten en sissen en huilen van de wind veranderde van seconde tot seconde. Een beekje (haar badkuip) kabbelde over een rotsachtige oever en vormde de achtergrond voor het zoemen van bijen en vliegen en het aanhoudend jengelen van muskieten. Eekhoorntjes ruzieden van ochtendgloren tot zonsondergang en krasten met hun klauwtjes over de kale aarde, wedijverend met koerende duiven en hees krijsende gaaien om de gepofte maïs die Becky voor ze strooide.

Maar er waren geen menselijke geluiden. Helemaal niet. En de enige menselijke geuren waren de stank van de wc buiten en de scherpe zurige lucht van de emmer in de hoek.

Ze hadden uren en uren gereden voordat ze haar in de hut hadden opgesloten. Ze hadden haar genaaid, allebei, terwijl ze over de wegen reden. Om beurten: de een reed terwijl de ander speelde.

De man was ruw geweest; hij had haar lichaam met zijn krachtige handen in alle richtingen gedraaid. De vrouw was voorzichtiger geweest en had erbij gepraat alsof ze samen aan een diner zaten.

'Maak je geen zorgen, Lorraine. Als papa zegt dat je er eentje bent om te houden, dan bèn je, bij de Heer die boven ons is, ook eentje om te houden en dan zullen we je niets doen. Helemaal niets.'

Lorraine vroeg zich af wat Becky onder 'niets doen' verstond. Want Lorraine had nog nooit zo'n pijn geleden. Die weken in het ziekenhuis waren niets in vergelijking met dit. Het grootste deel van de tijd was ze erg bang, en die angst was puur lichamelijk. De angst schudde haar heen en weer zoals een hond het lichaam van een stervende rat heen en weer schudt.

Ze leed zo'n pijn dat het geen zin had om aan die pijn te denken. Het had geen zin om aan een probleem te denken als je geen oplossing had. Zeker, ze kon de hut verlaten. In een paar minuten tijd kon ze de dunne metalen plaat van het raam krijgen. Maar wat moest ze dan doen? Blindelings het bos in lopen? Een willekeurige richting inslaan en er dan maar het beste van hopen?

Als ze niet bang was, voelde Lorraine geen emoties meer, alsof haar

een verdovend middel was toegediend. Urenlang zat ze in de enige stoel in de kamer, zonder te denken, zonder te voelen.
De hopeloosheid, realiseerde ze zich, maakte haar alleen maar hopelozer; de wanhoop riep wanhoop op. Toch kon ze er niets tegen beginnen. Ze had te maken met een wereld die zo weinig raakvlakken had met alles wat ze ooit had gekend, dat ze geen enkel aanknopingspunt had, geen enkele mogelijkheid om er iets van te begrijpen. Ze wist dat ze deze wereld niet kon manipuleren, dat ze er geen invloed op kon uitoefenen, dat ze niets tegen die volmaakte waanzin kon beginnen.
Becky kwam iedere dag. Dan deed ze de deur van de hut open en riep opgewekt: 'Zo, hoe gaat het vandaag, Lorraine?' Ze bracht eten, dat Lorraine verslond, ging met Lorraine naar de wc, liet haar baden in het beekje. Alsof ze voor een hond in een kennel zorgde.
Lorraine hoorde de eerste vogel zingen en wist dat het ochtend werd. Ze vroeg zich af of die vogel een roodborstje was, de traditionele 'vroege vogel', op zoek naar zijn eerste worm van die dag. Het lied, een triller gevolgd door een scherpe staccato-uitbarsting, werd overgenomen door een andere vogel, die wat verder weg was. En door nog een en nog een.
Binnen enkele minuten zongen er wel tien vogels, elk met een eigen stem. Lorraine luisterde aandachtig en herkende alleen het schorre, verre krassen van de kraaien. Ze stelde zich voor dat die vogels iets opvoerden dat zeer esthetisch was. Stelde zich voor dat ze de glorie van de oneindige kosmos verheerlijkten. Dat ze zongen van ontroering om de schoonheid om hen heen.
Je moet iets doen.
Die woorden kwamen vanzelf in haar op. Kwamen op vreemde momenten, een echo uit haar binnenste, een gebod zonder een gebieder. Ze overstemden de jubelende vogels, de glorie van de kosmos, het ongelooflijk esthetische. Alles.
Je moet iets doen.
In gedachten ging ze terug in haar leven, op zoek naar herinneringen waar ze iets aan had. Ervaringen waarop ze nu een plan van actie kon baseren. Natuurlijk vond ze niets. Ze had nooit oog in oog gestaan met het...
Het woord dat in haar opkwam, was het 'kwaad'. Ze wist dat het een nutteloos woord was, al gebruikten Becky en haar papa-man het te pas en te onpas. Wat kon je doen tegen het kwaad? Bidden tot God? Er

was geen priester die het kon uitbannen. Die het kwaad naar de eeuwige vuren van de hel kon terugjagen. Dit was geen film, hoe onwerkelijk het allemaal ook leek.

'Ik kan zorgen dat Becky van me gaat houden.'

Lorraine schrok zo van haar eigen stem dat het even duurde voor de betekenis van de woorden tot haar doordrong. Maar toen kwam ze langzaam tot het inzicht dat Becky haar enige uitweg was. Tenzij ze wilde sterven.

Ze wist dat ze voor de dood kon kiezen. Hoewel ze niet de moed had om zelfmoord te plegen, wist ze dat ze gewoon het bos in kon lopen tot ze hopeloos verdwaald was. Tot ze ergens in de modder wegzakte of van een berghelling tuimelde of in een ijskoud meer viel. Het zou allemaal op hetzelfde neerkomen.

Ik wil niet doodgaan in het bos.

Weer een gedachte die zomaar in haar opkwam. Op de voet gevolgd door een emotie die haar handen liet beven. Buiten begon het te regenen. De druppels spatten op de bladeren, op het dak en op de kale aangestampte aarde om de hut heen. Lorraine vroeg zich af welke emotie het was die haar deed beven, maar haar gedachten dwaalden af naar de bomen buiten haar gevangenis. Iedere morgen liep ze, als Becky haar naar de wc bracht, onder de takken door. Ze kon ze natuurlijk niet zien, maar de overgangen van zon naar schaduw naar zon waren duidelijk voelbaar. Nu vroeg ze zich af of de bomen dankbaar waren voor de regen die hun bladeren waste. En of de bladeren huiverden van verwachting. En of ze wisten waaraan ze behoefte hadden.

Maar wat had het voor zin om te weten waar je behoefte aan had, als je niets kon doen om die behoefte te bevredigen? Om een dorstige boom te zijn als je de vijf meter naar een ruisend beekje niet kon afleggen?

'Ik moet er iets op vinden.'

Opnieuw sprak ze hardop; opnieuw schrok ze van haar eigen stem. Maar ditmaal liet ze haar gedachten niet afdwalen. In plaats daarvan nam ze zich voor haar hulpeloosheid te overwinnen. En haar angst.

Er is een uitweg, dacht ze, en die zal ik vinden.

Ze dacht aan de kidnappers, aan Becky en Becky's papa. Afgezien van zijn woeste aanvallen op die eerste avond wist ze niets van papa. Iedere morgen kwam Becky alleen. Ze had dan blijkbaar geen haast en bleef een paar uur gezellig praten, ook als Lorraine niets terugzei.

Het was duidelijk dat papa er absoluut zeker van was dat hij Becky helemaal onder controle had. Toch vroeg Lorraine zich af of Becky werkelijk zo'n robot was als het leek. En of die zekerheid van papa niet alles te maken had met het overdreven beeld dat hij van zichzelf had.

Becky had blijkbaar geen spijt van de dingen die ze had gedaan, en beweerde toch dat ze die dingen alleen maar deed omdat papa het wilde.

'Papa heeft behoeften, Lorraine, en, nou ja, ik ben niet een van die manwijven die proberen hun mannen onder de duim te houden. Ik heb altijd geleerd dat ik mijn man moet dienen. Dat ik hem moet liefhebben, respecteren en gehoorzamen. Dat mag hier in New York dan niet populair zijn, in Atherton, Mississippi, denkt iedereen er zo over. Als er één ding is wat wij in het zuiden zijn, dan is het standvastig.'

Maar als Becky nu eens ook een andere verplichting voelde? Als ze nu eens de behoefte voelde haar kleine meisje te beschermen? Als het nu eens duidelijk werd, zelfs voor Becky, dat papa haar kleine meisje pijn zou doen of haar zelfs zou doden? Zou Becky haar kind dan in het busje laten stappen om haar in veiligheid te brengen? Zou ze Lorraine terugrijden over de weg die geen weg was? De weg waarop Lorraine als een zak meel door elkaar was geschud?

Lorraine zuchtte en greep in de afgedekte aardewerken pot waarin het laatste restje eten zat. Ze haalde er een in papier verpakt broodje uit en rook eraan. Pindakaas en jam. Een uitstekende keuze voor een klein kind.

'Ik had moeten opletten. Op die vervloekte weg. Ik had moeten opletten.'

Ditmaal schrok Lorraine niet van haar eigen stem. Ze merkte dat het hielp om hardop te spreken, want op die manier kon ze haar veel te snelle gedachtenstroom in bedwang houden.

'Ik was erg bang toen we naar de hut reden,' begon ze. 'Ik weet niet of we door een bos reden of over een verlaten weg. Ik meen me te herinneren dat er takken tegen de zijkant van het busje sloegen. Ik meen me te herinneren dat we door een riviertje of zoiets reden. Kan een busje door een rivier? Heb je daar niet een soort Jeep voor nodig?'

Niet voor het eerst dacht ze erover om de weg af te lopen. Om het spoor te volgen dat door het busje was gevormd. Ze wist dat ze dan ergens op een andere weg zou komen. Bij huizen en mensen en hulp. Ze had het gevoel dat ze bijna alles kon doorstaan als ze maar kon ontsnappen. Maar als het spoor nu eens rechtstreeks naar hùn huis leidde? Lorraine stelde zich voor hoe ze naakt een weg zocht over een smal spoor, hoe ze zich liet leiden door de ondiepe afdruk van de autobanden, haar armen en benen geschramd en gekneusd, haar gezicht gezwollen van insektebeten, haar blote voeten glibberig van het bloed. Eindelijk, na uren en uren van de grootste ellende, hoort ze in de verte een radio en strompelt verder: om papa op de schommelstoel op de veranda aan te treffen, en Becky achter het fornuis.

Ze zouden haar vast en zeker doden.

Een plotselinge windvlaag sloeg een roffel van regendruppels tegen het raam van de hut. Lorraine huiverde en trok de deken over haar blote voeten.

'Wat ik eerst moet doen,' zei ze, 'is zorgen dat ik een kleine concessie van Becky loskrijg. Het hoeft niet veel te zijn, als het maar zonder papa's toestemming gebeurt. Bijvoorbeeld een deken erbij. Of een T-shirt of een paar sokken. Het is de bedoeling dat Becky eraan gewend raakt haar eigen beslissingen te nemen.'

Lorraine, die nu háár beslissing had genomen, ging in de stoel zitten. Als er iets was wat ze goed kon, dan was het wachten. Ze luisterde een tijdje naar de regen en had toen weer het gevoel dat er een koude hand over haar huid kroop: haar angst kwam terug.

Ze kunnen me niet in leven laten, dacht ze. 'Dat kunnen ze niet.' Die woorden galmden in het ritme van de regen door haar hoofd. Dat-kunnen-ze-niet. Dat-kunnen-ze-niet.

Er is maar één vraag die ertoe doet, realiseerde ze zich tenslotte. En dat is: word ik gek voordat ze me doden?

Een tijdje later (ze kon geen tijdseenheid meten die kleiner was dan een dag) hoorde ze een auto aankomen. Een deur ging open en werd dichtgeslagen; voetstappen gingen snel over de moddergrond.

Zoals ze elke dag deed, gaf Lorraine toe aan een kortstondige reddingsfantasie. Een reddingsdagdroom. Een sheriff met ster trapte de deur van de hut in. Of een potige, vloekende rechercheur uit New York. Of een FBI-agent, piekfijn gekleed. Of haar eigen lachende, huilende ouders.

'Zo, hoe voelen we ons op deze regenachtige dag, Lorraine?' riep Becky nadat ze de deur van het slot had gehaald. Ze liep door zonder op een antwoord te wachten. 'Ik heb geweldig nieuws voor je, Lorraine. Papa zegt dat we vanavond gaan rijden. En jíj mag met ons mee.'

5

Het was drie uur 's middags geweest toen ik het lab op 1 Police Plaza verliet. Zestien minuten over drie, om precies te zijn. Er zijn momenten die je nooit vergeet. (Zoals 16 december 1971, 10.44 uur, toen die C130 van een startbaan in Saigon opsteeg met mijn intacte karkas aan boord.) Ik denk dat veroordeelden die worden vrijgelaten datzelfde gevoel hebben, het gevoel dat ze ontsnapt zijn. Vrij en uitbundig. Ik ben erdoor gekomen, klerelijer. Ik heb het overleefd en jij kunt me niks meer maken. Nu nooit, nooit niet.

Het was niet meer dezelfde dag als toen ik het lab was binnengegaan. Zelfs de vervuilde lucht van Manhattan rook nu anders. Het was het verschil tussen de lucht van het bos als je daar komt voor een korte wandeling of de lucht van het bos als je daar komt met een M16 voor je borst. Ik keek automatisch naar de mensen op straat, scheidde de sukkels en tobbers en schooiers van de smerissen en gewone burgers.

Ik was op weg naar Jane Street, waar de speciale eenheid King Thong haar onderkomen had. Dat was aan de westkant van Manhattan, een paar kilometer van het lab vandaan. Ik had de metro of een taxi kunnen nemen, maar ik besloot te gaan lopen, al zat New York aan het eind van een koele periode en hing er regen in de lucht. Ik droeg een lichtbruin Gore-Tex-jasje en een paar goed ingelopen, waterdichte cowboylaarzen en ik had een pet van het Politiesteunfonds laag over mijn voorhoofd getrokken. In het ergste geval kon ik de capuchon losmaken die in de kraag van mijn jasje zat en naar een metrostation rennen.

(Die laarzen waren mijn trots en glorie. Op maat gemaakt van fijn slangeleer, met staal in de vierkante punten. Achter dat staal zat een dik bed van schuim dat als een kussen voor mijn tenen fungeerde. Ik heb nooit de tijd gehad om een van de vechtsporten te beoefenen die gemakshalve allemaal 'karate' worden genoemd, maar trappen tegen iemands scheen of knie kan ik als de beste. Als je een chronische agressieveling tot rede

wilt brengen, heb je meer aan zo'n laars met een stalen neus dan aan een spuitbusje met traangas, neem dat maar van mij aan.)
Uitwijkend voor andere voetgangers, liep ik in westelijke richting door Chambers Street. Ik was op weg naar de Hudson. Police Plaza, in het hart van het bestuurscentrum van Manhattan, wordt omringd door gerechtsgebouwen van de gemeente, de staat en de federale overheid en ook door het enorme stadskantoor met zijn vergulde engel op de top van de voorgevel. Het gemeentehuis staat daar ook, een groezelig bouwwerk in een klein, nog groezeliger plantsoen.
De paar blokken rond het bestuurscentrum zoemen in het ritme van de enkele honderdduizenden ambtenaren die daar naar de restaurants en winkels gaan. Toeristen zullen het wel vreemd vinden om een Blarney Castle broederlijk naast een Ojavi West Indian Restaurant aan te treffen. Wont's Chinese Fast Food, twee deuren verder, maakt de zaak er waarschijnlijk ook al niet overzichtelijker op. Maar dat is New York. De tijd waarin je een joodse of Italiaanse of Duitse buurt in liep en precies wist welke restaurants je kon verwachten is allang voorbij. Alleen Little Italy en Chinatown zijn er nog, etnische enclaves die in naam van de toeristendollar in stand worden gehouden.
Ik sloeg Hudson Street in en liet het bestuurscentrum achter me. De projectontwikkelaars noemen deze buurt TriBeCa. Dat was vroeger de wijk van de drukkerijen, maar in de jaren tachtig heeft een stel onroerend-goedhaaien daar alles overhoop gehaald. De drukkers brachten hun arbeidsplaatsen naar geautomatiseerde fabrieken in New Jersey en de drukkerijen werden verbouwd en in appartementen opgesplitst. Tegenwoordig reppen de wijkbewoners zich van de ene naar de andere trendy bar, terwijl daklozen de nacht doorbrengen op de verlaten laadplatforms van de vroegere drukkerijen.
Bijna al die dingen wist ik al lang, maar nu leek het opeens nieuw. Ik keek naar het leven op straat alsof ik nog een eenentwintigjarige veteraan was, net terug uit Vietnam. Op de dag dat ik het kantoor van de rekruteringsdienst was binnengegaan, had ik me heilig voorgenomen nooit naar Paris, New York, terug te keren, maar dat wilde nog niet zeggen dat ik mentaal was voorbereid op Manhattan. Manhattan was een heel andere wereld, even sterk verschillend van de gedemilitariseerde zone als de gedemilitariseerde zone van Whiteface Mountain. Ik ademde New York toen in, zoog de stad in mijn longen op, intens gelukkig omdat ik het allemaal had overleefd.

Nou, ik had het opnieuw allemaal overleefd en de met zwerfvuil bezaaide straten leken me weer exotischer dan ooit. Voorbij Houston Street gaat de pakhuizenwijk over in Greenwich Village, met zijn herenhuizen en bochtige straten. Impulsief ging ik linksaf Christopher Street in en liep naar wat er nog over was van de oude West Side Highway, zes rijstroken van asfalt, van elkaar gescheiden door betonnen randen, en hier en daar een stoplicht.

Aan de overkant van de snelweg staken een paar rottende pieren de Hudson in. Tussen de pieren en de weg scheidden nog meer betonnen barrières een lange promenade af. Nu, 's middags, waren de pieren bijna verlaten, maar na het vallen van de duisternis, of het nu winter of zomer was, bij regen of zonneschijn, was West Street het centrum van een homoseksuele vleesmarkt die bijna niets te maken had met de grote homogemeenschap in Greenwich Village.

Dat is het vreemde ervan. De hoertjes zijn jonge weglopers uit het hele land en de klanten komen uit New Jersey en Connecticut en Long Island. Als je de kranten moet geloven, is tachtig procent van de mannelijke prostitués die op de pieren werken seropositief. (Dat is trouwens maar iets meer dan het percentage van de vrouwelijke prostituées die in de binnenstad werken.) In de tijd dat ik nog op Zedendelicten werkte, had ik me wel eens als prostitué moeten voordoen. Het was de bedoeling dat de klanten naar me toe kwamen en me een voorstel deden. Ik was in die tijd nog jong en knap en het had me nooit veel moeite gekost arrestaties te verrichten. Wat me verbaasde (tenminste in het begin) was het simpele feit dat bijna al die klanten getrouwd waren. En ze hadden meestal geen zin om een condoom te gebruiken. Ik weet dat, want ik stelde ze op de proef, eigenlijk vooral uit verveling.

'Veertig dollar? Oké, maar dan moet je wel een condoom gebruiken. Ik wil geen aids.'

'Ha, ha, ha. Jullie jongens leren snel pingelen. Maak er zestig van. Maar dan zonder kapotje, jochie. Ik wil iets voelen!'

Ik liep door en sloeg Jane Street in. Het bakstenen gebouw zonder bovenverdieping, waarin de eenheid huisde, was vroeger een garage geweest. Op het verbleekte bord boven de deur stond 'MANGANARO TKG'. Het was nergens aan te zien dat daar een speciale eenheid van de politie was gevestigd (het liefst zou het korps waarschijnlijk een geheim telefoonnummer hebben), afgezien van het adres zelf. Ik voelde

aan de deur, constateerde dat die op slot zat en drukte op de bel.
'Ja?' De politieman die opendeed, was in uniform. Hij keek me een paar seconden aan om na te gaan wat voor iemand ik was en herhaalde: 'Ja?'
'Rechercheur Means,' antwoordde ik ijskoud.
'Er is hier geen rechercheur Means.'
'Ik ben zelf rechercheur Means, lul. Ik kom voor Pucinski.'
Mijn woorden bevielen hem slecht, maar hij kon er niet veel aan doen. Het hoort bij het politiebestaan dat ze je afzeiken. Hij liet me binnen en ik zag Pucinski achter een computer zitten, aan de zijkant van de zaal.
Ik kende Pucinski van het ballistisch lab. In sommige opzichten was hij de volmaakte politieman. Hij was vijfendertig en van plan de rest van zijn leven bij de politie te blijven. Zijn baan was zijn gezin, zijn geloof, zijn leven. Vijf jaar geleden was hij het verkeerde steegje in gerend en beloond met een schot uit een jachtgeweer dat het grootste deel van zijn rechterbeen had weggeslagen. Hij had meteen met pensioen kunnen gaan, met behoud van driekwart van zijn salaris, maar zoals hij me later uitlegde, had hij daar niet eens over nagedacht. Na de operatie, de prothese en de rehabilitatie was hij het kantoor van inspecteur George Dimenico, zijn beschermengel, binnengestrompeld en had hij hem om een ander baantje gesmeekt.
Dimenico had niet veel keus gehad. Pucinski was een echte held, al was hij zo stom geweest een gewapende crimineel in een donker steegje achterna te rennen. Ik denk dat ze Ballistiek wel een geschikte plek vonden voor een gehandicapte veteraan; Pucinski had daar al meer dan vier jaar gezeten toen ik er kwam te werken. Op de een of andere manier had hij, toch bepaald niet de snuggerste, alle aspecten van de ballistiek onder de knie gekregen, inclusief de computerverbindingen met NCIC en NYSIIS, de criminologische informatiesystemen van de staat New York en van de federale overheid. De computer kon de ballistische gegevens niet met elkaar vergelijken, maar kon wel gegevens met een naam in verband brengen.
Voordat ik naar Pucinski, die ook wel Pooch werd genoemd, toe liep, keek ik even naar hem, zoals hij daar op zijn toetsenbord zat te hameren. Hij was niet veel veranderd. Hij was een meter zeventig (op z'n hoogst), honderdvijfentwintig kilo (op z'n minst), en droeg een lichtbruin kreukvrij gabardine pak, een gerafeld wit overhemd en een effen

bruine das die al gekreukt moest zijn geweest toen hij hem uit het vijfdollarrek pakte. Zijn vetplooien verborgen zijn kraag, terwijl zijn buik zijn riem afdekte. Zelfs zijn oogleden hingen omlaag.

'Hé Pooch,' zei ik. 'Hoe staat het leven?'

Pucinski draaide zich langzaam om (hij deed alles langzaam) en keek glimlachend naar me op. 'Als dat niet meneer Means is! Hoeveel heb je er vandaag koud gemaakt, Means? Wat is de lijkenscore?'

Dat was ook een van de vele dingen die aan het baantje vastzaten. Eeuwig gejend worden door klootzakken als Pucinski. Je kon ze niet slaan en je kon ze ook niet beledigen. Daarom moest je het maar slikken.

'Nou, ik heb vandaag mijn quotum nog niet gehaald, maar het is nog vroeg.' Ik ging naast hem zitten. 'Heeft de inspecteur met je gesproken?'

'Bouton?'

'Ja, die.'

'Ja, die heeft met me gesproken.'

'Over wat ze van plan is?'

'Alles,' zei hij grijnzend. 'Zeg Means, wat doen de Israëli als ze op de Golan-hoogten staan?' Grappen, meestal racistisch, meestal gemeen, vormden een groot deel van het Pucinski-repertoire.

'Ik weet het niet, Pooch.'

'Jodelen.' Hij zat even te grinniken en werd toen weer ernstig.

'Het is een strontzaakje, Means,' zei hij, en pakte de rug van mijn hand vast. 'Je hebt je een strontzaakje op de hals gehaald.'

6

Het was niet wat ik graag wilde horen, maar ik kan niet zeggen dat het me verraste. Ik probeerde een of ander antwoord te bedenken, maar kon niets vinden en haalde mijn schouders op om de vereiste mate van macho-onverschilligheid te tonen. Daarna keek ik om me heen.
Minstens twintig verschillende archiefkasten stonden achter Pucinski's bureau tegen de muur. Boven op die kasten stonden dozen. Ik dacht ten onrechte dat daar papiervoorraden en zo in zaten. Ik zag een rij zwijgende telefoons en computerterminals. De rest van de muren was bedekt met allerlei grafieken en schoolborden. In het midden van de voormalige garage stonden tientallen stoelen en bureaus, voor het merendeel leeg.
'Zie je die dozen, Means?' vroeg Pucinski. 'Wat er in die dozen zit, kon niet meer in de kasten. Het nummer is in het begin tweehonderdvijftig keer per dag over de radio omgeroepen. In de eerste drie maanden kregen we honderdvijfentachtigduizend telefoontjes. Daarna hielden we op met tellen. Het wordt nu wat rustiger, maar er was een tijd dat we twintig man aan die telefoons hadden, en toen klaagden de mensen nog dat ze steeds een bezettoon kregen. En dan moesten we ook nog de bekende zedendelinquenten afwerken. We hebben vijfduizend viezeriken ondervraagd. Verkrachters, pedofielen, pooiers, hoerenmadammen, potloodventers, gluurders. Het donderde niet of het homo's of hetero's waren. Het donderde niet of het mietjes of potten waren. De hoge pieten stonden in hun blote reet en wilden zich indekken voordat ze zonnebrand opliepen. Wil je de waarheid horen, Means? Als dat profiel er niet was geweest, hadden we helemaal geen onderzoek gehad. Dan waren we nu nog steeds bezig geweest de papieren op volgorde te leggen.'
Ik stak mijn hand op om zijn woordenstroom te onderbreken. 'Wat is het profiel, Pooch?'
'Jij weet niet van het profiel?' Weer die brede grijns. Vandaag of mor-

gen verrekte hij zijn kaakspieren. 'Hé, Means, hoe noem je een Somaliër met een gezwollen teen?'
'Doe me een lol, Pooch, geen geouwehoer. Voor mij is het geen geintje.'
De grijns verdween. 'Het is een strontzaakje, Means. Maak je er maar niet al te druk om. Laat je toch niet in de zeik nemen. Weet je, de psychiatro's zeiden dat onze jongen nooit zou ophouden met moorden. Ze zeiden dat hij het in zijn zieke kop kon krijgen om ergens anders heen te gaan. Ze zeiden dat hij onder een bus kon komen of zich van kant kon maken of vermoord kon worden door een reguliere Newyorkse psychopaat. Ze zeiden dat hij misschien zelfs iets oerstoms zou doen en dan gepakt zou worden. Maar hij zou nooit zelf besluiten op te houden met moorden. Dat kon hij niet, zeiden ze. Zie het onder ogen, Means: er is in geen vijf maanden een moord geweest. Je kruiwagen naar de eeuwige roem is dood of vertrokken.'
'Of hij ligt ergens in een ziekenhuis te herstellen. Om straks weer te gaan moorden.'
Pooch leunde opzij, zag kans een bil van de stoel te krijgen en liet een harde scheet. 'Weet je, Means, het zou best kunnen dat we daar in die archiefkasten de sleutel tot onze moordenaar hebben. Of in die dozen. Of op een van de computerschijfjes. Als je, weet ik veel, dertig, veertig jaar de tijd had om je door al die troep heen te werken, kreeg je hem misschien wel te pakken.'
Nu was het mijn beurt om te staan wiebelen. Ik wist dat ik me gewonnen moest geven, dat ik eens en voor al uit mijn hoofd moest zetten dat ik de zaak zou oplossen. En dan niet omdat ik de frustratie niet aankon. Ik had al mijn energie nodig voor het spel dat ik met Vanessa Bouton moest spelen. Voor de komedie die ik moest opvoeren. De vraag waar ik een antwoord op wilde hebben, had niets te maken met de vraag wie die zeven mannelijke prostitués had vermoord. De enige vraag die telde was: wat wilde Vanessa Bouton van mij?
'Vertel eens over dat profiel, Pooch. Ik heb een aanknopingspunt nodig.'
'Ah, ja, het profiel.' Nog steeds grijnzend pakte hij een stuk papier van het bureau en begon voor te lezen: 'De dader is een blanke man, dertig tot veertig jaar oud, een meter vijfenzeventig tot een meter drieëntachtig, tachtig tot negentig kilo. Hij heeft geen strafblad. Hij kende zijn slachtoffers niet van tevoren. Hij is een gehuwde of ge-

scheiden biseksueel met kinderen. Misschien werkt hij in een van de branches waar veel homoseksuelen werken: binnenhuisarchitectuur, de mode-industrie, de theaterwereld, enzovoort. Hij is zo netjes dat het een obsessie is en in het openbaar gaat hij nogal formeel gekleed: pak en stropdas. Hij is een zware roker. Hij heeft of huurt een busje van Amerikaanse makelij. Hij is erg sluw en zal potentiële slachtoffers eerder opgeven dan dat hij risico's neemt. Vanwege zijn economische achtergronden is hij zowel succesvol als stabiel: hij kan niet gemakkelijk naar een ander deel van het land gaan om daar verder te gaan met de moorden. Hij kan ook geen radicale verandering brengen in zijn uiterst systematische werkwijze. Daarom is de kans groot dat hij wordt gepakt of dat hij zelfmoord pleegt.'
'Is dat het?'
'Dat is alles.'
'Wie heeft dit opgesteld? Wie heeft dat profiel bedacht?'
'De eenheid Gedragswetenschappen van het Nationaal Centrum voor de Analyse van Geweldsmisdrijven van de FBI.' Terwijl hij me met half dichtgeknepen ogen aankeek, streken zijn kleine dikke vingers over zijn wang. 'Niet gek, hè? Zeker als je bedenkt dat ze niet veel hadden om op af te gaan: de achtergronden van de slachtoffers, het materiaal dat op de plaatsen van de misdrijven was gevonden, de sectierapporten.'
Ik schudde mijn hoofd. 'Ten eerste zie ik niet in wat we ermee opschieten. Het is te vaag. Ten tweede kun je, als je ernaast zit, de echte moordenaar mislopen. Ten derde waren er geen plaatsen van misdrijven. De slachtoffers zijn niet vermoord op de plaats waar ze gevonden zijn.'
Hij legde het vel papier neer en greep mijn pols vast. 'Het is een strontzaakje,' hield hij vol. 'Een strontzaakje.'
Ik trok mijn hand weg en leunde achterover om zijn redenatie aan te horen. Die liet niet lang op zich wachten.
'We hebben het over een paar honderdduizend telefonische tips. We hebben het over duizenden vraaggesprekken. Ken je commissaris Bowman? Een zwarte die direct onder de commandant van de geüniformeerde dienst werkt?' Hij wachtte tot ik had geknikt en ging verder. 'Bowman was degene die de speciale eenheid opzette. Ik hoor hem nog praten. "Centraal staat dat we organiseren en prioriteiten stellen. Zorg dat jullie niet onder de papieren bedolven raken."'
'Makkelijk gezegd,' zei ik. 'Je kan net zo goed tegen een schildpad

zeggen dat hij moet vliegen. Heeft hij jullie ook gezegd hoe jullie het moesten doen?'

'Nee, dat heeft hij niet gezegd. Maar voor een deel was het wel duidelijk. Zoals de bekende zedendelinquenten. Die hebben we nagetrokken ondanks het profiel. We hebben ook gepraat met de vrienden van de slachtoffers, hun pooiers, als ze een pooier hadden, en elke mannelijke hoer die we te pakken konden krijgen. Maar dat maakte de problemen alleen maar groter. Alles wat we deden, leverde nieuwe aanknopingspunten op. Duizenden en duizenden aanknopingspunten. Tienduizenden. Dacht je dat we die allemaal konden natrekken? Nooit van z'n leven, Means. We moesten ze wel op een bepaalde manier ordenen en dat betekende dat we een of ander uitgangspunt moesten hebben. Een kapstok waar we de zaak aan konden ophangen. Het profiel werd die kapstok.'

Hij trok een sigaret uit een verfrommeld pakje Chesterfield en stak hem op. 'We verdeelden de aanknopingspunten in vijf categorieën, van A tot E. Sommige waren makkelijk in te delen, zoals "Ik zat met die-en-die in een bar en hij zei tegen mij dat hij de moordenaar was", maar de meeste waren vaag. Die-en-die neemt jonge jongens mee naar zijn flat. Die-en-die werkt met leer en gaat 's avonds laat uit. Die-en-die priester is een flikker en kickt op schandknaapjes.'

Hij was nu een en al opwinding en stak zijn sigaret in de lucht bij ieder feit dat hij vertelde. 'Na een paar weken hadden we eindelijk door dat we iets moesten doen. De halve eenheid deed niks anders dan griezels lastig vallen. De andere helft begroef zich in de papieren. De hele klerezaak dreigde ons te ontglippen. Als we niet gauw wat deden, werd het nooit wat.' Hij leunde achterover, ontspande een beetje. 'Dus lieten we de mannen die de telefoon opnamen naar de leeftijd, het gewicht en de lengte vragen. Wat voor werk deed hij? Had hij een busje? Rookte hij? Was hij getrouwd of gescheiden? Iedereen die aan het profiel voldeed, ging automatisch in categorie A. Die zouden we eerst natrekken, en daarna de B's. Alleen kwamen we nooit verder dan de A's.' Hij keek naar zijn handen en haalde zijn schouders op. 'En nu is het voorbij.'

'Hoeveel, Pooch?' vroeg ik nonchalant.

'Hoeveel wat?'

'Hoeveel verdachten hebben jullie met behulp van dat profiel gevonden?'

'Drieëntwintig.'
Ik schudde geërgerd met mijn hoofd. 'Hebben jullie hun vrouw ondervraagd?'
'Natuurlijk.'
'Hun collega's? Hun baas?'
'Ja.'
'Hun buren?'
Hij keek met een ruk op. 'Rot op met je kruisverhoor,' snauwde hij. 'Wat wij deden, noemen ze politiewerk. Dat snapt een psycholul als jij toch niet.'
'Hebben jullie gesurveilleerd, Pooch? Vierentwintig uur per dag gesurveilleerd?' Ik kon het niet laten om het mes nog eens in de wond om te draaien. 'Hebben jullie ze van hun huis naar hun werk en naar hun kerk en naar hun familie gevolgd? Hebben jullie goddomme drieëntwintig levens kapotgemaakt op grond van zo'n snertprofiel?'
We zaten een paar minuten zwijgend tegenover elkaar. Ik weet niet of Pooch over zijn zonden nadacht of dat hij moed verzamelde om me overhoop te schieten, maar ik dacht aan mijn jaren bij Zedendelicten. Over de seropositieve, verslaafde hoertjes die we oppakten. En dat ik diezelfde trieste, valse hoertjes weer op straat zag lopen als ik mijn rapport nog maar amper had ingeleverd. Een brigadier zei een keer tegen me dat ik mezelf als een soort vuilnisman moest zien.
'De straten worden vuil,' legde hij me uit, 'en dus vegen wij ze schoon. En het is maar goed dat ze weer vuil worden, want anders hadden wij geen werk meer.'
Daar zat wat in, maar ik had niet al die uren voor het politievak gestudeerd om vuilnisman te worden. En ik had ook geen vrouw en kinderen en huis op Staten Island te onderhouden. Ik kon zo van mijn loonzakje weglopen en ik heb er vaak over gedacht om dat te doen.
Ik was naar New York gekomen om te jagen. Dat was de hele waarheid. En dat was ook niet zo vreemd, want ik had het grootste deel van mijn leven gejaagd. Ik groeide op in een huis (noem het een hut, als jij er zo eentje bent die een varken met alle geweld een varken wil noemen) aan de rand van het Adirondack, een twee miljoen hectare diep donker bos maar nog altijd minder somber voor mij dan huis, gezin, kerk en school bij elkaar.
Ik kreeg mijn eerste vuurwapen toen ik acht was. Een van de vele 'ooms' die in mams bed kwam liggen (om na een paar maanden of

weken of dagen of uren vol walging zijn biezen te pakken) gaf me een gehavende, éénschots achterlader, een Stevens, en leerde me op wijnflessen te schieten die op rotsen achter het huis waren gezet. Ik bleek een goede leerling, zo goed dat hij me na een paar weken met een handvol patronen het bos in stuurde om 'vlees voor de tafel' te halen.

Flessen bewegen niet; dieren wel. Zo simpel lag het, en na een paar uur kwam ik zonder kogels en zonder vlees terug. Om me bij te brengen dat munitie geld kost, sloeg oom John me een uur lang. Hij sloeg me; rende achter me aan; sloeg me; rende achter me aan. Tot ik niet meer kon rennen en hem maar liet slaan. Wat ik me daar achteraf het best van herinner, had niets met pijn of angst te maken. Nee, wat me van die dag vooral is bijgebleven, is het geluid van die goeie ouwe mam die op de bank lag te snurken.

Het pak slaag had ook positieve gevolgen. Voor zover ik me herinner, ben ik nooit meer met lege handen teruggekomen. Maar ik denk dat ik banger was dat oom John zijn achterlader terug wilde hebben dan voor een pak slaag. Ik was al zo vaak geslagen, terwijl het geweer iets nieuws was. Net als het gevoel van macht dat erbij hoorde.

'Ben je er nog?'

Ik keek op en zag Pooch schuldbewust naar me kijken. Hij leek net een puppy die uitgescholden was.

'Pooch, het spijt me wat ik daarnet heb gezegd. Het was stom van me en ik had het niet moeten zeggen. Jullie hadden niks anders kunnen doen, want zo'n strontzaakje is het wel. Als was gebleken dat een van die drieëntwintig kerels King Thong was, waren jullie helden geweest in plaats van sukkels.'

Hij knikte enthousiast. Wat hem dwars zat, was dat ze geen succes hadden gehad. Het doel rechtvaardigt de middelen alleen als het wordt bereikt. 'Ze betalen je en je doet hun werk,' mompelde hij.

Ik knikte terug. Waarom zou ik iemand tegen me in het harnas jagen die ik nog nodig zou hebben? 'Vertel me eens wat erachter zit. Welke rol speelt Bouton?'

'Dat kreng wil hoofdcommissaris worden,' antwoordde hij lachend.

'En waarom ook niet? De chef geüniformeerde dienst is zwart. Zelfs de burgemeester is zwart, verdomme. Hier in New York is het net het Jaar van de Aap.'

Ik hield mijn gezicht neutraal, al vroeg ik me onwillekeurig af of Pu-

cinski mij achter mijn rug ook een 'halfbloedje' of een 'roodhuid' noemde.
'Ik weet dat ze ambitieus is, Pooch. Dat staat op haar gezicht te lezen. Wat ik bedoel, is wat er binnen de speciale eenheid wordt gespeeld. Waarom geven ze haar de kans om die camouflagetheorie te spuien? Waarom lieten ze haar naar mij toe komen? Waarom gaven ze haar niet twintig rechercheurs om haar goed werk te laten leveren?'
'Het was een val. Ze hebben een val gezet en ze stapte er middenin.' Hij boog zich naar voren en begon te fluisteren. 'Eén ding moet je haar nageven: ze is consequent. De speciale eenheid is meteen na de vierde moord opgezet. Dat was toen de flikkers met hun protestborden de straat op gingen. Bouton was er vanaf de eerste dag bij en vanaf de eerste dag heeft ze geroepen dat die moorden werden gepleegd om één moord te camoufleren. Means, neem maar van mij aan dat er hier niet één was die daarvan wilde horen. We hebben hier zeker twintig zieleknijpers gehad, stuk voor stuk specialisten, en die zeiden allemaal: seriemoordenaar. Daar kwam nog bij dat die eerste drie moorden als gewone zaken waren onderzocht. De recherche zocht precies naar dat gewone motief waar Bouton het de hele tijd over had en ze hebben niks gevonden.'
'Misschien was het niet een van de eerste drie,' zei ik. 'Als je een moord wilt camoufleren door hem op het werk van een maniak te laten lijken, kun je die echte moord pas plegen als de media...' Ik zweeg abrupt.
'Toe dan, Means.'
'Laat maar, Pooch. Er schiet me net wat anders te binnen. Ga jij maar verder met wat jij zei.'
Hij dempte zijn stem nog meer. 'Het ging zo ver dat commissaris Bowman zei dat ze haar mond moest houden tenzij ze iets constructiefs te zeggen had.'
'Hielp dat?'
'Nee. Ze hield zich koest als Bowman in de buurt was, maar ze ouwehoerde wel de hele tijd tegen ieder ander die wilde luisteren, inclusief inspecteurs die helemaal niet bij de speciale eenheid zaten.'
'Was ze nou zo stom of hoe zat dat?'
'Stom? Ze was de beste bij het inspecteursexamen. De allerbeste. Ze heeft ook psychologie gestudeerd aan de Columbia-universiteit en weet ik wat nog meer. Haar probleem was juist dat ze te slim was. Ze

was te slim en moest dat iedereen zo nodig laten weten. Commissaris Bowman is een beste kerel, maar een tweede Einstein is hij nou niet bepaald. Als zijn baas en de baas van zijn baas niet toevallig zwart waren geweest, net als hij, zou Bowman nooit verder zijn gekomen dan adjunct-inspecteur. Dacht je dat hij het leuk vond om in de zeik gezet te worden door een andere zwarte smeris? En dan nog een wijf ook? Een zwart wijf dat naar zijn báás ging en klaagde dat ze niet serieus genomen werd omdat ze een vrouw was? En dat ze misschien zelfs een klacht tegen het korps zou moeten indienen?'
Ik glimlachte om hem aan te moedigen. 'Het verbaast me dat hij haar niet liet fusilleren.'
'Hij speelde het handig, Means. Hij liet haar doorlullen tot ze niet meer terug kon. Toen zei hij dat ze de zaak op eigen houtje zou mogen onderzoeken. Helemaal onafhankelijk, Means. Geen tijdslimiet. Ze mag er tot in de eeuwigheid aan werken en ze hoeft aan niemand verantwoording af te leggen tot op de dag waarop ze de dader arresteert. Of het opgeeft. Op de dag dat ze het opgeeft, moet ze al haar papieren aan commissaris Bowman overdragen.'
'Netjes. Maar ik snap het nog steeds niet. Waarom eiste ze niet een serieuze ploeg rechercheurs? Waarom nam ze genoegen met mij?'
Pucinski leunde achterover en ontspande zich enigszins. Er kwam een brede grijns op zijn gezicht, als een watermeloen die met een jachtmes in tweeën wordt gesneden. 'Laat ik eerst zeggen dat ik erbij was toen dat aanbod werd gedaan. Ik moet namelijk als een soort verbindingsofficier tussen Bouton en de speciale eenheid fungeren. Ik moet zorgen dat ze toegang tot alle dossiers krijgt. Hoe dan ook, ze was helemaal niet zo verbaasd toen ze dat aanbod hoorde. Het leek wel of ze er al een hele tijd over had nagedacht. Bowman vroeg hoeveel mannen ze nodig had en ze zei: "Eén. Ik heb er maar één nodig."
"Iemand in het bijzonder?" vraagt hij.
"Ja," zegt ze. "*Mean Machine* Means."'
'Zomaar?' vroeg ik. 'Zomaar? Zei ze zomaar "*Mean Machine* Means"? Daar geloof ik niks van.'
Hij boog zich naar voren en tikte met de punt van zijn dikke wijsvinger tegen mijn borst. 'Zo waar als ik hier zit, Means. En Bowman wist precies wie ze bedoelde. Hoe voelt het om een legende te zijn?'
Ik gaf geen antwoord en hij gaf me een minuut de tijd voordat hij me weer porde.

'Hé, Means. Hoe noem je een Somaliër met een gezwollen teen?'
'Ik weet het niet, Pooch. Ik weet het echt niet.'
'Een golfclub.'

7

Mean Machine Means. In zekere zin was het een eer. Die bijnaam had ik ooit eens van een of andere rijmend straatschoffie gekregen. Mijn collega's van Zedendelicten hadden er via hun verklikkers van gehoord en natuurlijk werden er al gauw een hoop stomme grappen over gemaakt. Smerissen werken niet graag met fanatiekelingen samen, en ik kan niet zeggen dat ik het ze kwalijk nam, zelfs toen niet. Maar dat betekende ook niet dat ik ermee ophield. Zoals ik al zei: ik kwam naar New York om te jagen, niet om een anonieme soldaat te zijn in een leger van zevenentwintigduizend man. En wie dat niet aanstond, kon wat mij betrof naar de pomp lopen.
Maar ze liepen niet naar de pomp. Het systeem heeft zijn eigen remedies voor smerissen met een Rambo-mentaliteit. Ballistiek was daar een van, regelrecht ontslag ook.
Het was dat ontslag waar ik bang voor was, toen ik daar achter een bureau zat en naar een enorme doos met rapporten keek. Pooch was zo attent geweest die rapporten alvast voor me te selecteren. Wanneer hoge politieofficieren als commissaris Bowman op de ondergang van inspecteur Vanessa Bouton uit waren, zouden ze amper een seconde nodig hebben om over het lot van rechercheur Roland Means te beslissen. Boutons belofte dat ze me zou beschermen was ongeveer evenveel waard als de belofte van een politicus dat hij een eind aan het begrotingstekort zal maken.
Niets is voor een jager zo beschamend als wanneer hij in zijn eigen val trapt. Ik was van de regen in de drup gekomen (of beter gezegd, van de drup in een dreigende stortbui) maar dat wilde nog niet zeggen dat ik daar moest blijven. Als je in een bereval stapt, blijf je dan 'au, au, au' roepen tot je bent doodgebloed? Of zoek je naar manieren om de val open te wrikken en je wonden te verbinden?
Er was geen weg terug. In de allereerste plaats moest ik Vanessa Bouton tevreden stellen. Als ik haar een paar weken zoet kon houden, zou

moeilijk in een auto (al was er in een busje meer ruimte), waardoor het meestal een kwestie was van vlug even pijpen. Instappen en uitstappen; een, twee, drie; geld aanpakken en wegwezen.
Maar als de moordenaar zijn slachtoffer had opgepikt, was hij er nog lang niet. Hij moest een rustig plekje vinden om te parkeren, om zijn slachtoffer over te halen zich van hem af te wenden om vervolgens de trekker over te halen voordat het slachtoffer kon reageren. Ik weet wel dat het mogelijk is iemand zo bang te maken dat hij zich laat vermoorden, maar als je het over zeven slachtoffers hebt, lijkt het me onwaarschijnlijk dat daar niet een of twee bij zaten die zich verzetten. Of die op zijn minst hun hoofd ver genoeg opzij draaiden om de positie van de ingangswond te veranderen.
Drugs hadden de oplossing kunnen zijn, als er sporen van recent druggebruik waren aangetroffen. Klanten boden vaak cocaïne aan (plus geld, natuurlijk) om hoeren tot bijzonder avontuurlijke sex te verleiden. De moordenaar had zijn eigen mengsel van heroïne en cocaïne kunnen maken om zijn slachtoffer buiten westen te krijgen en daarna de fatale kogel af te vuren. Maar dat was niet gebeurd. De maag en neusgaten van alle slachtoffers waren zorgvuldig op drugresten onderzocht. De huid was onderzocht op recente priksporen. Er was niets gevonden.
Als King Thong zijn slachtoffers niet met drugs rustig had gehouden, hoe had hij dat dan gedaan? Om de een of andere reden wilde het antwoord me niet te binnen schieten. Maar het was in ieder geval iets waarmee ik bij Bouton kon komen aanzetten. Zou het bijvoorbeeld niet mogelijk kunnen zijn dat King Thong twee kleine aapjes was in plaats van één grote gorilla? Misschien drukte de dader zich tegen zijn werkende (dus knielende) slachtoffer aan en haalde hij de trekker over op het moment van het orgasme?
Of misschien was ieder slachtoffer wat extra geld aangeboden als hij een blinddoek wilde dragen en de passieve partner in een potje anale sex wilde zijn. De moordenaar had zijn naakte, liggende slachtoffer van achteren benaderd, maar in plaats van zijn penis in het aangeboden achterste te steken, had hij een kogel in de schedel van zijn sexpartner gepompt. In het riool van de Newyorkse prostitutie zijn blinddoeken niet ongewoon, voor jongens niet en ook niet voor meisjes. Ik las dat er op alle lichamen houtvezels waren aangetroffen. Die vezels kwamen van schoon, ongeverfd triplex. Aangenomen werd dat het tri-

plex op de bodem van een busje of bestelwagen had gezeten. Ik mocht ervan uitgaan dat de omgeving van de ogen ook op materiaalvezels of op chemische residuen was onderzocht, tekenen die op het gebruik van een leren masker hadden kunnen wijzen. Maar de sectierapporten bevatten daarover geen duidelijke gegevens en dus was ook deze blinddoektheorie iets wat als bewijs van rechercheur Means' enthousiasme aan Vanessa Bouton kon worden voorgelegd.

Afgezien van de houtvezels bestonden de materiële sporen die op de slachtoffers waren aangetroffen alleen uit de lange, onregelmatige stroken leer die King Thong zijn naam hadden opgeleverd. Die stroken waren niet van koeiehuid gemaakt, maar kwamen uit de huid van een hert. (Dit feit en nog een aantal andere feiten, zoals de steekwonden en de verwijdering van de wenkbrauwen en oogleden, waren buiten de publiciteit gehouden.) In het begin hadden de rechercheurs verwacht dat die stroken herteleer hen veel verder zouden brengen, maar alleen al in de staat New York en de omringende staten worden iedere november in het korte jachtseizoen ongeveer een miljoen herten door ongeveer zes miljoen jagers gedood. De meeste van die jagers laten de kop opzetten en de huid looien om hun stomme macho-trofee aan hun al even stomme macho-vrienden te laten zien.

Zoals ik al zei, heb ik mijn hele jeugd veel gejaagd, maar voor mij was de jacht nooit een manier om mijn mannelijkheid te bewijzen. Het was geen afrodisiacum. Mam zag kans elke cent die in huis kwam uit te geven. Ze ging naar steeds louchere bars (daar duikelde ze die 'ooms' op), maar in slechte tijden kocht ze liters en liters goedkope wijn. De overheid deed, misschien uit medelijden met mij, voedselbonnen in mams bijstandspakket. Die voedselbonnen verkocht ze met vijftig procent korting aan een plaatselijke kruidenier, een zekere Pierre DeGaul. Wat ik hiermee maar wil zeggen, is dat ik ging jagen om te eten te hebben. Ik heb het nooit als een staaltje van moed gezien om het vizier op de flank van een grazend hert te richten.

Toch stond er niets in het FBI-profiel waaruit je kon afleiden dat de moordenaar ooit op iets anders joeg dan mensen. Volgens het profiel was King Thong een keurig gekleed managerstype. Zo iemand zal niet zo gauw door een modderig bos kruipen – of met het bloed tot aan zijn ellebogen bij het nog warme karkas van een pas gedood hert zitten om het te villen en de ingewanden eruit te halen. Ook iets om onder de aandacht van Vanessa Bouton te brengen.

Ik ging verder met het materiaal dat Pooch uit de dossiers had gehaald. In theorie had Pooch alles buiten de selectie gehouden wat met de theorie van de seriemoordenaar in verband stond, vooral informatie die via de speciale telefoonlijn of naar aanleiding van de profielschets was binnengekomen. Wel zaten er gesprekken met vrienden, collega's, familieleden enzovoort bij. Zonder precies te weten waarom nam ik het dossier van slachtoffer vier en legde dat naast het dossier van slachtoffer één. Het dossier van nummer één was minstens vijf keer zo dik als dat van nummer vier. Zodra iedereen ervan uitging dat het een seriemoordenaar was, hadden ze de standaardprocedures overboord gezet.

Ik legde de dossiers van slachtoffers vier en vijf op het lege bureau, pakte de bijbehorende sectierapporten en legde ze naast de dossiers.

Slachtoffer vier heette John Kennedy. Hij werd John-John genoemd, al was zijn tweede voornaam Anthony en niet Fitzgerald. Hij was drieëntwintig jaar geweest toen hij zijn moordenaar tegen het lijf liep. Drieëntwintig jaar oud; een meter vijfenzeventig; vierenzestig kilo. Geen littekens, geen moedervlekken, geen tatoeages.

Zes maanden voordat hij werd vermoord, was hij uit het gehucht Owl Creek, een heel eind ten noorden van New York, naar de grote stad gekomen, waar hij twee keer wegens prostitutie was gearresteerd, hetgeen betekende dat hij waarschijnlijk al kort na zijn aankomst in het leven was gegaan. Beide arrestaties waren verricht in 53rd Street, beter bekend als de 'strip', een omgeving die meestal door mannelijke tienerprostitués werd gebruikt. Zijn laatst bekende adres was het Opvanghuis, een van de vele non-profit-organisaties die tijdelijk onderdak aan dakloze jongeren verschaften. John-John was in april van het vorig jaar door King Thong vermoord, om precies te zijn op 10 april. Zijn lichaam was de volgende morgen op een parkeerterrein bij 47th Street gevonden.

Ik pakte een foto op die daar gemaakt was, een foto van het lichaam zoals het was ontdekt en zorgvuldig was onderzocht. John-John Kennedy had tegen een muur aan de achterkant van het parkeerterrein gezeten. Hij was helemaal naakt, afgezien van die vermaledijde leren strook die zijn grauwe penis recht overeind hield.

In een impuls plukte ik een tweede foto (eentje die in gelukkiger tijden was gemaakt) uit het dossier en legde hem naast die andere. Ondanks de verwijdering van oogleden en wenkbrauwen was duidelijk te zien dat het bijna meisjesachtige gezicht op beide foto's aan dezelfde persoon toebehoorde. De moordenaar had Kennedy's borst en onderbuik aan flarden gesneden; tussen de lappen vlees waren stukken bot te zien. Toch was het gezicht, zeker in termen van mogelijke identificatie, nagenoeg ongeschonden. Natuurlijk zou Kennedy, omdat hij met de politie in aanraking was geweest, met behulp van zijn vingerafdrukken zijn geïdentificeerd, maar dat kon de moordenaar niet weten. Hij had niet alleen gewild dat de lichamen werden gevonden, maar ook dat ze werden geïdentificeerd.

Ik keek de papieren door in de hoop de naam van John-John Kennedy's pooier te vinden, vooropgesteld dat hij er een had gehad. Collega's hadden Kennedy die avond op de strip gezien, maar niemand had hem zien instappen. Ik vond ook geen naam van een pooier. Het leek er trouwens niet op dat de rechercheurs zich erg voor Kennedy's pooier hadden geïnteresseerd. Ze vroegen iedereen naar degene bij wie John-John was ingestapt, hoe die eruit had gezien, wat het nummer van zijn auto was geweest.

Het was niet bepaald politiewerk volgens het boekje. Eigenlijk kon je wel zeggen dat het prutswerk was. Ik geloofde niet in Boutons theorie, maar ik ergerde me mateloos aan rapporten die ik nu in handen had. Ik zag het al helemaal voor me: tientallen rechercheurs die tips natrokken die op een speciaal telefoonnummer waren binnengekomen, tips die met behulp van een profiel waren geselecteerd. Eén gigantisch, vulgair circus, met de politie midden in de ring en met de verslaggevers en politici als pikeurs en de krantelezers en televisiekijkers als publiek.

(Ik kom in de verleiding om het woord 'huiverend' voor het woord 'publiek' te zetten, maar de stemming onder het volk leek meer op die uit de begintijd van het uitbreken van de aids dan op die uit de tijd van de beruchte seriemoordenaar 'Son of Sam'. Het waren mietjes die gemold werden, geen mensen. Sterker nog, als die moorden niet zo'n bizar karakter hadden gehad en als de homowereld niet zo furieus had gereageerd, zou de pers er waarschijnlijk nauwelijks aandacht aan hebben besteed.)

Er was zowaar een rechercheur naar Kennedy's twee naaste familieleden gegaan: zijn broer Robert, die politieman was, en zijn vader James. De vader bleek in coma te liggen in een ziekenhuis in Lake George; hij had longkanker. De artsen spraken van een terminaal stadium. De broer had, gesteund door zijn vrouw, beweerd dat hij niets van John-Johns leven in New York wist, al was hij wel op de hoogte van John-Johns seksuele geaardheid. De twee broers hadden al jaren geen contact meer met elkaar.

Ik legde de papieren neer en ging een kop sterke, zwarte koffie halen uit de altijd vuile pot bij Pooch' bureau. Hij keek op en bromde iets toen ik voorbijkwam, maar ik begon geen gesprek. Ik wilde dit afmaken, dan kon ik de straat op.

Het vijfde dossier was nog dunner dan het vierde, maar het bevatte geen verrassingen. Bovenop lag een artikel uit *American Psychology*, getiteld 'Seksuele moord'. Ik keek even naar Pooch, maar die was druk op zijn toetsenbord aan het hameren. Had hij dat artikel erbij gedaan om me extra werk te bezorgen? Was het toeval? Had hij gedacht dat het op de een of andere manier relevant was? Ik nam het artikel vlug door en zag al gauw dat er hetzelfde sentimentele geouwehoer in stond als altijd.

Als kind veel geslagen; seksueel misbruik; psychische mishandeling. Ze sloegen me, ranselden me af, schopten me, mishandelden me. Ze verkrachtten me. Ze gaven me het gevoel dat ik minderwaardig was.

Mijn eerste reactie was: 'O nee, niet dat weer.' Meteen gevolgd door: 'Hoe vaak moet ik die onzin nog aanhoren?' Een heleboel kinderen hebben een rotjeugd zonder dat ze criminele psychopaten worden. Ik kan het weten.

Twee of drie keer per maand heb ik, vlak voordat ik in slaap val, dezelfde beelden in mijn hoofd. Ik noem het geen droom, want ik slaap dan nog niet echt. Maar ik ben ook niet wakker meer.

Als ik die beelden heb, lig ik op de grond. Misschien ben ik een kind, dat weet ik niet. Een vrouw, haar gezicht verwrongen van woede, staat drie tot vijf meter van me vandaan. Haar ogen puilen uit; haar huid is vuurrood; haar verwarde bruine haar steekt alle kanten op. Het lijkt wel of dat haar leeft.

De vrouw zegt iets, maar ik weet niet wat het is. Misschien sputtert ze maar wat. Ze begint naar me toe te komen en pas op dat moment zie ik hoe vastbesloten ze is. Ik kan niet geloven dat ze zo groot is; haar lichaam groeit met iedere doelbewuste stap die ze zet.

Ik zou willen spreken, zou me willen verontschuldigen voordat het te laat is, maar ik doe het niet. Of kan het niet. Ik weet niet waarom.

De vrouw heeft een dikke lat in haar handen en brengt die langzaam boven haar hoofd. Het feit dat haar handen zojuist nog leeg waren, maakt me doodsbang.

Als ik geluk heb, val ik in slaap voordat de eerste klap valt, maar ik heb bijna nooit geluk. Ik word ook nooit wakker. En pijn heb ik ook niet. De vrouw is natuurlijk mijn goeie ouwe mam.
Hoeveel schooldagen heb ik verzuimd omdat ik zo erg in elkaar geslagen was dat ik de achthonderd meter naar de bushalte niet kon lopen? Of omdat mijn gezicht zo gehavend was dat mijn goeie ouwe mam bang was dat zelfs de dove, blinde en doofstomme autoriteiten van Paris, New York, iets zouden moeten ondernemen? Vijftig? Honderd? Tweehonderd?
Het vreemde was dat ik het op school van begin tot eind erg goed deed. En ik nam het de onderwijzers niet kwalijk dat ze niets ondernamen, al wisten ze heus wel wat er aan de hand was. Integendeel, ik was blij dat ze hun ogen van me afwendden. Op die manier kon ik ook doen alsof het niet gebeurde.
'Means, voel je je wel goed?'
'Huh?'
'Je staart in de leegte alsof je niet goed snik bent.'
'Ik voel me prima, Pooch. Beter dan ooit.'
Ik legde het artikel bij de rest van het nutteloze materiaal en ging weer aan het werk. Slachtoffer nummer vijf was Rosario Rosa, een twintigjarige jongen uit de Dominicaanse Republiek met een valse verblijfsvergunning. Op een polaroid in het dossier stond hij voor een grauwe huurkazerne. Hij had zijn armen uitdagend voor zijn brede borst over elkaar geslagen. Het was bijna verbluffend hoe groot het verschil was tussen hem en John-John Kennedy. Rosario Rosa was een meter zevententachtig, woog achtennegentig kilo en droeg een leren jasje met studs. Zijn zwarte ogen keken fel de camera in. Zijn huid was donker, zijn wangen waren pokdalig en zijn neus was zo erg gebroken dat hij wel twee centimeter uit balans was. Hij was op en top de stoere bink en leek wel vijf jaar ouder dan Kennedy, al was hij in werkelijkheid anderhalf jaar jonger.
Ik legde Rosa's foto naast die van Kennedy en keek er een tijdje naar. Bouton had opnieuw gelijk. King Thong koos niet een bepaald type uit. Het was waarschijnlijker dat hij een soort kruistocht ondernam. Misschien was hij een prostitutieklant die aids had gekregen en gaf hij de schuld aan alle mannelijke prostitués.
Rosa's gegevens waren niet interessanter dan die van Kennedy. Hij was opgepikt in West Street, maar niemand had iets bijzonders gezien.

Zijn laatst bekende adres was Rikers Island. Kennissen noemden hem een gemene, onvoorspelbare schoft.
Ik bekeek de sectiefoto's en zag daar dezelfde ingangswond. Rosa had zijn gezicht van zijn moordenaar afgewend, dat stond wel vast, maar ik kon me Rosario niet op handen en knieën voorstellen. Zo werkten zulke stoere binken niet. Trouwens, klanten die graag wilden domineren, zouden geen belangstelling hebben voor dekhengsten als Rosario Rosa.
'Hé, Pooch,' riep ik.
Hij zette het computerscherm uit en draaide zich naar me om. 'Wat is er?' Zo te zien was hij blij dat hij van zijn werk werd afgeleid.
'Heb jij enig idee hoe lang King Thong zijn slachtoffers rustig hield? Ik heb hier Rosario Rosa en dat was een agressief type. Ik kan me niet voorstellen dat hij een klant lang genoeg zijn rug toekeert om zich door zijn kop te laten schieten.'
Pooch lachte. 'Means, als je precies wilt weten hoe dat zit, moet je het aan de moordenaar vragen.'

8

Ik zorgde dat ik het materiaal een paar uur bij Pooch kon achterlaten en ging toen de straat op. Die doos met die berg informatie was zo deprimerend dat ik hem wilde bewaren tot de kleine uurtjes, als ik meestal toch al gedeprimeerd was. Hoewel ik nooit energie te kort kom, heb ik weinig slaap nodig. Voordat ik naar Ballistiek werd verbannen, liep ik 's nachts vaak over straat, soms op zoek naar moeilijkheden maar vaak ook gewoon om energie op te doen. Ik noemde dat stadsvernieuwing van de ziel.
In tegenstelling tot wat de meeste mensen denken, koelt New York 's nachts niet af. Nee, terwijl al die brave dagmensen voor hun grootbeeldtelevisie zitten en naar het late journaal kijken en zich afvragen of ze nog de energie hebben voor sex, heerst er in de stad een brandende hitte.
De meeste mensen leggen verband tussen daglicht en energie. Ze gaan ervan uit dat de wereld vertraagt als de zon met zijn vuur achter de horizon verdwijnt. Maar dat is gelul en ik raad iedereen die dat gelooft van harte aan om eens een nacht zonder tent of zaklantaarn in een bos door te brengen. Als er daar niets is, waar ben je dan bang voor? Je weet heel goed dat die vleermuizen en stinkdieren die 's nachts door het bos zwerven je geen kwaad kunnen doen. Dat jij hun kleine hersentjes op maar één gedachte brengt, en dat is dat ze je tot elke prijs moeten ontwijken. Dat jíj het grote monster in hùn bos bent.
Dus waar ben je dan bang voor?
Ik was nog geen zes jaar oud toen ik voor het eerst aan die specifieke angst werd blootgesteld. Het bos, met aan de rand hoge hemlocksparren waarvan de takken de grond raakten, was het huis tot op vijftien meter genaderd. Ik had overdag (wanneer ik meestal alle gelegenheid had om op verkenning uit te gaan, terwijl mam de stad in was voor drank of voor geld om drank te kopen) een tunneltje tussen de vijf meter hoge hemlocks gemaakt en dat vond ik op de een of andere manier

terug toen mam op een avond door het dolle heen was. Ik geloof dat haar woede niet op mij gericht was, maar op een van mijn 'ooms'. Ze hadden ruzie, maar het ging wel een beetje verder dan wat gewoonlijk onder ruzie wordt verstaan. Mam en haar minnaar sloegen elkaar bont en blauw.

Ik had al genoeg meegemaakt om te weten dat de kans dat mam plotseling van doelwit veranderde even groot was als de kans dat ze opeens bewusteloos op het bed neerviel. De deur stond toevallig open, dus rende ik het huis uit. Ik ging deze keer niet op een van de rechthoekige lichtvlekken op het gras staan, veroorzaakt door het licht dat door het raam naar buiten viel, maar ik liep door. Ik ging mijn tunneltje in en kwam tot rust in een holletje, waar de wortels van drie hemlocks elkaar op de woudbodem ontmoetten.

In zekere zin was het wel grappig. Ik zat op een rommelig stukje bos met allemaal dode naalden en feliciteerde mezelf net met mijn ontsnapping, toen opeens de lichten in het huis uitgingen. Misschien wilde mam me op die manier straffen omdat ik aan haar woedeaanval ontsnapt was. Of misschien hadden zij en haar minnaar besloten het tussen de lakens goed te maken en had mam geen idee waar ik zat. Hoe dan ook, ik zat gevangen in het donker. Met al die geluiden om me heen.

De hele nacht wachtte ik tot de 'kannibaalindiaan' me kwam halen. De kannibaalindiaan was een bedenksel van mam, de boeman die ze gebruikte om me te laten gehoorzamen als ze te moe of te dronken was om haar handen te gebruiken. De kannibaalindiaan, meer dan twee meter groot en zo rood als een brandweerauto, kwam 's nachts zijn glinsterend witte tanden in het zachte vlees van ongehoorzame kinderen begraven. Bijvoorbeeld in dat van mij, een halve Indiaan.

Als jongetje van vijf geloofde ik heilig in die kannibaalindiaan, ook omdat ik niemand in de buurt had die zei: 'O Roland, monsters bestáán niet.' Ik geloofde ook in mijn eigen slechtheid. In het bos is het nooit helemaal stil. De wind kreunt in de bomen als een monster dat naar het vlees van een klein kind verlangt. Kleine dieren (muizen, stinkdiertjes, konijnen, wasberen) brengen de droge takken en dode bladeren in beweging en slaan zo nu en dan in paniek op de vlucht als ze de kannibaalindiaan (wie anders?) zien naderen.

Zoals ik al zei, het was in zekere zin (en van op een afstand) wel grappig. Het enige dat ik kon doen, was dieper wegkruipen in de duisternis

tussen de hemlocktakken en mijn adem inhouden, want het kleinste geluid zou het monster al naar me toe kunnen lokken. Ik moest de duisternis van het bos en de daar levende wezens accepteren. Wezens die, zoals ik later zou begrijpen, zich met mij zouden voeden zoals ik mij met hen voedde.
Zijn nachtdieren bang voor de zon? Zijn ze er bang voor zoals mensen bang zijn voor het donker? Toen het weer licht begon te worden, toen ik mijn ongekannibaliseerde vlees kon zien, was ik niet bang meer. Ik was pas vijf jaar oud, maar ik wist dat die goeie ouwe mam me nooit in die diepe, donkere bossen zou volgen. Zoals ieder ander nachtblind dier kon ze de uren van duisternis alleen in een veilig, goed verlicht hok doorbrengen.
(In zekere zin was ik mams kannibaalindiaan geworden. Een goeie grap ten koste van mam, nietwaar? Niet dat ik menselijk vlees eet... net als elke andere geest voed ik me uitsluitend met de ziel.)
Later, in New York, ontdekte ik een waarheid waar ik nooit een vermoeden van had gehad. Het bijzondere leven dat na zonsondergang ontwaakt, heeft niets te maken met de afwezigheid van licht. Want het lag op me te wachten in New York, ondanks het feit dat die stad (zoals iedere plaats waar grote aantallen mensen bij elkaar zijn) bang is voor het donker en ertegen vecht. Felle straatlantaarns; trillende, sissende neon; zeeën van licht uit ramen van restaurants; theateringangen badend in het licht; al dat verrekte verkeer met koplampen – het haalde allemaal niets uit, want mensen zijn niet in staat de zon terug te halen, of de boeman op een afstand te houden.

Het was nog vroeg toen ik Pooch aan zijn miezerige lot overliet. De zon was al een uur of zo onder en het regende een beetje. Ik trok mijn capuchon over mijn hoofd en stopte de pet van het Politiesteunfonds in mijn zak, want ik was iets van plan waarbij ik niet als politieman herkend wilde worden. Niet dat ik daar erg mijn best voor hoefde te doen, want de drugdealers in New York zouden zelfs een broodje ham benaderen als dat het geld zou verschaffen om een kwart gram of een tien-dollarzakje te kopen.
Ik liep door Tenth Avenue, door de wijk Chelsea en in de richting van Midtown en Times Square, het gore middelpunt van Amerika. Chelsea is een van die wijken die betere tijden hebben gekend en waar projectontwikkelaars druk bezig zijn de vergane glorie te her-

stellen. Dat is ze in één wijk, de Upper West Side, goed gelukt, en in een andere wijk, Hell's Kitchen, ook wel enigszins, maar in Chelsea was er nog niet veel van terechtgekomen. Misschien had dat iets te maken met de Robert Fulton Houses, drie hele blokken met sociale woningbouw, grimmiger dan alles wat je verder in Manhattan kunt vinden.

De dealers waren in groten getale opgekomen. Ze hadden het voorzien op coke- en dopejunks, die het van hun kant op de brave burgers hadden voorzien. Ik voelde dat hun blikken op me gericht waren toen ik voorbijliep; dit was geen buurt voor een verkwikkend wandelingetje. Bij het tweede blok kwam er een afgezant naar me toe.

'Wil je iets kopen?' vroeg hij.

Ik bleef staan en keek hem aan. Het was een lange, slanke latino en hij had scherpe *indio*-ogen, ongeveer als die van mij, al was zijn huid heel wat donkerder. Ik keek hem dus even aan en hield hem toen opeens mijn penning voor.

'Ik heb niks met jou te maken; jij hebt niks met mij te maken. *Comprende?*'

Hij zette grote ogen op en begon toen te lachen. 'Jij lijkt anders helemaal niet op een smeris!'

'Waar lijk ik dan wel op?'

Hij lachte nog harder. 'Jij lijkt op mij.'

Ik hield hem niet langer van zijn werk en liep door in de richting van de binnenstad. Ik was op zoek naar een dealer die in zijn eentje werkte, maar die verwachtte ik pas te vinden als ik bij Times Square was aangekomen. De straatdealers in 42nd Street en omgeving komen meestal uit heel andere buurten. Het zijn echte ondernemers die zelden in groepen opereren en liever positie kiezen in de stillere zijstraten, waar ze hun klanten zoeken onder wat er toevallig voorbij komt lopen.

Ik vond de man die ik zocht in 44th Street, tussen Eighth en Ninth Avenue. Het was een zwarte jongen, niet al te groot en in een doorweekt sweatshirt met capuchon. Hij was hooguit zeventien. Ik wierp hem een vragende blik toe en hij fluisterde de magische woorden.

'Coke? Coke?'

Ik aarzelde, begon weg te lopen, draaide me om en veegde met de rug van mijn hand over mijn neus, zoals cokejunks doen.

'Ik zoek een achtbal. Kun je me daaraan helpen?'

Een achtbal is een achtste van een ounce, drieëneenhalve gram. Niet iedere straatdealer kan (of wil) zoveel aan een vreemde verkopen.
'Geen probleem. Kost driehonderd. Vooruit betalen.'
Ik hield mijn hoofd een beetje schuin en keek hem sceptisch aan. Zijn hoofd kwam amper tot mijn kin, maar hij leek me iemand die hard kon lopen.
'Dacht je dat ik achterlijk was?' vroeg ik. 'Dacht je dat ik je zomaar driehonderd dollar ging geven? Doe me een lol, man, en heb een beetje respect voor me.'
Hij keek me strak aan, maar ik hield voet bij stuk. Ik wilde hem niet bedreigen, maar hij moest de indruk krijgen dat ik een paar jaar in de bak had gezeten.
'Wat dacht je, man?' vroeg hij tenslotte. 'Dacht je dat ik je geld inpik? Jezus nog aan toe, dit is mijn vaste stek. Ik sta hier altijd.' Hij keek me fel aan, zijn kin naar voren. 'Hoe weet ik goddomme dat *jíj* *míj* niet gaat rippen?'
Ik haalde mijn pakje bankbiljetten te voorschijn, haalde er driehonderd dollar af en hield die voor zijn gezicht. 'Jouw beurt, makker.'
Zijn hand bewoog in de richting van het geld, maar toen aarzelde hij en graaide in zijn zak. 'Zo doe ik nooit geen zaken,' legde hij uit, 'maar nou maak ik een uitzondering.' Hij haalde drie pakjes te voorschijn. 'Nou ik het geld. Geef ik jou deze halfjes. De rest van mijn spul heb ik daar beneden.'
Hij wees naar een stenen trap die naar de kelderingang van een schoenenzaak leidde. Hij bedoelde dat hij zijn voorraad daar ergens in het donker had, en dat was precies wat ik wilde weten. Ik stopte het geld weer in mijn zak, zag de verbaasde, teleurgestelde uitdrukking op zijn gezicht en haalde mijn penning te voorschijn.
Hij keek vlug naar links en rechts, op zoek naar een mogelijkheid om te ontsnappen. Ik tikte met de punt van mijn laars tegen zijn scheen en drukte mijn onderarm tegen de zijkant van zijn gezicht. Dat was mijn manier om hem uit te leggen dat mensen niet kunnen vliegen.
Hij sloeg nogal hard tegen de grond, belandde met een smak op zijn achterste en greep toen krampachtig zijn rechterbeen vast.
'Wou je ergens heen, jochie?' vroeg ik rustig. 'Had je een afspraakje?'
Hij keek naar me op met ogen die vlamden van pure haat. Voedsel voor de ziel, noem ik dat altijd. Ik trok mijn pistool uit de holster aan mijn riem en liet het aan hem zien.

'Je handen gaan in je zakken en ze komen er niet meer uit. Gesnopen?'
Hij aarzelde en ik trok mijn voet terug.
'Ja, ik ben niet stom.'
Dat zou ik kunnen betwisten, maar ik deed het niet. 'Hup, overeind jij.'
Toen hij rechtop stond, ging ik dicht bij hem staan en duwde de loop van het pistool tegen zijn ribben. Daarna fouilleerde ik hem vlug en vond een mesje in de zak van zijn jasje. De media deden het altijd voorkomen alsof elke straatdealer een Uzi bij zich heeft, maar in werkelijkheid verwachten straatdealers dat ze vroeg of laat worden opgepakt, en als ze dan een illegaal vuurwapen bij zich hebben, moeten ze daar veel langer voor zitten dan voor het verkopen van een paar halve grammen aan een rechercheur. Bovendien lopen ze dan het gevaar dat de arresterende rechercheurs hun eigen onreglementaire idee van gerechtigheid op hen toepassen.
'Wat wil ik, jochie?' Ik duwde hem van me af en zorgde dat ik het wapen tegen me aan hield, zodat eventuele voorbijgangers er niets van zagen. 'Geen handboeien, hè? En ik heb je dat gezeik over advocaten niet voorgelezen, hè? Dus wat wil ik?'
Hij wist waar het me om begonnen was, en dat beviel hem helemaal niet. Als ik zijn coke inpikte zonder hem te arresteren, zou het moeilijk voor hem worden om dat uit te leggen aan de dealer die hem het spul op de pof had geleverd. Aan de andere kant wilde hij ook niet naar de gevangenis.
'Nu zul je uit twee kwaden moeten kiezen,' legde ik uit. 'En ik merk dat je daar moeite mee hebt. Dus zal ik de keuze wat gemakkelijker voor je maken. Als je het niet vrijwillig afgeeft, sleur ik je die trap af en sla ik je tot pulp. En daarna vind ik het zelf. Begrepen?'
Hij begreep het en een paar minuten later liet ik hem gaan, tien halve grammen lichter.
'Het leven is hard, jochie,' riep ik hem na. 'Soms gaat het omhoog, soms omlaag. Dat noemen ze de Wet van de Wipwap.'
Ik wachtte tot hij een half blok van me vandaan was, draaide me toen om en liep de andere kant op. Op Eleventh Avenue, bij het Javits Center, zou het wemelen van de hoeren, inclusief een heel stel travestieten in volle uitdossing. Ik was daar een tijdje niet geweest, maar ik zou er vast wel een paar herkennen en die zouden me naar

anderen leiden. Ik wilde de straatroddels horen, ik wilde weten wat ze te zeggen hadden. Daar draaide het om in het coke-wereldje. Dat dealertje had het venijn gekregen en nu ging ik vliegen vangen met honing.

9

Lorraine Cho probeerde van duizend tot nul terug te tellen, al haar aandacht op de vallende regendruppels te concentreren, de kleine hut voor de tiende keer volledig te doorzoeken, voor zichzelf alle gedichten op te zeggen die ze van haar lessen Engels had onthouden. Maar niets van dat alles wilde lukken. Wat ze ook besloot, ze kon het niet.
Waar ze aan dacht, nu Becky weg was en papa straks zou komen, was de versnipperaar.

Becky was de vorige dag in een erg spraakzame bui geweest. Ze had aan een stuk door gebabbeld over de vergeefse pogingen van haar en papa om een kind te krijgen.
'Ach, papa's hart was er bijna door gebroken, Lorraine. Toen de dokter zei dat hij geen baby's kon verwekken. Nooit niet. En al die tijd gaf hij mij de schuld. Zelfs na de onderzoeken. Nou, dat is niet eerlijk, dat weet ik heus wel, maar papa heeft er de pest aan om ongelijk te hebben. O god, wat heeft hij daar de pest aan. Je moet nooit tegen papa zeggen dat hij ongelijk heeft, wat het ook is. Zelfs nu het zo goed gaat met ons leven, krijgt hij een rothumeur als hij een fout maakt.'
Becky had Lorraines haar gestreeld. 'Ik zou je dit niet moeten vertellen, Lorraine. En je moet me beloven dat je het aan niemand zult door vertellen. Geloof me nou maar: als papa erachter komt, komen wij allebei in grote moeilijkheden.' Ze sprak nu bijna fluisterend. 'Toen de dokter tegen papa had gezegd dat hij geen baby's kon verwekken? Nou, toen kon papa helemaal niet meer vrijen. Ik zweer je, Lorraine, het maakte niet uit hoe ik mijn best deed om papa te stimuleren (en ik deed mijn uiterste best; dat was mijn christenplicht): papa bleef zo slap als macaroni van gisteravond.' Ze had weer gegicheld. 'Toen begonnen we te rijden.'

'Becky?' Lorraine had eindelijk de moed verzameld om haar plan uit te proberen.
'Ja, Lorraine?'
'Het wordt hier 's nachts erg koud, Becky. Dan lig ik te rillen en kan ik niet slapen. Zou jij me aan een extra deken kunnen helpen?'
'O, Lorraine.' Er had oprecht verdriet in Becky's stem doorgeklonken. 'Ik heb het al aan papa gevraagd en hij zei nee. Maar maak je geen zorgen. Het is voorjaar en binnenkort is het veel warmer.'
Lorraine had de stilte tussen hen laten voortduren. Ze had gewacht tot ze Becky kon horen bewegen en had toen gezegd: 'Kun je er niet een van jezelf brengen, Becky? Een deken, bedoel ik. Die verberg ik dan gauw als ik de auto hoor stoppen. Papa zou het nooit te weten komen.'
'Nou, weet je, Lorraine, ik heb daar zelf al over gedacht. Ik bedoel, je bent mijn kleine meisje en zo en het is niet meer dan normaal dat ik goed voor je zorg. Maar papa zegt dat als ik je iets breng zonder dat ik hem eerst vraag of het mag, hij me in de versnipperaar stopt.'
Versnipperaar? Bedoelde ze een papierversnipperaar?
'Ik begrijp het niet,' had Lorraine tenslotte gezegd.
'Nou, dat zou hij ècht doen, Lorraine. Hoe erg het ook lijkt, papa zou het doen.'
'Wat doen, Becky?'
'Mij in de versnipperaar stoppen.'
Opnieuw begreep Lorraine het niet goed. Ze wilde het al bijna opgeven, omdat de situatie toch te krankzinnig was om er nader naar te informeren, toen Becky haar vingers onder de deken schoof.
'Jee, jij hebt het echt koud. Maar ik ben zo bang voor die versnipperaar.'
'Ik weet echt niet waar je het over hebt.' Lorraine was bijna in tranen uitgebarsten.
'Ik heb het over de houtversnipperaar.' Becky's handen waren Lorraines lichaam blijven strelen. 'Papa heeft me alles verteld over die man in Connecticut die zijn vrouw vermoordde. Je hebt zeker wel in de krant over hem gelezen. Hij vermoordde haar, sneed haar in stukken en vroor haar in, en daarna haalde hij haar lichaam door de versnipperaar. En weet je wat, Becky? Ze hebben nooit iets tegen hem kunnen bewijzen. Dat zei papa. Hij zegt dat als ik je iets geef zonder hem te vragen of het mag, hij me in de versnipperaar stopt. Alleen maakt hij me dan niet eerst dood. Hij doet het terwijl ik nog leef. Kun je je dat

voorstellen, Lorraine? Terwijl ik nog leef. En dan kunnen ze nooit iets tegen hem bewijzen.'

Zodra ze de auto hoorde, wist Lorraine dat Becky niet achter het stuur zat. Het busje reed hard en naderde de hut met brullende motor, om vervolgens gierend tot stilstand te komen. Twee paar voeten liepen over het erf.
'Schiet eens wat op met die verrekte deur. Ik snap niet waarom we haar hier eigenlijk heen hebben gebracht.' De diepe, schorre stem was van papa.
'Iedereen heeft ontspanning nodig,' antwoordde Becky. 'Iedereen.'
De deur vloog open, sloeg tegen de muur. Papa stampte door de kamer, trok de deken weg en duwde een stel kleren tegen Lorraines borst.
'Aantrekken. En vlug wat.'
Lorraine hoorde dat papa snel ademhaalde. Ze stelde zich voor dat zijn ogen wijd opengesperd waren van opwinding. Dat hij daar wijdbeens stond, met gebalde vuisten.
Ik wil leven.
Die woorden galmden even door haar hoofd, maar gingen toen over in het besluit de angst te overwinnen die in iedere cel van haar lichaam brandde. Papa, begreep ze, zou geen genoegen nemen met minder dan volledige gehoorzaamheid. Ze kon hem niet gehoorzamen als ze verlamd was van angst. Haar handen vonden het bundeltje kleren en frommelden aan de verschillende kledingstukken.
'Maar papa, het is niet eerlijk om van Lorraine te vragen dat allemaal in haar eentje te doen. Ze is blind.'
'Help haar. Nee, wacht even.'
De handen die haar op het bed neerdrukten, waren groot en sterk. Lorraine voelde ruwe wol tegen haar borsten, hoorde het metalen geluid van een rits die openging.
Onmiddellijk was ze weg. Dit gebeurde niet met haar. Niets hiervan. Niet het schuren van die eeltige hand over haar borst. Niet het onverschillige dierlijke gromgeluid waarmee iedere stoot gepaard ging. Ze dwong zichzelf niet tot die reactie. Het ging vanzelf. Haar lichaam zweefde boven haar lichaam, aandachtig luisterend en vervuld van medelijden met de vrouw op het bed.
Papa stond op zodra hij klaar was. Toen Lorraine weer tot zichzelf

kwam, merkte ze hoe onverschillig hij was. Het verbaasde haar dat haar hele lichaam schokte van het snikken.

'Laat me je helpen, Lorraine.' Becky's stem klonk nog even opgewekt. 'Nou, ik moet je vertellen dat we je straks in het busje gaan vastbinden. Anders zou je het verkeer in springen en dat mag natuurlijk niet. Nu ik mijn kleine meisje heb gevonden, wil ik haar niet verliezen.'

Tien minuten later waren ze op weg. Lorraine was met haar borst en armen vastgesjord aan klampen in het triplex waarmee de binnenkant van het busje bekleed was. Ze had een ruwe prop in haar mond.

Ze probeerde zoveel mogelijk van de route in haar hoofd te prenten. Of tenminste iets van de omgeving waar ze doorheen reden. Het busje stootte en hobbelde over ruw terrein; takken krasten over de zijkant. Ze reden een keer door een beek en gingen aan de overkant hotsend naar boven.

Gaan we stroomopwaarts of stroomafwaarts? vroeg ze zich af. En: ik had op de een of andere manier de tijd moeten schatten. De tijd is belangrijker dan de route.

Maar het was al te laat en ze besloot nu op te letten of ze iets hoorde dat op menselijke bewoning duidde. Een hond die blafte, kookluchtjes, dat soort dingen.

Enige tijd later (een halfuur, een uur – dat kon ze niet nagaan) kwamen ze op een goede weg en gingen ze harder rijden. Ze had nog niets van belang gehoord of geroken.

'Allemachtig, dat was een ruw ritje. Ik hoop dat je er niet al te veel last van had, Lorraine. Papa is een echte cowboy als hij achter het stuur zit.'

Lorraine, die niets kon zeggen, knikte.

'Wil je naar de radio luisteren? Als papa het goed vindt?'

'Goed idee, baby. Zet eens wat muziek op.'

Lorraine hoorde de radio met een klik aangaan. Hoorde, toen Becky aan de afstemknop draaide, snelle, scherpe geluidsstoten met veel ruis. Tenslotte hoorde ze iets wat op een kerkkoor leek: *Jeeeeezus houdt van mij*. Gevolgd door een klap en een gesmoorde kreet van Becky.

'Ik heb je al vaker gezegd dat ik dat Jezus-gedoe niet wil hebben, baby.' Papa's stem klonk dof en even nonchalant als wanneer hij het over het weer zou hebben gehad.

'Nou, ik dacht dat we deze keer wel een uitzondering konden maken, papa. Voor Lorraine.' Niettemin draaide ze weer aan de knop. Ditmaal zocht ze een popstation op.

Lorraine luisterde enthousiast, al had ze nooit veel om popmuziek gegeven. Ze wachtte tot een presentator zou zeggen welk radiostation het was; daar kon ze misschien uit afleiden waar ze haar heen hadden gebracht. Al wist ze dat ze niets aan die informatie zou hebben.

Het geluid zakte telkens weg en kwam weer opzetten, al naar gelang het busje omlaag of omhoog ging door wat blijkbaar bergachtig terrein was. Het signaal was op zijn sterkst als ze zo nu en dan voor rood licht stopten en op zijn zwakst als ze in de dalen afzakten. Tenslotte zei een vrouwenstem: 'Dit is Robin Love met de Voice of Love. WLOV-FM in het mooie, landelijke Pottersville.'

Lorraine begon te huilen; de stille tranen liepen uit haar ogen in de prop die haar mond bedekte. Ze had nooit van Pottersville gehoord en het gevoel dat ze over de rand van de wereld was gezeild, werd bijna ondraaglijk. Misschien was ze gekidnapt door buitenaardse wezens. Misschien was ze niet meer op aarde; misschien was ze op de planeet Waanzin. Misschien zou ze vannacht sterven.

Ze trok voorzichtig aan de touwen waarmee ze aan de wand van het busje vastgebonden was. Die touwen hielden haar vast alsof ze een stuk van een geslachte koe was of een kist met machines, iets wat niet mocht glijden. Niet dat ze zo verschrikkelijk strak zaten. Ze zou zelfs kunnen ontsnappen.

Maar nee, dat was niet zo. Ze kon misschien vrijkomen, maar ze kon niet ontsnappen. Ze was blind.

Ze vroeg zich af wat papa zou doen als ze de touwen loskreeg en hij het zag. En ze stelde zich voor dat papa haar bevroren lichaam in de versnipperaar deed, en wat er dan aan het andere eind uit zou komen.

'Papa, ik moet heel nodig pissen.'

'Verdomme.'

'Nou, het is echt zo. Ik kan het niet helpen. Als we gaan rijden, word ik zo zenuwachtig dat ik nodig moet.'

'Ja.' Papa's stem klonk berustend, de stem van een ouder met een kind dat zich altijd irritant gedraagt. 'En die spleetoog achterin?'

'Je moet haar niet zo noemen, papa.'

Meteen waren ze aan het vechten. Ze sloegen, krijsten, vloekten zo hard als ze konden. Lorraine voelde dat het busje over de weg slingerde, ze voelde de waanzin evenals de chaos. Toen ze eindelijk begon te snikken, hielden ze plotseling op.

'Zie je nou wat je doet?' Becky's stem kwam fluitend tussen haar tanden door. 'Jij en je lelijke woorden?'

Ze reden uren door; Lorraine sliep en werd wakker en sliep weer. Popmuziek stampte continu uit de speakers en telkens wanneer een zender langzaam wegviel, draaide Becky plichtsgetrouw aan de afstemknop. Soms stopten ze ergens om hamburgers en cola te kopen of om naar de wc te gaan. Lorraine moest haar behoefte langs de kant van de weg doen, maar ze was blij dat ze dan even haar verstijfde lichaam kon strekken en dat ze iets anders kon inademen dan de stank van papa's sigaren.

Maar ze haalden de prop niet uit haar mond. Niet als ze het busje uitging. De prop werd alleen even weggehaald als ze ging eten.

Ze was niet bang meer (al wist ze dat ze dat wel weer zou worden); blijkbaar begon ze aan de situatie te wennen. Wel kwamen er allerlei vragen bij haar op, vooral de vraag wat papa en Becky op de snelweg deden. In het begin was ze er zeker van geweest dat ze haar zouden doden en haar lichaam in de bossen zouden dumpen. Maar dat was dus niet zo, want dan hadden ze het meteen wel gedaan. Natuurlijk was het mogelijk dat ze perfectionisten waren en naar de absoluut volmaakte plaats zochten, zoals een fotograaf op zoek gaat naar de perfecte zonsondergang.

Ze stopten een keer op een parkeerplaats. Papa fluisterde iets tegen Becky en kwam toen op zijn hurken achterin zitten, bij de zijdeur. Becky stapte uit en Lorraine luisterde even naar haar resoluut klinkende voetstappen, om vervolgens haar aandacht op papa te richten. Ze kon zijn zweet ruiken, en ook zijn opwinding. Hij wachtte op iets en plotseling wist ze precies wat het was. Hij wachtte op een prooi.

Een paar minuten later kwam Becky terug en reden ze zonder iets te zeggen van de parkeerplaats weg. Lorraine hoorde dat het geluid van de banden hoger klonk. Blijkbaar reden ze weer op een snelweg, een snelweg op een onbekende plaats, op een onbekend tijdstip.

Vroeg of laat, dacht ze, moeten ze het opgeven. Ze kunnen niet altijd doorrijden.

Binnen een kwartier verliet het busje de snelweg. Ze reden hotsend over een zandweg en kwamen tot stilstand. Becky en papa klommen naar achteren en negeerden haar volkomen. Ze gingen op de vloer van het busje liggen slapen.

Lorraine luisterde een tijdje naar hun gesnurk en realiseerde zich toen plotseling dat ze door de wol geverfde veteranen waren. Ze wisten precies wat ze konden verwachten. Precies hoe ze in hun ritme konden blijven. Ze waren net soldaten die in modderige kuiltjes leren slapen en die ook leren vijandelijk vuur dat niet op hen gericht is volkomen te negeren.

De felle junizon verwarmde het gesloten busje en Lorraine, die wist dat haar een erg lange dag te wachten stond, begon te zweten. Ze was ook moe, maar ze kon niet slapen. In plaats daarvan zakte ze weg in een herinnering die dichter bij een visioen zat dan bij een droom.

Haar ouders hadden haar meegenomen naar een strand in Far Rockaway. Ze kon niet ouder dan vijf zijn geweest, en misschien was ze zelfs veel jonger. Het was erg warm, om te puffen zo heet, en ze hadden geen strandparasol. Na een paar uur slaagde zelfs het oceaanwater er niet meer in hen verkoeling te brengen. Haar vader stelde voor ijsjes te gaan halen. Haar moeder sliep op een deken.

De rij voor de ijskraam was vijftien mensen lang, maar haar vader had het nu eenmaal beloofd en ging achteraan staan. Na een paar minuten slenterde Lorraine, zoals vervelde kinderen op de hele wereld doen, bij hem vandaan. Ze liep wat over het strand en keek even naar de andere badgasten, maar toen hoorde ze een stem van achter de ijskraam komen. Ze ging op onderzoek uit.

Achter de kraam trof ze een kind aan, een jongen. Hij praatte opgewonden, maar er was niemand in de buurt. Met driftige handgebaren zette hij zijn woorden kracht bij. *Ik deed niks. Ik deed niks.* Steeds weer. Alsof dat de enige woorden waren die hij kende.

Lorraine was gefascineerd; ze was helemaal niet bang. Dit was iets nieuws, iets dat volkomen anders was dan de kalme wereld van haar ouders. Ze zou er graag een naam aan willen geven, zou graag willen begrijpen wat ze zag. De wereld was veel groter dan de woning van haar ouders. Ze was oud genoeg om dat te weten. En om die grote wereld te willen verkennen en begrijpen.

De jongen keek opzij en zag haar. Op zijn gezicht maakte de woede plaats voor verbazing; die verandering was bijna komisch om te zien. Toen keek hij haar spottend aan en trok zijn zwembroek omlaag om haar zijn kleine witte penis te laten zien.

Lorraine was met stomheid geslagen. Ze wist dat er iets mis was, maar ze wist niet wat ze moest doen. Misschien moest ze hard weglopen. Of om haar vader roepen. Maar ze had nog nooit een penis gezien.
Opeens waren er overal mensen. Lorraine werd plotseling door haar vader opgepakt en hij hield zijn handen voor haar ogen. Het laatste dat ze zag, voordat ze werd weggedragen, was dat een volwassene, een dikke vrouw in een erg strak blauw badpak, de jongen hard op zijn mond sloeg. Ze hoorde de jongen zijn onschuld betuigen, zowel voor als na de klap: *Ik deed niks. Ik deed niks.*

Die herinnering heeft hier niets mee te maken, dacht Lorraine tenslotte. Het komt allemaal doordat ik zo wanhopig ben. Mijn geest gooit alles eruit wat de tijd kan verdrijven, wat de angst op een afstand kan houden. Ik mag me hier niet aan overgeven; ik mag niet gek worden. Ik mag niet zo worden als zij.
Ik wil leven.
Een paar minuten later viel Lorraine in een droomloze slaap. Toen ze wakker werd, reed het busje alweer. Ze probeerde zich uit te rekken, maar was natuurlijk nog vastgebonden. Haar verkrampte armen deden pijn en ze kreunde door de smerige prop die voor haar mond was gebonden.
'Gaat het, Lorraine?' vroeg Becky vriendelijk. 'Straks stoppen we. Voor eten. Papa zegt dat we iets kunnen halen en dat we het dan in het bos kunnen opeten. Dat is zo leuk, Lorraine. Net een ouderwetse picknick. Zoals we vroeger in Atherton hadden, toen ik nog een klein meisje was. O, ik weet nog goed, die picknicks van de kerk…'
'Becky.' Papa's stem klonk scherp, bijna gesmoord. Het busje minderde vaart. 'Kijk daar eens. Volgens mij zit er iemand in die auto.'
'Nee maar, je hebt gelijk, papa. En er hangt een wit doekje aan de antenne. Zou het een jonkvrouw in nood zijn?'
'Tenzij het een overjarige, langharige hippie is. Ga jij maar vast, baby. Ik pak het gereedschap en kom achter je aan.'
Het busje ging nog langzamer rijden en stopte. Deuren gingen open en werden dichtgegooid. De zijdeur van het busje werd opzij gerukt en de sigarerook in papa's adem drong tot Lorraine door. Ze hoorde iets zwaars over de vloer schrapen, en toen hoorde ze Becky's stem in de verte.
'Hé, zo te zien heb je problemen. Kunnen wij je helpen?'

'Hij doet het niet meer. Zomaar. Gloednieuw en hij doet het niet meer.' Een vrouwenstem. Jong en nerveus. 'Ik denk dat ik de accu heb leeggemaakt toen ik hem aan de praat probeerde te krijgen.'
'Het zal die vervloekte computer wel zijn.' Papa's stem.
'Computer?' vroeg de vrouw.
'Ja, in al die nieuwe auto's zitten computers. Die geven er soms zo ineens de brui aan. En dan kun je niks meer doen, dan moet er een nieuwe in. Ik heb wel gereedschap bij me, maar daar hebben we niks aan.'
'Ik weet wat je wèl kunt doen,' zei Becky. 'Je wilt toch niet wachten tot er een politiewagen passeert? Nou, dat kan wel morgenvroeg worden. Maar wij hebben telefoon in het busje. Zo'n autotelefoon. Je kunt je man bellen...'
'Ik ben niet getrouwd.'
'Nou, je vriend of je ouders dan. Iemand die je kan komen halen. Ik vind het zo verschrikkelijk als een vrouw gestrand is. Met al die criminaliteit van tegenwoordig. Je weet nooit wie er voorbij komt.'
'Daar zat ik ook de hele tijd aan te denken.'
'Natuurlijk. Het zou het eerste zijn wat míj te binnen schoot. Woon je hier ver vandaan?'
'Zo'n twintig minuten.'
'In dat geval blijven wij hier wachten tot iemand je komt halen.'
'Dat hoeft niet...'
'Ik moet er niet aan denken dat we je hier in je eentje lieten zitten. Dat zou zo onchristelijk zijn. Zou het niet onchristelijk zijn, papa?'
'Absoluut.'
'Goed. En bedankt. Ik zal zo snel mogelijk iemand laten komen.'
Lorraine hoorde opluchting in de stem van de vrouw. Opluchting en dankbaarheid, en toen voetstappen die het busje naderden. Ze wist wat er ging gebeuren, wilde een waarschuwing schreeuwen: VLUCHT! Ze probeerde de prop uit te spuwen, maar het was al te laat. De voetstappen kwamen bij de deur aan en ze hoorde een doffe klap, waarna er iets zwaars in het busje werd geduwd.
'Rijden,' zei papa. 'Neem Route 9 naar het stuwmeer. Je weet wel. Ik ga kijken of ik dat kreng wakker kan krijgen.'
Het gillen begon lang voordat het busje stopte. Het ging maar door. Totdat de tijd geen betekenis meer had. Tot het gegil iets abstracts werd. Als een politiesirene die je in een grote, gewelddadige stad ergens in de verte hoort.

Lorraine was ver weg. Ze droomde. Ze rook de koperlucht van bloed terwijl ze door een zoet geurende voorjaarstuin wandelde; rook de ammoniastank van papa's zweet, terwijl ze bij een bedje rode en gele tulpen zat. Kersebloesems vielen op haar schouders; de fijne witte bloemblaadjes vormden een tapijt op het gras. Lorraine hoorde het gillen natuurlijk wel. Ze hoorde het smeken, maar ze wist dat zij het niet was. Zij was het niet, want het kon haar niet overkomen. Niet nu ze veilig in haar tuin was.

10

De volgende morgen werd ik om tien uur wakker. Ik ging naar de badkamer, dronk daarna een glas sinaasappelsap en begon aan mijn ochtendtraining. Het licht hoefde niet aan. Ik woonde op een verbouwde bovenverdieping van een fabriek aan Fifth Street in Long Island City, en aan de westkant zaten ramen van vloer tot plafond, waardoor genoeg daglicht binnenkwam.

Mijn trainingsruimte bevond zich aan de noordkant van de tweehonderd vierkante meter grote ruimte. Het gebouw van vier verdiepingen (ik had de helft van de bovenste verdieping) was ooit de fabriek van Parenti Machinists geweest en was berekend op zware machines. Stalen balken liepen van oost naar west. Dat was nog eens wat anders dan de blootgelegde plafondbalken die je in duurdere huizen aan de rand van de stad ziet. Ik had zware zakken aan die balken gehangen – vijftien, twintig, veertig kilo volgepropt canvas – die zich op verschillende hoogten bevonden.

De zakken hingen er uitnodigend bij, maar ik moest er niet mee beginnen. In een hoek stond een Precor-tredmolen; die wenkte me zoals een kwijlende sadist naar een vastgebonden maagd kijkt. Ik haatte die tredmolen, vond het afschuwelijk om steeds maar weer de ene zinloze voet voor de andere te zetten. Maar het was de snelste manier om aan een training te beginnen, en ik moest dat hardlopen afwerken zoals een geconstipeerd kind een lepel wonderolie moet innemen. Met gezwinde spoed.

Ik strekte mijn kuiten enkele minuten, stapte toen op het platform, startte de machine en begon te lopen. Eerst langzaam, toen sneller en met de steilste helling die de machine te bieden had. Een halfuur later haalde ik, druipend van het zweet, de schakelaar over en stapte van het ding af. Als ik op straat hetzelfde wilde bereiken, zou me dat twee uren kosten.

Ik liep naar de zak van veertig kilo en begon mijn rechteronderarm in het ruwe oppervlak te pompen. Keer op keer. Ik heb mijn eigen methode van straatvechten. Onderarm, elleboog, muis van de hand, zijkant van de hand, voorhoofd – dat zijn mijn wapens. Ik gebruik mijn vuisten nooit. Breek je je knokkels, dan duurt het maanden voor ze genezen zijn en soms (zoals verscheidene veelbelovende boksers hebben ontdekt) genezen ze nooit.

Om de een of andere vreemde reden vond ik het een angstaanjagend idee om met een verwonde hand de straat op te gaan. Ik wilde in alle opzichten in het voordeel zijn. Daarom werkte ik zo aan mijn conditie. Daarom nam ik altijd een wapen mee, en mijn penning, en daarom sloeg ik hard, snel en als eerste. Maar mijn grootste pluspunt was de bereidheid om pijn te incasseren zonder me af te wenden. Zolang ik bij bewustzijn ben, blijf ik doorgaan. Dat kun je aan me ruiken.

Dat heb ik ongetwijfeld van mam geërfd. Als je maar vaak genoeg en hard genoeg geslagen bent, is er nog maar één ding waarvoor je bang bent en dat is het verliezen van een gevecht. Maar mam liet me niet alleen een harde kop en een lichaam vol littekens na. Ze had het geluk om de loterij van de staat New York te winnen en ze had het fatsoen om zes maanden later op een mistige avond stomdronken te worden en voor een achttienwieler te stappen. Er was natuurlijk geen testament, maar ik was enig kind en mijn vader bleek dood te zijn en alle andere claims werden uiteindelijk verworpen.

Boven op het bedrag, twintig jaar lang $ 48.000 per jaar, was bijna drie jaar rente gekomen, voordat de rechter eindelijk besloot mij de erfenis toe te kennen. In zekere zin werkten de eindeloze kronkelwegen van het systeem in mijn voordeel. Toen ze me eindelijk een cheque van $ 102.486 gaven (de rest was opgeslokt door advocatenhonoraria) verkeerde de Newyorkse onroerend-goedmarkt in rep en roer. In 1987 had mijn zolder misschien wel driehonderdduizend dollar moeten opbrengen. In 1990 kreeg ik hem voor weinig meer dan de helft van dat bedrag.

Ik veranderde van positie, nam een ontspannen, natuurlijke houding aan en pompte de muis van mijn rechterhand in het midden van de zak, op het punt waar bij een mens de maag zou zitten. Ik liet er een uitval naar de neus op volgen, ging weer in mijn oorspronkelijke houding staan en deed het helemaal opnieuw.

Objectief gezien was deze oefening even zinloos als het rennen in die tredmolen, maar zo zag ik het nooit en dat kwam waarschijnlijk doordat ik me kon verbeelden dat het geen zak was maar een mens. Een mens zonder lichaam, zonder gezicht, zelfs zonder sekse, maar toch een mens.

Ik had als kind heel wat afgeknokt (zelfs volgens de nogal ruime normen van Paris, New York, was ik een vreemd kind) maar hoewel ik had leren winnen, was ik nooit door andere kinderen geaccepteerd. Niet dat ik dat erg had gevonden. Ze hoefden niet van me te houden, als ze maar respect voor me hadden.

Het was nog maar een uur of twaalf en ik was nog aan het trainen, toen de deurbel ging. Ik keek geërgerd op. Het zou Marie Koocek wel zijn die voor een neukpartijtje kwam, ook al kende ze mijn tijdschema. Marie was beeldhouwster en behoorde tot een groepje kunstenaars dat in Long Island City woonde en werkte. Ik kon er nooit achter komen of ze op me gesteld was of niet. Ze kwam vaak 's avonds laat naar mijn appartement en liet me dan alle hoeken van de slaapkamer zien. De volgende morgen ging ze weer aan haar werk zonder ooit zoiets belachelijks als liefde ter sprake te brengen. Ik geef toe dat ik nieuwsgierig was naar haar motieven, maar dat ging niet zo ver dat ik haar ernaar vroeg en daarmee iets goeds verpestte.

Een blik op de monitor boven de deur maakte me duidelijk dat mijn bezoek niet Marie was die mijn bezwete lijf in bed kwam sleuren; het was Vanessa Bouton die voor bedcontrole kwam. Elektronica was een hobby van me en ik had al lang geleden een kleine camera in het kijkgaatje van de deur geïnstalleerd. Voor de lens stond een vastbesloten, autoritaire Vanessa Bouton, wijdbeens en met haar handen op haar rug. Haar gezicht was onbewogen en onverstoorbaar, maar ze had tenminste geen uniform aan. Daar mocht ik nog blij om zijn.

Ik deed de deur open en ze ging zonder iets te zeggen naar binnen en bleef abrupt staan toen ze mijn appartement zag. Ik gaf haar de tijd om alles in zich op te nemen. Natuurlijk trok ze alle verkeerde conclusies, maar dat interesseerde me niet.

De omgeving van mijn kleine trainingsruimte was nog niet afgewerkt en ik had een kleine slaapkamer afgeschoten, maar de rest van de ruimte was wijdopen. Ik had de eikehouten vloerplanken geschuurd en gebleekt tot ze bijna wit waren en daarna had ik een laag PUR op de planken aangebracht. Een witte leren sofa, een bijpassende tweezitsbank en een glazen salontafel stonden dicht bij de oostelijke muur, de muur zonder ramen. De keuken was ook wit – witte kastjes, wit aanrecht, wit fornuis, witte formica tafel, witte leren stoelen met een glanzend chromen frame.

In de afgelopen jaren had ik (met hulp van Marie Koocek) wat geld in zes abstracte glazen beelden belegd. Ze stonden op zwartgelakte platforms en werden van achteren belicht. Hun scherpe, primaire tinten vormden de enige echte kleuren in de kamer.

Op twee uitzonderingen na waren de muren zelf leeg. De eerste, mijn wapenverzameling, hing achter de sofa. Ik zal je niet vervelen met een volledige opsomming, maar de collectie was tamelijk uitgebreid en voor het merendeel modern. Er waren evenveel handvuurwapens als geweren. In het midden hing een .45 Thompson Model 27 A-1, voorzien van alle beschikbare snufjes en uitgerust met een LS55 laser-vizier. Volautomatisch of niet, voor mij was dit het wapen dat ik het liefst zou meenemen als ik naar een versterkt crackhuis ging.

De tweede uitzondering was min of meer bij toeval tot stand gekomen. Een paar jaar geleden raakte ik geïnteresseerd in sloten en de wijze waarop je die open kunt krijgen. Binnen een week beheerste ik de basistheorie, maar de toepassing daarvan was moeilijker. Om sloten te kunnen forceren of afdrukken te kunnen maken, moet je eindeloos veel oefenen. Het is veel moeilijker dan bijvoorbeeld goed te leren schieten. Ik had een soort raster van balkjes gemaakt en daar allerlei sloten op vastgezet. Het geheel had ik laag aan de muur bij de trainingsruimte gehangen. Natuurlijk was het typisch iets wat iemand met slapeloosheid in de lege uren van de nacht deed, maar ik was wel zo serieus bezig geweest dat ik erg goed met de eenvoudige sloten overweg kon (de Yales en Arrows en zo), zelfs volgens professionele normen. Het was mijn ambitie om het elektronisch materiaal ook onder de knie te krijgen, maar zo ver was ik nog niet.

'Inspecteur?' zei ik na een tijdje. 'Wil je nog een stap vooruit doen? Dan kan ik de deur dichtdoen.'

Ze draaide zich naar me om. 'Mooi appartement.'

Het was eerder een vraag dan een constatering. Haar ogen noemden me een schurk. Ze dacht natuurlijk dat ik dit appartement en alles wat ik hier bezat met smeergeld had gekocht. Bij wijze van antwoord glimlachte ik een beetje geheimzinnig. Ik wilde haar laten denken dat ik te koop was. Als de koppensnellers ooit zouden besluiten achter me aan te gaan, wilde ik dat ze met het geld begonnen. Ik wilde hen laten denken dat ik door geld werd gedreven.

'Dank je. Ik heb er veel tijd in zitten.'
'Het is erg schoon. Niet bepaald wat ik van een vrijgezelle smeris zou verwachten.'
Mijn appartement was om twee redenen erg schoon. De eerste, en belangrijkste, reden was mijn obsessie om nu juist níet de typische ongetrouwde smeris te zijn, die zijn loon in de kroeg verzuipt en dan thuis tussen de vuile lakens neerploft. De tweede reden was Olga Pizarro, die het eigenlijke werk deed.
'Het is niet mijn ambitie om te voldoen aan het beeld dat je op films van politiemannen krijgt,' antwoordde ik zo neutraal mogelijk.
Blijkbaar keek ze nu voor het eerst naar me. Ze zag het zweet dat op mijn huid opdroogde, zag mijn doorweekte sportbroekje.
'Ik was aan het trainen,' legde ik uit. 'Omdat ik jou de komende twee uren niet verwachtte, dacht ik dat ik tijd genoeg had.'
Haar mond ging open voor een totaal onverwachte grijns. 'Wij hebben een probleem, Means. Jij werkt 's nachts en slaapt overdag. Ik werk overdag en heb de pest aan de series die je dan op de televisie hebt. Twaalf uur 's middags leek me het beste compromis dat ik kan accepteren zonder gek te worden.' Ze hield me een papieren zak voor. 'Ik heb wat broodjes meegebracht. Die kan ik wel even warm maken terwijl jij onder de douche staat.'
Fantastisch. We zouden aan het grote avontuur beginnen en zij popelde van ongeduld. Het was voor haar allemaal maar een spelletje. En dat vond ik vreemd, want haar hele carrière was in het geding.
Toch volgde ik haar raad op en ging naar de douche. Ik wilde wat tijd hebben om na te denken over het verslag van mijn wederwaardigheden van de afgelopen nacht, dat ze vast en zeker van me zou verlangen. Mijn verblijf onder de zusters (en broeders) van het Newyorkse nachtleven was op zijn zachtst gezegd nogal ontmoedigend geweest. King Thong was inderdaad een favoriet gespreksonderwerp onder de dames en heren die in het leven zaten. Evenals zijn slachtoffers. De namen John-John Kennedy en Rosario Rosa waren bij iedereen bekend, maar niemand geloofde dat de moordenaar iets anders dan een zwaar gestoorde klant was. Telkens wanneer ik een ander motief ter sprake bracht, keken ze me aan of ze het in Keulen hoorden donderen. John-John, vertelden ze me, was een naïef jongetje. En hij zat veel te kort in het leven om aan zoiets lastigs als chantage te kunnen beginnen. Rosario daarentegen was een rotzak van het zuiverste water, maar

hij was te labiel om iets te ondernemen dat over meer tijd gespreid was dan een beroving.

Mijn cocaïne leverde me daarentegen wel een belangwekkend gerucht op. John-John Kennedy, zeiden ze, werd ten tijde van zijn dood lastig gevallen door een pooier. Het enige probleem was dat niemand de naam van die pooier kon of wilde noemen.

Dat gerucht bracht me in een interessante positie. Aan de ene kant was het een duidelijk aanknopingspunt. Aan de andere kant mocht ik niet op eigen houtje werken. Ik kwam in de verleiding om Vanessa Bouton het hele verhaal van mijn nachtelijke avonturen in het gezicht te slingeren. Al was het alleen maar om te zien hoe ze reageerde. Aan de andere kant fluisterde een stemmetje: 'Het is een strontzaakje, Means. Een strontzaakje.'

Ik draaide de kraan dicht, pakte een handdoek en dacht: geen denken aan, je vertelt haar helemaal niks. Je geeft haar een paar theorieën en dan moet ze maar zien wat ze ermee doet.

'Means, ben je daar aan het verdrinken?' De stem van het gezag. Bulderend door deuren en muren.

Ik kleedde me vlug aan: zwart Karl Lagerfeld-jasje met twee rijen knopen; grijs, enigszins gekreukte linnen broek van Basco; citroengeel zijden overhemd van Armani. Ik deed alle knoopjes van het overhemd dicht en maakte mijn gouden penning vast. De meeste rechercheurs hebben hun penning in een leren portefeuille die net zo oud en versleten is als het pak dat ze dragen. De mijne, die op een dun plaatje onyx was bevestigd, hing aan het eind van een gouden ketting. Die ketting, met de penning op mijn rug, onder mijn jasje, zat om mijn nauwe boord heen, zodat ik geen stropdas nodig had.

Het eindresultaat zat zo ver van Columbo vandaan als ik maar kon komen. Iets wat Vanessa Bouton niet ontging, toen ik de slaapkamer uitkwam.

'Verrek,' zei ze, en nog een keer: 'Verrek.' Weer een korte stilte. 'Ik voel me net Assepoester. Vóór het bal.' Ze droeg een donkerblauw broekpak en een witte zijden blouse met een gouden speld in de vorm van een zonnetje.

'Maak je geen zorgen,' zei ik. 'Ik ben het maar. Ik wil dat mensen weten dat ik eraan kom. En dat ze me in gedachten houden als ik weg ben.'

'Waarom, Means? Waarom toch?'

Ik keek haar aandachtig aan. Ik vroeg me af of ze in een van de achterbuurten was opgegroeid en nu haar best deed om dat te vergeten.

'Omdat de misdaad altijd doorgaat. Omdat de misdaadbestrijding een stuk zonder laatste akte is. Omdat het gewoon niet leuk is als het niet persoonlijk is.'

Ze draaide zich om naar het fornuis en begon warme broodjes op de ovenplaat te verschuiven. 'Weet je wat, Means? Je reet zit zo stijf dichtgeknepen dat het me verbaast dat je niet door je neus schijt.'

Ik dacht daar even over na en kwam tot de conclusie dat het míjn tekst was.

'Dat is míjn tekst,' zei ik.

Het klonk zwak, zelfs in mijn eigen oren, maar inspecteur Bouton had de wellevendheid er niet op in te gaan. 'Als we nu eens ter zake kwamen,' zei ze. Ze smeerde een dikke laag roomkaas met bieslook op een broodje.

Ik negeerde mijn eigen broodje en nam een slok koffie. 'Ik heb gisteravond het materiaal doorgenomen, en hoewel ik niet kan zeggen dat ik daarin allemaal bewijzen voor jouw theorie zag, geef ik toe dat het onderzoek zich wel erg op dat idiote daderprofiel van de FBI concentreerde.'

Ik legde het rustig uit, dat de slachtoffers heel verschillende types waren geweest, en dat ik me afvroeg hoe de dader hen zo lang in bedwang had kunnen houden, en de afwezigheid van drugs en mijn theorie van de blinddoek. Toen kwam ik opeens met mijn conclusie dat slachtoffer vier of vijf het werkelijke doelwit van Thong moest zijn geweest.

'Trouwens,' zei ik, 'het is onuitvoerbaar om onderzoek te doen naar zeven moorden. Niet wij tweeën. We moeten ons op een paar moorden concentreren.'

Ze kauwde peinzend op haar broodje. Haar tanden waren klein, regelmatig van vorm en erg wit. Ik keek een tijdje naar haar en zette mijn theorie toen nog eens uiteen.

'De eerste drie moorden zijn behandeld als zaken die los van elkaar stonden. De rechercheurs van Moordzaken deden een onderzoek volgens het boekje. Ze vonden niets. Het daderprofiel kwam pas later, toen de media King Thong op de voorpagina hadden gezet. Als de dader voor een seriemoordenaar wilde doorgaan om het onderzoek op het verkeerde been te zetten, zou hij moeten wachten tot iemand over een seriemoordenaar sprak. Vergeet niet: voordat het allemaal in de kranten kwam, had de dader geen idee hoe het onderzoek werd aangepakt. Maar toen we eenmaal achter een seriemoordenaar aan zaten, moest hij snel handelen. Hij kon niet het risico nemen dat hij gepakt werd voordat hij klaar was.'

Ze knikte peinzend. 'Je hebt het dus over Kennedy en Rosa.'

'Ja. Weet je, het lijkt me verstandig om met die twee te beginnen. Levert dat niets op, dan kunnen we naar achteren en naar voren werken. De slachtoffers drie en zes, de slachtoffers twee en zeven. Op die manier. We moeten ons beperken, anders verzuipen we in de informatie.'

'Net als de speciale eenheid.'

Ik glimlachte. 'Wij zijn maar met zijn tweeën, inspecteur. De speciale eenheid heeft geen excuus. O ja, ik neem aan dat je aan chantage denkt?'

'Dat hoeft niet, maar het is wel een logisch uitgangspunt.'

Ik pakte een broodje op, keek er even naar en legde het weer neer. Ik wilde zo gauw mogelijk de straat op.

'Het probleem is dat ik niet veel waarde hecht aan wat er allemaal in die dossiers zit,' zei ik. 'Die vraaggesprekken stelden niks voor; de rechercheurs werkten alleen maar de procedure af. Dat betekent dat we bij het begin moeten beginnen, dat we alle vrienden en vijanden moeten opzoeken en zoveel mogelijk uit ze los moeten zien te krijgen. Kennedy heeft in het Opvanghuis gezeten en de directeur daarvan, Barry Millstein, is een vriend van me. Het lijkt me verstandig om daar te beginnen.'

Het Opvanghuis was er voor jonge daklozen, zowel jongens als meisjes. In veel gevallen ging het om voormalige (of aanstaande) hoeren. Bij een straathoer hoort meestal een pooier, die de dame in kwestie als zijn eigendom beschouwt. Het gebeurde vaak dat een meisje in elkaar geslagen werd, of met een mes werd bewerkt, als ze even uit het Opvanghuis wegging om een boodschap te doen. De pooiers verzamelden zich vaak in een steegje aan de overkant en wachtten daar als katten tot de muizen te voorschijn kwamen.

Barry had daar een keer over geklaagd, toen ik voor een andere zaak naar zijn kantoor was gekomen. Hij vroeg me of de politie (ik dus) daar iets aan kon doen.

'Ik zou het niet weten,' zei ik. 'Heb je namen?'

Ik geloof dat ze zoiets symbiose noemen. We hielpen elkaar tot aan

het begin van mijn ballingschap. Die pooier die ik had gedood was er trouwens ook eentje van hem.
'Die directeur,' zei Bouton, 'die Millstein, dat is die homo, nietwaar?'
'Dat heeft er niks mee te maken. Iedere keer dat kardinaal O'Connor een preek houdt over de verderfelijkheid van de homoseksuele levensstijl, wordt hij doorgelicht. Hij is volkomen zuiver op de graat.'
Zoals iedere andere verstandige homo in New York was Millstein doodsbang voor aids. Zowel hij als zijn vriend, die al heel lang bij hem was (en die een ex-footballer was en die Barry in honderd stukjes zou hebben gebroken als hij hem op gerotzooi met anderen zou hebben betrapt) had een aidstest ondergaan en was niet seropositief gebleken. Het laatste dat Barry zou doen, was naar bed gaan met straatkinderen, of het nu jongens of meisjes waren.
Bouton schudde zijn hoofd en glimlachte. 'Jij bent geobsedeerd, Means. En zoals de meeste geobsedeerde mensen denk je dat je op iets afstevent, terwijl je in werkelijkheid aan het wegrennen bent. Je zou je eens wat moeten ontspannen. Dat heb je echt nodig.'
'En wat heb jij nodig, inspecteur?'
'Waar ik behoefte aan heb, is dat jij geobsedeerd raakt door King Thong. En ik verzoek je me niet in de rede te vallen als ik de expert uithang.'
Ik hield mijn mond. Zoals ik al zei, het hoort bij het politiebestaan dat je van tijd tot tijd in de zeik wordt gezet.

11

Ik liet Vanessa Bouton aan de tafel achter en ging naar de slaapkamer terug. Mijn .38 lag nog op het nachtkastje. Het korps wil dat alle agenten en rechercheurs een .38 bij zich dragen, en omdat ik het hoogste gezag niet voor het hoofd wilde stoten, stak ik de mijne waar hij thuishoorde, in een enkelholster. Het wapen dat ik voor mijn verdediging wilde gebruiken, ging achter mijn riem. Het was een ultra-compacte Detonics .45 ACP, speciaal voor mij gemaakt door een meester-wapensmid met de naam Jim Stroh. Afgezien van de kleine trekker en het Eagle-magazijn was er aan de buitenkant bijna niets bijzonders te zien. Maar aan de binnenkant waren de meeste bewegende onderdelen vervangen door speciale materialen. Dat was gebeurd om drie dingen te bereiken: de terugslag reduceren, de nauwkeurigheid vergroten en blokkering voorkomen.

Geladen met Remington Plus P's van 185 grain was de Detonics het soort wapen dat een politieman in een wereld van Uzi's en Tech 9's bij de hand moet hebben. Ik hield ervan zoals ik van mijn eerste wapen had gehouden, die Stevens achterlader die ik van een 'oom' had gekregen. Officieel zou je de Detonics een reservewapen moeten noemen, maar het was een feit dat ik, schiettests daargelaten, in geen jaren met mijn .38 had geschoten. Ook al ging ik minstens twee keer in de maand naar de schietbaan.

Ik knoopte mijn jasje dicht en ging de slaapkamer uit. Bouton stond voor mijn slotencollectie. Ze draaide zich naar me om toen ik de slaapkamerdeur dichtdeed.

'Jezus, Means,' zei ze. 'Ik durf bijna niet te vragen wat je hiermee doet.'

'Het is maar een hobby, inspecteur.' Natuurlijk loog ik. In de praktijk van het politiebestaan gebeurt het wel eens dat je een afgesloten kamer in en uit moet zonder sporen achter te laten. Je hebt niet altijd een huiszoekingsbevel en kunt er ook niet altijd een krijgen. Op de een of

andere manier had ik het gevoel dat Bouton nog niet klaar was voor dat soort realiteit. Ook al deed ze zich vandaag erg vriendelijk voor. Dat laatste zat me dwars. Het deed er eigenlijk niet toe welke Vanessa Bouton, de strenge bureaucrate of de amicale collega, de echte Vanessa Bouton was. Waar het om ging, was dat ze graag spelletjes speelde.
'Krijg je ze open?'
'Uiteindelijk wel.'
'Wil je dat eens demonstreren?' Ze vroeg het glimlachend en met een hoge, plagerige stem.
'Liever niet.'
Dat verraste haar. De glimlach maakte plaats voor de afkeurende blik waar ik inmiddels zo van hield.
'Denk nou eens na, Means. We zitten hier samen in. Als we elkaar niet vertrouwen...'
'Vertrouwen? Gisteren deed je me als het ware een halsband om en vandaag heb je het over vertrouwen.' Ik wilde nog verder gaan, maar deed het niet. In plaats daarvan haalde ik mijn schouders op en keek op mijn horloge. 'We moeten met iemand over een pooier praten. Tijd om te vertrekken.'
Het grootste deel van de rit naar het Opvanghuis reden we in stilte. Dat wil zeggen, ik reed. Een inspecteur kan een eenvoudige rechercheur niet naar de eigen begrafenis van die rechercheur rijden. Dat protocol zit er bij officieren als Vanessa zo diep ingehamerd dat ze op de passagiersplaats ging zitten zonder het zelfs maar ter sprake te brengen.
Aan de buitenkant zag het Opvanghuis, een appartementengebouw van twintig eenheden aan West 55th Street bij Eleventh Avenue, er net zo groezelig en vervallen uit als de gebouwen ernaast. Van binnen zag het er heel anders uit. Barry wilde dat zijn bewoners zich betrokken voelden bij hun omgeving, dat ze die waardeerden en beschermden. Het was er smetteloos schoon.
We waren nog maar amper binnen of we werden staande gehouden door twee jongens die bewakingsdienst hadden. Bouton liet haar penning zien en ze lieten ons door. Millsteins kantoor bevond zich op de derde verdieping. Ik was er al vaak genoeg geweest om niet meer op een lift te hopen, maar ik zag de teleurgestelde uitdrukking op Boutons gezicht toen ik naar de trap liep.
Groepjes tieners hingen rond op de gangen en bij de trappen. Ze gin-

gen voor ons opzij zonder ons aan te kijken. De gesprekken verstilden als we naderden en alle ogen bleven op de vloer gericht tot we uit het zicht verdwenen waren.

Straatwijsheid, noemen ze dat. Het soort wijsheid dat je ook op jonge leeftijd kunt verwerven. En waarom ook niet? Weggelopen, weggeschopt, weggeslagen... Alles in hun leven moest er wel toe leiden dat ze de normale wegen niet meer kunnen bewandelen. Ze vertrouwen niemand, want het enige dat vertrouwen hen ooit heeft opgeleverd was een klap in hun gezicht. Of een volwassen penis die in hun middernachtelijke dromen binnendrong. Ze komen vanzelf op straat terecht, omdat ze alleen daar worden geaccepteerd.

Ikzelf kreeg een kans die zij niet kregen; ik had het bos, in plaats van de straat, om mijn toevlucht te zoeken.

In de loop van de jaren leerde ik het bos rond mams huis meter voor meter kennen. Ik volgde wildsporen, prentte herkenningspunten in mijn hoofd. Dieren, vooral herten, volgen vaste bewegingspatronen om van voedsel bij water en van water bij voedsel te komen. Sporen kruisen elkaar en een omgevallen eik die over een meertje ligt of een bemoste granietkei of een snelstromend beekje kunnen net zo goed een pad markeren als metershoge borden langs een snelweg. Het is allemaal erg verwarrend wanneer je er als volwassene opeens in terechtkomt, maar als je je hele jeugd de tijd hebt om het uit te zoeken (en als het alternatief die goeie ouwe mam is), ben je er op een gegeven moment erg goed in om er je weg te vinden.

Na een paar jaar (ik was zes toen ik met mijn verkenningen begon), gaf ik routes aan door met een oud zakmes in bomen te kerven. Door de Adirondacks lopen ook een heleboel wandelpaden en uiteindelijk kruisten mijn eigen routes die paden, waardoor mijn actieradius nog veel groter werd. Ik wil niet beweren dat ik de hele Adirondacks in mijn hoofd heb geprent, maar binnen mijn territorium was er, behalve de dieren die mijn geur opvingen, niets dat sneller bewoog dan ik.

We zaten een paar minuten in een voorkamer te wachten voordat de deur van Millsteins kamer opening. Er kwam een meisje van een jaar of vijftien uit, haar ogen op de vloer gericht, haar schouders ingezakt. Ze liep ons zonder een woord te zeggen voorbij.

'Roland?' Barry's hoofd met stekeltjeshaar verscheen in de deuropening. Dat gemillimeterde haar paste heel goed bij zijn energieke gezicht en ik zou me niet kunnen voorstellen dat hij zijn haar op een andere manier droeg. Alles aan hem was snel en nerveus, van de voortdurend op en neer gaande wenkbrauwen tot en met de scherpe staccato-zinnen die hij met zijn Chicago-accent uitsprak.

'Blij je te zien,' ging hij verder. 'Lang geleden. Heb je gemist. En nog even piekfijn als altijd.' Hij droeg zelf een spijkerbroek, een goedkoop blauw overhemd en een mouwloze geruite pullover.

'Jammer dat ik van jou niet hetzelfde kan zeggen. Dit is inspecteur Bouton. We werken samen.'

Hij negeerde de schimpscheut en stak Bouton zijn hand toe. 'Inspecteur, hè? Onder de indruk. Echt waar. Goed dat Roland vooruitkomt in de wereld. Jammer van Linda.' Hij ging zonder onderbreking van het een op het ander over.

'Linda?' Bouton glimlachte vaag.

Millstein wees naar de deur. 'Linda. Verknalde het een keer te vaak. Cocaïne. Op straat al erg genoeg, maar ze bracht het hier binnen. Bood het de anderen aan. Ik moest haar eruit zetten.' Hij leidde ons zijn kamer binnen. 'Soms kun je niet tot ze doordringen. Jammer.'

Bouton en ik gingen bij Millsteins bureau zitten, terwijl hij in zijn eigen stoel neerplofte en een sigaret opstak. 'Wat kan ik voor je doen, Roland?'

'We werken aan die moorden.'

'King Thong?' Zijn gezicht betrok. 'Bijna niet te geloven dat de politie geïnteresseerd is in wat de homowereld te bieden heeft. Ben al bijna een jaar bezig informatie te verzamelen. Heb het die commissaris aangeboden. Hoe heet hij ook weer?'

'Bowman,' zei Bouton. Haar glimlach was inmiddels veel breder geworden.

'Wilde me niet eens ontvangen. Zei dat ik hem niet lastig moest vallen als ik geen ooggetuige had. Probeerde hem duidelijk te maken dat King Thong geen seriemoordenaar was. Patronen klopten niet.'

Bouton grijnsde nu. 'Meneer Millstein, ik ben het volkomen met u eens. En daarom zijn we hier. We zijn op zoek naar het werkelijke motief.'

Millstein keek van Bouton naar mij. Waarschijnlijk vroeg hij zich af wie de leiding had. En als dat Vanessa Bouton was, vroeg hij zich af of hij haar kon vertrouwen.

'Ik hoorde dat die Kennedy-jongen hier een tijdje heeft gewoond.' Ik ging aan zijn onuitgesproken vraag voorbij, vooral omdat ik het antwoord zelf ook niet wist.

Millstein sprong uit zijn stoel en liep naar een stel archiefkasten. Hij zocht daar even in en haalde er toen een dossiermap uit. 'Nog iemand anders?'

'Rosario Rosa,' zei ik zonder te aarzelen.

Hij pakte een ander dossier en ging naar zijn stoel terug. 'Waarom die twee, Roland? Is er iets bijzonders met ze?'

'Eigenlijk niet.' Ik legde hem in het kort mijn theorie uit en zag zijn grijns breder worden. Barry was gek op politie-intriges. Als hij niet homo was en op grond daarvan vast en zeker zou worden afgewezen, zou hij volgens mij een vaste klant van een politiekroeg zijn geworden. 'Trouwens,' zei ik, 'we zijn maar met zijn tweeën en we moeten toch ergens beginnen.'

Hij knikte instemmend en drukte op de knop van zijn intercom. Even later deed een jong blond meisje de deur open. Ze was hartveroverend mooi en hartverscheurend jong.

'Ja, Barry?'

'Wil je kopieën van deze dossiers voor me maken, Ginny? Ik heb ze meteen nodig.'

'Goed.'

Hij wachtte tot ze weg was en wendde zich weer tot ons. 'Ginny is nog maar vijftien. Komt uit Iowa. Op straat sinds ze twaalf was. Verloor haar maagdelijkheid aan haar vader toen ze negen was. Dat meisje is sterker dan ik. Psychisch, bedoel ik. Ik snap niet hoe ze het klaarspeelt.'

Ik keek even naar Vanessa Bouton. Ik wist dat ze psychologie had gestudeerd en kon de radertjes in haar hoofd bijna horen snorren. Jammer dat ze niet genoeg politie-instinct had om zich tot de zaak zelf te kunnen beperken.

'Vertel eens wat over John Kennedy, Barry. Hoe goed heb je hem gekend?'

'O, John-John. Pienter joch. Aardig, maar niet serieus. Voor John-John was alles een spelletje. Aids, de straat, de klanten, de politie. Eén groot avontuur. Hij heeft een keer geprobeerd me te verleiden. Niet dat hij de eerste of de laatste was die het probeerde. Straatkinderen denken dat sex het enige is wat ze te bieden hebben. Jammer.'

'En Rosa?'

'Rosa heb ik niet gekend. Het schijnt dat hij zijn klanten wel eens mishandelde. Een poot als potenrammer. Erg onevenwichtig. Kwam via de kinderbescherming bij ons. Pleegzorg, Spofford, Rikers. Zoals zovelen.'

Bouton kon zich niet langer inhouden. Ze was me voor. 'Meneer Millstein, wij denken aan chantage. Zou een van die twee jongens daartoe in staat zijn geweest?'

Millstein draaide peinzend in zijn stoel heen en weer. 'Ik denk het niet,' zei hij tenslotte. 'John-John was er pienter genoeg voor. Maar het was niet zijn stijl. Chantage is geen spelletje en John-John dacht dat alles een spelletje was. Rosa had er wel de mentaliteit voor. Maar kon hij zoiets doorzetten?' Millstein pakte een potlood en begon met het gummetje aan de achterkant op zijn bureaublad te trommelen. 'De vraag is waar ze een slachtoffer zouden vinden. (Elke dader heeft een slachtoffer nodig. Nietwaar, Roland?) We hebben het hier over straatprostitutie. De auto in, je werk doen, de straat weer op. En dan is er nog de tijdfactor. Er zitten vier maanden tussen het eerste slachtoffer en John-John. Hoe heeft degene die werd gechanteerd John-John al die tijd stilgehouden? Heeft hij betaald? John-John was blut toen hij stierf. Rosa ook. Waar is dat geld dan heen gegaan?'

Volgens de standaardprocedure in dit soort gevallen stelt de ene rechercheur de vragen en denkt de andere over de antwoorden na. Ik wist niet of Bouton dat begreep, maar aarzelde lang genoeg om haar de volgende vraag te laten stellen. Toen ze dat niet deed, ging ik verder.

'Had Kennedy een pooier?'

'Een van de belangrijkste redenen waarom hij bij ons kwam. Een oude vriend van ons, Roland. Razor Stewart.'

'Ik dacht dat hij vastzat.' Op voorstel van Millstein had ik Stewart net zolang op stang gejaagd tot hij de fout maakte met zijn vuist naar me uit te halen terwijl hij tien gram cocaïne in zijn bezit had.

Millstein schudde zijn hoofd. 'Vrijgekomen door een of andere maatregel. Overbezetting van de gevangenis. Vervroegde invrijheidstelling. Je kent dat wel.'

'Heb je een adres?'

'Kan ik wel aan komen. Wacht even.'

Hij ging de kamer uit, snel als hij was, en liet me met Bouton alleen.

'Waarom maak je je zo druk om die pooier?' vroeg ze. 'Zouden Kennedy's vrienden niet meer over zijn privé-leven weten?'

'Een pooier zou het kunnen organiseren, inspecteur. Als het chantage

is. Een pooier zou de ervaring hebben om een doelwit te vinden en het lef om het geld voor zichzelf te houden. Dat zou verklaren waarom Kennedy blut was toen hij stierf. Het zou ook betekenen dat Kennedy tamelijk onschuldig was. Trouwens, ik ben gek op pooiers. Ik vind het prachtig zoals ze kunnen haten.'
'Jij denkt dat dit een spelletje is, Means?'
'Om je de waarheid te zeggen, inspecteur, wou ik jou dezelfde vraag stellen.'
Millstein rende de kamer weer in voordat ze antwoord kon geven. Hij trok een meisje met zich mee. Het verbaasde me niet haar te zien. Stewart, wist ik, was pooier van zowel meisjes als jongens. Bouton daarentegen zette grote ogen op.
'Dit is Taisha,' zei Millstein. 'Ze kent Razor Stewart.'
'Hoe gaat het, Taisha?' vroeg ik.
'Goed.' Ze keek van mij naar Bouton. Probeerde er iets van te begrijpen.
'Taisha, weet jij waar Razor Stewart woont?'
'Ga je hem oppakken?'
'Ik denk het niet. Ik denk dat ik hem in elkaar ga rammen en hem dan een paar dingen ga vragen voordat ik hem met rust laat.'
Ze moest erom grijnzen. 'Razor woont met een paar van zijn meisjes in West 147th Street. Nummer 865, appartement 2B.'
'Hoeveel kamers, Taisha?'
'Drie slaapkamers, maar Razor slaapt aan de voorkant. Dan kunnen de meisjes er niet tussenuit knijpen.'
'Brengt hij daar ook klanten heen?'
'Nee, hij wil geen klanten in huis. Hij heeft alleen straatmeiden.'
Ik knikte. 'Wil je een boodschap aan hem doorgeven? Wil je hem iets laten weten?'
'Ja.' Haar gezicht vertrok van woede. 'Zeg maar tegen hem dat het heel goed met Taisha gaat. Zeg tegen hem dat ik mijn mavo-diploma heb gehaald en nou een opleiding voor ziekenverzorgster volg. Razor zei altijd tegen me dat ik niks kon. Zei dat ik zonder hem niks waard was. Maar het gaat heel goed met Taisha.'
Taisha ging weg en we praatten met Barry Millstein tot duidelijk werd dat hij ons niets te vertellen had wat niet in de dossiers stond die hij en zijn medewerkers met zoveel zorg hadden samengesteld. Ik maakte aanstalten om weg te gaan, maar Millstein hield me tegen.

'Inspecteur Bouton, vindt u het erg als ik even onder vier ogen met Roland spreek?'
Inspecteur Bouton vond dat heel erg, maar ze kon weinig beginnen. In het bijzijn van andere smerissen kon ze me als oud vuil behandelen, maar met burgers als getuige lagen de zaken heel anders. Toen ze weg was, keek Barry me aan.
'Wat is er, Roland? Zijn jullie King Thong op het spoor?'
'Hoezo, Barry? Wil je erbij zijn als ik hem de handboeien omdoe? Of zal ik er eentje door zijn voorhoofd jagen?'
Zijn ogen schitterden, maar hij wist wel dat ik een geintje maakte. 'Ik wil een eerlijk antwoord, Roland. Ik ben je vriend en ik wil het weten.'
'Een eerlijk antwoord, hè? Nou, het eerlijke antwoord is dat ik mijn best zal doen, maar het is een strontzaakje van begin tot eind. Maar ik mag weer recherchewerk doen en dat is voor mij al genoeg. Doe me een lol, Barry, en vertel rond dat mensen met ons moeten samenwerken. Dat zou een beetje kunnen helpen. Ik weet niet of King Thong nog een ander motief had dan krankzinnigheid, maar als hij dat had, komen we er niet achter als er niet iemand is die ons de weg wijst.'
'Komt voor elkaar, Roland. Weet je, ik zou sommige van de mensen in die dossiers voor je kunnen optrommelen. Dat zou je tijd besparen.'
'Doe dat maar niet, Roland. Zo'n haast heb ik niet, maar ik heb ook geen zin om die kinderen onder druk te zetten. Vertel het nou maar rond.'
Ik knikte hem toe en ging weg. Bouton stond met gefronste wenkbrauwen op de gang te wachten.
'Wat wilde hij?' vroeg ze.
'Hij wilde weten of het serieus was.'
'Wat heb je gezegd?'
'Ik heb gezegd dat ik een afspraak met een pooier had. Voor mij is dat zo serieus als het maar kan.'

12

We waren zo dichtbij dat het ons maar tien minuten zou kosten om er via de West Side Highway te komen, maar ik besloot in plaats daarvan Amsterdam Avenue te nemen. Ik moest weten hoe ver Bouton wilde gaan en ik betwijfelde of ik daar in tien minuten achter kon komen. Razor Stewart was een pooier, en pooiers leven bij de gratie van het geweld. Niet het incidentele geweld van de gewapende overvaller of de straatrover. Pooiers werken met de constante dreiging dat ze iedere inbreuk op hun gezag pijnlijk zullen bestraffen, of die inbreuk nu reëel of ingebeeld is. Iedere dag worden er in New York hoeren geslagen of gestoken of met brandende sigaretten bewerkt door pooiers die beweren dat sadistisch geweld de enige manier is om de orde te handhaven. Misschien hebben die pooiers wel gelijk. Ik denk niet dat veel vrouwen iedere avond bij acht of tien of twaalf vreemden in de auto zouden springen als hun niet iets boven het hoofd hing. Ik heb prostituées ontmoet die zeggen dat ze het een prachtig leven vinden, maar ik heb er nooit een ontmoet die het leuk vond om haar geld aan een sadistische psychopaat af te geven. Het enige dat erger was dan leven met een pooier, zeiden ze, was leven zonder pooier, want dan was je de legitieme prooi van iedere maniak op straat.
'Means?'
'Ja, inspecteur?' Ik was blij dat zij het ijs brak en gaf haar vriendelijk antwoord. Ze begaf zich op onbekend terrein. Als ze bang was, wilde ik dat weten.
'Je hebt al eens met die kerel te maken gehad? Die Stewart?'
'Ik heb hem opgepakt. Ongeveer een jaar geleden. Hij dreigde een van de meisjes in het Opvanghuis te vermoorden en Barry vroeg me hem van de straat te halen.'
'Laat jij je altijd commanderen door Barry Millstein?'
'Het was in mijn eigen tijd, inspecteur.'
'Ik maakte maar een grapje, Means. Niet zo chagrijnig.'

'Sorry, inspecteur. Ik ben een beetje prikkelbaar. Dat krijg je als je tien maanden op Ballistiek zit.'
'Vertel eens wat over Stewart. Waar hebben we mee te maken?'
'Stewart is een pooier en voor zover ik kan nagaan, zijn alle pooiers hetzelfde. Het zijn vrouwenmeppers in een polygame cultuur. Het enige positieve aan ze is dat ze geen bendes vormen. Als je een pooier van de straat plukt, hoef je niet bang te zijn dat je zeven andere pooiers achter je aan krijgt. Tenzij hij een prijs op je hoofd zet.' Ik liet dat idee even in de lucht hangen en begon te lachen. 'Grapje, inspecteur. De boeven zetten geen prijs op het hoofd van de goeien. Ze vermoorden je niet, tenzij je ze als ratten in het nauw drijft. En dat is precies wat wij met Razor Stewart gaan doen. Doe je ogen dicht en stel je voor: daar heb je Razor, ronkend op zijn bed. Hij denkt dat hij de gemeenste schoft van heel New York is. En dan komen wíj. We dringen in zijn leven binnen. We zetten hem onder druk. We stellen hem vragen en eisen dat hij antwoord geeft. Die vragen stellen we hem niet op een beleefde manier, inspecteur; we gaan geen verzoeken doen. Als hij weigert te antwoorden (of als hij om een advocaat vraagt), slaan we zijn schedeldak aan barrels. Dat weet hij. Hij...'
'Jij bent gek, Means.'
'Je kunt het nog afzeggen, inspecteur. Misschien vinden we een rechter die ons een machtiging geeft. Dan kunnen we Stewart in het bijzijn van een advocaat ondervragen.'
'O nee, Means.' Ze keek recht tegen de zijkant van mijn hoofd aan. 'Ik ben niet van plan het af te zeggen. Maar toch ben jij gek.'
'Ik zie het als een roeping.'
Geen twijfel mogelijk, de adrenaline bruiste in mijn aderen. We hadden net 110th Street gehad, en de kathedraal van Saint John the Divine doemde rechts van ons op, badend in de middagzon. Het leek wel of de heiligen op de gevel ons wenkten. Sommigen wezen op perkamentrollen die ze in hun armen hadden, anderen wezen naar de hemel. Ik negeerde hun beschuldigende ogen, negeerde de ambulances die rolstoelpatiënten voor het Saint Luke ziekenhuis afzetten, negeerde de jonge Columbia-studentjes die zich van en naar hun colleges repten. Dat alles ging buiten mij om. De wateren van mijn leven stroomden uit een heel andere bron.
We gingen over het hoogste punt van Morningside Heights heen en kwamen in het eigenlijke Harlem. We kruisten 125th Street met socia-

le woningbouw aan weerskanten van de weg. Harlem is niet zo'n duistere hel als veel mensen denken. De wijk is altijd gevarieerd geweest, met gegoede buurten tussen de sociale woningbouw en vervallen huurkazernes. In die gegoede buurten wonen gegoede mensen die gedwongen zijn hun gegoede kinderen achter tralieramen en afgesloten deuren groot te brengen.
'Alles goed, Means? Je bent zo stil.'
Sommige mensen zijn bang voor stilte; ze hebben behoefte aan woorden zoals dronken zwervers behoefte hebben aan goedkope wijn. Bouton was kennelijk ook zo iemand.
'Ik bereid me voor op de strijd, zou je kunnen zeggen.'
Ze aarzelde zo lang dat ik dacht dat ze me met mijn gedachten alleen zou laten. Maar nee.
'Means, moeten we niet om assistentie vragen?'
'Jij kijkt te veel naar die televisieseries. Het laatste dat we kunnen gebruiken, is extra getuigen. Trouwens, het is een mooie dag om te sterven, nietwaar?'
Er was niet veel verkeer, maar om de vijf of zes blokken hadden we telkens rood licht. Ik merkte dat Bouton ongeduldig werd, maar zelf had ik geen last van die vertragingen. Ik had het punt bereikt dat ik het graag nog even wilde rekken. In sommige opzichten ging de verwachting boven de handeling zelf. Ik probeerde me een voorstelling te maken van Razor Stewarts gezicht als ik bij hem binnenkwam. Bouton stelde zich voor wat hij zou doen als hij me had herkend.
We stopten voor rood licht bij 138th Street, tegenover de noordelijke campus van het City College. Net als bij de Columbia-universiteit krioelde het daar van de jonge studenten met frisse gezichten. Alleen waren de gezichten hier zwart of latino in plaats van blank of Aziatisch.
'Ik heb hier gestudeerd,' zei Bouton. 'Lang, lang geleden.'
'Woon je hier in de buurt?'
'Niet meer. Ik ben opgegroeid in de Riverton Houses en ik heb moeten vechten voor alles wat ik heb. Tegenwoordig woon ik in Forest Hills.' Ze glimlachte een beetje melancholiek. 'Bij de blanke mensen.'
'Heb je een gezin?'
'Mijn baan is mijn gezin.'
'Hé, waar heb ik dat eerder gehoord?'
'Ik ben gescheiden, Means. Mijn dochter studeert in Princeton. Ze is

eerstejaars. Ik wil niet hertrouwen; ik wil verder met mijn carrière.'
'Het lijkt er wel op dat je al je ambitiegeld op één paard hebt gezet.'
Ze zei niets en ik ging er niet op door. Wat had dat voor zin? Ik had nu wel wat anders aan mijn hoofd dan dit soort conversatie.

Ik sloeg linksaf, 147th Street in, op weg naar de Hudson en het adres van Razor Stewart. Ik was zo nerveus als een nymfomane in een mannengevangenis. Je hebt mensen die op een motor rijden om een kick te krijgen; anderen springen aan een parachute uit een vliegtuig. Ik beledig Newyorkse criminelen die hun hele leven baseren op het respect dat ze genieten. Junkies pochen over de kick van ingespoten heroïne of opgesnoven crack-cocaïne. Ik krijg van gevaar een grotere kick dan van welke drug ook. Ik meende het toen ik tegen Bouton zei dat het een mooie dag was om te sterven. Elke dag is een mooie dag om te sterven. Zolang je maar vechtend ten onder gaat.

Het 800-blok van West 147th Street zag eruit alsof het op een filmset thuishoorde. De huurkazernes aan weerskanten van de straat, dat wil zeggen de weinige die nog overeind stonden, waren geteisterd door de twee grote plagen van de verarmde Newyorkse buurten: leegstand en brand. In ieder gebouw had je gehavende woningen waarvan de ramen door de brandweer waren kapotgeslagen en nooit vervangen waren. Zwarte vlekken in de vorm van de vlammen die ze hadden veroorzaakt, kropen over de raamkozijnen omhoog naar het dak.

Toch stonden die woningen niet leeg. Allerlei stukken textiel, van vrolijke katoentjes tot gevlekte, vergeelde lakens, hingen over veel van de gapende rechthoeken die voor ramen moesten doorgaan. Daaraan was te zien dat iemand de bijbehorende woning in bezit had genomen. Zo iemand schreeuwde als het ware: hier ben ik en dit is mijn huis. Misschien zijn de vloeren kapotgeslagen en zijn de plafonds verbrand; misschien schroeit de stank van het vuur nog in mijn longen en is er geen verwarming en hebben de junkies de waterleidingbuizen gestolen; misschien heb ik de waterleidingbuizen zelf gestolen – maar hier ben ik en dit is mijn huis.

Het was een mooie middag en de buurtbewoners waren in groten getale naar buiten gekomen. We reden in een vierdeurs Plymouth, een van de tienduizenden Plymouth's van de gemeente. Toen we langzaam langs het blok reden, op zoek naar nummer 865, begonnen de buurtbewoners, die meteen zagen dat we de kit waren, zich uit de voeten te maken. En toen we Stewarts gebouw hadden gevonden, was

er niemand meer op straat, kinderen en halve garen uitgezonderd.
Iemand die tot de eerste groep behoorde, een meisje van hooguit tien, zat op de stoep van West 147th Street 865. Ze droeg een roze broek en een blauw T-shirt met Mickey Mouse. Iemand had de moeite genomen allemaal kleine vlechtjes in haar haar te maken. Diezelfde iemand had haar in haar eentje de gevaarlijke straat op laten gaan.
Armoede schept eigen tegenstrijdigheden en zoals iedere goede politieman had ik geleerd die te negeren. Wat mij betrof, hoorde dat kind gewoon bij het straatbeeld. Er was geen enkele reden om te laten blijken dat ik haar zag. Bouton dacht daar anders over.
'Dag, lief kind,' zei ze, en streek over de wang van het meisje. 'Hoe heet jij?'
Het kind keek naar Bouton op en produceerde een grijns zo breed als de muis op haar T-shirt. 'Lena,' zei ze.
'Wat doe je hier in je eentje? Waar is je mama?'
'Die is boven met een klant.' Haar stem klonk zakelijk. Alsof ze vertelde wat ze 's morgens als ontbijt nam.
'Welkom in de hel,' mompelde ik.
Het meisje keek mij en toen weer Vanessa Bouton aan. 'Bombo zjieken,' zei ze ernstig.
'Sorry,' antwoordde Bouton. 'Ik begrijp het niet.'
Lena wees naar een man die op handen en knieën op het met puin bezaaide terrein naast het gebouw zat. 'Bombo zjieken,' herhaalde ze.
'Wat is zjieken, meisje?' vroeg Bouton.
Het kind keek haar met grote ogen aan. Ze hield haar hoofd een beetje schuin en legde uit: 'Bombo zoekt rocks.'
'Roks? Ik begrijp het niet.'
'Allemachtig, inspecteur,' zei ik. 'Dit is niet het moment voor maatschappelijk werk.' Nadat die wijze woorden me alleen een strakke blik hadden opgeleverd, maakte ik mijn vergrijp nog erger door eraan toe te voegen: 'Het zit zo, inspecteur. Iedere avond gaan de crackjunkies naar dat terrein en alle braakliggende terreinen van dit blok om rock-cocaïne te roken. Omdat het spul in de vorm van grof gruis in kleine buisjes zit en de mensen die het uit die buisjes moeten halen zo stoned als een garnaal zijn en alle straatlantaarns kapot zijn gegooid, wordt veel van dat gruis gemorst. Bombo is op zoek naar die gemorste rock-coke. Zo, en zullen we nu dan verder gaan?'
'Bombo zjieken,' herhaalde het meisje nu zonder glimlach.

'Lena.' Bouton ging gehurkt voor het meisje zitten. 'Ken je Razor Stewart?'
'Ja.'
'Is hij boven?'
'Weet ik niet.'
'Heb je hem vandaag gezien?'
'Nee. Hij komt meestal niet voor donker naar buiten. Als hij wat wil hebben, moet een van zijn hoeren het halen.'
Nu was het genoeg. Ik draaide me om en ging het gebouw binnen. Als Bouton daar op de stoep wilde blijven zitten, moest ze dat zelf weten. Het laatste waar we nu behoefte aan hadden, was dat we medelijden met iemand kregen.
Ik hoorde haar achter me aan komen, maar ik liep door tot ik op de overloop van Stewarts verdieping was gekomen. Toen draaide ik de gouden ketting rond om mijn penning op mijn borst te laten bungelen. Boutons ogen gingen wijdopen toen ze zag hoe ik nu met dat ding te koop liep. Ze werden zo groot als theeschoteltjes toen ik de Detonics achter mijn riem vandaan haalde.
'Pak jij je wapen nou ook maar, inspecteur. We gaan niet eerst aankloppen.'
Ik liep naar appartement 2B en inspecteerde het slot, een kleine Medeco, dat vlak boven de deurknop op een houten versteviging was aangebracht. Ook wat dat betrof, kon je beter achter pooiers aan zitten dan achter drughandelaren. Pooiers letten niet erg op hun beveiliging; ze hebben niet zo veel te beschermen.
Ik haalde diep adem, deed een stap naar voren, trapte het slot los en liep de woning in. Het was een perfect moment, zo perfect als ik het maar kon krijgen. Stewart zat op het bed. Een lange, stevig gebouwde vrouw (eigenlijk nog een meisje, hooguit zeventien of achttien) boog zich over hem heen. Haar naakte borsten hingen vlak voor zijn gezicht. Een tweede vrouw, een uitgemergelde junk met donkere sporen over beide armen, stond voor het fornuis en maakte iets klaar dat naar ontbijt rook.
Een hele tijd was er niemand die bewoog. Misschien had ik de zaak wel wat kunnen versnellen, maar ik had geen haast. Ik wilde het plaatje handhaven, wilde even wachten tot het de scherpe realiteit van een foto kreeg. Het soort foto dat je in een plakboek doet.
Uiteindelijk verbrak Stewart de stilte door zijn hoofd in zijn handen te

laten zakken. 'O shit,' mompelde hij. 'Ik dacht dat jij dood was.'
De vrouw die naast Stewart stond, pakte een ochtendjas van de rugleuning van een stoel en ik bewoog instinctief de Detonics opzij om haar onder schot te nemen.
'Niks aanraken,' zei ik. 'Helemaal niks.'
Ze verstijfde meteen, kneep haar ogen stijf dicht. 'Alsjeblieft, maak me niet dood.' Het was fluisteren. Het fluisteren van een erg klein kind tegenover een ouder die razend van woede is.
'Inspecteur, wilt u de vrouwen boeien?'
Bouton kende de procedure. Als iedere goede bureaucraat. Ze gaf beide vrouwen opdracht op de vloer te gaan liggen, deed de handboeien om, stond op en fouilleerde ze zorgvuldig.
'Laat ze tegen de muur zitten,' beval ik. Ik wist dat ik daar later iets over te horen zou krijgen. 'Ik wil dat ze toekijken.'
'Waarom doe je dit, Means, waarom…'
'*Means?*' schreeuwde ik, en ik deed een stap in zijn richting. 'Jij weet hoe je me moet noemen, Stewart. Dat heb ik je de vorige keer geleerd.'
'Menéér Means. Dat was ik vergeten, man.' Hij bracht zijn handen voor zijn gezicht.
'Sta op, Stewart. Sta op en trek al je kleren uit.'
'Verdomme, waar is dit goed voor? Ik ben niet bij dat Opvanghuis geweest. Ik bemoei me alleen met mijn eigen zaken.'
'Doe wat hij zegt, klerelijer.'
Ik keek even naar Bouton en zag dat haar hele gezicht verwrongen was van woede. Eerst dacht ik dat ze zo kwaad was op míj, maar haar half dichtgeknepen ogen waren gericht op Razor Stewart. Ik nam me voor haar daarnaar te vragen als we alleen waren.
Stewarts eigen ogen waren, terwijl hij opstond en zijn overhemd en broek uittrok, gericht op de twee vrouwen. Hij werd vernederd en zij keken toe en genoten misschien zelfs van die vernedering. De blik die hij hen toewierp, maakte duidelijk dat er niet gelachen mocht worden. Met die blik kondigde hij aan dat hij hen in elkaar zou slaan zodra wij weg waren. Dat was niet alleen een principekwestie, het was ook zakelijk opportuun.
'Verrek,' zei ik. 'Nou snap ik waarom jullie meiden bij Razor blijven. Dat is geen pik, dat is een bazooka, verdomme nog aan toe. Krijg je bloedtransfusies om hem op peil te houden, Razor?'

'O, man. Ik bedoel: meneer Means. Alsjeblieft, zeg nou wat je van me wilt.'
Ik stak de Detonics achter mijn broeksband en sloeg mijn armen over elkaar. 'Heel simpel, Razor. Jij hebt John-John Kennedy vermoord en ik wil dat je bekent.'
Zijn ogen schoten omhoog en zijn mond viel open. Hij had niet heviger geschokt kunnen zijn als ik hem zojuist had voorgedragen als Staatsburger van het Jaar.
'Wie? John-John Kennedy? Was dat niet die president?' Het was een erbarmelijk slechte poging tot een leugen, zeker gezien die uitdrukking op zijn gezicht.
'Ahhh, jij neemt me in de zeik. Dat hoopte ik al.' Ik glimlachte en liet mijn handen langs mijn zijden zakken. 'Kennedy ging naar het Opvanghuis om van jóu vandaan te komen. Dat heb ik me door zeker tien bewoners van het tehuis laten vertellen.'
Op de een of andere manier verliezen mensen hun vechtlust als ze naakt zijn. Of misschien herinnerde Stewart zich dat het tussen ons al eens tot een handgemeen was gekomen. Hij had die avond lelijk klop gehad.
'Hé,' zei hij. 'Ik wil geen problemen. Waarvoor zou ik? Je hoeft me niet zo te stangen, meneer Means. Ik wil best meewerken.'
De pret was voorbij. Hij had het magische woord uitgesproken en nu was het tijd om aan het werk te gaan. Het eerste dat ik deed, was de woning doorzoeken. Ik zocht naar iets waaruit bleek dat chantage tot Stewarts financiële strategie behoorde. Ik vond een goedkope .32 en een kleine hoeveelheid cocaïne, maar verder niets. Geen foto's, geen video's, geen haastig geschreven briefjes.
Ik zette hem tegen de muur, doorzocht zijn kleren, liet hem zich aankleden en ging met hem naar een van de slaapkamers. Inmiddels had Bouton de twee vrouwen vrijgelaten. Het had geen zin ze vast te houden, want ze hadden niet meer de plicht hun man te verdedigen. Hij werkte mee.
'Goed,' zei ik, zodra de deur veilig achter ons dicht was, 'en nu de bekentenis.'
Stewarts mond viel weer open. Net als die van Vanessa Bouton. Ze stond vlak naast me en begreep kennelijk niets van mijn strategie. Dat verbaasde me niet, want ik deed dit alleen maar voor de lol. En lol was niet Vanessa Boutons sterke punt.

'Je zei dat je ging meewerken,' ging ik verder.
'Ik heb nooit niemand vermoord,' snauwde hij. 'Zeker niet dat verrekte lulletje, dat zeikerdje van niks.'
'Dat weet ik, Razor. Maar toch heb ik die bekentenis nodig.'
'Jij bent gek, Means. Jij bent kierewiet.' Hij wendde zich tot Bouton. 'Die knakker is een psychopaat, verdomme.' Zijn stem was twee volle octaven omhooggegaan. Hij sprak op smekende toon: 'Ik heb die jongen niks gedaan. Ik zweer het je, die jongen verkocht zijn reet al voordat ik wist dat hij bestond. Ik heb hem alleen maar geholpen. Zo'n jongen weet niks van de straat. Hoe kan hij het daar in zijn eentje redden? Zo'n mager scharminkel dat eruitziet als een meid? Hoe kan hij zich redden als er niet iemand op hem past? Ik heb alleen maar tegen hem gezegd hoe het zat.'
'En toen?'
'Toen verstopte hij zich in dat vervloekte opvanghuis waar jij je zo druk om maakt.'
'Dat huis waarvan ik zei dat jij er uit de buurt moest blijven?'
'Ik bèn er niet geweest. Ik blijf een heel eind bij dat opvanghuis vandaan.'
'Voor of nadat je Kennedy in elkaar hebt getremd?'
'Ik heb nooit...'
Ik ramde met de muis van mijn hand tegen zijn borst en hij viel op het bed. In zekere zin had hij geluk. Ik had hem ook ergens anders kunnen treffen, maar ik wilde hem niet bewusteloos hebben. Alleen bang.
'Lieg niet tegen me, Razor. Dat pik ik niet.'
Hij was nu niet verrast meer, maar woedend. Zo woedend dat hij erover dacht iets te ondernemen. Dat zag ik aan zijn ogen.
'Nou, neem een besluit, Razor,' zei ik, kalm ondanks het bloed dat tegen mijn slapen bonkte. 'Schijten of van de plee af.'
Hij slaakte een zucht en schudde zijn hoofd. Blijkbaar legde hij zich bij de omstandigheden neer en was hij bereid me te geven wat ik wilde. 'Goed, ik heb hem op z'n bek gemept, maar dat stelde niks voor. Die jongen was helemaal te gek, meneer Means. Hij was zo mooi. Waarom zou hij al dat mooie spul op straat verkopen als hij ergens anders veel meer poen kon krijgen? Weet je, ik heb een regeling met een mietje op East 65th Street. Die kent iedereen, vooral het soort flikkers dat te schijterig is om hun neukwerk op straat te kopen. Snap je wat ik bedoel? Getrouwde flikkers. Politieke flikkers. Rijke

flikkers. Die jongen kon twee-, driehonderd dollar voor zijn kont krijgen. En in plaats daarvan doet hij pijpwerk voor twintig. Snap jij dat nou?'
'Doorgaan, Razor. En niks weglaten.'
'Ik probeer dat die jongen aan z'n verstand te peuteren, maar hij neemt niks serieus. Hij is geen zakenman. Denkt dat alles een geintje is. Ik legde hem uit wat er kon gebeuren met een jongen in z'n eentje, maar dat hielp ook niet. Volgens mij had die jongen zijn flikkerigheid zo lang ingehouden dat hij dacht dat hij het voor z'n lol deed. Ik werd zo kwaad dat ik erop los timmerde. Ik zweer je, meneer Means, ik wou hem helemaal niet in m'n stal hebben. Ik was gewoon kwaad, want ik heb de pest aan stommelingen. Als je me niet gelooft, vraag je het maar aan Dolly Dope. Een van die twee van daarnet. Zij heeft die jongen goed gekend. Dolly kwam met hem aanzetten.'
Ik wendde me tot Bouton. 'Wil je Dolly Dope even halen?'
Ik commandeerde haar weer, maar volgens mij was ze zo gefascineerd dat ze het niet eens merkte. Zodra ze weg was, wendde ik me weer tot Razor Stewart.
'Gezicht naar de muur, Razor. Op het bed zitten met je gezicht naar de muur. Ik wil niet dat je haar tekens geeft. Ik wil dat ze zelf bepaalt wat ze zegt.'
Ik pakte een stoel en wachtte tot Bouton terug was. Het is in zo'n geval de bedoeling dat de vrouwelijke rechercheur de vrouwelijke getuige ondervraagt. Zelfs de meest seksistische mannelijke smerissen willen wel toegeven dat een vrouw op dat ene terrein een beetje in het voordeel is.
Dolly Dope bleek de magere hoer met de naaldsporen te zijn. Grote verrassing. Ik bekeek haar nog eens wat beter en zag dat ze die trieste, trieste ogen had die je vaak bij terminale drugverslaafden ziet. Ogen die alles hadden gezien. Op dat moment durfde ik er mijn ziel onder te verwedden (vooropgesteld dat ik die had) dat ze seropositief was en dat ze dat zelf donders goed wist.
Bouton keek me aarzelend aan en ik gaf haar een teken dat ze haar gang kon gaan. Regel één van dit soort ondervragingen is: ga ervan uit dat iedereen liegt. Ook als ze niet liegen. Het was nu mijn taak die leugens eruit te pikken.
'Dolly,' begon Bouton. 'Heb je John Kennedy gekend?'
'John-John? Ja, die heb ik gekend.' Ze had een beschaafd stemgeluid

en verried geen enkele verbazing. Na een blik op Stewart te hebben geworpen, keek ze Vanessa Bouton weer aan.
'Hij was een vriend van je?'
'Ja.'
'Een goede vriend?'
'Hij was aardig voor me.'
'Wat kun je me over hem vertellen?'
'Hij is dood.'
'Dat weet ik, Dolly. Wat nog meer?'
'Hij was gelukkig.'
Bouton haalde diep adem. 'Wat kun je me over zijn klanten vertellen?'
'John-John deed het in auto's.'
'Had hij vaste klanten?'
'Daar heeft hij het nooit over gehad. Hij zat nu eens hier en dan eens daar.'
'Heb jij geprobeerd hem met Stewart in contact te brengen?'
Dolly schuifelde onbehaaglijk met haar voeten. Ze beweerde dat Kennedy een vriend was geweest. Als ze hem in Stewarts invloedssfeer had gebracht, kon dat alleen maar als verraad worden uitgelegd.
'Ja,' zei ze tenslotte. 'Ik dacht dat hij veel meer geld kon verdienen en dat heb ik ook tegen hem gezegd. John-John was fris, onbedorven. Op straat zou hij naar de bliksem zijn gegaan.'
'Maar hij wilde niet voor Stewart werken?'
'Nee. Hij zei dat zijn vader geld had en gauw dood zou gaan aan kanker. John-John verwachtte dan genoeg te erven om van de straat af te komen. Dat maakte het een spelletje voor hem. De straat, bedoel ik. Hij dacht dat het niet voor altijd zou zijn.'
'Kennedy had een broer, nietwaar?'
'Ja.'
'Had hij het wel eens over zijn broer?'
'John-John heeft me verteld dat zijn broer er niet tegen kon dat hij homo was. Hij schreef zijn broer van tijd tot tijd een brief, maar ik geloof niet dat hij ooit antwoord kreeg.'
Bouton keek me vragend aan, maar ik haalde alleen mijn schouders op. Stewart kon nooit hebben geweten dat wij zouden komen en had dus geen enkele reden gehad om te zorgen dat zijn verhaal met dat van Dolly overeenkwam. Want dat deed het.

'Wil je daar nog iets aan toevoegen?' vroeg Bouton. 'Kun je me nog meer vertellen?'
Dolly Dope dacht daar even over na. Ze keek naar haar gehavende armen, bracht ze enigszins omhoog en schudde toen langzaam met haar hoofd.
'Hij was gelukkig,' fluisterde ze, 'en nu is hij dood. Meer valt er niet te zeggen.'

13

Er was goed nieuws en slecht nieuws.
Het beste nieuws was dat het zeven uur in de morgen was en dat het ergste voorbij was. Vanessa Bouton was ongeveer een uur geleden naar huis gegaan om te gaan slapen. Ik was achtergebleven en keek met een blikje bier in mijn hand naar *Moulin Rouge* op Cinemax.
Het slechte nieuws was ergens tussen Razor Stewarts appartement en onze eerste bestemming op West Street begonnen, toen Bouton zei dat ze Dolly Dope wilde redden door haar in een langdurig rehabilitatieproject onder te brengen. Ook als ik geïnteresseerd was geweest – wat ik niet was – zou het de verkeerde tijd en de verkeerde plaats geweest zijn. We zaten midden in een onderzoek en ze hoorde aan niets anders te denken. Zo simpel lag het.
Ik probeerde haar dat uit te leggen. En ook het feit dat Dolly Dope niet meer te redden was, dat je aan haar ogen kon zien dat haar onvermijdelijk een pijnlijke dood in een gemeenteziekenhuis wachtte. Natuurlijk wilde Vanessa dat niet geloven. Ze had het veel te druk met Dolly's wederopstanding om naar een klungel als ik te luisteren.
Toen Bouton eenmaal was begonnen, was ze niet meer te houden, en toen ze zo'n dertig minuten verder was met haar verbale dagdroom, realiseerde ik me dat ze twee problemen had. Ten eerste was ze opgegroeid in een achterbuurt en wist ze dus hoe het leven op straat was. Dat moest ze wel weten. Ten tweede was ze het grootste deel van haar volwassen leven voor haar jeugd op de vlucht geweest. Ze had ervoor kunnen kiezen om via de straat omhoog te komen. Veel mensen bij de politie hebben het op die manier gedaan. Maar ze had voor een andere weg gekozen. Ze had zich op Personeelszaken begraven en had het ene na het andere examen gedaan.
Ik wil niet zeggen dat dit inzicht mij op gelijke hoogte met Sigmund Freud bracht, maar ik realiseerde me weer eens hoe lastig het nog kon worden om Bouton tevreden te houden. Ik had opdracht (*bevel* zou

een beter woord zijn) gekregen een geschikt rehabilitatieproject te vinden, waarna Bouton het op zich zou nemen Dolly Dope van haar glorieuze toekomst op de hoogte te stellen. Alsof het al geen onbegonnen werk was om een recherche-onderzoek op te zetten als je nauwelijks aanknopingspunten hebt. Het redden van Dolly Dope ging boven mijn macht.

Ik was trouwens wel een beetje verder gekomen. Door de cocaïne die ik de vorige avond kwistig had rondgedeeld en door het seintje dat Barry Millstein links en rechts had gegeven waren de hoeren, zowel jongens als meisjes, en ook een handjevol pooiers, graag bereid met ons te praten. Bouton was onder de indruk, dat kon ik zien. Ik was haar als superstraatsmeris aanbevolen en kijk eens wat een resultaten ik bereikte! Jammer genoeg was uit die resultaten af te leiden dat John-John Kennedy inderdaad een geflipt provinciaaltje met een overdreven zonnige kijk op het leven was geweest.

Wat Rosario Rosa betrof, kwamen we ook niet veel verder. Niet dat Rosario geen vijanden had: we konden niemand vinden, zelfs geen pooier, die iets goeds over hem te zeggen had. In de loop van de jaren had hij zo ongeveer iedereen die hij kende wel eens beroofd, bedrogen of mishandeld. Rosa, zeiden ze, was gek op PCP, 'angel dust', een drug waar je erg agressief van wordt. Als hij high was, werd hij volslagen onvoorspelbaar. Dat kon niemand iets schelen zolang hij het op gewone burgers had voorzien, maar als Rosario een van de meisjes in elkaar sloeg, zag haar pooier zich gedwongen wraak te nemen. Bescherming is het enige tastbare dat pooiers te bieden hebben.

Zelfs twee rechercheurs die erop uit waren een motief voor moord te vinden, konden in Rosario geen chanteur zien. Chantage is een gecompliceerde zaak. De compromitterende gebeurtenis moet zorgvuldig worden voorbereid en geregistreerd. Het slachtoffer moet worden benaderd en moet ervan worden overtuigd dat betalen de enige mogelijkheid is. Je hebt tijd, geduld en tact nodig om dat goed te doen, en dat waren drie dingen die Rosa helemaal niet bezat.

Op een gegeven moment onderbrak Bouton haar fantasie over Dolly Dope lang genoeg om op te merken dat ik de verkeerde slachtoffers als doelwit had genomen. Ja, gaf ze toe, mijn theorie had goed geleken, maar er kwam niets uit. Kennedy en Rosa waren te onbeduidend om een moordenaar als King Thong te kunnen inspireren. Misschien moesten we verder gaan met een van de andere slachtoffers.

Ik wierp tegen dat we al een motief hadden gevonden. Namelijk dat Kennedy's vader geld had en op sterven lag. Als Kennedy's broer de erfenis nu eens voor zich alleen wilde? Als hij nu eens een duivels plan had uitgedacht om de recherche op het verkeerde been te zetten?
'Wees nou reëel, inspecteur,' zei ik. 'Als Kennedy in zijn kamer was gevonden, met een mes in zijn rug, zou de recherche diezelfde dag nog naar het noorden zijn gereden.'
En dat was het probleem. Het noorden. Buiten de stad. De speciale eenheid had Kennedy's broer ondervraagd, en hoewel ze niet erg geïnteresseerd waren geweest, hadden ze wel geconstateerd dat hij een buitenman zonder enige connectie met New York was. King Thong daarentegen bezat een gedetailleerde kennis van de homoprostitutie in New York. Hij had zijn slachtoffers in vijf verschillende prostitutiezones opgepikt; hij had zich voorgedaan als een geile klant; hij had zijn slachtoffers in de stad vermoord, vervoerd en gedumpt.
Als het stormt, is elke haven goed, nietwaar? Het was mij er toch om te doen het onderzoek zo lang mogelijk te rekken? Word nou maar niet kwaad op mij; ik ben maar de boodschapper. Ja?
De boodschapper van onheil.
Terwijl Zsa Zsa Gabor om Jose Ferrers doodsbed danste, sprong ik van mijn bed. Ik liep naar de telefoon en draaide het nummer van de speciale eenheid.
'Ja?'
'Brigadier Pucinski, alstublieft.'
'Spreekt u mee.'
'Pooch, ik ben het, Means.'
'Wat is er, Means? Kom je de dader al binnenbrengen?'
'Nu niet, nooit niet. Pooch, je had gelijk. Het is een strontzaakje.'
'Erg scherpzinnig van je, Means. Nou, wat kan ik voor je doen?'
'Ik wil met commissaris Bowman spreken. Zonder dat Bouton het weet.'
Zijn lach veranderde al gauw in een gesmoorde hoestbui met veel slijm. 'En wat wou je hem vertellen?' vroeg hij tenslotte.
'Ik dacht dat hij wel wilde weten wat we hebben bereikt.'
'Dat kan hij toch ook gewoon aan Bouton vragen?'
'Misschien wil hij een onafhankelijke mening.' Ik gaf hem even de tijd om daarover na te denken. 'Hoor eens, Pooch, ik moet mijn huid redden. Bouton is gek. Ik wil niet samen met haar naar de bliksem gaan.'

'Daar kan ik in komen. Daar kan ik héél goed in komen. Weet je wat, Means, als je míj nou eens op de hoogte houdt? Dan geef ik de informatie wel door aan Bowman. Die heeft graag een blanke mankepoot als mascotte.'
'Kan ik niet rechtstreeks naar hem toe?' Op de een of andere manier vond ik het niet zo'n prettig idee dat ik Pucinski zou moeten vertrouwen.
'Je kunt doen wat je wilt, zolang je het maar niet erg vindt dat Bouton het te weten komt. Ga maar na, Means. Jij hebt geen enkele reden om naar Bowmans kantoor te gaan, en hij is niet het soort commissaris dat zo'n miezerig rechercheurtje als jij midden in de nacht in een donker straatje wil ontmoeten. Jij en ik daarentegen worden geacht met elkaar samen te werken. Ik ben jouw contactpersoon bij de speciale eenheid.'
'En jij hebt toegang tot Bowman?'
'Absoluut.'
'Je vraag me je te vertrouwen, Pucinski.'
'Alsjeblieft, Means, nu krenk je mijn gevoelens.'
'Ik zal nog heel wat meer dan alleen je gevoelens krenken als je me belazert. Dan neem ik die houten poot van je en sla je daarmee dood. Als je denkt dat ik bluf, moet je het maar eens proberen.'
'Dat soort dingen moet je niet zeggen. Wat heb ik je ooit gedaan om zo'n bedreiging te verdienen?'
'Niks. En zo wil ik het ook houden.'
Ik zette vlug uiteen wat Bouton en ik de afgelopen vierentwintig uur hadden gedaan. Toen ik had opgehangen, ging ik naar de koelkast en maakte een broodje ham klaar. Het broodje legde ik op een bord en ik zette er een pot augurken en een potje chilipepers naast, en ook nog een koud biertje. Ik liet dat alles daar achter en ging op zoek naar de stapel materiaal die ik van Pooch had gekregen.
De doos stond naast het bed; daar had ik hem de vorige avond achtergelaten. Ik was van plan de namen die ik van Pooch had gekregen naast de door Barry Millstein genoemde namen te leggen en dan te kijken welke van die mensen we op straat hadden gesproken. Op die manier zouden we een lijst krijgen van degenen die we nog niet gesproken hadden. Het opzoeken van die mensen zou (hoopte ik) een paar dagen duren. Daarna konden we de stad uit gaan om met Kennedy's broer te praten. Verder dan drie dagen kon ik niet vooruit denken.

Ik nam me voor een warme, droge dag voor dat uitstapje uit te kiezen en boog me toen over het broodje en de papieren. Een halfuur later had ik een erg korte lijst van mensen die al te kennen hadden gegeven dat ze ons niets te vertellen hadden. Nu werd het tijd om me in slaap te lezen.

Zoals gewoonlijk pakte ik het saaiste materiaal dat ik kon vinden, namelijk het artikel 'Seksuele moord' in *American Psychology*. Het was een tamelijk lang stuk, bijna dertig bladzijden, en objectiever dan ik had verwacht. De auteur, een psychologe die Miriam Brock heette, had vraaggesprekken gevoerd met meer dan twintig seriemoordenaars die hun carrièremogelijkheden hadden uitgeput en dus geen reden meer hadden om iets achter te houden. In het begin van het stuk benadrukte Brock dat de ondervraagden erg graag wilden meewerken.

> Ik was niet de eerste die deze mannen bezocht. Een stuk of tien journalisten waren me voor geweest, maar die hadden het verhaal aangehoord en waren daarna vertrokken, meestal binnen een dag. Ik maakte duidelijk dat ik veel meer verwachtte en kreeg enthousiaste reacties.

Reken maar. Brocks moordenaars hadden samen vijfenzeventig keer levenslang plus drieduizend jaar gekregen. Die wisten natuurlijk dat ze in de gevangenis zouden sterven.

Wie zou onder die omstandigheden niet bereid zijn te praten? Brocks moordenaars waren allemaal in beschermende hechtenis genomen omdat zij zelf gevaar liepen vermoord te worden door gedetineerden die een reputatie wilden opbouwen. Beschermende hechtenis betekent dat je in je eentje wordt opgesloten, met een klein beetje luxe (zoals een televisie en boeken) om de pil te vergulden. De tijd is je grote vijand en vraaggesprekken helpen de tijd te verdrijven.

Brock begon het eigenlijke onderzoek met een analyse van de relatie tussen kindermishandeling en fantasie. Mishandelde kinderen – of die mishandeling nu van fysieke, seksuele of psychische aard was geweest – voelen zich allemaal hulpeloos. Ze moeten een of ander psychologisch evenwicht bereiken om zich staande te kunnen houden. De fantasie wordt de enige weg die ze kunnen inslaan.

> De meeste van deze mannen vertelden over fantasieën waarin ze, als kinderen, de mishandelaar werden, de machtigste figuur die ze zich met hun onervaren

geest konden voorstellen. Het voorwerp van die fantasiemishandeling liep sterk uiteen. Soms nam het de vorm van de mishandelende volwassene aan en dan was het waarschijnlijk een wraakfantasie. Maar even vaak was het voorwerp van de mishandeling een ander kind of een dier.

Ze ging nog een tijdje door met het beschrijven van individuele fantasieën en constateerde toen dat bijna alle ondervraagden in hun kinderjaren geen enkele zorgzame volwassene hadden gekend. Ze waren volledig onbeschermd geweest en daardoor uiterst kwetsbaar. In de loop van de jaren kregen hun fantasieën een vast stramien en werden ze obsessief. En geleidelijk begonnen ze hun fantasieën uit te voeren. Meestal gebeurde dat dan door dieren te kwellen.
Ik legde het artikel op de vloer en liet mijn hoofd op het kussen zakken. Was het wreed om dieren te doden als je ze daarna opat? Als je honger had? Als iemand een wapen in je handen legde en zei dat je ze moest doden? Als je, wanneer je met het lijk van een eekhoorn of konijn in je zes jaar oude hand uit het bos kwam, een schouderklopje kreeg, en een gemompeld: 'Die jongen is goed. Hij is erg goed.'
Hoe ik mijn best ook deed, ik kon me de details van mijn eerste succesvolle jacht niet herinneren. Wel kwamen mijn gedachten op een andere jacht, toen ik elf jaar was. Mijn eerste hert.

Mijn met zorg gekozen jachtterrein is een verlaten boerderij, diep in het bos en kilometers van mams hut vandaan. Er is bijna niets meer van die boerderij over – een lege rechthoek van gestapelde funderingsstenen, een kapotte bakstenen schoorsteen, een paar rottende planken tussen het onkruid. De muren en vloeren zijn allang verdwenen. Net als de weg die hierheen heeft geleid, als er ooit een weg is geweest.
Het water van een ondiep bevermeertje strekt zich tot op vijf meter van het huis uit. Ik heb de bevers een paar keer gezien, hun donkere driehoekige koppen aan het smalle eind van een lang kielzog. Ze zwemmen in een rechte lijn, met felle vastbeslotenheid, en houden die rechte lijn ook aan als ze duiken en weer bovenkomen.
Die bevers zou ik met gemak kunnen doden, maar dat zou geen zin hebben, want ze zouden alleen maar naar de bodem zinken. Voedsel voor de bijtschildpadden, maar niet voor mij. Nee, als ik ze wilde doden, moest ik ze op het droge te pakken krijgen, en ze zijn er alleen

's nachts, als ik blind ben en zij mij kunnen zien en ruiken en horen. In het maanlicht is hun kielzog net een dubbele zilveren streep die oplost in glanzend satijn.

Maar het is niet het ingestorte huis of het modderige bevermeertje (dat waarschijnlijk een heldere beek was in de tijd dat het huis gebouwd werd) dat mij hier op een doordeweekse ochtend in het begin van oktober heen voert. Ik ben hier omdat de appels rijp zijn en op de grond vallen.

Want herten lusten graag appels.

Voor een boomgaard (zelfs een allang verlaten boomgaard) stelt het niet veel voor. Een stuk of tien knoestige bomen, omringd door spichtige berken en belegerd door dicht opeenstaande jonge hemlocksparren. Uiteindelijk zullen de hemlocks zich over de appelbomen en de berken uitspreiden en ze allemaal doden door hun alle zonlicht te ontnemen. Maar daar zit ik niet mee. Ik ben elf jaar en het idee van plantenoorlogen is nog nooit in me opgekomen. Het enige dat ik weet, is dat die boomgaard nog steeds verschrompelde, wormstekige appels oplevert en dat de herten op dat fruit af zullen komen.

Ik ben een uur voor zonsopgang ter plaatse. Ik zit in de struiken op een granietrots, zeventig meter van de boomgaard vandaan en vijftien meter boven de grond. Dat hoogteverschil heb ik om twee redenen nodig. Ten eerste kan ik op de grond de herten niet zien omdat de hemlocks ervoor staan. Ten tweede kijken herten (net als mensen trouwens) maar zelden op.

Ik heb de zaak hier in de gaten gehouden sinds ik de boomgaard ontdekte, lang genoeg om te weten dat de herten overnachten in een drassig veldje aan de bovenkant van het meertje, en dat ze voor zonsopgang op voedsel uitgaan. Ze lopen om het meertje en de boerderij heen om bij het half verrotte fruit te komen.

De lucht is koud en vochtig. Er hangt een nevel over het meertje, een nevel die in ijle wolken komt opzetten, voortgedreven door een bries zo licht dat je er bijna niets van voelt. Het eerste licht van de dageraad geeft de nevel een vale, roze tint. Een lichte blos op een verouderend gezicht.

Maar nogmaals, ik weet niets van dat soort dingen. Dat zijn dingen die je ontdekt als je je aan bespiegelingen overgeeft. Ik ben een jongen van elf met genoeg verstand om stil te kunnen zitten, maar met te weinig ervaring om geduldig te zijn. Ik heb een nieuw geweer (beter gezegd, een ander geweer, een geleende 30-30) en ik kan bijna niet wachten tot ik het kan uitproberen.

Plotseling is er lawaai. Eerst weet ik niet wat het is en ga ik bijna overeind staan om te kijken. Dan herken ik het geluid van ganzen. Ik weet dat de ganzen aan het trekken zijn, dat de meeste vogels voor de naderende winter op de vlucht gaan, en ik vraag me af waar ze vandaan komen. Of ze 's zomers op een meer in een afgelegen Canadese provincie leven, een meer waar geen mens van weet. Een meer waar ik helemaal alleen zou kunnen zijn.

Als de ganzen eraan komen, tuur ik in de lucht om ze te zien. Ik beweeg mijn hoofd om na te gaan uit welke richting het geluid komt. Ze komen net over de boomtoppen heen, maar de nevel onttrekt ze nog aan het oog. Dan zie ik ze, hun witte borst glanzend in het licht van de dageraad, hun gewebde poten gespreid. Ze glijden door de mist en strijken neer op het oppervlak van het meer. Een tijdlang roepen ze naar elkaar. De dominante mannetjes, hun nek gestrekt, bedreigen de zwakkere leden van de zwerm. Maar ze zijn te moe en te hongerig om ruzie te maken en beginnen al gauw te eten.

Ik wend me van de ganzen af en zie een hert in de boomgaard, een kleine hinde. Enkele seconden later is er nog een hinde, gevolgd door een half volwassen kalf. Dan een derde hinde, ouder en wijzer. Ze blijft telkens staan, voelt dat ik er ben maar kan niet ontdekken waar ik zit.

Tenslotte komt de bok te voorschijn. Hij heeft zijn kop geheven en zijn neusgaten staan wijdopen. Hij blijft onder een appelboom staan en begint met de lagere takken te duelleren, uithalend naar een denkbeeldige tegenstander. De bok heeft een indrukwekkend gewei, het soort gewei waar mannen uit de stad over liegen als ze het vuur in hun hut oppoken. Als ze hun whisky drinken, hun blikjes bier.

Het gewei van die bok zegt me niks. Ik wil een malse jonge hinde en heel even denk ik erover dat half volwassen kalf te nemen. Ze is hooguit twintig kilo, dus ik zou haar in één keer mee kunnen nemen. Maar nee, ze is zo klein dat ze onder de hemlocks uit het zicht verdwijnt. Als ik mis schiet, zie ik deze herten nooit meer terug.

Ik breng het geweer langzaam omhoog. Erg langzaam. Ik ben niet opgewonden, maar wel tot het uiterste geconcentreerd. Ik zie alleen het vizier van mijn 30-30 en de schoft van de kleinste hinde. Mijn vinger drukt zacht tegen de trekker, streelt hem tot hij explodeert. De hinde valt meteen om, tegen de grond gegooid door de kracht van de kogel. De bok maakt, zonder achterom te kijken naar zijn partner, een sprong van zes meter en verdwijnt in het bos.

14

Lorraine Cho wist dat het avond was geworden. Ze lag op het kleine bed, van kruin tot voeten in de wollen cocon van haar deken, en probeerde het een beetje warm te krijgen.
Ze luisterde naar het ritselen van kleine klauwtjes over de kale houten vloer en stelde zich een leger van ratten voor dat zich samentrok voor de aanval, een ononderbroken golvende grijze massa die op het punt stond massaal op te rukken. Ze stelde zich voor hoe al die ratten hun vergeelde tanden ontblootten bij de gedachte aan haar vlees.

Of rattepoten over scherven glas

Die ene poëzieregel ging telkens door haar hoofd, maar hoe ze haar best ook deed, ze kon zich verder niets van dat gedicht herinneren. Wist niet eens meer de naam van de dichter.

Of rattepoten over scherven glas

Ze zei tegen zichzelf dat ze niet zo dramatisch moest doen. Dat ze al genoeg had om bang voor te zijn zonder dat ze zich druk maakte om een paar muizen die de kruimeltjes kwamen opeten. Als ze het zo erg vond, hoefde ze het alleen maar tegen Becky te zeggen en dan deed die er wel iets tegen.
Maar dat zou ook niet kunnen. Becky zou vallen zetten om de muizen te doden, en Lorraine wist dat ze niet nog een sterfgeval zou kunnen verdragen.
Plotseling kwam er een oude, lang vergeten herinnering in haar op. Ze zat in het souterrain van het flatgebouw waar ze met haar ouders woonde en was op weg naar hun box om haar fiets daaruit te halen. Haar beste vriendin, Linda Fried, stond al buiten en Lorraine had haast. Maar toen ze haar vriend Joe, de huismeester, geknield bij de

verwarmingsketel zag zitten, kreeg haar nieuwsgierigheid de overhand en kon ze het niet laten om te gaan kijken wat hij daar deed.
'Dag Joe,' zei ze, en probeerde over zijn schouder te gluren. 'Wat doe je daar?'
Hij draaide zich om en grijnsde met veel vertoon van zijn kapotte tanden, zoals hij altijd deed wanneer hij haar stem hoorde. 'Kijk eens wat we hier hebben, Lorraine. Kijk eens wat een kleine rotzak.'
Lorraine zag het spitse gezichtje en de lange onbehaarde staart en wist dat het een rat moest zijn. Haar ouders klaagden altijd over ratten in het souterrain. De klem lag schuin over de rug van het dier, alsof de rat het gevaar had voorvoeld en op het laatste moment had geprobeerd zich om te draaien.
Voor Lorraine, negen jaar oud, was het net of de rat twee dieren was. De onderste helft, de pootjes en de staart, lag er stil bij, maar de bovenste helft was nog verwoed aan het kronkelen. De rat beet in de val, in zichzelf; de voorpoten krabden over het vuile beton naast de ketel. Uit zijn neus en oren liep bloed.
'Nou, die zal niemand meer lastig vallen,' merkte Joe op.
Lorraine zag dat de koortsachtige bewegingen van het dier geleidelijk trager werden, en toen stootte de rat nog één schelle pieptoon uit. Joe trok de klem van de val omhoog, pakte het dier aan zijn staart op en droeg hem naar de vuilcontainer.

Of rattepoten over scherven glas

In onze droge kelder.

De volgende regel van het gedicht schoot haar te binnen. Tegelijk met het besluit niemand haar muis te laten doden. Háár muis.
Ze vroeg zich af of de muis (het was een muis, wist ze nu, en geen rat of een heleboel muizen) uit haar hand zou willen eten. En of ze de moed zou hebben haar hand uit te steken. Om op haar muis te wachten zonder te kunnen zien wat hij ging doen.
Ze viel in slaap zonder een besluit te hebben genomen, en toen ze wakker werd, was haar muis weg. Of anders was hij stil; dat kon ze niet nagaan. Maar ze wist dat het eindelijk ochtend was geworden, want ze zweette onder de deken. En ze had ook honger.
'Je troon wacht,' zei ze hardop.

Haar 'troon' was een emmer in de hoek, en die gebruikte ze zo gauw mogelijk. Nu moest ze de stank verdragen, tot Becky kwam.
Wat, vroeg ze zich af, zal ik doen als Becky op een dag níet komt? Als er niemand komt?
Als ze dan iets wilde doen, kon ze dat beter nu meteen doen. Want het was alleen maar een kwestie van tijd voordat papa haar zou doden. Of tot hij weer met haar uit rijden ging. Want dan zou ze gek worden.
Ze was al half gek, dat wist ze zelf. Ze hield de waanzin op een afstand door te dromen van een muis die uit haar hand at. Daarmee zou ze het niet eeuwig redden. Hoe lang zou het duren voor het gillen opnieuw begon?
De vraag die ze zichzelf telkens weer stelde, was of ze iets had kunnen doen om hem tegen te houden. Ze wilde kunnen zeggen: ik wist niet wat er ging gebeuren, en als ik dat niet wist, had ik het toch ook niet kunnen voorkomen?
Maar ze kon dat niet zeggen. Want ze had het geweten. Want ze zou het opnieuw weten als papa weer met haar uit rijden ging. Want ze herinnerde zich dat haar woorden door het gillen werden verpletterd als een hongerige rat door een val.
Ze liep door de kamer en streek met haar vingers over de rand van de metalen plaat die het raam afdekte. Ze telde de vier spijkers die het metaal op zijn plaats hielden. Papa had een gevangenis gemaakt die alleen geschikt was voor blinden. Hij zou wel hebben gedacht dat ze te gehandicapt was om te kunnen ontsnappen. Alsof ze aan een rolstoel gekluisterd was. Maar waarom had hij dan de moeite genomen het raam af te dekken? Waarom deed hij dan nog de deur op slot?
Opeens hoorde ze het geluid van een auto die tegen een steile helling op kwam. Becky. Het leek een beetje vroeg, maar Lorraine had te veel honger om daar bij stil te staan. Ze wilde eten, wilde in de zon, wilde zelfs graag baden in dat koude beekje.
De auto kwam slippend tot stilstand en even later werd er aan het slot op de deur gemorreld. Lorraine wachtte op Becky's 'Zo, hoe gáát het vandaag?' Maar in plaats daarvan volgde er een stilte die haar bijna in paniek bracht. Ze vroeg zich af wat ze zou doen als het niet Becky maar papa bleek te zijn.
'Becky? Ben jij dat?' Lorraine vond het laf van zichzelf dat ze die vraag stelde.
'Ja, Lorraine, ik ben het.' Haar stem klonk eigenaardig gesmoord, als-

of ze een dikke tong had, of kiespijn. 'Hier heb je je eten. Jammer genoeg is het koud, want ik heb vanmorgen niet gekookt.'
Lorraine nam het mandje aan en stak toen zonder erbij na te denken haar hand uit om haar vingertoppen over Becky's gezicht te laten gaan. Ze voelde de sponsachtige zwelling rond de ogen en onder de jukbeenderen en de diepe snee die zich over beide lippen uitstrekte.
'Wat is er gebeurd, Becky? Wat is je overkomen?' Lorraine dacht al verder dan die vraag. Want ze wist al wat er met Becky was gebeurd. Papa had Becky mishandeld, en op de een of andere manier moest ze daar gebruik van maken.
'O, Lorraine, ik begrijp papa gewoonweg niet. Ik weet dat ik niet volmaakt ben, maar ik doe zo mijn best voor hem.'
'Hoe erg heeft hij je geslagen?' Geen antwoord, en Lorraines vingers gingen door met hun verkenningstocht, tot Becky zich terugtrok.
'Mijn ribben doen pijn.' Becky liet een kort lachje horen. 'Nou, je zult vandaag zelf je emmer moeten dragen, Lorraine. Ik denk niet dat ik hem kan tillen. Ik ben al kapot van het rijden hiernaar toe. Maar ik heb wel iets voor je meegebracht, en als je even geduld hebt, ga ik het meteen halen.'
Lorraine hoorde dat Becky's voetstappen zich verwijderden. Het kon haar eigenlijk niet schelen wàt Becky had meegebracht. Waar het om ging, was dàt Becky iets meegebracht had. Dat ze tot die kleine daad van ongehoorzaamheid in staat was geweest.
Lorraine was niet verbaasd, toen Becky een deken om haar schouders sloeg. 'Dank je, Becky. Ik weet hoeveel moed hiervoor nodig was.'
'Nou, papa ziet het helemaal verkeerd. Ik bedoel, als je ziek werd, wat zouden we dan moeten beginnen? Ik zei dat ik niet wil dat jou iets overkomt, Lorraine, en dat meende ik. Ik zweer het je.'
Lorraine sloeg haar armen om Becky heen en trok haar heel langzaam naar zich toe. Ze probeerde mee te voelen met Becky's lot, met haar leven, maar in plaats daarvan werd ze alleen maar woedend. Ze kon het beter zonder omhaal doen.
'Papa gaat me doden, Becky. Hij gaat ons allebei doden.' Ze trok Becky's hoofd tegen haar schouder. 'Hij gaat mij doden, omdat hij alle vrouwen doodt die hij ontvoert. Hij gaat jou doden, omdat jij weet wat hij doet.'
Lorraine liet Becky los en stond op. Ze pakte de emmer en liep naar buiten zonder om toestemming te hebben gevraagd. Het viel haar op

dat haar voeten al volkomen aan de ruwe, onregelmatige grond gewend waren. Ze hoorde Becky's ondiepe ademhaling achter zich.
'Hoest je bloed op?' vroeg Lorraine, terwijl ze neerknielde om de emmer in een smalle geul te legen.
'Nee, zo erg is het niet.'
'Hoe is het gebeurd?'
'Nou, weet je, daar zit ik nou juist zo mee. Ik was wat kalfslapjes aan het bakken, toen papa langs het fornuis kwam lopen om een biertje te pakken. Je weet hoe mannen in de keuken zijn, Lorraine. Ze zien helemaal niks, zeker niet als ze een beetje dronken zijn. Hoe dan ook, ik probeerde voor papa uit de weg te gaan, maar hij stootte tegen de koekepan en er spatte vet op zijn arm.
"Vlug, papa," zei ik, "hou je arm onder de koude kraan."
Weet je wat hij deed, Lorraine? Hij greep me bij mijn haar vast en hield míj onder de koude kraan. Hij hield me daar tot ik bijna verdronken was. En onderwijl sloeg hij me. Hij sloeg me en sloeg me. Ik dank de Heer die boven ons is dat ik van mijn stokje ben gegaan. Anders zou het verschrikkelijk zijn geweest.'
'Heb je je verzet?'
'O, nee,' zei Becky. 'Dat zou ik nooit doen. Dat zou het ergste zijn dat ik óóit kon doen.'
'Waarom, Becky?'
'Als ik terug vecht, stopt papa me vast en zeker in de versnipperaar.'
'Tja, je zult je wel niet kunnen verzetten. Daar heb je gelijk in.'
'Nou en of ik daar gelijk in heb, Lorraine.'
'Maar je zou kunnen ontsnappen. We zouden samen kunnen ontsnappen.'
'Ik kan bijna niet geloven dat jij dit zegt. Ik dacht dat jij mij goed kende. Hoe vaak heb ik je niet gezegd dat ik altijd heb geleerd trouw te blijven? Ik ben niet een van die vrouwen die het heel gewoon vinden om van man naar man te rennen. O nee. Ik geloof dat de Heer ons op aarde heeft gezet om onze man te dienen zoals wij Hem dienen. En dat zal ik doen.'
Lorraine hoorde de kilte in Becky's stem en voelde aan dat het gevaarlijk was om verder te gaan. Maar ze negeerde haar instincten. Ze zei tegen zichzelf dat het mogelijk moest zijn om tot deze vreemde vrouw door te dringen.
'We zouden al ver weg zijn voordat papa er erg in heeft, Becky. We

kunnen in de auto stappen en wegrijden voordat hij ons allebei doodmaakt. Ik wil niet sterven...'
Lorraine hoorde een scherpe knal en verstijfde. Ze meende te weten wat het was, een tak die van een boom werd losgetrokken, maar de eerste klap sneed in haar huid voordat ze kon reageren. Er volgden een tweede en een derde klap en toen viel ze voorover en begon te kruipen.
Kleine steentjes vulden de zachte ruimten tussen haar botten en haar knieën op. De knobbels van boomwortels schuurden haar handpalmen. Al gauw was ze volkomen gedesoriënteerd. Ze wilde naar de hut vluchten, maar in plaats daarvan kroop ze het ijskoude water van de beek in. De slagen bleven op haar neerdalen, maakten haar huid kapot. En boven dat alles uit – boven het scherpe geluid waarmee de boomtak op haar neerkwam, het zwiepen van de tak op haar rug en benen, het onverschillig zingen van de vogels, het ruisen van snelstromend water – hoorde ze Becky krijsen... Becky's van pijn verkrampte scheldkanonnade galmde door Lorraines hoofd.
'Kreng, vies vals kreng. Loeder. Jij deugt niet. Jij verdient niet te leven. Kreng, vies vals kreng. Loeder. Jij deugt niet.'

15

Toen Bouton de volgende middag om twee uur eindelijk kwam opdagen, deed ze meteen wat ik al verwachtte: ze gaf me een uitbrander. Misschien zou ik beter van milde kritiek kunnen spreken, want ze pakte het vrij rustig aan. Ze vroeg me eerst of ze mijn 'pistool' mocht zien, en omdat ik geen keus had, gaf ik het aan haar. Ik merkte op dat rechercheurs een reservewapen mochten dragen. Ze knikte ernstig en ik somde de eigenschappen van de Detonics op.
'Hij is accuraat genoeg om ermee aan schietwedstrijden mee te doen,' zei ik, 'en hij heeft minder terugslag dan een 9 mm. Misschien zelfs minder dan jouw .38.' Ik vertelde haar iets over de bijzondere mechaniek van dit wapen. 'Iedereen weet,' besloot ik, 'dat een .45 iemand gegarandeerd tot staan brengt. Hij maakt een groot gat op de plaats waar hij erin gaat en een krater waar hij eruit komt. Het enige probleem is dat er moeilijk mee te schieten is. De doorsnee .45 (ik bedoel de goedkopere, want de meeste smerissen kunnen geen duurdere betalen) zijn gewoon niet accuraat. Of je moet al heel goed getraind zijn en regelmatig blijven oefenen. Het wapen dat jij daar hebt, kost nieuw duizend dollar. Met alles wat ik eraan heb laten doen, komt hij op ruim tweeëneenhalf duizend.'
'Hij is loeizwaar.' Ze gaf hem aan me terug. 'Moet je per kilo betalen?'
'Ik geef toe dat het misschien niet het ideale wapen voor een vrouw is.' Ik keek haar met een opgewekte glimlach aan, maar ze wilde het er nog niet bij laten zitten.
'Hoe kun je het een reservewapen noemen als je het trekt voordat je je .38 trekt? Als je je .38 op je enkel hebt en dat ding achter je riem?'
'Er zijn geen vaste regels. Je mag zelf weten wat je trekt.'
'Geen vaste regels?'
'Niet dat ik weet.'
'En jij denkt dat je je met zo'n formaliteit kunt vrijpleiten als je dat ding ooit gebruikt?'

'Ik heb het al eens gebruikt, inspecteur. Voor een klootzak die op het punt stond een van mijn collega's te doden. Hij kreeg een begrafenis met gesloten kist en ik kreeg een eervolle vermelding.' Ik gaf haar even de tijd om daarover na te denken. 'Je moet het zo bekijken, inspecteur. Je mag die trekker pas overhalen als je leven op het spel staat. Dat zijn de regels. Nou, als het echt zo ver is, moet je het gevoel hebben dat je de discussie met één schot kunt beëindigen. Ik heb mijn hele leven met vuurwapens te maken gehad. Ik heb een hert vier kilometer zien doorrennen nadat zijn halve long en een flink stuk van zijn hart waren weggeschoten. Je kunt niet op een .38 vertrouwen, zeker niet die goedkope dingen die de meeste smerissen gebruiken.'
Op de een of andere manier kreeg ik ten onrechte de indruk dat ik haar had overtuigd. Misschien kwam het door die peinzende uitdrukking op haar gezicht. Ik meende daaruit te kunnen afleiden dat ze zich verdiepte in wat ik zei. Ik had beter moeten weten.
'Kijk, inspecteur.' Ik stond op, liep naar mijn wapencollectie, nam de Thompson en zette het laservizier erop. 'Kaliber .45. Magazijn met dertig patronen. Hij vuurt zo snel als je de trekker kunt overhalen en de kogel komt terecht op de plek waar je de rode stip heen hebt gebracht. Je hoeft de kolf niet tegen je schouder te drukken; dat is een groot voordeel. Als je een gewoon geweer hebt en je moet door het vizier turen, dan kun je niet goed zien wat er allemaal om je heen gebeurt.'
'De meesten werken jarenlang bij de politie zonder ooit hun wapen te gebruiken.'
Haar stem klonk zacht, maar de uitdrukking op haar gezicht was van 'peinzend' naar 'ben jij niet goed bij je hoofd of zo?' gegaan. Mijn hele leven heb ik mensen op die manier naar me zien kijken.
'Ik ben niet de meesten, inspecteur.' Mijn stem was even zacht en neutraal als de hare. 'Daarom ben je naar mij toe gekomen.'
'Is dat ook de reden waarom je je penning aan een gouden ketting hebt hangen?'
'Ik wil dat de mensen zich me herinneren.'
'Welke mensen?'
'De mensen die met die gouden medaillons lopen. Je weet wel, met een pistooltje, de kaart van Afrika, een ankertje, zo'n kloterige gangsternaam. Ik wil dat ze weten wie ik ben. Dat ik niet bang voor ze ben. Dat ik meer lef heb dan zij, en dat ik machtiger ben.'

Ze zuchtte en sloeg haar benen over elkaar. 'Doe me een lol, Means, en draag die penning op de plaats waar hij thuishoort. Maar neem die... hoe noem je dat ding?'

'Het is een Detonics. Dat is een fabrieksnaam. New Detonics.'

'Neem die Detonics altijd mee, Means. Als je gekke dingen gaat doen, wil ik dat je je kunt verdedigen. Ik zoek dan wel een veilig plekje op.'

Ze barstte in lachen uit en ik grijnsde onwillekeurig mee.

'Prettig om te weten dat je het zo opneemt, inspecteur.'

'Ze zouden míj moeten opnemen,' zei ze, nog steeds lachend. 'Omdat ik jou erbij heb gehaald.'

'Klaar voor de lunch?' Het was het soepelste weerwoord uit mijn repertoire.

'Wat heb je, Means?'

'Salami en provolone op Italiaanse semolina met chilipeper en paprika, gesneden sla en Chinese mosterd. Ik kan ook wel een paar biertjes opduikelen als je iets wilt drinken. Anders wordt het Snapple-limonade.'

'Doe maar Snapple.'

Toen we eenmaal ter zake kwamen, viel het wel mee. Bouton had die ochtend contact opgenomen met VICAP om na te gaan of King Thong misschien weer was begonnen met moorden. Ze deed dat iedere week en ze deed het niet omdat ze verwachtte iets nuttigs te zullen vinden. Ze deed het, legde ze uit, om haar ego onder controle te houden.

Daarna hadden we het over de vraaggesprekken die we de vorige avond hadden gevoerd. We hadden geen van beiden ter plaatse aantekeningen gemaakt, maar Bouton haalde papieren uit haar tasje en legde ze op de tafel. Ze bevatten de namen van degenen die we hadden ondervraagd en een samenvatting van wat er was gezegd. We moesten die aantekeningen doornemen en de gegevens overbrengen op de rapportformulieren die DD5's werden genoemd.

'Volgens het boekje, Means,' legde Bouton uit. 'De papieren moeten perfect in orde zijn.'

'Niet als we Thong vinden.'

Ze liet haar broodje op het bord vallen en nam een slokje limonade. 'In theorie,' legde ze uit, 'opereren we onafhankelijk. In werkelijkheid kan commissaris Bowman ieder moment om de papieren vragen. Grote Broer verliest ons niet uit het oog, Means. En Grote Broer heeft zelf ook veel op het spel staan.'

Ik knikte verstandig. Alsof ik daar niets mee te maken had.
'Heb je al een rehabilitatieproject voor Dolly gevonden?' vroeg ze even later.
'Nog niet, inspecteur. Eerlijk gezegd weet ik niet hoe ik dat moet aanpakken. Ik zou het misschien aan Barry Millstein kunnen vragen.'
'Laat maar. Ik heb zelf al iets gevonden. Niet dat het gemakkelijk was. De wachtlijst voor afkickprojecten is zes maanden en wordt steeds langer.'
Waarschijnlijk had ik mijn mond moeten houden, maar dat deed ik niet. Dat kon ik niet. 'Vertel eens, inspecteur. Span je het paard niet achter de wagen? Hoe weet je eigenlijk dat Dolly Dope het zelf wil?'
Ze keek me gekweld aan, haar ogen half dichtgeknepen, en schudde haar hoofd. 'Je moet haar niet zo noemen, Means. Ze is een menselijk wezen.'
'Dat is nou juist het probleem, nietwaar? Zij is menselijk en wij zijn smerissen. Geen maatschappelijk werkers.'
'Aldus sprak de dappere krijger.' Ze veegde met een servetje (papier, geen linnen) over haar mond en ging verder: 'Means, op de dag dat ik voor het eerst de academie binnenliep, nam ik me heilig voor dat ik nooit vierentwintig uur per dag politievrouw zou zijn. Misschien is het je nog niet opgevallen, maar ik ben zwart, en er is hier in deze stad geen zwarte man of vrouw die staat te juichen bij alles wat de politie doet. Wat ik van het korps verlangde, was een vaste baan met een goed salaris en goede pensioenvoorzieningen. Dat heet ambtenarij, Means, en het is de enige bedrijfstak waar zwarten terecht kunnen. Ondanks alle positieve discriminatie en meer van dat gelul. Je legt de examens af en je komt hoger op de ladder. Dat heb je bij IBM niet.'
Inmiddels zat ze naar voren gebogen, met haar handen plat op de tafel. 'Wat zei je gisteren ook weer? "Justitie is een stuk zonder laatste bedrijf?" In dat geval is het belangrijk dat je naast je werk nog iets anders in je leven hebt. Iets waardoor je de dingen in het juiste perspectief blijft zien. Ik doe al jaren aan sociaal werk. Ik werk met kinderen die omhoog willen komen, al spant alles tegen hen samen om ze onderaan te houden. Ik vind dat een nobel streven, Means. Nobel.'
En het staat ook niet slecht in je c.v.
Ik dacht het, maar ik had niet de moed het te zeggen. Nee, wat ik zei, was: 'Wie gaat Razor Stewart het slechte nieuws vertellen? Wie gaat hem vertellen dat een deel van zijn inkomen zich gaat rehabiliteren?'

'Ik zou denken dat jij daar wel zin in had.'
Ze had gelijk, ik had er zin in, maar toen ik een paar uur later tegenover Stewart stond, bleek dat het hem koud liet.
'Neem dat kreng maar,' zei hij. 'Ze kost me meer dan ze opbrengt. Het schijnt, meneer Means, dat er niet genoeg pikken in New York zijn om dat kreng high te houden. Niet als ze alleen maar pijpwerk van vijf dollar kan.' Hij wenkte me naar zich toe en begon te fluisteren. 'Ze verbeeldt zich heel wat. Heeft op Vassar gezeten. Behandelde me in het begin als een stuk stront. En ik, ik pikte dat gewoon. Zorgde dat het kreng nooit zonder dope zat. Zei dat ik zo veel van haar hield. Dat ze het enige wijf voor me was. En dat al die andere wijven me geen moer konden schelen. Dat die alleen onder mijn bescherming werkten. Ik zei tegen haar dat die andere wijven puur business waren. Behalve zij, mijn enige ware liefde.'
Het was het bekende verhaal. Neem een onervaren meisje dat op zoek is naar een opwindend leven. Breng haar het hoofd op hol. Laat haar tippelen. Sla haar als ze niet wil gehoorzamen. Dump haar als ze helemaal opgebruikt is. Het enige wat er in dit geval nog bij kwam, was dat Razor de pest had aan Dolly's schoolopleiding. En natuurlijk ook dat hij het blijkbaar schitterend vond dat ze naar de bliksem ging.
'Heeft ze het virus, Razor? Is ze al getest?'
Hij keek op, begreep blijkbaar niet waar ik heen wilde. Als ik kwaad was, zou hij proberen mijn woede op iemand anders te laten overslaan, al kende hij de reden van mijn woede niet precies.
'Ik zou het niet weten. Ze is nooit getest, dat heeft ze me zelf verteld. Maar ze spuit al zo lang dat ze het volgens mij wel moet hebben. Ze moet het hebben en ze zal het ook wel aan haar klanten hebben doorgegeven. Nou, van mij mag ze. Die klootzakken zijn gewoon slavenhouders die naar de slavinnenhutten komen. Het enige verschil is dat ze nu met een paar bankbiljetten zwaaien in plaats van haarlinten uit te delen. Ik hoop dat ze het aan hun vrouwen doorgeven.'
'Als de klanten slavenhouders zijn,' zei ik, 'wat ben jij dan? Ben jij de slaaf die de zweepslagen toedient?'
Toen hij eindelijk antwoord gaf, klonk er een zorgvuldig respect in zijn stem door, al had hij nog steeds die uitdagende blik in zijn ogen.
'Ik hoorde dat jij een soortement Indiaan bent, meneer Means. Als jij een Indiaan bent, moet je me eens vertellen wat de blanke man ooit voor jouw mensen heeft gedaan, behalve ze uitmoorden. Jij bent net

zo goed een nikker als ik. Je laat je door de blanken betalen om de nikkers onder de duim te houden. Maar zelfs nikkers moeten betaald worden.'

Misschien had ik me kwaad moeten maken, maar dat deed ik niet. De kans dat Razor Stewart me begreep, was net zo klein als de kans dat een muis een leeuw begrijpt. Intussen vond hij het niet erg dat hij een van zijn hoeren verloor, en daar ging het maar om. Voorlopig. Later, als ik weer in het recherchewerk zat, zou ik Razor nog wel eens opzoeken en dan zou ik hem leren wat leeuwen doen.

Maar dat was iets voor later. Op dit moment moest ik Vanessa Bouton tevreden houden. Ze was in de andere kamer bezig Dolly Dope de geneugten van het afkicken uiteen te zetten. Kennelijk liet Dolly zich niet zo gemakkelijk overtuigen, want ze zaten al bijna een uur in die kamer toen Bouton eindelijk de deur opendeed.

'We zijn zo ver,' zei ze zonder de moeite te nemen Razor Stewart aan te kijken.

Ik liep de huiskamer in en zag Dolly Dope met een gehavende sporttas in haar hand staan. Ze keek strak naar de versleten vloerbedekking, de rug krom, de schouders ingezakt. Ik wil niet ontkennen dat ze medelijden verdiende, maar er zijn duizenden meelijwekkende zielen in New York. Wat had het voor zin?

De zin, zei ik voor de vijftigste keer tegen mezelf, was dat ik Vanessa Bouton tevreden moest stellen, en dat was precies wat ik deed. Gedurende de rit van 147th Street naar het rehabilitatiecentrum in Brooklyn dat door Bouton was uitgekozen, speelde ik de rol van zwijgende chauffeur. Bouton zat achterin en hield letterlijk Dolly's hand vast. Het was een optreden dat Moeder Teresa waardig zou zijn.

Tenminste, dat zou zo zijn geweest als Moeder Teresa aan het hoofd van het rehabilitatiecentrum had gestaan. De echte directeur, een praktische, no-nonsense vrouw die Lottie Douglas heette, had Dolly nog maar tien minuten gezien of ze deelde al mee dat het meisje pas kon worden toegelaten als ze eerst naar een ontwenningskliniek was geweest.

'We zijn hier niet toegerust voor zulke ernstige verslavingsgevallen. We mogen hier geen drugs verstrekken, en deze vrouw is er te slecht aan toe om ineens volledig af te kicken. Als ze er klaar voor is, zal ik zorgen dat er hier plaats voor haar is. Dat beloof ik. Intussen stel ik voor dat we de telefoon pakken en een geschikte kliniek zoeken.'

Het klonk eenvoudig genoeg, maar uiteindelijk duurde het ondanks al Lottie Douglas' connecties meer dan acht uren voordat we een kliniek vonden die een plaats vrij had en onverzekerde patiënten accepteerde. Er is een nummer van die goeie ouwe Billie Holiday waarin het goed wordt samengevat: *'Them that's got shall get. Them that's not shall lose.'*

De kliniek die Douglas tenslotte vond, was in Bayshore op Long Island, en we reden er in het spitsuur heen. Onderweg zag Moeder Bouton kans Dolly Dope haar levensverhaal te laten vertellen. Ik vond het niet de moeite waard om te luisteren. En dat niet alleen omdat Dolly's voorgeschiedenis (haar echte naam was trouwens Lydia Singleton) me al door Razor Stewart was verteld, maar ook omdat ik in de loop van die uren op een idee was gekomen dat weken aan ons onderzoek kon toevoegen. Ik was te druk met dat idee bezig om me voor Dolly Dopes kinderjaren te interesseren.

King Thongs laatste slachtoffer was een dertigjarige travestiet geweest, een zekere Reese Montgomery. Het viel me op dat hij ouder was dan de anderen. De oorspronkelijke onderzoekers hadden niet meer tijd aan Montgomery's voorgeschiedenis besteed dan aan die van Rosario Rosa, maar uit hun rapporten viel af te leiden dat Montgomery, die in Long Island City was opgepikt, ooit in veel betere kringen had verkeerd.

Ik hoopte dat Montgomery op dezelfde manier in de hel was afgedaald als zoveel prostitués, zowel mannen als vrouwen. In het begin verkopen ze hun jeugd en dan kunnen ze er meestal vrij goed van leven. Dan kunnen ze zich nog verbeelden dat er niets aan de hand is. Maar geleidelijk aan raken ze in verval. Drugs, de jaren, ziekten, gevangenis – het mooie is er in een paar jaar af en hun pooiers schuiven hen door (of verkopen hen) aan andere pooiers met een minder kieskeurige clientèle.

Het eindstation is tippelen aan de Queens-kant van de Fifty-ninth Street Bridge. Of Delancey Street, waar de hoeren om zes uur 's avonds hun diensten bewijzen aan de chassidiem, die dan op de terugweg naar Williamsburg zijn. Of in de wijk Hunts Point van de Bronx, waar hoeren om zes uur 's morgens als robots de liefde bedrijven met uitgeputte lange-afstandtruckers.

Als Reese Montgomery die weg had afgelegd, had hij ongetwijfeld een spoor van cliënten achtergelaten, onder wie nogal wat prominente (of op zijn minst rijke) personen. Als Montgomery, ten einde raad, nu eens tot de conclusie was gekomen dat de klanten die hij in zijn jeugd had gehad (die hem zijn jeugd hadden ontstolen) hem nog iets meer verschuldigd waren dan een onverschillig afscheidswoord? Zou het niet op zijn minst mogelijk zijn dat hij, als een drenkeling die naar een strohalm grijpt, had besloten af te persen wat hem toekwam? En dat hij daarvoor de verkeerde klant had gekozen?

Het leek me heel plausibel en ik was van plan het aan Bouton voor te leggen zodra we alleen waren. Jammer genoeg begon ze al te spreken voordat ik de auto had gestart.

'Jij vindt het stom van mij, hè?' zei ze verwijtend. 'Jij vindt me een idioot.'

'Stom? Idioot? Dat begrijp ik niet.' Ik snapte het echt niet. Voor zover ik kon nagaan, was ik een ijverige knecht geweest. Ik had haar door de stad gereden, had met Razor Stewart gepraat, had niet geklaagd.

'Jij vindt dat we deze hele dag verspild hebben. Jij vindt dat Lydia Singleton niet de moeite waard is. Jij vindt dat ik niet weet hoe ik een onderzoek moet aanpakken.'

'Hoor eens, inspecteur, wat ik vind is dat jij zojuist het wereldrecord voor het woord "vindt" hebt gebroken. En wat de rest betreft: jij bent de inspecteur en ik ben een eenvoudige rechercheur. Ik heb niet het recht om te oordelen.'

Ik keek opzij en zag dat Bouton haar lippen op elkaar had geperst. Ze was kwaad, maar er was ook nog iets anders aan de hand. Haar ogen hadden een wazige blik. Het waren diepe zwarte schaduwen in haar donkere gezicht. Ik vroeg me af waar ze precies naar keek en dacht dat het een of andere herinnering uit haar kindertijd moest zijn. Een familielid dat al heel lang dood was, misschien zelfs een zuster of broer, die voor de verlokkingen van de straat was bezweken.

Niet dat het voor mij iets uitmaakte. Waar het mij op dat moment om ging, was dat ik het zielige verhaal niet te horen zou krijgen.

'Ik heb je dossier doorgenomen, Means. Jij hangt graag de stoere jongen uit, maar ik weet dat je aan het John Jay College hebt gestudeerd. Sociologie.'

'Ik dacht niet dat ik dat ooit had ontkend.'

'Je hebt het ontweken.' Ze leunde achterover en ontspande een beetje.

'Hoor eens, inspecteur, ik wil je niet nijdig maken, maar die studie stelde niks voor. Zeker, ik heb gestudeerd. Net als duizenden andere smerissen. Iedereen, van de jongste rekruut tot een veteraan met dertig jaar ervaring, weet dat je via studie omhoog kunt komen. Ik was jong en ambitieus. Daar kwam nog bij dat ik altijd goed kon leren.'

'Maar waarom sociologie, Means? Dat kan geen toeval zijn, of je het nu wilt toegeven of niet.'

'Het spijt me dat ik je moet teleurstellen, inspecteur. Ik stuiterde in die tijd van de ene studie naar de andere – van politicologie naar criminologie naar psychologie naar geschiedenis – op zoek naar iets wat niet voor de volle honderd procent gelul was. Toen ik in de gaten kreeg dat ik het nooit zou vinden, was ik al een paar jaar verder en moest ik een hoofdvak kiezen. Ik koos sociologie omdat het gemakkelijk was. In elk geval voor mij.'

'Wou je zeggen dat je zes jaar lang een studie hebt gevolgd en niks hebt geleerd?'

'Niks dat ik niet al wist toen ik naar mijn eerste college ging.'

'Ik heb medelijden met je, Means. Als ik jou was, zou ik op zoek gaan naar professionele hulp.'

'Daar zou ik niks mee opschieten, inspecteur. Als je zo lang in de stront hebt gezeten als ik, raak je de stank nooit meer kwijt.'

16

Na een lange eerbiedige stilte lukte het me Reese Montgomery en zijn mogelijke voorgeschiedenis ter sprake te brengen. Bouton luisterde, dat moet ik haar nageven, maar ze hapte niet toe. Gedurende de hele rit bleef ze zich gereserveerd opstellen. Eerst dacht ik dat ze kwaad was omdat ik haar enthousiasme voor sociaal werk niet kon delen. Per slot van rekening vindt niemand het leuk als een ander niks in zijn hobby ziet, zeker hogere politiefunctionarissen niet, die onderdanigheid verwachten van het voetvolk. Maar na een tijdje werd duidelijk, zelfs voor mij, dat haar echt iets dwars zat. De uitdrukking op haar gezicht, die half dichtgeknepen ogen, die lippen zo stijf op elkaar, dat alles werd steeds krampachtiger en al die tijd keek ze strak voor zich uit. Als dit een film was, dacht ik, kregen we nou de aangrijpende doorbraakscène. De scène waarin de keiharde rechercheur een poging doet een traumatische herinnering uit de psyche van de trieste, gevoelige inspecteur naar boven te krijgen. Waarna ze eindelijk een wederzijdse verstandhouding krijgen die boven het verschil in rang uitstijgt. Onze handen zouden elkaar aanraken, onze ogen elkaar aankijken; ik zou me naar voren buigen en ze zou me haar bevende mond aanbieden.
Dan een naaktscène. Een naaktscène met een bijzondere wending. Sex langs de kant van de weg. Het gekreun van de minnaars onderbroken door de schorre klanken van een politieradio.
Maar natuurlijk was het geen film en bij gebrek aan een regisseur bleef ik de onverschillige Means die ik altijd was en liet ik haar in haar sop gaar koken. Ik dacht dat ze er wel bovenop zou komen, maar zelfs toen we de Triborough Bridge waren overgestoken en door de straten begonnen te rijden om Kennedy's vrienden te zoeken, zat ze nog steeds chagrijnig voor zich uit te kijken.
Ik van mijn kant bleef hardnekkig doen alsof ik niets merkte en sleurde haar nagenoeg van plek naar plek. Ik deed dat met een enthousiasme dat bijzonder irritant op haar moet zijn overgekomen. De hele tijd

was ik me ervan bewust dat zolang zij mijn carrière in haar handen had, vriendschap of iets dergelijks volstrekt uit den boze was. Niet dat ik hunkerde naar contact.

Twee uur later gaf Bouton zich gewonnen aan wat het ook was dat haar dwars zat. Ze ging naar huis. Ik kan niet zeggen dat ik het jammer vond om van haar af te zijn, al moet ik toegeven dat ik het nogal slap van haar vond. Hoe dan ook, voor een onverbeterlijke nachtbraker als ik viel nog niet aan slapen te denken en daarom besloot ik eens lekker te gaan trainen. Al maanden had ik geprobeerd een nieuwe manoeuvre aan mijn nogal onsystematische systeem van zelfverdediging toe te voegen. (Of aanval, het is maar hoe je het bekijkt.) Die manoeuvre, een uppercut, betekende dat ik mijn linkerschouder naar mijn tegenstander toe moest draaien en mijn rechterschouder moest laten zakken, waarna ik de muis van mijn hand langs zijn borst tegen zijn kin pompte.

Als ik het goed deed, zou het effect vernietigend zijn (vooral omdat het buiten het gezichtsveld van mijn tegenstander zou gebeuren) en ik moet toegeven dat ik me tijdens het trainen een hele rits afgebeten tongen en kaakfracturen voor ogen stelde. Het probleem was dat de combinatie van bewegingen nogal veel tijd in beslag nam, terwijl ik, als ik mijn rechterhand liet zakken, mijn eigen kin aan een linkse blootstelde. Na een uur oefenen besloot ik nooit een gevecht met die uppercut te beginnen. Misschien kon ik hem in een later stadium nog gebruiken, vooral wanneer het een worstelpartij werd, maar niet in het begin, als mijn tegenstander waarschijnlijk nog op zijn hoede was. Toch bleef ik nog een uur oefenen. Eerst nam ik een defensieve houding aan en daarna stelde ik me de hele manoeuvre als één vloeiende beweging voor, een lange sierlijke curve, omlaag en omhoog, zo snel dat het amper te zien was. Vervolgens deed ik het, keer op keer op keer. Ik ramde met de muis van mijn hand tegen een stukje gecapitonneerd triplex, tot mijn rechterarm helemaal verdoofd was. Tot ik mijn schouder niet meer omhoog kon krijgen.

Toen schakelde ik over op mijn linkerarm.

Ik stond mezelf niet toe dat ik aan iets anders dacht dan wat ik aan het doen was, totdat ik klaar was en ging douchen. Ik had mijn trainingen altijd als een vorm van meditatie gezien. Het was pure concentratie; alles wat ik deed, deed ik met volle inzet. Er was geen aarzeling, geen 'doe ik het of doe ik het niet', niets van dat soort vragen.

Ik had genoeg lessen psychologie gevolgd om te weten dat psychiaters meteen een etiket op dat soort gedrag plakken: obsessie.

'Kijk, ma, hij doet het wéér.'

Mijn favoriete zieleknijper, mevrouw Brock, bekend van *American Psychology*, gebruikte het woord 'obsessief' in elke derde zin die ze schreef. Terwijl ik me afdroogde, vroeg ik me af of ze obsessief genoeg was om zich werkelijk in een geslagen kind te kunnen verplaatsen. Om werkelijk te kunnen voelen wat het is om gevangen te zitten in een wereld van onvoorspelbaar geweld. Een wereld die in een oogwenk kan omslaan: zo is alles nog rustig, zo barst er een dodelijk geweld los. Ik betwijfelde het. Ik wist dat als zij die waanzin had gekend ze niet een woord als 'obsessief' zou hebben gebruikt om haar reactie erop te beschrijven.

De waarheid, dacht ik terwijl ik voor de spiegel stond, was dat als de kaarten eenmaal gedeeld zijn, je daarmee moet spelen, want het zijn de enige kaarten die je hebt. Als je sterk bent, sluit je uiteindelijk vrede met jezelf. Je reageert positief op de keerpunten die uiteindelijk je persoonlijkheid vormen.

Mijn keerpunt was Grote Mike. Hij was een van de vrijers van die goeie ouwe mam, een eeuwig werkloze houthakker die onderdak nodig had. Hij was in het begin aardig voor me, maar dat was ik wel gewend. De ooms waren altijd aardig voor me als ze bij mam in de gratie wilden komen. Later, als duidelijk werd dat mam mij niet met liefde omringde maar me liever als boksbal gebruikte, gingen ze meestal rottig tegen me doen. Maar Grote Mike niet. Die begon juist de rol van grote broer te spelen. Hij leerde me met een bijl en een kettingzaag omgaan en naar de toppen van de hoogste bomen klimmen.

Ik kan niet zeggen dat ik erg enthousiast reageerde; daar was ik veel te achterdochtig voor. Maar ik wilde die dingen wel graag leren en bracht daarom veel tijd met Grote Mike door. In het begin ging het nog wel; ik vond het niet vreemd wanneer Grote Mike zijn hand over mijn dij liet glijden als hij me op de laagste takken van een boom hielp. Zelfs niet toen hij voorstelde om naakt te gaan zwemmen in de beek.

Maar toen hij verder begon te gaan, me inzeepte, zijn hand van mijn dij naar mijn reet liet gaan, zijn kruis tegen het mijne drukte als hij me omhelsde, werden zijn bedoelingen maar al te duidelijk.

Wat moest ik doen? Moest ik me laten gelden of moest ik me door die

viespeuk in mijn reet laten neuken? Ik geloof niet dat ik ooit echt een besluit heb genomen, maar er kwam een moment waarop mijn karakter de overhand kreeg. Grote Mike en die goeie ouwe mam zakten gigantisch door. Ze waren in het begin van de middag begonnen met drinken en hadden de volgende morgen twee liter wodka op. Mam lag laveloos op de vloer, haar favoriete plek, maar Mike zag op de een of andere manier nog kans de tuin in te waggelen en mijn naam te roepen.
'Roland, Roland. Waar ben je, Roland?'
Er waren twee redenen waarom Mike zo waggelde. Ten eerste was hij straalbezopen, maar wat vanuit mijn perspectief nog belangrijker was: hij had zijn broek en onderbroek rond zijn enkels hangen.
Ik had al zoveel ervaring met dronkelappen opgedaan dat ik op dat moment niet bang voor hem was. (Op mijn dertiende liet ik me heus niet door een waggelende zatladder in de val lokken.) In plaats daarvan werd ik steeds kwader. Ik was het zat om rondgecommandeerd te worden, zat om iedere maand een nieuwe vader naar de ogen te moeten kijken. De aanblik van Mikes pik, bungelend in de ochtendbries, was misschien de laatste druppel die de emmer deed overlopen, maar het was niet de enige druppel. Ik wist dat ik in een situatie als de mijne maar twee dingen kon doen: me vrij vechten of over me heen laten lopen. Andere mogelijkheden waren er niet.
De paardans van Grote Mike duurde niet erg lang. Hij strompelde naar de schuur, liet zich in zittende positie zakken, met zijn rug tegen de muur, en viel in een diepe slaap. Ik stond een paar minuten naar hem te kijken, tot hij snurkte als een os, en ging toen naar mijn kamer en pakte mijn .22.
Zoals ik al zei, had ik geen duidelijk plan toen ik het erf overstak. Pas toen ik een meter of zo van hem vandaan was, wist ik wat ik ging doen. En zelfs toen was het geen echt besluit. Ik wist wat er ging gebeuren, zoals een helderziende in de toekomst kan kijken.
'Wakker worden, klootzak.'
Zonder op een reactie te wachten, sloeg ik met de geweerkolf op de rug van zijn neus.
Hij werd krijsend wakker. Het bloed stroomde uit zijn neus. Het liep in zijn mond en het scheelde even niet veel of hij stikte erin. Ik maakte gebruik van zijn verwarring door een klap tegen zijn rechteroor te geven. Hij sprong meteen overeind en zette het op een lopen. Jammer

genoeg was hij vergeten dat hij zijn broek had laten zakken en daarom smakte hij voorover in het gras.
'Wat doe je? Wat doe je?' Hij had zijn handen voor zijn gezicht. Alsof ze een kogel konden tegenhouden.
'Ik ben het zat,' mompelde ik met een stem die tien jaar ouder was dan mijn lichaam. 'Ik ben het zat. Ik ben het zat. Ik ben het zat.'
Ik kon me niet eens herinneren wat ik nu precies zat was. Er waren zoveel dingen dat ik niet wist wat ik eerst zou moeten noemen.
'Niet schieten, Roland. Ik zal doen wat je wilt. Ik zal meteen weggaan.'
Toen haatte ik hem nog meer. Ik haatte hem omdat hij niet terugvocht, omdat hij zich erbij neerlegde, omdat hij de sterkste zijn recht gunde. Ik had een geweer en dus was ik sterker. En dus moest hij zich onderwerpen, zoals hij van mij had verwacht dat ik me zou onderwerpen.
Mijn vinger verstrakte zich om de trekker. Ik was in die tijd een ervaren jager en wist tot op de millimeter nauwkeurig hoe ver die trekker kon gaan voordat ik Mike naar de andere wereld zou helpen. En hij wist dat ook. Hij zag het door de alcohol, door de pijn en het bloed heen.
Hij begon weg te kruipen en ditmaal ging ik hem niet achterna. Ik zag hem zijn lichaam door het zand slepen, zag bloeddruppels van zijn kin vallen en zich met het stof vermengen. Toen hij tien meter van me vandaan was, liet ik de trekker los.
'Waarom hijs je je broek niet op, Mike?' zei ik met een stem zo kalm alsof er helemaal niets was gebeurd. 'Je ziet er idioot uit.'

Na het douchen zeepte ik mijn gezicht in en begon me te scheren. Bouton en ik hadden afgesproken dat we de volgende dag met Kennedy's broer en eventueel ook met zijn vader zouden gaan praten. Het was minstens vier uur rijden en Bouton had erop gestaan dat we vroeg op pad gingen, wat betekende dat ik nog een paar uur kon slapen. Het betekende ook dat ik de volgende morgen niet in staat (en ook niet in de stemming) zou zijn om te douchen en me te scheren.
Met dat scheren was ik gauw klaar. Ik heb niet veel baardgroei; dat zal ik wel van mijn Indiaanse vader hebben geërfd. Toch deed ik het heel zorgvuldig. Ik zeepte me in en trok het scheermesje over elke centimeter van mijn gezicht. Toen ik klaar was, ging ik naar de slaapkamer, kleedde me uit, legde de kleren voor de volgende dag klaar en stapte

in bed met mijn favoriete slaappil, Miriam Brocks verhandeling over de seksueel gemotiveerde moordenaar.

Ik keek vluchtig door wat ik al gelezen had en walgde weer van de droge, academische toon waarmee de psychologe volgens mij alleen maar haar sentimentaliteit wilde camoufleren. Ik wachtte nog steeds op haar erkenning van het simpele feit dat tienduizenden kinderen soortgelijke dingen hadden meegemaakt zonder moordenaars te worden. Zou ze nog aan de rol van de vrije keuze toekomen?

Natuurlijk niet. Ze sprak over die mannen alsof het machines waren, alsof de ingrediënten precies volgens het recept waren gemengd en hun lot daardoor bezegeld was. Ikzelf zou liever als een gemene moordenaar worden beschouwd dan als een geprogrammeerde robot. Moordenaars zijn tenminste nog menselijk.

Mevrouw Brock schreef:

> Het maatschappelijk isolement was de laatste en in sommige opzichten belangrijkste factor in de ontwikkeling van het misbruikte, doodsbange kind tot volwassen moordenaar. Als kinderen, kinderen met een obsessieve, vaak sadistische fantasie, hadden deze mannen gered kunnen worden (en, nemen wij aan, er worden ook veel kinderen gered) door het geven en nemen in de omgang met leeftijdgenoten. Met nagenoeg niet één uitzondering (zie tabel 4) spreken onze moordenaars van weinig of geen zinvol contact met andere kinderen. Ze bleven geïsoleerd, niet alleen in hun kinderjaren en adolescentie, maar in feite gedurende hun hele leven. Daardoor trokken ze zich niet alleen nog meer in hun fantasiewereld terug maar kregen de fantasieën ook steeds meer waarde voor hun kwetsbare psyche.

Hun *kwetsbare psyche*? Van een volwassen man die vreemden overvalt en vermoordt, gewoon voor de lol, en die zijn triomfen keer op keer beleeft, en die geniet van de angst van zijn slachtoffers, kun je je moeilijk voorstellen dat hij kwetsbaar is.

Ik voor mij bracht mijn kinderjaren in een hut op tien kilometer afstand van de naaste buren door. Toen ik naar school begon te gaan, was ik al tamelijk eigenaardig. Ik had meer tijd alleen in het bos doorgebracht dan de meeste kinderen buiten het zicht van hun ouders. Mijn gele huid en smalle, scheefstaande ogen maakten me alleen nog maar vreemder en op een gegeven moment begonnen mijn leeftijdgenoten, zowel jongens als meisjes, me Hiawatha te noemen. Ik maakte vlug een eind aan dat geplaag, maar zoals ik al zei, maakte het feit dat ik die gemene krengen over het schoolplein heen en weer kon schoppen me niet erg populair.

Achteraf geloof ik niet dat ik daar veel tranen om heb vergoten. Het bos was mijn toevluchtsoord (en mijn vriend) geweest voordat ik mijn eerste stap in een school zette, en het bleef mijn toevluchtsoord tot aan de dag waarop ik naar het opleidingskamp voor mariniers ging. Het enige bijzondere was het feit dat ik er nooit meer terug was geweest. Dat ik New York City in geen tien jaar had verlaten.

Ik legde Miriam Brock naast het bed op de vloer en deed het licht uit. Stelde me haar in een bezoekkamer van een gevangenis voor, oog in oog met haar moorddadige onderzoeksobjecten. Vroeg me af of ze ooit over haar eigen motieven had nagedacht. Of er niet een lichte seksuele motivatie achter haar belangstelling voor seriemoordenaars had gezeten. Misschien een kleine tinteling als ze hun naar de bloederige details had gevraagd.

'Had u sex met uw slachtoffers voor- of nadat u ze doodde, meneer Smith? Was de geslachtsgemeenschap vaginaal? Of stak u hem in hun lekkere ronde kont? En natuurlijk moet ik weten hoe vaak u ejaculeerde.'

17

Ik sta op een spoorweg midden in een afgelegen, dicht woud. Er komt een trein aan. Ik hoor hem niet, maar ik zie hem. Ik zie de lichten van de trein. Nu eens schitteren ze me tegemoet, dan weer verdwijnen ze achter de bomen. Tenminste, ik neem aan dat ze achter de bomen verdwijnen. Ik kan de bomen niet zien en het enige dat ik zeker weet is dat ik soms in die genadeloze schittering sta en soms in volslagen duisternis achterblijf. Moet ik bang zijn? Moet ik de confrontatie met die aanstormende locomotief aangaan? Moet ik van het spoor afspringen en dekking zoeken? Is er dekking te vinden?

Ik weet niet hoe lang het doorging, maar op een gegeven moment besefte ik dat ik droomde en begon ik wakker te worden. Het probleem was dat mijn droom doorging, ook toen ik mijn ogen al open had.
FLITS!
Die constellatie van dansende lichten was prachtig om te zien. Verwarrend, maar prachtig.
FLITS!
'Wat?'
'Perfect, Means. Ik heb het eindelijk te pakken.'
'Marie?'
FLITS!
'Jezus Christus.'
Ik trok het kussen over mijn gezicht, probeerde het zo donker te maken dat ik weer wat kon zien. De schepper van mijn nachtmerrie was Marie Koocek, monumentaal beeldhouwster, ongeremd minnares, overtuigd waanzinnige. Marie was al bijna een jaar bezig mijn 'essentie' vast te leggen met een goedkope Instamatic. Ik begreep bij god niet wat ze daarmee wilde, want haar werk bestond grotendeels uit aan elkaar gelaste stalen I-balken, versierd met afval dat ze op straat vond ('redde' was het woord dat ze liever gebruikte). Als Marie niet een-

zaam genoeg (of geil genoeg) was om bij mij te willen zijn, zwierf ze 's nachts in een half kaduke vrachtwagen door de stad.
Ik gooide het kussen in haar richting, greep naar de camera en kreeg haar pols te pakken.
FLITS!
Voor een worstelvoorspel was het geen ongelijke strijd. Marie was nooit erg zedig geweest en in al die jaren waarin ze met beitels in brokken steen had gehakt (als ze niet stalen balken van vijf ton aan elkaar laste) waren haar armen zo hard als staal geworden. Niettemin zag ik kans haar van de camera en haar kleren te ontdoen (vooral omdat zij zo druk bezig was mij uit te kleden dat ze er niet aan toe kwam verzet te bieden) en ter zake te komen.
Marie en ik hadden een perfecte verhouding. We wisten allebei wat we wilden en vooral wat we niet wilden. Het was een band zonder verplichtingen en jaloezie. Waarmee ik niet wil zeggen dat het alleen een kwestie van sex was. Voor zover ik me kan herinneren, ben ik altijd blij geweest haar te zien en heb ik haar pogingen om mijn ware, definitieve, onherleidbare persoonlijkheid vast te leggen altijd als een compliment opgevat. Er was niets waar Marie meer de pest aan had dan middelmatigheid.
Ze nam me in zich, sloeg haar benen om de achterkant van mijn dijen en hield me vast. Ik begon aan een lange, langzame draaiende beweging (precies wat ze wilde) en ging met mijn tong over haar brede jukbeenderen. Ze reageerde met haar lippen en met handen die gevoelig genoeg waren om een brok klei in een regenboog te veranderen.
Na afloop waren we allebei drijfnat van het zweet. Ik begon me terug te trekken, maar ze hield me dicht tegen zich aan en eiste dat ik in haar zou blijven tot ik helemaal zacht was geworden.
Dat duurde niet zo lang en binnen een paar minuten was ik op weg naar de plee om het condoom weg te gooien dat we in onze wijsheid altijd gebruikten. Toen ik terugkwam, hield ik mijn handen over mijn gezicht, in afwachting van een nieuw Instamatic-salvo, maar Maries camera lag vergeten op de vloer. Ze zat op de rand van het bed en was verdiept in Miriam Brocks artikel in *American Psychology*.
'Waar is dit goed voor, Means? Ga je weer naar school?'
'Ik probeer uit te zoeken waarom ik geen seriemoordenaar ben,' zei ik. Ik verbaasde me zelf over de bitterheid die in mijn stem doorklonk. 'Want ik heb daar precies de goede vooropleiding voor gehad.'

Ze keek me met haar lichtgrijze ogen aan. 'Misschien komt het doordat je je slachtoffers niet met ketjap besprenkelt. Voor je ze opvreet.'
'Vind je dat grappig?' Ik negeerde haar protest en nam de sectiefoto's uit Pooch' doos met gegevens. 'Want zo ziet die onzin uit dat artikel er in werkelijkheid uit.'
Ik legde ze in keurige rijen op het bed en deed een stap terug om eens goed naar haar te kijken. Ze deinsde niet terug, maar dat had ik ook niet verwacht. Ze pakte de foto's een voor een op en bekeek ze aandachtig.
'Dit is het werk van King Thong, nietwaar?'
'Het wèrk?' Ik zweeg even, maar ze was zo slim om niets te zeggen. In plaats daarvan keek ze met een geamuseerd glimlachje naar me op. 'Weet je waar ik me bij mensen als Miriam Brock aan stoor?' ging ik verder. 'Ze denken echt dat ze iets beschrijven. Ze denken dat ze wetenschappelijk bezig zijn. En dat is nog niet eens het ergste. Het ergste is dat iemand ze betáált om ze de kans te geven zichzelf en anderen al die onzin wijs te maken. Ze krijgen subsidie van de overheid. Of ze worden vrijgesteld van hun baan in het onderwijs. Of ze kloppen bij particuliere instellingen aan voor geld. Neem maar van mij aan, Marie: imbecielen als Miriam Brock zullen nóóit weten waarom mensen als King Thong doen wat ze doen. Of waarom miljoenen kinderen hetzelfde meemaken als die mannen uit dat onderzoek en toch geen moordenaar worden.'
Ze keek me eerst even aan en zei toen: 'Jezus, Means. Wat bungelt je pik mooi tegen je been als je heen en weer loopt. Ik vraag me af hoe dat voelt. En dat is natuurlijk het probleem: iets willen weten wat je onmogelijk aan de weet kunt komen.'
'Dank je voor die wijze woorden. Zal ik ze opschrijven?'
Ze pakte haar kleren bij elkaar en begon zich aan te kleden. We hadden een spelletje dat we graag onder de douche speelden, een spelletje met onze handen en een glibberig stuk zeep. Ik had me daarop verheugd, maar... dat was dan weer een overwinning voor mevrouw Brock.
Ik ging naast Marie zitten en zei precies het verkeerde. Zoals gewoonlijk. 'Wat is er, Koocek? Heb je een vurig afspraakje met een vuilnisman?'
Ze keek me met een van haar felle blikken aan. Marie had kleine borsten, en ik weet nog dat ik naar haar licht gekleurde tepels keek en

vond dat ze er op die brede gespierde borst als een extra paar ogen uitzagen.

'Het is geen vloek,' zei ze, bijna fluisterend. 'Naar binnen gaan, teruggaan? Het is geen vloek; het is een verplichting. Als het pijn doet? Als het je verandert? Als het je uit je comfortabele stoel haalt en je in een ander leven gooit... nou, dat is dan die verplichting.'

'Ja? En wat is jouw verplichting? Dat je hier zo snel mogelijk weg komt?'

Ze sperde haar ogen een beetje open. Van schrik, denk ik. We bemoeiden ons nooit met elkaars tijd. Maar ik wilde niet alleen zijn en ik was niet sterk genoeg om dat verborgen te houden.

'Klaar voor wat pijpwerk, Means?' Marie glimlachte niet veel, maar als ze het deed, kreeg ze allemaal kuiltjes in haar gezicht.

'Of ik daar klaar voor ben? Nog niet, maar straks wel.'

Dat 'straks' werd een uur van erg langzame, vooral orale sex. Ik zou het geen liefde willen noemen, maar er zat veel tederheid in Maries strelingen. Ze had me eens verteld dat ze jaren eerder, toen ze nog met klei werkte, altijd haar modellen had willen aanraken, omdat ze hen niet met haar ogen maar met haar vingers wilde zien. Nu diezelfde vingers de lijnen van vlees en bot volgden, van mijn gezicht tot mijn voeten, wist ik dat ze onder het oppervlak tastte. Ze zocht iets dat ze me kon voorhouden. Zoals een verloskundige een natte, rode baby laat zien.

Ze vond het niet. Of misschien wilde ik niet kijken. Maar hoe dan ook, ik was haar dankbaar omdat ze het probeerde, zij het niet zo dankbaar dat ik haar dat vertelde.

Het was acht uur geweest toen Marie eindelijk wegging. Ik liep meteen naar de telefoon. Bouton zou er over een uur zijn en ik wilde mijn telefoontjes afwerken voordat ze er was. Ik begon met Pooch, die ik eerst over de gebeurtenissen van de vorige dag inlichtte.

'Rehabilitatie?' vroeg hij, zodra ik even een adempauze nam. 'Een coke-hoertje? Ik wed dat ze ook een nikker was. Heb ik gelijk of niet? Was ze een nikker?'

'Hoor eens, Pooch, ik vertel je alleen wat er gebeurd is. Opdat je het aan Bowman kunt doorgeven. Ik heb geen tijd voor jouw gelul.'

'Kom nou, Means, je hebt vast wel gelachen. Ga me niet vertellen dat je niet hebt gelachen.' Hij was duidelijk beledigd.

Ik wist niet goed wat ik moest zeggen. Aan de ene kant had ik geen zin om Vanessa Boutons rare gedoe te verdedigen. Aan de andere kant wilde ik me ook niet tot Pooch' niveau verlagen. Het feit dat ik me niet pijnlijk bewust was van mijn eigen ras, betekende nog niet dat ik, als ik in de spiegel keek, een blanke man zag.

'Heb je al met commissaris Bowman gesproken?'
'Ja, dat heb ik.'
'Wat zei hij?'
'Wil je het precies weten?'
'Kom op, Pooch. Ik begin mijn geduld te verliezen.'
'Als ik het me goed herinner, zei hij: "Die verrekte apache is niet stom voor een Indiaan."'

Ik kon hem nog steeds horen lachen toen ik had opgehangen, hoorde hem nog toen ik Barry Millsteins nummer in het Opvanghuis draaide. Millstein nam op toen zijn telefoon vier keer was overgegaan.

'Barry? Met Roland Means.'
'Roland, hoe gaat het?'
'Ik heb weinig tijd, Barry. Ik wil het over Reese Montgomery hebben, het laatste slachtoffer van King Thong.' Ik zette hem vlug mijn idee uiteen, vertelde hem dat er in het politiedossier weinig bijzonderheden over Montgomery's voorgeschiedenis te vinden waren. Ik zei ook dat Montgomery volgens mij waarschijnlijk in vroeger jaren rijkere klanten had gehad.

'Ik moet zijn leven reconstrueren, en dat kost me een eeuwigheid als ik het beetje voor beetje moet doen,' zei ik tot slot. 'Ik hoopte dat jij me een eindje op weg zou kunnen helpen.'

'Ik weet niet of ik daar zin in heb, Roland.' Zijn stem klonk zakelijk, alsof hij er al over had nagedacht voordat ik belde. 'Weet je, sinds King Thong de krantekoppen haalde, heeft de homowereld het zwaar te verduren. Iedereen – de politie, de politici, de media en alles wat de pest heeft aan homo's – ging er meteen van uit dat de moordenaar een homo was. Ik wil niet in details treden, maar honderden van onze mensen zijn lastig gevallen...'

'Dat kwam door het profiel.'
'Het profiel?'
'De FBI heeft een of ander team dat profielen van moordenaars samenstelt. Ze geven dat profiel aan de rechercheurs die een moordzaak onderzoeken en dan wordt dat profiel het uitgangspunt van het onder-

zoek. Volgens dat profielteam hebben heteroseksuele seriemoordenaars het op vrouwen en homoseksuele seriemoordenaars het op mannen voorzien. En dan gaan de rechercheurs op zoek naar mensen die aan het profiel voldoen.'
'En levert dat wat op? Dat profiel?'
'Wat denk je, Barry? Denk je dat er een naam en adres op staan? Zit King Thong achter de tralies? Volgens mij kunnen we er net zo goed een helderziende bij halen.'
Hij lachte instemmend. 'Er gaat niks boven schoenzolen.'
'Precies. Zo wil ik het aanpakken en daarom heb ik je hulp nodig. Ik wil het stap voor stap doen. Ik...'
'Zeik niet, Roland. Behandel me niet als een halve gare.'
'Dat doe ik...'
'Het is een strontzaakje, nietwaar? Dat zei je zelf toen ik je vroeg of je hoop had dat je King Thong zou vinden. Nou, als ik jou een lijst van Reese Montgomery's klanten en minnaars zou geven, zou je die allemaal opzoeken, nietwaar? Je zou ze ondervragen, je zou ze vragen of ze een alibi hadden, je zou hun hele levensverhaal willen horen. En iedere keer dat je iemand vond die misschien een motief had, zou hij als een verdachte worden behandeld. Nee, Roland, ik geloof niet dat ik de homowereld dat kan aandoen, zeker niet voor een strontzaakje, zoals jij het noemt. We hebben al een te hoge prijs betaald voor King Thong.'
Ik probeerde een tegenargument te bedenken, maar dat lukte me niet. Millstein had volkomen gelijk. Ik geloofde niet in Boutons theorie, maar ik zou er mijn hand niet voor omdraaien om een paar mensen het leven zuur te maken als ik mezelf er daardoor weer bovenop kon helpen.
'Het gaat toch gebeuren, Barry. Het zou zelfs gebeuren als ik er helemaal mee kapte. Bouton is de stuwende kracht achter dit alles, niet ik. En geloof me: na verloop van tijd komt zij onder steeds meer druk te staan om iemand als dader aan te wijzen. Ze is ambitieus en haar carrière staat op het spel.'
Ik kon bijna voor me zien hoe hij daar zenuwachtig achter zijn bureau zat. Wiebelend op zijn stoel, krabbend over zijn stekeltjeshaar, papieren heen en weer schuivend. 'Dat doet er niet toe. Ik maak me geen illusies. Het gaat erom of ik je moet helpen, niet of ik moet proberen je tegen te houden. We hebben het over medeplichtigheid, Roland.'

'Dat wil niet zeggen dat we geen deal kunnen maken.'
'Ga verder.'
'Ik ben het helemaal met je eens. Waarom zouden we onschuldige mensen brandmerken als het toch geen zin heeft? Zeg, ik wil niet beweren dat ik de leiding van het onderzoek heb, maar ik kan wel zorgen dat het niet uit de klauwen loopt. Bouton weet geen bal van recherchewerk. Ze is van mij afhankelijk. Als ik haar vertel dat die-en-die geen serieuze verdachte is, neemt ze dat wel van me aan. Ik meen het...'
'Vergeet het maar, Roland. Ik ken jou goed genoeg om te weten dat jij alles zult doen om je eigen hachje te beschermen. Ik neem je dat niet kwalijk, maar ik zal je niet helpen.'
Ik hing op, in stilte mijn eigen grote mond vervloekend. Ik had hem van het begin af in de maling moeten nemen. In plaats daarvan had ik Pooch geciteerd, het hoogste gezag, toen ik die term 'strontzaakje' gebruikte. Nu kreeg ik mijn trekken thuis.
Ik ging naar de slaapkamer en troostte me met mijn garderobe. Bouton en ik gingen een dagje de stad uit en ik had al besloten me daarop te kleden: bruin Harris Tweed-jasje met suède elleboogstukken, geribbelde coltrui, geplooide wollen broek, loafers van Corduaans leer (Bally, uiteraard), bruin-met-rode ruitjessokken. Die sokken, dacht ik, staande voor de spiegel, waren echt iets voor buiten de stad.

18

Toen Vanessa Bouton om tien uur eindelijk kwam opdagen, bijna een uur te laat, maakte ze me meteen goed duidelijk dat ze in een rotstemming was.

'Die klote-auto ging kapot,' zei ze, neerploffend op de bank. 'En we krijgen pas om twaalf uur een andere. Ik zweer je bij Christus dat deze hele rotstad naar de filistijnen gaat. We moeten de reis uitstellen. Bel die idioten in Bird Creek maar op, of hoe het daar ook heet, en zeg het af.' Ze droeg een zwart pakje over een witte zijden blouse. Een felgekleurde Afrikaanse doek hing over haar rechterschouder en over haar borst en rug, terwijl een zachte, breedgerande hoed, met een band in hetzelfde kleurenpatroon, recht op haar hoofd stond. Het effect was verbluffend.

'Het is *Owl* Creek, inspecteur, en we kunnen toch gewoon mijn auto nemen? Die staat een straat hiervandaan in een garage.'

'Jij hebt een auto, Means?'

'Dat is geen misdaad. Zelfs niet in New York.' Al zou je denken van wel, gezien de prijs van de benzine, de achttien procent parkeerbelasting, de wegsleepwagens, de registratiekosten en de drie dollar tol bij tunnels en bruggen.

'Wat voor auto?'

'Het is een Buick.'

'In redelijke conditie?'

'In perfecte conditie.'

Wat ik er niet bij vertelde, was dat het een Electra 225 uit 1968 was, met een speciale nok, twee Carter 4-cilinders en een Hurst-versnellingsbak. Tweeduizend kilo daverend geweld met de bijnaam Grote Vervuiler. De auto was meer dan perfect. Rollie Burdette, die hem aan mij had verkocht, had meer tijd aan die Buick besteed dan aan zijn zes kinderen. Rollie was degene die tien lagen parelgrijze lak op de oude carrosserie had aangebracht en elke laag met de hand had geschuurd voordat hij de volgende erop spoot. Het enige waar Rollie meer van hield dan van Grote Vervuiler was zijn Ford uit 1949. Die noemde hij Kleine Vervuiler.

Zoals te verwachten was, ging Bouton bijna van haar stokje toen ik de hoes van de auto wegtrok. De blik die ze me toewierp – puur vergif – bracht me in een aanzienlijk beter humeur en ik begon me op een aangename middag te verheugen. En dat werd het uiteindelijk ook wel.

We hobbelden over de kuilen in de Newyorkse straten (de Buick had een strakke vering om hem aan de grond te houden) en zochten een weg door Queens en de Bronx. De jaarlijkse manie van de gemeente om straten open te gooien was in volle gang en overal stuitten we op wegversperringen: langzaam vooruit, stoppen, langzaam vooruit, enzovoort. Bouton gaf haar ongenoegen te kennen door bij ieder nieuw obstakel binnensmonds te vloeken. Ik probeerde de sfeer te veraangenamen door de radio aan te zetten, maar na één blik op haar gezicht zette ik hem gauw weer uit. Misschien houdt ze niet van Black Sabbath, dacht ik.

'Ik begrijp niet waarom we dit doen,' zei ze tenslotte.

We zaten op de Major Deegan Expressway en naderden de afslag voor de George Washington Bridge, een stuk snelweg dat berucht was om de vele opstoppingen. Ik zat op de rijstrook helemaal aan de linkerkant, in de hoop dat we om de afslaande trucks heen konden komen, maar we kwamen amper vooruit. Het leek wel of zelfs de Buick ongeduldig begon te worden.

'Je hebt gelijk,' antwoordde ik. 'Ik had Manhattan in moeten duiken, met een wijde boog om de Bronx heen.'

'Ik heb het niet over het verkeer, Means. En dat weet jij verdomd goed.'

'Wat ik verdomd goed weet, is dat we Kennedy's broer moeten ondervragen, ook al is hij bij de politie. We kunnen niet midden in het onderzoek een groot gat openlaten. Zo doe je dat niet.'

'Ga mij niet vertellen hoe je het doet, rechercheur.'

'Wie moet het je dan vertellen?'

'Wat zei je?'

'Wat ik zei, was dat iemand je moet vertellen hoe je zoiets doet, want jij hebt geen flauw idee.' Ik gaf haar even de tijd om daarover na te denken en ging toen verder: 'Wat wil je eigenlijk van me? Ik heb me van het begin af uit de naad gewerkt. Heb je je wel eens afgevraagd wat je zou hebben bereikt als ik er niet was geweest?'

'Het is die verrekte mentaliteit van jou, niet je werk, waar ik iets op tegen heb.'
Bij gebrek aan een goede repliek (en ook omdat ik al te ver was gegaan) gunde ik haar het laatste woord. Een paar minuten later kwam het verkeer in beweging, zoals het ten noorden van de brug altijd doet, en voerde ik mijn snelheid op naar honderdtien. Smerissen maken zich niet druk om bekeuringen.
Geleidelijk, kilometer voor kilometer, gaf de stad zich gewonnen, eerst aan de winkelcentra en autohandelaren van de buitenwijken, toen aan de heuvels en bossen van Rockland County. Bouton was nu ook niet meer in zo'n slecht humeur. Het was een mooie morgen, zo'n vijfentwintig graden, met een stralende zon en kleine, snel bewegende wolkjes. Overal langs de kant van de weg stonden wilde bloemen: duizendblad, boterbloemen, honingklaver en kleine klaver, zo perfect goudgeel dat het een arrogante overdrijving leek, een grap van een fotograaf die een kleurfilter gebruikte. Margrieten vormden een tapijt over het open veld, alsof de wolken op de aarde waren neergedaald. Tussen de bomen van het bos spreidden de kornoeljestruiken hun zwevende rijen van roze en witte bloemblaadjes. Ik heb altijd veel respect gehad voor de moed van die kornoeljestruiken, die, omringd door torenhoge esdoorns, eiken, beuken en hickory's, hun bloesems naar de zon verhieven voordat de grotere bomen meer dan een paar knoppen hadden kunnen voortbrengen.
'Stop eens even, Means.'
Bouton deed de deur van de auto al open voordat we helemaal tot stilstand waren gekomen. Eerst dacht ik dat ze wagenziek was, maar toen ik uitstapte om haar te helpen, stond ze glimlachend tegen de bumper geleund.
'Moet je toch eens zien,' zei ze.
Ik volgde haar blik naar een weiland met fris voorjaarsgras en zag een merrie grazen, terwijl een kastanjebruin veulen, een jonge hengst, om haar heen dartelde. Hij kwam op zijn wiebelende poten naar haar toe, stootte tegen haar buik alsof hij wilde drinken en sprong hoofdschuddend terug, waarbij hij ook nog bijna omviel. We stonden zo'n tien minuten te kijken en toen sjokte de merrie weg, gevolgd door haar huppelend, snuivend veulen.
'Wat is dat mooi,' zei Bouton toen we weer reden. 'Ik kom nooit uit de stad, en dat is jammer. Ik zou vaker moeten gaan. Als je hier

woont, kun je doen alsof alles volmaakt is. De misdaad, de armoede, het vuil... helemaal weg, verdwenen. Iets waarover je in tijdschriften leest. Iets wat je op de televisie ziet.'

'Ja, inspecteur, het is hier heel schilderachtig. Idyllisch. Dat oude huisje daar, op die fundering van betonblokken? Met die scheve schoorsteen en die roestige koelkast in de voortuin? Daar gaat de wind 's winters zo doorheen. Tussen de slaapruimte van de kinderen en die van hun ouders hangt alleen een gordijn. En ach, natuurlijk hebben ze honger als de fabriek dichtgaat en papa de werkloosheidsuitkering opdrinkt. Maar de toeristen hoeven daar niets van te zien. Die kunnen hun blik op de bergen, de meren, de bruisende riviertjes gericht houden. Ze kunnen gewoon voorbijrijden.'

Dat had ik niet moeten zeggen, maar ik kon het niet helpen. Bouton gedroeg zich als een goede maatschappelijk werkster: ze vroeg door.

'Kom jij daarvandaan?' vroeg ze, en ze keek me van opzij aan.

'Tachtig kilometer ten noorden van de plek waar we nu heen gaan.' Ik hield mijn blik op de weg gericht.

'Dat bedoelde ik niet.' Haar stem klonk zacht en vriendelijk. Er klonk genoeg medelijden in door om braakneigingen bij me op te wekken.

'Gluur je ook door slaapkamerramen?'

'Ik begrijp niet wat je bedoelt.'

'Natuurlijk niet.' Ik zag de verbaasde uitdrukking op haar gezicht. 'Het zijn jouw zaken niet, inspecteur. Het zijn ònze zaken niet.'

Ze keek me enkele seconden zo indringend mogelijk aan en wendde zich toen af. Ik kon moeilijk zeggen dat het te laat was voor vriendelijkheid. Te laat voor begrip. Er was misschien een tijd geweest dat een volwassene iets voor me had kunnen doen, maar dat was niet gebeurd. Nee, de brave burgers van Paris, New York, keerden me allemaal hun rug toe en bleven zo staan.

Ze wisten allemaal wat er gebeurde. In een klein plaatsje weet iedereen alles. En nu ik erover nadenk, zal ik vast niet de enige zijn geweest. Misschien compenseerden ze hun onverschilligheid door zelf de oude familietradities te handhaven. Misschien gaven ze thuis een extra knuffel aan hun kinderen. Misschien gedachten ze mij in hun hypocriete gebeden. Misschien dachten ze dat ik niet deugde en dat het allemaal mijn verdiende loon was.

Ik weet nog dat ik een keer 's morgens vroeg een verschrikkelijk pak slaag kreeg, zo erg dat ik eigenlijk niet naar school kon. Jammer ge-

noeg was het erg koud en kon ik mijn toevlucht niet in het bos zoeken (later zou ik het daar zelfs in de ergste koude uithouden, maar toen was ik nog maar negen). Aan de andere kant was het te gevaarlijk om bij die goeie ouwe mam in de buurt te blijven. Daarom trok ik een bivakmuts over mijn gezwollen rechteroor en stapte in de schoolbus.
Alles ging goed tot ik het klaslokaal binnenkwam en mijn muts niet wilde afzetten. Mevrouw DuPont, mijn strenge juf in de vierde klas, eiste dat ik me aan de regels hield, maar ik bleef koppig weigeren, zelfs toen ze dreigde me naar de hoofdmeester te zullen sturen. Ons hoofd, meneer Knott, had zo'n riem waaraan kappers hun messen slijpen. Die gebruikte hij om 'onhebbelijke' leerlingen, zowel jongens als meisjes, af te straffen. Je moest over zijn bureau gebogen staan tot je broek of rok strak tegen je jonge billen getrokken zat en dan ranselde hij erop los.
Waarmee ik niet wil zeggen dat ik bang voor hem was. Knott kon me pijn doen, maar in tegenstelling tot die goeie ouwe mam zou hij me niet doden.
'Doe die muts af,' beval hij, 'of ik trek hem af.'
Toen ik niet gehoorzaamde en strak voor me uit bleef staan kijken, liep hij om zijn bureau heen en voerde zijn dreigement uit. Ik wist dat mijn oor gezwollen was en dat mijn haar stijf was van het opgedroogde bloed, maar toch was ik niet voorbereid op zijn verbijstering. En ook niet op de scherpe kreet van mevrouw DuPont. Ze deinsden letterlijk terug en om de een of andere reden voelde ik triomf toen ik hun reactie zag.
Na een minuut of twee slaagden ze erin hun mond dicht te doen en pleegden ze fluisterend overleg. Achteraf besef ik dat ze me niet naar de klas terug konden sturen, niet met muts en niet zonder muts. Maar wat moesten ze doen? Moesten ze er iets aan doen en zich daarmee grote problemen op de hals halen of moesten ze toestaan dat die goeie ouwe mam mij tot moes sloeg?
Na rijp beraad deden ze niets. Meneer Knott stuurde mevrouw DuPont weg, wees me een stoel aan en liet me daar zitten tot de bus me om drie uur kwam ophalen. Ik kreeg niets te eten; ik mocht niet naar de speelplaats. Ik werd gewoon genegeerd, een onzichtbaar, verdwenen kind.
Aan het eind van die dag was ik woedend. En dat was ik opnieuw toen Bouton en ik een uur later bij het Guardian Angel ziekenhuis in Lake

George aankwamen. Wat ik deed, had geen enkele zin: naar een afgesloten en vervlogen verleden terugkeren. Je gaat niet vissen in een septic tank. Niet als je je vangst wilt opeten.

Aloysius Kennedy lag inderdaad in coma. Hij was mager als een skelet en lag aan allemaal slangetjes. Zijn hersenactiviteit was nog net goed genoeg om de twee- tot drieduizend dollar per dag te rechtvaardigen die het ziekenfonds voor hem uitgaf. De hoofdzuster die ons naar hem toe bracht, een lange, slanke zwarte vrouw die Shanara Townsend heette, was veel levendiger. Ze praatte honderduit over de Afrikaanse doek die Bouton had omgeslagen. Kende Bouton het patroon, wist ze bij welke stam het hoorde? Kwam de doek uit Afrika? Bouton beantwoordde iedere vraag alsof ze zojuist met een verloren gewaand familielid was herenigd. Ik onderging het zo lang als ik kon en vroeg me af wanneer mijn inspecteur ter zake zou komen.

'Mevrouw Townsend,' zei ik toen ik er genoeg van had, 'zou ik de inspecteur even onder vier ogen kunnen spreken?'
'Moet ik weggaan?'
'Nee, alstublieft, we hebben nog een paar vragen. Het duurt maar even.'
Ik trok Bouton zo'n anderhalve meter opzij en fluisterde mijn instructies. 'Ik ga Kennedy's arts zoeken. Ik wil dat je de zuster uithoort. Je weet wel. Wat Kennedy voor iemand is. Of hij echt geld heeft. Wie hem bezoeken. Vraag ook of ze de twee zoons kent. Zijn ze ooit samen in de kamer geweest? Geef haar voor mijn part die verrekte doek van je.' Ik liep weg voordat ze iets terug kon zeggen.
De kamer van dokter Ehrlich bevond zich op de derde verdieping, en wonder boven wonder, hij was er. Kennedy, vertelde hij me, was de afgelopen zes maanden het grootste deel van de tijd bewusteloos geweest en hij zou ook nooit meer wakker worden. De overheid wilde dat hij naar een verpleegtehuis ging, maar de familie stond erop dat hij in het ziekenhuis werd behandeld. Wat Ehrlich er niet bij vertelde, was dat het ziekenhuisbed door het ziekenfonds betaald werd. Een verblijf in een verpleegtehuis was voor maar dertig dagen gedekt.
'Wordt erover geprocedeerd?' vroeg ik.
Hij stak zijn kin naar voren en keek langs zijn neus op me neer. Daarmee maakte hij duidelijk dat het mijn zaken niet waren. Ik vroeg me

even af waarom hij het dan ter sprake had gebracht. Toen vroeg ik hem wie namens de familie Kennedy optrad.
'Robert, de zoon,' antwoordde hij.
'Zijn er nog meer familieleden?'
Hij weigerde nog iets te zeggen. Als ik meer wilde weten, moest ik maar naar Robert Kennedy gaan, zei hij. Ik wist niet of het een kwestie van beroepsgeheim was of dat dokter Ehrlich gewoon arrogant deed. Hoe dan ook, het hielp niet dat ik hem onder druk probeerde te zetten, en als hij geen zin had om zijn medewerking te verlenen, kon ik daar niets aan doen. Ik bedankte hem voor zijn tijd en ging weg.
Bouton, die de doek nog om had (en nog glimlachte) stond in de hal te wachten.
'Je had natuurlijk gelijk,' zei ze voordat ik haar om vergeving kon vragen. 'Townsend was vriendelijk en ik had dat als een buitenkans moeten zien. Mijn schuld.'
'Leuk gezegd,' antwoordde ik. 'Ben je nog iets aan de weet gekomen?'
'Een paar dingen.' Ze haalde een notitieboekje uit haar tas en keek daarin. 'Robert, de oudste van de twee broers, komt nooit op bezoek. John is hier een paar keer geweest voordat hij vermoord werd, maar de oude man wilde hem niet ontvangen. Noemde hem ''mietje'' als hij kwam. Aloysius schijnt ook een verstokte racist te zijn geweest. Hij noemde Shanara ''dat zwarte kreng''. Hij beweerde dat hij zijn hele leven al lid van de Ku Klux Klan was en dat hij een fervent kruisverbrander was geweest. Pochte dat hij de nikkers uit Herkimer County had gejaagd.'
'En het geld? Had hij geld?'
'Rustig maar, Means. Daar kom ik nu op.' We zaten inmiddels in de auto en reden het parkeerterrein af. 'Shanara wist niets van Kennedy's geld. Waarom zou ze ook? Het belangrijkste is dat de oude man een regelmatige bezoeker heeft, een drinkmaatje, zekere Seaver Shannon, en die heeft gevraagd om te worden gebeld als Kennedy stervende is. Ik heb zijn telefoonnummer. O ja, ik noem Kennedy steeds een oude man, maar hij is nog maar tweeënvijftig.'
'En een echtgenote? Er moet ergens een vrouw zijn.'
'Op zijn registratieformulier staat dat hij weduwnaar is.'
'Beroep?'
'Zakenman.'

'Wat voor zaken?'
'Shanara meende te weten dat hij een drankwinkel had gehad. Misschien heeft hij die nog steeds. Ze wist het niet. Hij is niet het soort patiënt dat je in vertrouwen neemt.'
'Dus eigenlijk hebben we niks?'
'Dat zou ik niet zeggen, Means.' Ze zakte onderuit op de voorbank. 'We hebben deze schitterende dag en deze schitterende auto en we zijn niet aan het werk in de straten van New York. Laten we daar dankbaar voor zijn.'

19

We verlieten Lake George in noordwestelijke richting over Route 14 en gingen onmiddellijk omhoog naar het hart van de Adirondacks. Het landschap verschilde hemelsbreed van de vriendelijke, glooiende Catskills. Twee Indiaanse stammen hadden in de Adirondacks gejaagd, de Iroquois en de Algonquin, maar ze hadden zich er nooit gevestigd. Ze noemden deze omgeving de *Couchsachraga*, het Rijk van de Winter. De gemiddelde temperatuur in de Adirondacks is tien graden lager dan in bijvoorbeeld Kingston, dat amper driehonderd kilometer zuidelijker ligt.

Waarmee ik niet wil zeggen dat de Adirondacks niet mooi zijn. De hoge toppen, diepe dalen en granieten rotsmassa's, de altijd groene wouden, zo dicht dat ze zwart lijken, vormen een landschap dat majesteitelijker is dan alles wat zich verder nog ten oosten van de Rocky Mountains bevindt. De hele omgeving is bezaaid met meren, sommige wel twee kilometer lang. In deze tijd van het jaar bruisen beken en rivieren, gezwollen van het smeltwater dat van de hoge toppen komt, door de dalen, terwijl de meren en moerassen, het leefmilieu van de bever, de otter en allerlei vechtvissen, zijn dichtgegroeid met waterlelies.

Ik zag Bouton naar zes eenden kijken. Op hun volmaakte ronde kop lag een intense, iriserende smaragdgroene glans. Ze stapten over de weg en gingen spetterend een meertje in. Daar kwaakten ze nog even met elkaar en toen ze zich allemaal hadden gemeld, gingen ze op zoek naar voedsel.

Een eindje verderop dook een stel ringhalseenden, meteen herkenbaar aan hun zwart met witte snavel, onder water, op zoek naar een wezen dat langzaam genoeg was om het te kunnen vangen, en klein genoeg om het te kunnen eten. Ze verdwenen zonder een rimpeling te veroorzaken om vijftien meter verder weer op te duiken, met glinsterende waterdruppels op hun vettige verendek.

'Dat is verbazingwekkend,' zei Bouton. 'Verbazingwekkend. In New

York City is het zomer. De rozen staan in bloei. En hier in het noorden is het amper lente.'

We kwamen langs een veehouderij. De landelijke taferelen – schuren, velden, een stuk of tien Guernsey's rond een baal hooi – fascineerden haar.

'Dus er wonen hier toch mensen,' merkte ze op. 'Ik begon het me al af te vragen.'

'Honderdtwintigduizend mensen, inspecteur. Op tweeëneenhalf miljoen hectare. Oost west, thuis best.'

'Honderdtwintigduizend? Zoveel hadden we er in de wijk waar ik opgroeide.' Ze lachte opgewekt en schudde haar hoofd. 'Maar in sommige opzichten was ik net zo eenzaam als wanneer ik hier zou hebben gewoond. Ik moest altijd thuisblijven. Mijn moeder wilde niet dat ik op straat ging spelen. Ik mocht nog niet in mijn eentje naar de winkel.'

'Ze keek zeker ook je huiswerk na.'

'Iedere avond. En jij?'

'Ik?'

'Keek jouw moeder ook je huiswerk na?'

'Dat hoefde ze niet. Ik deed het altijd goed op school.' Dat was de waarheid, al was er geen enkele goede reden voor geweest. Ik verzuimde zoveel dagen dat als ik niet een erg goed toelatingsexamen zou hebben gedaan, ik nooit naar de middelbare school had gemogen. Inmiddels had mijn goeie ouwe mam (die misschien lering had getrokken uit het verband op Grote Mikes kapotte gezicht) niet meer de gewoonte haar hand tegen me op te heffen. Toch bracht ik nog steeds het grootste deel van mijn tijd in het bos door. Dat was tenminste ordelijk en voorspelbaar, ondanks alle ijzige koude en alle zwermen bijtende vliegen en hongerige muskieten.

We bevonden ons iets ten oosten van Indian Lake, nog steeds op Route 14, toen het landelijke leven een domper op Boutons sentimentele stemming zette. Een politieman in een witte patrouillewagen passeerde ons in tegenovergestelde richting, maakte snel rechtsomkeert en kwam met flikkerende lichten achter ons aan. Bouton fronste haar wenkbrauwen, schudde haar hoofd en mompelde: 'Een slang in het paradijs.'

'Nee, inspecteur, een boerenkinkel in het paradijs.'

Ik zette de auto langs de kant van de weg en verheugde me op de kans om mijn slechte humeur eens lekker uit te leven op iemand anders dan mijn bazin. De agent, een mager klootzakje in een slechtzittend uniform, stapte uit zijn auto en slenterde met een zelfvoldane grijns op zijn puistekop naar ons toe. Volgens het naamplaatje op zijn borst heette hij 'Beauchamp'.

'Wel, wel, wel. Kijk eens aan. Laat maar eens wat papieren zien.' Hij keek naar mijn Indiaanse ogen, Boutons chocoladebruine huid, de oldtimer-Buick.

'Tuurlijk.' Ik hield hem mijn gouden penning voor, recht op zijn gezicht af. Hij deinsde terug en liet, terwijl hij aandachtig naar mijn penning keek, zijn hand naar zijn .357 zakken.

'Wat?' kon hij uitbrengen.

'Rechercheur Means. Roland Means, politie van New York. Dit is *inspecteur* Vanessa Bouton.'

'Dat hoef je niet zo te zeggen.' Nu hij zijn wapen niet kon gebruiken, wist hij niet goed wat hij moest doen.

'Ik zeg het zoals ik wil, verdomme nog aan toe.'

'Wat?'

'Hoor eens, boerenlul, als je me wat te zeggen hebt, moet je gauw wezen. Anders ga je kruipend terug naar die wagen van je.'

'Means!' Zo te horen was Bouton geamuseerd en verontwaardigd tegelijk.

'Nou, nou, nou, nou,' stamelde Beauchamp. 'Jullie hebben hier helemaal geen bevoegdheid. Dit is mijlenver van jullie territorium vandaan.'

'O ja? Wat zou je ervan zeggen als ik uitstapte en met mijn bevoegdheid op je tronie beukte?' Ik vertikte het om hem een kans te geven zijn gezicht te redden. Hij stond voor een heel simpele keuze: totale vernedering of een serieus gevecht. De meeste harde stadssmerissen zouden voor de tweede mogelijkheid hebben gekozen, ongeacht de gevolgen die dat zou hebben. Beauchamp daarentegen, die geen enkel excuus had om zijn .357 te gebruiken (en die geen collega's bij zich had die het door konden vertellen), legde zich als een brave bullebak bij zijn nederlaag neer. Hij stapte weer in zijn wagen en reed weg.

'Jij bent gek, Means.'

'Nou, je weet hoe het is, inspecteur. Op sommige dagen kun je niet veel hebben.' Ik deed het met een schouderophalen af, maar als Beauchamp me had uitgedaagd, zou ik hem zonder enige aarzeling in elkaar hebben geslagen. Het had geen enkele zin, dat wist ik ook wel.

Maar wie zegt dat het zin moet hebben? In de allereerste plaats moet je met jezelf door het leven, en daar was ik nu mee bezig. Op mijn eigen idiote manier.

Een uur later waren we in het politiebureau van Algonquin County. Kennedy was er niet, maar de agent die de telefoon opnam, zei dat sheriff Pousson ons verwachtte. Die had zijn kantoor achter in het gebouw, laatste deur links. Toen we door de smalle gang liepen, herinnerde ik Bouton eraan dat zij het woord zou moeten doen. Dat hoorde zo.

'Vraag of hij weet waar Seaver Shannon woont,' voegde ik eraan toe. 'Dat kan ons wat tijd besparen.'

'Waarom zoeken we zijn naam niet gewoon in het telefoonboek op?' 'Omdat daar waarschijnlijk alleen een postbusnummer bij zijn naam staat. Of zoiets als Star Route 4. Met uitzondering van Main Street hebben de wegen hier geen namen. Ik wil graag met die kerel praten zonder dat we hem eerst hebben gebeld.'

Sheriff Pousson zag kans ons te begroeten zonder grote ogen op te zetten. Hij was een lange, serieus uitziende man met hoge jukbeenderen, een smal gezicht en een scherpe, spitse neus. Zoals ik al had voorspeld, richtte hij het woord meteen tot Vanessa Bouton.

'Agent Kennedy is de hele nacht in de weer geweest bij een busongeluk op Route 11. Ik zal u de weg naar zijn huis wijzen. Ik hoop dat u daar geen bezwaar tegen hebt.'

'Helemaal niet, sheriff.' Boutons stem klonk ontspannen. Ze ging zitten zonder daartoe te zijn uitgenodigd en glimlachte. 'Als u het maar goed uitlegt. Ik ben geen straten zonder naam gewend.'

Pousson knikte. Zijn dunne witte lippen kwamen van elkaar; vermoedelijk was het een glimlach. 'Ik ken dat, inspecteur. Ik was vorig jaar in New York. Voor een congres. Vijf keer verdwaald, terwijl het hotel maar zes blokken van het congresgebouw vandaan was. Als ik me ooit ergens niet op mijn plaats heb gevoeld, was het daar.'

Hij tekende een eenvoudige kaart voor ons en somde de verschillende herkenningspunten op, een riviertje, een meer, een vervallen schuur. Toen hij klaar was, gaf hij de kaart aan Bouton en schraapte zijn keel.

'Eh, inspecteur, toen ik door de telefoon met u sprak, zei u dat u nog onderzoek deed naar de dood van Bob Kennedy's broer John. Ik weet dat het mijn zaken niet zijn, maar bent u al wat dichter bij een arrestatie?'

Tot mijn grote genoegen vertelde ze hem precies het goede onzinverhaal. Nee, we kwamen geen steek verder, maar zoals ze dan zeiden: als de Newyorkse politie met haar tiet in de wringer zat, kon ze hem niet loslaten. Omdat er de laatste tijd geen moorden bijgekomen waren, had het hoogste gezag besloten dat we de hele zaak nog eens over zouden doen. Het was tijdverspilling, maar wat kon je als simpele inspecteur beginnen? Orders waren orders.

'O ja, sheriff,' besloot ze, 'we zouden graag met een zekere Seaver Shannon willen spreken, een vriend van Kennedy's vader. Hebt u zijn adres? En hoe we daar kunnen komen?'

'Seaver? Ja hoor, die ken ik wel.' Hij zette zijn metalen bril af en veegde hem zorgvuldig schoon. 'Heeft Seaver iets met de moord op John te maken?'

'Helemaal niet.' Bouton lachte zachtjes. 'We weten dat John zijn vader soms in het ziekenhuis opzocht en dat Seaver Shannon een vaste bezoeker was. Er is een kleine kans dat ze elkaar daar hebben ontmoet en dat John iets over zijn leven in New York heeft verteld. We weten namelijk niet hoe de moordenaar zijn slachtoffers uitkoos. Uit de gegevens van het forensisch onderzoek blijkt dat hij hun volle vertrouwen genoot. Misschien had hij ze ontmoet voordat hij ze vermoordde. Als we het niet vragen, kunnen we dit nooit afwerken. En dat is precies wat we hiermee willen bereiken. Dat we het dossier voorgoed kunnen sluiten.'

Vijf minuten later zaten we weer op Route 14. We hadden twee briefjes met instructies en keken uit naar een benzinestation van Texaco en een zandweg honderd meter daarachter. Onderweg kwamen we langs een brede, snelstromende rivier. Sportvissers, hun heuplaarzen opgehouden door brede bretels, gooiden felgekleurde lokkertjes in het water. Aan hun grafiethengels en dure molens te zien waren het toeristen.

'Viste jij, Means?' vroeg Bouton hem opeens. 'Toen je jong was?'

'Niet op die manier.'

'Niet op die manier?' Ze keek me aan. 'Hoe viste je dan wel?'

'Eerst nam ik tien meter lijn en zette daar zo ongeveer elke halve meter een haakje op. Dan ging ik het bos in en schoot een eekhoorn. Ik ging met de eekhoorn en de lijn naar een meer, maakte stukjes eekhoorndarm aan de haakjes vast en gooide de lijn in het water. Daarna roosterde ik de rest van de eekhoorn boven een vuurtje en vrat hem op. Daarna haalde ik de lijn in, pakte de vis eraf die ik had gevangen, deed

nieuw aas aan de lege haken en gooide de lijn weer in het water. Als ik door mijn eekhoorndarm heen was, was het tijd om naar huis te gaan.'
'Dat klinkt niet erg sportief.'
'Het was ook geen sport, inspecteur. Het was eten.'
Seaver Shannons huis was net niet bouwvallig. Het was klein, had niet meer dan vier of vijf kamers, maar het dak was nog intact en er zaten ruiten in alle ramen. De kleine voorveranda daarentegen hing scheef en het trapje dat erheen leidde was niet meer dan een balk op een paar sintelblokken.
Ik klopte op de deur, klopte nogmaals. Geen reactie. Ik bonkte met mijn vuist en hoorde een zwak: 'Rustig maar. Ik kom eraan,' gevolgd door het geluid van sloffende voeten.
Seaver Shannon was erg klein en erg oud. Verschrompeld – dat was het woord dat me het eerst te binnen schoot. Uit zijn oren en neusgaten staken dikke plukken grijs haar. Zijn wenkbrauwen wipten omhoog en hingen als twee waaiers boven een hoornen bril die met zwarte isolatieband bij elkaar werd gehouden. Hij tuurde door die bril naar ons, bestudeerde ons met de oprecht verbaasde blik van een peuter. Of van een oude man die het niet meer nodig vindt zijn gevoelens te verbergen.
'Ja?' zei hij tegen mij. Hij negeerde Bouton volkomen.
Ik liet hem mijn legitimatiebewijs en mijn penning zien, gaf hem zelfs de portefeuille in handen en liet hem goed kijken. 'En dit is inspecteur Bouton,' voegde ik eraan toe. 'Ook van de Newyorkse politie.'
Shannon sloot de portefeuille en gaf hem terug. 'Jullie zijn ver van huis.'
'Niet zo ver,' zei ik. 'Ik ben opgegroeid in Paris. Dat is hier maar zestig kilometer vandaan.'
'Paris?' Hij begon breed en tandeloos te grijnzen. 'Daar ging ik vroeger vaak jagen, toen ik nog jonger was. In de buurt van Black Brook. Jaag jij ook?'
'Ik ben met eekhoorns en konijnen begonnen. Al gauw was ik sterk genoeg om met een .22 te schieten. Ik zal dat ouwe geweer nooit vergeten; het was een achterlader, een Stevens, en kostte zestien dollar. Dat wil zeggen: nieuw, niet toen ik het kreeg. Dat geweer zag er niet best uit. De kolf was helemaal afgesleten. Maar je kon er nog recht mee schieten.'
'Nou, kom binnen. Ik zoek even mijn gebit en dan zet ik koffie.'

Ik wachtte tot de koffie klaar was voordat ik het gesprek op iets anders dan de glorie van het bloedvergieten bracht. Inmiddels was Shannon zo te zien helemaal op zijn gemak, al weigerde hij nog steeds Bouton aan te kijken.

'Je zult je wel afvragen wat we hier komen doen,' zei ik.

'Ja, dat is zo,' gaf hij toe. 'Maar ik wil je niet opjagen.'

'We onderzoeken de moord op John Kennedy.'

'Nog steeds?'

Ik moest onwillekeurig glimlachen. Die ouwe rotzak wist hoe hij zout in de wond moest strooien. 'Ja, nog steeds. Jij bent een goede vriend van Johns vader Aloysius, nietwaar?'

'Zo ongeveer zijn enige vriend, om je de waarheid te zeggen. En in zekere zin ben ik niet eens een vriend. Je zou kunnen zeggen dat hij me tolereert.'

'Bedoel je dat die vader niet zo sympathiek is?'

'Jongen, je slaat de spijker op zijn kop. En het is niet alleen zo dat Aloysius zo vals was als een slang. Als je hier woont, moet je wel gemeen zijn; daar zit niemand mee. Nee, de mensen hadden meestal de pest aan Aloysius omdat hij zo verrekte zuinig was. Hij had niet slecht geboerd. Hij had een drankwinkel in Lake Placid, midden tussen al die wintersporthotels. 's Winters had hij de skiërs en 's zomers de vakantiegangers, en daar tussenin de vissers en jagers. Maar dacht je dat hij in de kroeg om de hoek ooit een rondje gaf? Vergeet het maar. Aloysius kocht in 1972 een nieuwe Ford pickup en die heeft hij nog steeds. Bumpers helemaal doorgeroest. Ruitewissers doen het niet meer. 's Winters geen verwarming. Wat een rotkar.'

Het gesprek ging over in 'alles wat je ooit over Aloysius Kennedy wilde weten en nog meer van hetzelfde'. Kennedy's dak lekte, zijn goten waren verstopt, hij had alleen een houtkachel, maaide zijn gazon met een handmaaier, ruimde zelf zijn sneeuw, at drie keer in de week macaroni met gehakt.

Ik liet het zo lang doorgaan als ik het uithield en dirigeerde de oude man toen voorzichtig in een andere richting. 'Nou, al die dingen zal hij nu wel niet doen,' zei ik. 'Hij is er te ziek voor.'

Shannon sloeg zijn ogen neer. 'Hij zal ze nooit meer doen,' fluisterde hij. 'De dokters zeggen dat hij het gehad heeft.' Hij schudde zijn hoofd. 'Ik snap niet waar hij zijn geld voor opspaarde. Hij kan het toch niet meenemen?'

'Het zal wel allemaal naar zijn zoon Robert gaan. Tenzij hij ergens een testament heeft.'
'Nee.' De oude man schudde zijn hoofd. 'Geen testament. Aloysius heeft me eens verteld dat hij er de pest aan had dat zijn zoons al zijn geld kregen, maar hij zou er ook de pest aan hebben als iemand anders het kreeg. Man, die Aloysius was zo verrekte gierig.'
'Zeg Seaver, heb jij John Kennedy gekend?'
Shannon trok zijn neus op en spuwde op de vloer. 'Dat mietje? O ja, die heb ik gekend. Geen onaardig kind. Altijd lachen. Hij wou het iedereen altijd naar de zin maken. Ik dacht dat hij het wel zou redden. Ook al sloeg Robert hem.' Shannon haalde diep adem. 'Wat dat betrof was Robert net als zijn vader. De schrik van de school. Aloysius moest de hele tijd naar die school om Robert uit de problemen te krijgen. Dan nam hij de jongen mee naar huis en sloeg hem tot zijn gezicht helemaal bont en blauw was. En dan zei hij tegen die jongen: ''Waarom ben jij niet als je broer?'' Dat heeft de zaak geen goed gedaan.'
'De vader hield meer van John? Trok hem misschien ook voor?'
'Voor zover hij iemand kon voortrekken. Over het geheel genomen heeft hij die jongen goed behandeld. Tot op de dag dat hij John betrapte...' Shannon keek Bouton voor het eerst aan, en richtte zijn blik toen weer op mij. 'Tot op de dag dat hij John betrapte toen die bezig was zijn broer oraal te bevredigen. Daarna moest hij niks meer van ze hebben, van geen van beiden.'
'Heeft John zijn vader in het ziekenhuis bezocht?'
'Een paar keer, maar Aloysius wilde hem niet zien. Zou jij dat wel willen?'
Ik liet die vraag onbeantwoord; ik was daar niet om met een oude man in discussie te treden. 'En Robert? Is die nog geweest?'
'Nee. Robert heeft zijn ouweheer in geen vijf jaar gezien. Misschien is het nog wel langer.'
'Hadden ze gevochten?'
'Dat kun je wel zeggen, ja. Robert sloeg de tanden van zijn vader kapot. Dat ging ook over geld. De jongen wilde geld lenen om een huis te kopen. Toen was hij net bij de politie gaan werken. Aloysius had het geld, maar hij wilde er niks van afstaan. Kòn er niks van afstaan. Net zomin als een slang kan vliegen.'
'Shannon, ik neem aan dat je niets van Johns leven in New York weet?'

Hij snoof en begon een beetje piepend te lachen. 'Dat is ook een slang die niet kan vliegen. Ik heb gehóórd dat John deed wat hij van nature goed kan. En dat hij er ook voor betaald kreeg.'
'Maar je weet niets over zijn vrienden? Zijn kennissen?'
'Niets.'
'En de moeder? Aloysius' vrouw?'
'Dood. Robert heeft haar doodgeschoten.'
'Wat?'
'Ze noemden het een ongelukje. De jongen was toen een jaar of negen. John was nog een baby. Robert beweerde dat hij de 30-30 van zijn vader aan het schoonmaken was en dat het ding ineens afging. Er waren geen getuigen, maar een hoop mensen hier in de buurt hadden hun vermoedens. De kogel ging recht door Virginia's hoofd. Een raar zaakje. Een heel raar zaakje.' Hij schudde grimmig met zijn hoofd en haalde toen zijn schouders enigszins op. 'Het leven is hier hard. Ruig terrein; ruig leven. Niks voor slappelingen. Je kent de vier seizoenen zeker wel?'
'Ja,' zei ik. 'Ik ken ze. Muggentijd; Vier Juli; Dag van de Arbeid; winter.'

20

Toen we van Shannon vandaan reden, praatte Bouton aan een stuk door. Wat haar betrof, was Robert Kennedy al schuldig bevonden en veroordeeld. Hij voldeed aan het patroon, zei ze. Voldeed er voor de volle honderd procent aan. Hij was wreed voor andere kinderen geweest (zijn broer), was mishandeld door zijn vader (en waarschijnlijk ook door zijn moeder), doodde zijn eigen moeder, ging zijn vader te lijf. Samen met geld als motief pasten alle stukjes van de psychologische puzzel precies in elkaar.
Misschien had ik haar moeten waarschuwen. Misschien had ik moeten zeggen dat ze geen grote vierkante blokken in kleine vierkante gaatjes moest proberen te duwen. Dat het verkeerd was je helemaal op één verdachte te storten, omdat je dan geen oog meer had voor dingen die in een andere richting wezen. De stelregel is: motief, middelen èn gelegenheid. Ik kon me heel goed voorstellen dat Bob Kennedy zijn erfenis niet wilde delen. En hij zal ook wel in staat zijn geweest zijn broer en de anderen in dat busje te lokken dat King Thong volgens iedereen gebruikte – daar had je niet meer dan een paar briefjes van twintig dollar voor nodig. Maar ik kon me echt niet voorstellen dat een politieman van buiten de stad, ergens uit deze wildernis, de slachtoffers op die plaatsen zou oppikken. De slachtoffers verschilden te veel van elkaar, werkten op te veel verschillende plaatsen. Waar haalde hij de tijd vandaan?
'Wat we nu moeten doen,' zei Bouton, alsof ze mijn gedachten las, 'is een machtiging vragen voor Kennedy's werkgegevens. Dan kunnen we zien of hij vrij had op de tijdstippen dat de moorden werden gepleegd.'
Ik reageerde daar niet op. Ik zag steeds weer een jongen van negen voor me, met een geweer dat op het hoofd van zijn moeder was gericht. Ik vroeg me af of ik dat ooit had gedaan, of ik er ooit over had gedacht. Had ik het gezicht van mijn moeder op de lichamen van eek-

hoorns en konijnen gezien? Ik kon me ieder detail van mijn confrontatie met Grote Mike herinneren, maar er stond me niets van bij dat ik me ooit gewelddadig tegen mijn moeder had opgesteld.

Nee, wat ik had gedaan, zodra de gelegenheid zich voordeed, was vluchten. Dat was de volledige waarheid en ik denk dat ik wel bang zal zijn geweest. Wat ik wilde weten, terwijl we daar door het bos reden en Bouton maar door ratelde, was of er ook woede was geweest. Haatte ik haar? Wenste ik dat ze doodging? Had ik haar in mijn kinderdagdromen ooit gedood? En als ik dat niet had gedaan, als ik nooit op het idee was gekomen een eind aan de kwelling te maken, waarom dan niet?

Maar voor zover ik kon zien, hadden wensen niets te maken met wat je kreeg. (Vraag het maar aan de miljoenen zielen die om een wonderbaarlijke genezing bidden, of om een onverwachte cheque bij de post, of dat de enige ware liefde in hun ellendige leven ineens op de stoep staat.) En hoe meer ik erover dacht, des te meer raakte ik ervan overtuigd dat ik haar helemaal niet dood had gewenst maar op de een of andere manier had verwacht dat ze zou veranderen. Dat ik mijn gezicht tussen haar borsten zou drukken en daar het verdriet aan zou onttrekken, zoals je gif uit een beet van een ratelslang zoog.

Opeens was ik weer terug in een bijna vergeten herinnering.

Mam verkeert in het eerste stadium van een kolossale zuippartij. Ze zit met haar rug tegen de muur op de vloer en heeft een fles in haar handen. Die fles zit vol met goedkope bourbon, dus ze zal wel een goede dag hebben gehad. Anders zou ze wijn drinken. Tranen rollen over haar gezicht. Ze mompelt iets over haar man, mijn vader, allang verdwenen, en steekt dan haar armen naar mij uit. Ik vlieg in haar armen, dankbaar voor zelfs deze valse troost. Ik accepteer de zurige lucht van haar ongewassen lichaam, het contact met haar vettige, plakkerige haar. Ik accepteer alles wat ik kan krijgen.

'Zullen we hier even stoppen?' Boutons stem drong tot me door. 'Laten we een hapje gaan eten voordat we naar Kennedy gaan.'

'Waar?'

'Daar verderop.'

Op het bord stond PETE'S EATS, en dat vond Bouton kennelijk wel bemoedigend. De pickup-trucks en motoren die op het grind van het parkeerterrein stonden, vertelden een ander verhaal. We zouden daar allesbehalve welkom zijn.

Ik stond op het punt haar dat aan het verstand te brengen, maar hield op het laatste moment mijn mond. Een beetje vijandigheid zou de zaken weer in het juiste perspectief brengen en zouden mijn gedachten van een weg afhouden die ik niet wilde inslaan.
Zodra we binnenkwamen, trof ik alle vijandigheid aan die ik nodig had. Alle gesprekken verstomden en alle aanwezigen draaiden zich naar ons om. Op al die blanke boerengezichten tekende zich langzaam een grijns af. Het enige dat te horen was, toen wij daar in die deuropening stonden, was het harde jengelen van een country-gitaar uit een gehavende jukebox.
'Ik denk dat we het beter kunnen meenemen, Means.' Bouton was vaag geamuseerd. 'Het is net of we in een verhaal zijn terechtgekomen dat mijn oma me over het leven in Mississippi vertelde.'
Aan het diepe, grommende gelach kwam geen eind toen we naar de kassa liepen. Een van die types zei, zo hard dat iedereen het kon horen: 'Ik weet dat we de toeristen nodig hebben, maar verdomme!' Iemand aan dezelfde tafel wilde de discussie blijkbaar op een abstract niveau brengen en zei: 'Ik weet wat zíj is, maar wat is hij nou?'
'Wie moet wie aan de lijn houden?'
'Rare baby's krijg je daarvan.'
De man achter het buffet grillde onze hamburgers zonder iets te zeggen. Niet dat hij onze klandizie niet wilde – daar in het noorden pak je iedere dollar aan – maar wij zouden over een kwartier weg zijn en hij moest morgen ook nog een dollar verdienen.
Op een gegeven moment legde Bouton haar hand op mijn arm om me tot kalmte te manen. Dat had ze niet hoeven te doen. Juridisch gezien kunnen alleen woorden, hoe gemeen ook, niet genoeg zijn om gewelddadig ingrijpen te rechtvaardigen. Daar had ik veel meer voor nodig, en toen ik stoelen achter ons hoorde schrapen, gevolgd door een knarsende deur die open- en dichtging, wist ik dat ik het zou krijgen.
'Trek je niet terug, klootzak.' Ik dacht dat ik het in stilte tegen mezelf had gezegd, maar blijkbaar had ik het hardop uitgesproken.
'Wat, Means?'
'Die hamburgers zien er goed uit, inspecteur. Ik begin echt trek te krijgen.'
De man achter het buffet nam ons geld aan en gaf zwijgend het wisselgeld.
'Neem jij dit maar.' Ik gaf de zak aan Bouton en tot mijn verbazing

nam ze het zonder protest aan. Ze hield de hamburgers in haar linkerhand en maakte met haar andere hand haar tasje open.
'Krijgen we hier problemen?' vroeg ze.
'Ik hoop het.'
'Doe dan wat je moet doen.' Ze grijnsde. 'Ik ga naar de auto.'
Buiten stonden er drie te wachten. Twee leunden tegen een stokoude pickup-truck, terwijl de derde, de grootste (natuurlijk), voor mijn auto stond. Hij was een jaar of veertig, had een bolle kop en een baard en hij droeg een pet van de Oakland Raiders en een rood wollen jasje. Op zijn gezicht had hij een brutale grijns.
'Hiawatha, hè?' mompelde hij. 'En kleine zwarte Sambette.'
Ik liep recht op hem af. Hij keek eerst verbaasd, maar toen vastbesloten. Zijn schouders kwamen naar voren en zijn handen kwamen omhoog.
'Kom maar op,' mompelde hij. 'Kom het maar halen.'
Ik ondernam niets tot hij de eerste stomp uitdeelde, een langzame, krachtige linkse die ik net over mijn kruin liet gaan. Nu had ik het recht om iets terug te doen en in feite dus ook om me helemaal te laten gaan. Ik kan me niet herinneren dat ik hem zag of hoorde; kan me niet herinneren dat ik zijn huid op de muis van mijn hand of de buitenkant van mijn onderarm voelde. Volgens Bouton ging ik over hem heen als een wervelstorm over een korenveld. Ze hield vol dat hij na die eerste stomp geen verzet meer had geboden, alsof hij plotseling zijn lot had geweten (en geaccepteerd).
Hoe dan ook, toen ik weer tot mezelf kwam, lag hij met zijn handen over zijn gezicht op het grind, jengelend als een geslagen kind. Bouton stond er anderhalve meter vandaan en liet haar .38 en haar penning zien. De twee vrienden stonden nog tegen hun pickup-truck geleund, maar nu met open mond. Achter ons had zich bij de ingang van Pete's Eats een groepje toeschouwers verzameld.
'Arresteer hem,' zei Bouton met een krachtige, zelfverzekerde stem.
'Waarvoor?' Een van de vrienden kon weer iets uitbrengen. 'Híj is in elkaar geslagen.'
'Hij heeft een politieambtenaar aangevallen,' zei ze, wat nogal dubieus was, want ik had mijn penning niet laten zien en ook niet gezegd dat ik van de politie was.
Ik rukte het hoofd van de man omhoog en zag dat de linkerkant van zijn gezicht knalrood en lelijk opgezwollen was. 'Je gaat geen verzet bieden, hè?' vroeg ik.

Voordat hij zijn bedoelingen kenbaar kon maken, hoorde ik sirenes in de verte. Ik liet zijn hoofd zakken en draaide me om naar de politiewagen die met grote snelheid het parkeerterrein kwam oprijden.

Sheriff Pousson was de eerste die uitstapte (gelukkig was het niet Beauchamp), gevolgd door twee agenten. Hij keek even naar ons en knikte toen naar iemand die in de deuropening stond.

'Pete?' zei hij. 'Je belde over een rel? Ik zie geen rel.'

De man die onze hamburgers had klaargemaakt, maakte zich los uit het groepje bij de deur en liep over het parkeerterrein. Hij en Pousson pleegden enkele minuten overleg, terwijl de rest van ons stond te wachten, en toen liep Pousson naar ons toe. Op zijn strenge, onbewogen gezicht stond niets over zijn bedoelingen af te lezen, en ik wist pas hoe hij deze situatie zou aanpakken toen hij op de hand van mijn tegenstander ging staan en zijn hak draaide alsof hij een sigarettepeuk uittrapte.

'Waarom kom ik jou altijd midden in mijn problemen tegen, Burdette?' vroeg hij. 'Waarom ben jij er altijd bij?'

'Ik moet naar een dokter,' zei Burdette zonder de beschuldiging te ontkennen. Blijkbaar had ik het juiste doelwit uitgekozen. Of had, ere wie ere toekomt, het juiste doelwit mij uitgekozen.

'Inspecteur,' zei Pousson, opkijkend naar Bouton. 'Ik wil me namens de bevolking van Algonquin County verontschuldigen. Als u een klacht wilt indienen, zal ik die graag in ontvangst nemen.'

Bouton sloeg haar armen over elkaar en deed een stap achteruit. 'Nou,' zei ze. 'Nu ik de situatie eens wat beter bekijk, moet ik zeggen dat meneer Burdette wel genoeg gestraft is voor zijn grote mond. Als u er geen bezwaar tegen hebt, sheriff, gaan we weer verder.'

Pousson glimlachte en wendde zich tot mij. 'Heb je dit helemaal alleen gedaan?' Hij wachtte tot ik had geknikt en ging verder: 'Hoe heette je ook weer?'

'Roland Means. Rechercheur Roland Means.'

'Als je ooit genoeg krijgt van de grote stad, Means, moet je eens met me komen praten.'

'Ik vat dat als een compliment op.'

'En dat is het ook. Alleen jammer dat je die hufter niet hebt doodgeslagen.'

Robert Kennedy's huis stond ongeveer zo ver van de weg vandaan als

hij kon komen zonder een helikopter te hoeven gebruiken. Het was een goed gebouwd, goed onderhouden houtskelethuis met aangebouwde garage en nog wat voorraadschuren verspreid over het erf en het stond aan het eind van een zandweg die door het dichte bos slingerde. Het was het enige huis aan die zandweg, en toen we erheen reden, vroeg ik me af hoe hij die weg 's winters sneeuwvrij hield. Waarschijnlijk deed hij dat niet en gebruikte hij een sneeuwscooter om heen en weer te rijden als de sneeuw te diep was. Zelfs dat busje met vierwielaandrijving dat voor het huis stond, zou er dan niet door kunnen komen. De bruine Toyota ernaast zou nog geen meter ver komen.
Ik stopte bij het huis, maar maakte de deur van de auto niet open, want twee erg grote Duitse herders hapten naar de banden. In plaats van mijn been.
'Hoe wou je dit aanpakken?' vroeg Bouton zonder acht te slaan op de honden.
'Als ze de lak beschadigen, ga ik schieten.'
Ik moet toegeven dat ik me een stuk beter voelde. Mijn confrontatie met meneer Burdette voor Pete's Eats had me enorm goed gedaan.
'Even serieus, Means. Hoe moeten we Kennedy aanpakken?'
Ik haalde mijn schouders op. 'Dat is een goede vraag, maar ik heb geen idee hoe we dat moeten doen. Ik weet alleen wat we níet moeten doen. We moeten niks zeggen waardoor hij het gevoel krijgt dat hij een verdachte is. Vooral omdat hij dat niet is; niet in dit stadium. Dat betekent dat we hem niet naar een alibi kunnen vragen. Of naar de erfenis die hij misschien zal krijgen. Of naar zijn persoonlijke contact met zijn broer. Of naar iets wat Seaver Shannon ons heeft verteld.'
Bouton knikte terwijl ik dat allemaal zei en wachtte geduldig tot ik klaar was. Toen zei ze: 'Laten we hem wel vragen of hij geen contact meer met zijn broer had. Daarna...'
'Koest, koest. King. Wolf. Genoeg, genoeg.' Een lange, zwaargebouwde man kwam naar buiten en riep de honden bij zich. Hij pakte ze elk bij de halsband en trok ze naar de zijkant van de garage, waar hij ze aan de ketting legde.
'Hij wist dat we kwamen,' zei Bouton. 'Hij had ze van tevoren al aan de ketting kunnen leggen.'
'Inspecteur, je slaat de spijker op zijn kop.'
Toen we uitstapten, kwam de man met een glimlach op zijn lange paardegezicht naar ons toe. Die glimlach leek oprecht, maar toen hij

zo dichtbij kwam dat ik in zijn lichtblauwe ogen kon kijken, zag ik daar geen spoor van warmte. Ik zag berekening en verder niets, zelfs geen verbazing omdat die rare combinatie van mensen naar hem toe was gekomen.

'Meneer Kennedy?' vroeg Bouton, en stak haar hand uit.

'Robert,' antwoordde hij terwijl hij haar snel de hand drukte.

'Ik ben inspecteur Bouton.' Ze glimlachte (nogal hartelijk, vond ik). 'En dit is rechercheur Roland Means.'

Nu we ons aan elkaar hadden voorgesteld, leidde Kennedy ons het huis in en liet hij zijn vrouw Rebecca de onvermijdelijke koffie inschenken. Ze was een kleine, aantrekkelijke vrouw, stevig gebouwd en veel jonger dan haar man, en ze sprak met een zwaar zuidelijk accent. Ze droeg haar blonde haar in een vlecht die strak om haar hoofd was gewonden. Het effect was niet erg flatterend, en dat kon ook gezegd worden van de vormloze, verschoten duster die ze aanhad en van de blauwe plekken op de zijkant van haar gezicht.

'Nou, jullie komen van ver,' zei ze. 'Ik hoop dat jullie vinden wat jullie zoeken.'

Haar man keek haar vuil aan maar deed geen poging haar buiten het gesprek te houden. Dat vond ik vreemd.

'Wel, wat kunnen we voor u doen, inspecteur?' vroeg hij.

Bouton vertelde Robert Kennedy wat ze ook aan sheriff Pousson had verteld, namelijk dat King Thong misschien al voor de moorden contact met zijn slachtoffers had gehad. Ze vroeg hem of hij iets over het leven van zijn broer in de grote stad wist.

'Helemaal niks, inspecteur,' antwoordde hij zonder aarzeling. 'Weet u, toen ik nog veel jonger was, heb ik een jaar bij de politie van Albany gewerkt, bij Zedendelicten, en toen heb ik dingen gezien die u niet zou geloven.' Hij wist een kort lachje te voorschijn te toveren, maar zijn ogen bleven leeg. 'Nou, ú zou het misschien wel geloven. Omdat u uit New York komt en zo. Maar ik moest ervan kotsen. Mannen die zich als vrouwen verkleedden. Die viezigheid uithaalden in stadsparken. Kinderen die over condooms moesten stappen als ze naar school gingen. En dat was nog niet eens het ergste. Er werd iedere nacht wel iemand vermoord. Ik bedoel, ik weet dat ik nu als een boertje van buiten praat, maar ik had er gauw genoeg van. Hier in Owl Creek gebeurt ook wel eens wat, maar we doen hier niet aan viezigheid en moord. Dus om uw vraag te beantwoorden: ik heb geen contact meer met

mijn broer gehad sinds hij weg is gegaan. Geen brieven, geen telefoon, geen bezoek.'
'En u hebt hem nooit in New York opgezocht?'
Kennedy's vrouw antwoordde voordat hij iets kon zeggen. 'New York?' zei ze met een zacht lachje. 'Heremijntijd, ik zeur al zo lang bij mijn man dat hij me eens meeneemt naar New York of Boston. Maar hij is de ergste huismus die ik ooit heb gekend. Ik ben geboren in Mississippi – dat kunt u wel horen aan mijn accent – en ik heb nogal wat van de wereld gezien. Maar Robert wil nooit ergens heen. Als de kerkavonden en zo er niet waren, denk ik niet dat we ooit de deur uitkwamen.'
Omdat het geen zin had om daar te blijven rondhangen, gingen we na een paar minuten weg. Bouton begon natuurlijk weer meteen te ratelen. Ze begon al voordat we aan het eind van Kennedy's zandweggetje waren gekomen.
'Zijn vrouw gaf hem een alibi.' Ze had haar armen over elkaar geslagen. 'Waarom deed ze dat? Niemand vroeg erom.'
'Misschien gewoon om wat te zeggen te hebben. Of zie je haar als medeplichtige? Zie je haar ook als seriemoordenaar?'
'Het zou niet de eerste keer zijn dat een vrouw liegt om haar man te beschermen. Je hebt dat busje zeker wel gezien?'
'Ik heb het gezien. Wat bewijst het?'
'En je hebt zijn ogen gezien?'
'Zijn ogen?'
'Lul niet. Jij weet precies waar ik het over heb. Die ogen waren helemaal leeg.' Ze gaf me een minuut de tijd om antwoord te geven, maar ik reed door zonder iets te zeggen. 'Ik dacht dat jij een typische straatsmeris was. Waar is je instinct? Robert Kennedy deugt voor geen meter.'
'Iemands vrouw maakt een toevallige opmerking, waarschijnlijk het soort beklag dat ze al jaren bij haar vriendinnen doet. "Mijn man neemt me nooit ergens mee naartoe." Nou en? Iemand heeft koude ogen. Net als de ogen van minstens tien smerissen die ik heb gekend. Nogmaals: nou en? Hoor eens, inspecteur, ik wil hier best verder mee gaan. Maar laten we de man niet van zeven moorden beschuldigen zolang we niet meer bewijzen hebben.'
Mijn sarcasme remde haar af, maar wat ik niet kon afremmen, waren de gedachten en beelden die door mijn eigen hoofd gingen. Dat huis

aan het eind van die lange, lange zandweg; dat timide vrouwtje met die blauwe plekken en in die duster, dat vrouwtje dat er opeens tussenkwam alsof haar precies was verteld wat ze moest zeggen; die honden die om de auto heen liepen terwijl Kennedy ze aan de ketting had moeten leggen voordat we er waren; Kennedy's ogen die elk woord dat werd gesproken zorgvuldig afwogen.
'En dan nog iets, Means. Vond je die preek van Kennedy over viezigheid in de grote stad niet een beetje overdreven? Als je bedenkt dat hij zijn moeder de kop van de romp heeft geschoten en sex heeft gehad met zijn broer?'

21

Toen Lorraine Cho wakker werd, had ze pijn. En niet alleen in haar gekneusde lichaam. Ze had het gevoel dat ze in brand stond, zag beelden van brandende steden. Haar geest dwaalde als de wind buiten haar hut.
'Niet de moed verliezen, meid,' zei ze tegen zichzelf. Ze zei het hardop. En begon te giechelen. En begon te huilen.
Maar opeens waren er geen tranen meer, en toen ze haar gezicht aanraakte, wist ze weer waarom. Becky was niet geweest in... Ze wist het niet meer. Twee dagen? Drie dagen?
Ze vroeg zich af wat voor verschil het maakte. Ze wist dat de echte vraag was: wil ik leven? Of beter nog: wil ik op deze manier leven? Wil ik omkomen van dorst met het geluid van stromend water in mijn oren?
Ze hoorde de vogels buiten de hut zingen en wist dat het vroeg in de morgen was. De vogels kwamen tot rust als de zon hoog stond; dan gingen ze eten, nesten bouwen, hun jongen voeden.
Becky zou later komen, als ze al kwam.
'Ik zal wachten,' zei Lorraine. 'Ik zal gewoon wachten en als ze niet komt, zal ik iets doen.'
De stank van haar emmer was zo hevig dat ze zich verbeeldde dat ze een rat was die in het riool leefde. Een rat die geen kant uit kon.
Ze vroeg zich af hoe haar lichaam urine kon aanmaken als ze geen vloeistoffen had ingenomen. Rommel erin, rommel eruit, ja. Maar niets erin, iets eruit? Dat kon toch niet?
Ze pakte de waterkruik op en zette hem aan haar mond. Op zoek naar die ene, vergeten druppel. Maar natuurlijk was de kruik leeg; wat ze deed, was niet meer dan een ritueel. Zoals bidden voor het eten.
'Ik wacht gewoon af. Ik wacht tot Becky komt en me water brengt. Ze neemt me mee naar buiten en dan kan ik me wassen in het beekje en daarna in de zon liggen.'

Ze herinnerde zich ergens een beschrijving van het moslim-paradijs te hebben gehoord. Een land van snelstromende rivieren, koele winden en weelderige valleien waar dienaressen gekoelde sorbets rondbrachten. Een land dat ver, ver van de Arabische woestijnen verwijderd was.

Maar Lorraine was niet in de woestijn. Ze wist niet precies waar ze was, maar ze wist dat ze niet in een woestijn was. Dat kon ze horen aan het geluid van de wind die door boomblaadjes suisde, aan het geluid van water dat over rotsen stroomde. En ze kon het ruiken aan het bos; die geur kwam haar tegemoet als Becky haar mee naar buiten nam. De intense, alles overheersende geur van groene dingen die aan het groeien zijn. De geur van het uitbundige voorjaar.

Ze liep naar haar bed terug en ging zitten. Ze wist dat als ze te lang wachtte, ze niet meer de kracht zou hebben om naar buiten te gaan. Zelfs deze kleine inspanning had haar al moe gemaakt. Misschien kon ze, als ze sliep...

Haar ogen gingen dicht en haar geest vulde zich met water. Peilloos diepe zwarte meren, bruisende brandinggolven, woeste rivieren. Ze stelde zich voor dat ze een takje in een rivier was. Dansend op het schuimende water, glibberend over de rotsen, stroomopwaarts slingerend in de draaikolken. Tuimelend over de rand van een waterval, plotseling vrij, zwevend in de lucht.

Het is niet goed, vond ze. Het is niet goed, en toch zou het goed moeten zijn. Mensen zouden het goed kunnen maken, maar in plaats daarvan maken ze er iets verschrikkelijks van. Ze doen elkaar van alles aan, op miljoenen kleine manieren, en daar is geen enkele goede reden voor.

Zo kan ik niet sterven.

Die gedachte had de kracht van een openbaring, want ze had nu geen keuze meer. Er viel niets te beslissen. Niets.

Toen Lorraine wakker werd, was het stil buiten. Geen vogels, geen wind. Geen Becky.

Tijd om te vertrekken.

Ze pakte de metalen waterkruik en liep naar het raam. Daar stak ze de rand van de kruik onder de metalen plaat tot die van een van de spijkers af kwam te staan. Ze bewoog de kruik heen en weer en tot haar grote verbazing had ze de eerste spijker binnen een paar seconden los.

Ze kon niet weten dat het raamkozijn in geen tien jaar geverfd was en dat het kurkdroog en verweerd was. Ze wist alleen dat ze gauw vrij zou zijn. Dat ze gauw water zou hebben.

Vijf minuten later hield ze de metalen plaat in haar handen. Ze werkte nu koortsachtig door, voortgedreven door het vuur in haar keel. Het raam zat eerst klem en ze sloeg met de muis van haar hand op het kozijn tot het plotseling los was. Het raam zwaaide aan oude piepende hengsels naar buiten.

Warme, schone lucht stroomde naar binnen en vermengde zich met de stinkende atmosfeer in het kleine kamertje. Lorraine stak een been naar voren en wrong zich in de kleine opening. Het kozijn groef zich in haar huid en haar gekneusde lichaam gilde van protest. Ze aarzelde, ging verder en liet zich op de grond buiten de hut zakken.

Het kabbelen van het beekje leek zo hard als het bulderen op een snelweg, en het was zo krachtig als het huilen van een baby. Ze strompelde naar voren, struikelde over een boomwortel, viel met een smak, stond op, strompelde verder. Niets deed er nog iets toe, behalve water, en toen ze eindelijk bij het beekje was aangekomen en zich op haar knieën liet zakken en haar lippen naar het water bracht, was de opluchting en bevrediging even tastbaar als het water dat door haar keel stroomde.

Ze dronk zoveel als ze kon (dronk tot haar gezwollen buik het water terug dreigde te stuwen) en stak toen haar hoofd onder het wateroppervlak. Het water stroomde door haar haar en verkoelde haar gezicht en hoofdhuid. Ze herinnerde zich de eerste keer dat ze zich in het beekje had gewassen, hoe haar lichaam zich toen tegen de koude had verzet. En dat ze zich centimeter voor centimeter in het water had laten zakken, terwijl Becky haar moederlijk grinnikend had aangemoedigd.

'Kom, Lorraine, het is helemaal niet erg als je eraan gewend bent. Je wilt toch niet overal jeuk?'

Nu ging Lorraine op de oever zitten. Ze was zich eerst alleen bewust van het water dat uit haar haar over haar schouders en borst stroomde. Toen van het feit dat ze naakt en alleen was. En blind.

Ik ga terug, dacht ze. Ik ga gewoon weer naar binnen en dek het raam weer af. Ik hoef alleen maar de spijkers in de gaten te duwen en ze vast te slaan met een steen. Zo moeilijk is dat niet.

Toen realiseerde ze zich wat voor de hand lag: als ik hier blijf, zal ik, ook als Becky en papa me niet komen halen, omkomen van de honger. Als ik hier blijf, zal ik sterven.

Maar in beide gevallen zou ze waarschijnlijk doodgaan. Dat besefte ze heel goed.

De junizon verwarmde haar lichaam en liet het vocht verdampen dat nog langzaam uit haar haar droop. Het was een heerlijk gevoel, een puur lichamelijk genot. Ze maakte een kom van haar handen en schepte water uit de beek, hield het even vast voordat ze het over haar borsten en buik en dijen liet stromen.

Dat is wat het betekent, dacht ze, als je het leven opgeeft. Als je het moment van nu voor de belofte van de eeuwigheid verwisselt. In de eeuwigheid is geen heden, geen hier en nu. Geen pijn, geen verlossing.

Ze hoorde het schelle krassen van een kraai in de verte, hoorde een antwoord, en nog een antwoord. Ze wou dat ze net zo vrij was als die kraaien. Vrij van...

Ze aarzelde nog even en toen wist ze het: vrij van de kennis van goed en kwaad. Het was veel beter daar niets van te weten. Wat een vloek: dat je het wist en dat je er niets aan kon veranderen. Ze herinnerde zich weer iets uit haar zondagsschoollessen van vroeger, ditmaal iets uit de bijbel: 'Want gij kent de dag niet, noch het uur.'

Misschien niet, dacht ze, maar je weet wel dat het er eens zal zijn: de dag en het uur. En dat maakt verschil. Dat maakt alle verschil van de wereld.

Ze bracht haar mond naar het beekje en dronk weer, ditmaal langzamer. De zon was erg warm, zo warm dat de koele bries op haar natte lichaam haar niets deed. Er kwam een vliegtuig over, zo te horen een kleintje; het vloog erg laag. Ze stond op en begon koortsachtig met haar armen te zwaaien.

'Help me! Help me!'

Het vliegtuig ronkte door en het geluid van de motor verdween geleidelijk in de verte. Lorraine strompelde bij het beekje vandaan. Ze volgde het geluid van het vliegtuig tot het helemaal niet meer te horen was.

Ze had zich nog nooit zo alleen gevoeld.

'Ik moet een besluit nemen,' zei ze hardop. 'Ik moet iets doen.'

Ze herinnerde zich dat ze haar moeder eens op een druk strand was kwijtgeraakt. Vroeg zich af: hoe oud was ik toen? Oud genoeg om te kunnen praten. Oud genoeg om te verdwalen. Ze herinnerde zich dat ze naar de zee had gekeken en naar de honderden gezichten. Gezichten op grote badlakens. Mensen die etenswaren in hun mond propten. Hoe konden ze dat doen terwijl zij net haar mammie was kwijtgeraakt?

Ze was tot de conclusie gekomen (dat kon ze zich duidelijk herinneren) dat het hun niets kon schelen. Het waren allemaal duivels, en ze lachten om te laten zien dat ze het leuk vonden dat zij verdwaald was. Maar toen ze begon te huilen, waren ze naar haar toe gekomen. Ze hadden met haar gepraat en haar naar een strandwacht gebracht, die met haar naar een hotdogkraam ging en haar ijs en limonade gaf tot haar moeder er eindelijk weer was.

Lorraine ging op het gras zitten, plukte grashalmen en stak ze in haar mond. Misschien, dacht ze, kan ik gras eten. Als een koe of een schaap. Als ik kon eten, kon ik ontsnappen. Dan vond ik wel een uitweg.

Maar toen ze aan eten dacht, zag ze Becky's gezicht weer voor zich. Becky, de bron van voedsel. De voedende maniak.

Lorraine lachte. De ironie was zo sterk dat ze wel moest lachen. En het was allemaal zo ironisch. Al haar mogelijkheden geëlimineerd door een moment van onoplettendheid in een straat in Queens. En dan het ergste nog, het summum van ironie: als ze niet blind was geweest, zou ze al dood zijn. Ze hadden haar in leven gelaten omdat ze blind was. En hulpeloos. En hopeloos. Enzovoort, enzovoort, enzovoort.

Ze ging weer in het gras liggen. Dacht aan het gegil in dat busje. Dacht aan de bloederige, gewelddadige, pijnlijke dood. Haar eigen dood, uiteindelijk. Als Becky terugkwam. Als papa terugkwam. Als ze niet omkwam van de honger.

'Op die manier wil ik niet sterven,' zei ze. 'Zonder terug te vechten. Waarom zou ik dat doen als ik weet wat er gaat gebeuren?'

Er begon een plan in haar op te komen. Ze overhaastte het niet, probeerde het niet te forceren. Wat had dat voor zin? Ze kon toch nergens heen.

Vroeg of laat, dacht ze uiteindelijk, zouden Becky of papa of allebei haar komen halen. Het was niet zo dat ze haar lieten omkomen van honger en dorst. Nee, verre van dat. Als papa wilde dat ze stierf, zou hij dat zelf doen. Hij zou het doen en ervan genieten. Vroeg of laat zou hij komen. Hij zou komen om haar te doden.

Als Becky kwam, zou ze eten brengen. Als papa kwam, zou hij de dood brengen. In beide gevallen zouden ze ervan uitgaan dat zij, Lorraine, hulpeloos was. Dat ze niet terug kon vechten.

'En dat hebben ze mis. De fatale fout in hun fatale werkwijze.'

Het plan was eenvoudig. Ze zou een wapen vinden, een steen of een scherpe stok, en daarmee naar de hut teruggaan. Ze zou de metalen plaat weer voor het raam zetten en wachten tot een van hen kwam. Wachten tot ze de deur opendeden, tot ze in het zonlicht stonden en in de donkere kamer tuurden. Wachten tot zíj blind waren, en dan toeslaan. En opnieuw en opnieuw en opnieuw.

Als ik bij het betreden van een kamer meteen merk of er iemand is, dacht ze, kan ik ook het lichaam van mijn vijand vinden. Als ik de toetsen van een schrijfmachine kan vinden, kan ik ook het lichaam van mijn vijand vinden. Als ik Flatbush Avenue kan oversteken, kan ik ook het lichaam van mijn vijand vinden. Als ik glasscherven kan opruimen die op een vloer liggen, kan ik ook het lichaam van mijn vijand vinden.

Het was een litanie, dat wist ze zelf ook wel. En ze zou die litanie blijven herhalen tot ze hem nooit meer zou kunnen vergeten. Tot die woorden een harde realiteit waren geworden.

Degene die kwam, zei ze tegen zichzelf, zou met een auto komen. Misschien vond ze een telefoon in die auto. Of een CB-radio. Of een veldfles. Of een rugzak. Of een geweer dat ze als een signaal voor redders kon afvuren.

Degene die kwam, zou eten voor een dag meebrengen. Dat kon ze verdelen over een week. Een week waarin ze de tocht naar de beschaafde wereld maakte.

Degene die kwam, zou gekleed zijn. Dat betekende schoenen; ze wist dat ze niet ver zou komen als ze haar voeten niet kon beschermen. Het zou betekenen dat ze een jasje en een broek had om haar lichaam tegen boomtakken en braamstruiken te beschermen. Het zou betekenen dat ze het 's nachts wat warmer had.

Lorraine kwam overeind en ging op zoek naar een stok die groot en scherp genoeg was om als speer te kunnen dienen. Tien minuten later viel haar keuze op een tak die van een dode boom was afgebroken. Hij leek scherp, maar ze kon niet nagaan of hij echt in iemands vlees kon binnendringen en ze besloot er niet al haar vertrouwen in te stellen. Nee, in plaats daarvan zou ze stenen gebruiken, een heleboel kleine stenen. Ze hoefde er alleen maar eentje met een scherpe rand te vinden en dan de rest bij elkaar te zoeken. Ze knielde op de oever van het beekje neer en liet haar vingers over de stenen op de bodem gaan. Al gauw vond ze een stukje lei. Zelfs in het water voelde ze het olieachtig oppervlak en de scherp geslepen randen. En daarna vond ze vlug de rest – zes ronde stenen die nog net in haar hand pasten – en begon haar munitie naar de hut terug te dragen.

Twintig minuten later was ze weer binnen, had ze de metalen plaat weer voor het raam, was de waterkruik vol en de emmer leeg. Ze voelde zich bijna sereen. Er ging iets gebeuren, en zij zou degene zijn die het gebeuren liet. Ze was niet hulpeloos, niet hopeloos meer.

'Het gaat zoals het gaat,' mompelde ze, 'maar ik doe nu zelf ook iets.'

Ze ging op de rand van het bed zitten, pakte een van haar dekens en sneed daar zorgvuldig een groot vierkant uit, en daarna een smalle strook. Ze vouwde het grotere stuk tot een zak en begon er stenen in te doen. Van tijd tot tijd voelde ze even hoe zwaar het was. Het moest zo licht zijn dat ze er gemakkelijk mee kon zwaaien en tegelijk zwaar genoeg om iemand buiten gevecht te stellen, in elk geval tijdelijk.

Toen ze tevreden was, maakte ze een aantal openingen net boven de stenen, trok de smalle strook door de openingen en knoopte de strook vast. De stenen zaten nu dicht op elkaar en daarbuiten stak de wol nog een halve meter uit. Het was een handzaam wapen.

Ze ging naar de deur en nam daarnaast haar positie in. De deur ging naar buiten open en ze stelde zich voor dat Becky naar binnen stapte. Becky, opgewekt pratend als altijd.

Moest ze het hoofd proberen te raken? Of het lichaam, het grotere doelwit, en erop rekenen dat ze een tweede kans zou krijgen? En wat zou er gebeuren als papa kwam? Of als ze samen kwamen? Of als ze kwamen terwijl zij lag te slapen? Of als ze helemaal niet kwamen?

'Als ik bij het betreden van een kamer meteen merk of er iemand is, dacht ze, kan ik ook het lichaam van mijn vijand vinden. Als ik de toetsen van een schrijfmachine kan vinden, kan ik ook het lichaam van mijn vijand vinden. Als ik Flatbush Avenue kan oversteken, kan ik ook het lichaam van mijn vijand vinden. Als ik glasscherven kan opruimen die op een vloer liggen, kan ik ook het lichaam van mijn vijand vinden.'

22

Toen ik eindelijk thuis was, twaalf uur nadat mijn dag was begonnen, merkte ik dat het reisje naar de Adirondacks me in een goede stemming had gebracht. Misschien kwam het alleen door dat beetje ontspanning voor de deur van Pete's Eats – ik zal niet ontkennen dat het me ongelooflijk goed had gedaan om die boerenkinkel in elkaar te slaan. Maar daar kwam nog bij dat ik voor het eerst in het noorden terug was geweest (zij het niet zo ver noordelijk als Paris) sinds de dag dat ik wegging om bij het leger te gaan. Het reisje had de nodige slechte herinneringen bij me opgeroepen, maar die hadden me er niet onder gekregen. Je zou zelfs heel goed kunnen verdedigen dat mijn slechte herinneringen iemand anders eronder hadden gekregen. En dat was in zekere zin ook wel te verwachten geweest.
Hoe dan ook, toen ik het artikel van mevrouw Brock weer ter hand nam, was ik klaar voor nieuwe onthullingen. En die kwamen al gauw.

De negentienjarige Rocky W. doodde en verminkte in 1963 binnen zes maanden vijf vrouwen. Tijdens het proces ontkende hij zijn schuld niet, al weigerde de rechter een schuldigverklaring te accepteren omdat er een kleine kans op een doodvonnis bestond. De moorden, moet worden gezegd, waren onhandig uitgevoerd. Ze waren het werk van een typische chaotische seriemoordenaar. Rocky achtervolgde zijn slachtoffers niet; hij koos ze impulsief en liet daardoor zoveel sporen achter dat zijn uiteindelijke veroordeling onvermijdelijk was.
Rocky W. kwam uit het slechte milieu dat typerend is voor seksueel gemotiveerde moordenaars. Zijn vader, George W., een alcoholist, dook met onregelmatige tussenpozen in Rocky's leven op. Zijn moeder, Simone, was geobsedeerd door religie en sleepte Rocky mee naar allerlei kerkelijke evenementen, soms wel vier of vijf keer per week. Rocky, die enig kind was, had voordat hij naar school ging bijna geen contact met andere kinderen. Hij zegt dat hij 'zo lang als ik me kan herinneren' sadistische fantasieën had.

Het hoeft ons niet te verbazen dat Rocky zijn ouders niets over deze fantasieën vertelde, maar we moeten ook begrijpen dat hij ze waarschijnlijk zelfs niet aan deskundigen zou kunnen uitleggen. Rocky's fantasieën hielden hem op de been; ze waren van hem alleen. Hij zag ze als zijn eigendom.

Het doel, vanuit het standpunt van de samenleving (en ook vanuit het standpunt van de individuele therapeut) is uiteraard een vroegtijdige signalering. Wil de ontwikkeling van mishandeld kind tot seksuele moordenaar tot staan worden gebracht, dan moet er vroegtijdig interventie plaatsvinden. Als de samenleving niet tijdig signaleert wat er met zo'n kind aan de hand is, is latere interventie onwaarschijnlijk of zelfs onmogelijk.

We moeten dan ook waarneembare gedragsindicaties van uiteindelijk seksueel gefundeerde agressie signaleren. Twee van de meest voorkomende indicaties zijn wreedheid ten opzichte van dieren en/of andere kinderen. Meer dan zeventig procent van de mannen in onze onderzoeksgroep maakt hier gewag van.

Robert W. is typerend voor de kinderen die hun fantasieleven in de praktijk brengen door middel van langdurige wreedheid ten opzichte van dieren. Hij begon met het doden van de parkiet, al is niet duidelijk of hij hem werkelijk wilde doden. Gedurende veertien dagen waarin Rocky's moeder naar haar werk was, besproeide hij de vogel met een insekticide, waarna hij rustig keek hoe het diertje lag te stuiptrekken op de bodem van de kooi. Hij deed dat niet elke dag, want, zoals hij zegt: 'Als Tweety doodging, kon ik hem niet meer besproeien.' Volgens Rocky's moeder was hij vijf jaar oud toen de vogel uiteindelijk stierf.

Rocky geeft toe dat hij 'een kick kreeg' van die ervaring, maar omdat zijn moeder geen nieuwe parkiet kocht, kon hij niet doorgaan met wat hij 'mijn experiment' noemde. Hij kon pas weer iets doen toen hij in de puberteit kwam. In die tijd bracht hij, nog steeds zonder vrienden, het grootste deel van zijn vrije tijd op een stel verlaten pieren in een grote rivier bij zijn huis door. Op die pieren leefden grote ratten, dieren die Rocky boeiden, hoezeer hij er ook van walgde. Eerst vond hij het genoeg om met stenen naar ze te gooien, maar later ging hij verder. Hij bestrooide de pieren bijvoorbeeld met rattegif, om vervolgens teleurgesteld te zijn toen de ratten het gif opvraten zonder dat het een zichtbaar effect had.

Tenslotte ontdekte Rocky een vangmethode die hem een maximale bevrediging verschafte. Hij haalde een vogelkooi (Tweety's oude kooi, ironisch genoeg) uit een reservekast, deed er eten in dat hij uit de koelkast had gestolen en bedacht een manier om de deur van de kooi dicht te doen als er een rat in zat. Vervol-

gens ging hij met de kooi, waar die rat dus in zat, naar een pier en liet de kooi in het water zakken. Na een beetje oefening wist hij precies hoe lang de dieren onder water konden blijven zonder dat ze verdronken. Hij trok de kooi omhoog, gaf de gevangen rat de kans om te herstellen, liet de kooi weer zakken, herhaalde dit totdat...

Het geluid van een sleutel die in het slot van mijn voordeur werd omgedraaid, onderbrak mevrouw Brocks nogal beeldende beschrijving van de obsessies uit Rocky's kindertijd. Even later ging de deur open en verscheen Marie Koocek.
'Wat doe je, Means?' riep ze toen ze door het appartement liep. 'Ben je alleen?'
'Ik lig in bed met Miriam Brock.'
'Nou, bewaar wat voor mij.'
Meteen daarop zag ze dat ik alleen was. Ik wil niet zeggen dat ze teleurgesteld was, maar ik geloof niet dat ze het erg had gevonden als ik gezelschap had gehad. Marie nam de dingen zoals ze waren. Het enige waar ze niet tegen kon (dat wil zeggen, voor zover ik wist), was als het niet goed ging met haar werk. Gebeurde dat, dan liep ze onrustig door mijn appartement heen en weer, luid vloekend en uitroepend dat ze definitief met beeldhouwen zou stoppen.
'Wie is Miriam Brock?'
Ik reikte haar zwijgend het artikel aan. 'O, dat,' zei ze, en ze nam de bladzijden die ik net had gelezen vluchtig door.
'Heb jij dieren gemarteld, Means?' vroeg ze toen ze klaar was.
'Nou, ik heb er nogal wat gedood. Is het ook martelen als je ze eet nadat je ze doodt?'
Ze dacht er even over na en zei toen: 'Alleen als je ze niet eerst braadt of kookt.'
'In dat geval ben ik onschuldig. Weet je...'
'Waar denk je aan, Means?' Koocek deed dat wel vaker: de verkeerde vraag stellen op het verkeerde moment.
'Ik denk aan een klein vogeltje.' Ik rekende er niet op dat ik het daarmee zou redden, maar het was het eerste dat me te binnen schoot.
'En?' Ze keek me erg nieuwsgierig aan.
'Nou, ik zal elf of twaalf zijn geweest toen het gebeurde. In die tijd woonde ik zo ongeveer in het bos. Ik ging op jacht en maakte mijn buit ter plekke klaar. Omdat ik tamelijk ervaren was, kostte het me bij-

na nooit moeite om iets te schieten, maar buiten de zomer, als er bessen waren, of de herfst, als er eikels of hickorynoten uit de bomen vielen, was vlees zo ongeveer het enige dat ik te pakken kon krijgen. Daarom pikte ik altijd wat brood voordat ik op expeditie ging.
Weet je wat het gekke van dieren is, Marie? Je schiet met je geweer, je dóódt iets, en een paar minuten lang is het bos helemaal stil. Maar daarna is het of er nooit iets gebeurd is. De vogels zijn de eersten die zich herstellen. Ze ritselen in de takken, verdedigen hun territorium, scharrelen in de struiken. En dan zag ik weer een paar konijnen, of eekhoorns in de bomen. Het was of ze wisten dat het allemaal voorbij was. Dat ik had gedaan wat ik moest doen, en dat het gevaar geweken was.
Hoe dan ook, ik maakte klaar wat ik had gedood en at het op. Ik zal wel niet zo netjes hebben zitten eten, want als ik klaar was, kwamen de vogels de kruimels opeten. Matkoppen, junco's, boomgorzen, duiven. Uiteindelijk werden ze erg brutaal, vooral die matkoppen. De matkoppen schoten als zwart-met-grijze kogels heen en weer. *Swoesjjj.* Landen, een kruimel pakken en meteen de bomen weer in.
Gewoon uit nieuwsgierigheid wilde ik nagaan of ik een van die vogels uit mijn hand kon laten eten. Daarom ging ik iedere dag naar dezelfde plek, een meertje boordevol dwergmeervallen. Ik ving iets, maakte het klaar, at het op, strooide broodkruimels om me heen en wachtte doodstil af.
Nu moet ik eerst iets zeggen over stilzitten en hoe goed ik daar in was. Je hebt de mythe van de machtige jager die zich geluidloos door het bos beweegt. Nou, iedereen die ooit in een bos is geweest, weet dat het nagenoeg onmogelijk is om je geluidloos voort te bewegen. De dieren horen beter dan jij, ruiken beter dan jij en zien voor het merendeel ook beter dan jij. Het enige voordeel dat jij hebt, zijn je hersenen, en als je die hebt, zoek je een plek waar de dieren heen gaan en ga je daar doodstil zitten wachten tot ze te voorschijn komen.
Maar dat stilzitten gaat gepaard met eigen problemen. Denk maar eens aan bijtende insekten, en aan kou, regen, kramp. Je moet leren alles doodstil te doorstaan en je niets van de insekten en het weer aan te trekken. Je moet je lichaam in een soort slaapstand brengen, terwijl je geest blijft werken. Dat is niet zo gemakkelijk als het lijkt, vooral dat laatste niet. Je gedachten dwalen af en vooral in het begin is het me vaak overkomen dat ik wakker werd en een eekhoorn of konijn op vijf

meter afstand naar me zag kijken. Het zou nogal pijnlijk zijn geweest als iemand dat had gezien.

Uiteindelijk, na jaren oefenen, raakte ik in een soort trance. Ik was mijn lichaam helemaal kwijt, alsof het er niet meer was. Mijn geest was ook leeg. Ik bedoel: echt leeg. Geen angst, geen woede, geen mam, niets. Maar tegelijk concentreerde ik me op mijn omgeving en zag ik alles wat in mijn gezichtsveld bewoog. En als dat dan voedsel was, doodde ik het.

Vogels gaan af op wat ze zien, niet op wat ze horen of ruiken. Vanaf hun hoge positie in de takken zien ze alles wat zo dichtbij is dat het op ze kan jagen. Ze konden mij ook zien, mij en de kruimels die ik om me heen had liggen. Ik weet dat ze het geen prettige situatie vonden, want ze schreeuwden de hele tijd naar me, vooral de matkoppen. *Die-die-die. Tsjikka-die-die-die.* Vrij vertaald betekende dat: "Sodemieter op, dan kan ik lunchen."

Maar ik ging niet weg en na een tijdje hadden ze dat blijkbaar door, want ze fladderden een voor een naar de grond en begonnen heel langzaam naar me toe te hippen, en dan weer van me vandaan, en dan weer naar me toe. Tenslotte, na een dag of twee, pakte de eerste matkop de eerste kruimel.

Ik bleef al die tijd roerloos zitten, totdat de matkoppen zonder aarzeling naar me toe kwamen. De rest van de kleine vogels, de boomgorzen en junco's, hadden niet de moed om de veilige bomen te verlaten. Slimme boomgorzen, domme matkoppen.

Toen ik er zeker van was dat ze zouden komen, hield ik de kruimels op mijn uitgestoken hand. Daar werden ze weer onrustig van, maar ze waren nog steeds erg nieuwsgierig. Ze zaten op de laagste takken van een esdoorn en draaiden hun kop heen en weer terwijl ze met hun zwarte kraaloogjes naar me keken. Uiteindelijk besloot een van hen, de moedigste, het erop te wagen. Hij fladderde naar beneden en streek op mijn handpalm neer.

Ik wist niet wat ik ging doen. Hoe ongelooflijk het ook lijkt, daar had ik niet over nagedacht. Maar wat ik deed – deed zonder erbij na te denken – was mijn hand sluiten, zodat het vogeltje gevangenzat.'

Doodse stilte. Ik zweeg en wachtte tot Marie de onvermijdelijke vraag stelde. Toen die vraag kwam, was ik er klaar voor.

'Nou, Means, ga je me nog vertellen wat er toen gebeurde? Of moet ik erom smeken?'

'Wat er gebeurde, Marie, was dat het kleine kreng zijn snavel in mijn hand boorde en wegvloog. Die wond heeft nog een uur gebloed.'
Weer stilte. Toen een 'hu, hu, hu' van Marie, haar vorm van lachen. Ik kwam van het bed en begon de kleine halogeenlampjes rond mijn abstracte glassculpturen aan te doen, de sculpturen die Marie voor me had uitgekozen. Toen ik klaar was, deed ik de rest van de lampen in het appartement uit en trok ik de luxaflex dicht. Het was net of ik een regenboog had ontmanteld: ik had de kleuren van elkaar gescheiden en ze opnieuw bijeengebracht en samengedrukt.
Maar het was me niet om het effect te doen, hoe dramatisch dat ook was. Ik wilde tijd winnen. Marie had me op mijn woord geloofd, maar als ze goed naar mijn gezicht had gekeken, had ze wel beter geweten. Die matkop had zijn snavel niet in mijn hand geboord. Of misschien ook wel. Ik wist het namelijk niet. En ik had niet geweten dat ik het niet wist, tot ik helemaal aan het eind was gekomen. Iemand of iets had de film stopgezet, de laatste beeldjes eraf geknipt. Ik voelde dat vogeltje letterlijk in mijn hand, voelde hoe zijn vleugels tegen mijn vingers fladderden, voelde zijn hart wild slaan. Maar ik kon me niet herinneren wat ik had gedaan. Ik had geen flauw idee, en dat maakte me bang, zoals een klein, hulpeloos kind bang is voor een denkbeeldige boeman in een diepe, donkere kast.

23

Toen Vanessa Bouton kwam, ongeveer twaalf uur later, was mijn goede humeur al zo lang verdwenen dat het abstracter leek dat een van Kooceks spoorrailsculpturen. Iedereen kent het verhaal van de tovenaar die de held twee deuren laat zien en zegt: 'Achter een van die deuren is een draak. Achter de andere is een schat. Je móet een van die deuren kiezen, want de terugweg wordt bewaakt door duizend fanatieke psychoanalytici, die allemaal geprogrammeerd zijn om jou van jezelf te redden. Een lot, mijn vriend, dat erger is dan het leven zelf.'
Stel nu eens dat die tovenaar een grappenmaker is (of beter nog: een fanatieke psychoanalyticus) en dat de schat geen schat is maar levenslange samenwerking met Vanessa Bouton, terwijl de draak King Thong is, met een roze lintje eromheen. Stel nu eens dat de draak de beloning is en de schat de straf. Wat doe je dan?
Wat je doet, tenminste als je bij de politie van New York bent, is zeggen: 'Goedemorgen, inspecteur,' en je bazin binnenlaten. Ondanks het trieste feit dat je tot je peilloos diepe ergernis aan haar stralende glimlach kunt zien dat ze zo blij is als een varken in de stront.
'Goedemorgen, Means. Goed geslapen?'
'Geslapen? Ik geloof niet dat ik dat woord ken.'
'Zo erg is het, hè?'
'En het wordt steeds erger.'
Toch was ik niet moe. Niet lichamelijk.
'Wat staat er vandaag op de agenda, inspecteur? Gaan we Robert Kennedy arresteren?'
'Dat niet precies, Means. We hebben een afspraak met een psychologe, een zekere Miriam Brock.'
Het is gek hoe je soms dingen over jezelf leert. Zo wist ik, zodra Bouton die woorden uitsprak, dat ik niet paranoïde of schizofreen was. Was ik dat wel geweest, dan had ik haar gedood, of mezelf, of ons beiden. Ter plekke.

'Wil je dat herhalen, inspecteur?'
Ze keek me aan, keek hoe ik naar haar stond te kijken, en haar glimlach verdween geleidelijk. 'Miriam Brock. Docente aan de Columbia Universiteit. Ze doet al meer dan tien jaar onderzoek naar seksueel gemotiveerde moordenaars. Ik wil Kennedy's profiel aan haar voorleggen. Horen wat zij ervan vindt, voordat we verder gaan. Is dat een probleem?'
Ik pakte het artikel in *American Psychology* en gaf het haar. 'Dit zat in de doos met bewijsmateriaal die ik van Pucinski heb gekregen. Wist je dat?' Misschien was ik toch een béétje paranoïde.
Ze keek er even naar en begon te giechelen. 'Nee, dat wist ik niet. Maar je kunt er blij mee zijn. Ze is de grootste deskundige op dit gebied. Ik heb indertijd bij haar gestudeerd.' Ze stak haar neus naar voren en snuffelde. 'Ruik ik koffie? We hebben nog een paar uur de tijd. Laten we de administratie bijwerken van wat we gisteren hebben gedaan.'
Ik leidde haar naar het keukengedeelte, schonk een kop vers gemalen French Roast voor haar in en nam er zelf ook een.
'O ja,' zei ze, terwijl ze een stapel DD5's te voorschijn haalde. 'Ik heb een brief van Lydia Singleton gekregen.'
'Wie?' Ik bedoelde dat niet sarcastisch. De naam zei me echt niets en ik dacht dat Lydia Singleton ook een psychologe was.
Bouton fronste haar voorhoofd en schudde haar hoofd. 'Is ze voor jou nog Dolly Dope?'
Het duurde even voor ik het begreep. Lydia Singleton was Dolly Dopes echte naam.
'Wat wil ze nu weer?' vroeg ik nogal stompzinnig.
Beng! Bouton zette de kop met een klap op de tafel neer. 'Wat is er toch met jou? Ik begin het gevoel te krijgen dat je niks tussen de oren hebt. Hoor je wat ik zeg? Jij bent net een ui, Means – allemaal schillen, geen kern.'
Heel mooi gezegd, dacht ik, jij had dichter moeten worden. Of psychologe. Maar geen rechercheur.
'Wat moet ik daar nou op zeggen, inspecteur?' zei ik. 'Je verrast me.'
'Kan ik je iets uit haar brief voorlezen?'
Ik kwam in de verleiding om te zeggen dat 'mag ik' de correcte term was als ze me om toestemming vroeg, maar ik zei: 'Natuurlijk, inspecteur. Lees maar voor.'

Ik heb laatst een aidstest laten doen, en de uitslag was positief. Geen verrassing, hè? Maar het gekke is dat ik helemaal niet in de put zit. Misschien zal ik geen lang leven hebben – ik weet dat de kans daarop erg klein is – maar in ieder geval hèb ik nog een leven. Zoals het was voordat ik hier kwam, was het geen leven. Ik heb nu hoop, en dat is eigenlijk wel grappig. Ik bedoel, waar kan ik nog op hopen? Het is nogal verwarrend, en daarom leef ik één dag tegelijk. En nu wil ik u en rechercheur Means bedanken, omdat u iets menselijks hebt gezien in iemand die dat niet in zichzelf zag.

Bouton liet de brief zakken en keek naar me op. 'Er is nog meer,' zei ze, 'maar ik wilde je dit even laten horen.'
Er volgde een geladen stilte. Ze verwachtte van me dat ik een of andere opmerking maakte, dat was wel duidelijk, maar ik wist niet wat ik moest zeggen. Aan de ene kant wilde ik niet doen alsof ik enthousiast was. Aan de andere kant wist ik dat een cynische opmerking me nog meer ellende zou opleveren.
'Ach, weet je, inspecteur,' zei ik tenslotte, 'dat is allemaal goed en wel, maar ik kan niet zeggen dat ik veel heb gedaan.'
'Jij hebt Razor Stewart ervan overtuigd haar te laten gaan. Dat is toch ook iets waard?'
'Nou, eigenlijk was hij wel blij dat hij haar kwijt was. Ze kostte hem meer aan dope dan ze op straat verdiende.' Ik haalde mijn schouders op en hoopte dat ze van onderwerp zou veranderen. Toen ik aan haar gezicht zag dat die hoop vergeefs was, zei ik: 'Zeg, inspecteur, hoe lang ben je al met dat rehabilitatiegedoe bezig?'
Voordat ze antwoord kon geven, schoot me plotseling iets weerzinwekkends te binnen. Ik was zelf ook een van Vanessa Boutons projecten. Een van die zielepoten die ze uit de beerput hees.
'Wil je me even verontschuldigen?' zei ik. 'Ik moet iets halen.'
Bouton keek verrast, maar niet zo verrast als ze zou zijn geweest als ik aan mijn eerste impuls had toegegeven en haar op haar gezicht had geslagen. Ze maakte aanstalten om iets te zeggen, maar zag ervan af. Misschien zag ze aan mijn gezicht wat ik dacht. Of misschien wist ze gewoon niets te zeggen. Hoe dan ook, ik zag kans om de kamer uit te komen zonder dat er nog een woord werd gesproken.
Eenmaal veilig in de slaapkamer, het enige andere vertrek in mijn appartement, pakte ik de telefoon om brigadier Pucinski te bellen. Ik had een paar dagen geen contact met hem opgenomen en dit leek me wel

een geschikt moment. Maar ik kon het niet opbrengen om het nummer in te toetsen. Het leek me opeens zo zinloos. Mijn hele leven had ik geprobeerd orde te scheppen uit chaos. Chaos is als grondstof niet veel waard, maar als je niks anders hebt...

Ik ging naar de badkamer en spoelde koud water over mijn gezicht. Het probleem – míjn probleem – was dat ik niet precies wist wat ik wilde. Op dat moment, toen ik daar naar mijn gezicht in de spiegel stond te kijken terwijl ik me afdroogde, leek mijn carrière als politieman me erg ver weg, iets wat me was overkomen in plaats van iets wat ik zelf had gedaan. Ik kon echt niet meer het verschil zien tussen het kwellen van vogeltjes en het kwellen van gemene pooiers. Als je ervan geniet om pijn te doen, ben je een sadist. En dan maakt het niet uit of je slachtoffer die pijn verdient.

Veel kalmer ging ik naar de slaapkamer terug, toetste Pooch' nummer in en wachtte tot hij opnam.

'Ja?'

'Pooch? Met Roland Means.'

'Means, wat heb je?'

'Niet veel, Pooch. Luister...'

'Zeg Means, waar schreeuwen de Israëliërs om als ze besneden worden?'

'Daar heb ik nou geen tijd voor.'

'Doe niet zo lullig.' Hij grinnikte al bij voorbaat. 'Waar schreeuwen de Israëliërs dan om?'

'Ik geef het op, Pooch.'

'Om jodium.'

'Leuk, Pooch. Wil je nou luisteren?'

'Ik ben een en al oor.'

Ik vertelde hem over ons bezoek aan de Adirondacks, inclusief ons gesprek met Seaver Shannon en Kennedy's vrouw Rebecca, die haar man een alibi gaf zonder dat we erom vroegen. Pooch had even tijd nodig voordat hij antwoord gaf.

'Niet slecht, Means,' zei hij tenslotte. 'Je hebt zowaar een verdachte gevonden. Dat is meer dan ik had verwacht.'

'Ik ben gewoon een uitslover, Pooch. Een prettige dag gewenst.'

Ik hing op en keerde naar een ernstige Vanessa Bouton terug. Ze leunde in haar stoel achterover met haar koffiekop in beide handen.

'Nu voel ik me beter,' zei ik zo opgewekt als ik kon. 'Te veel koffie

vanmorgen. Te veel koffie en te weinig slaap. Zullen we aan het werk gaan?'
Twee uur later zaten we in Miriam Brocks kamer op de Columbia Universiteit te wachten tot ze terugkwam van college geven. In die kamer heerste grote chaos. Overal lagen boeken en manuscripten. De asbakken en prullenbakken puilden uit. Haar houten bureau (dat wil zeggen, wat ik ervan kon zien) was stoffig en hier en daar geschroeid.
'Wat valt er uit dit alles af te leiden, inspecteur?' vroeg ik langs mijn neus weg. 'Is ze een excentriek genie? Of een verstrooide geleerde?'
Bouton grijnsde vriendelijk. 'Een deel van deze rommel lag er, geloof ik, al toen ik studeerde. Ik begrijp niet hoe ze daarmee kan leven. Maar je moet geen voorbarige conclusies trekken. Miriam Brock heeft tien jaar voor de FBI gewerkt. Ze geeft nog steeds advies in bijna elke grote meervoudige moordzaak. Ik weet hoe je over experts van buiten de politie denkt, maar je moet wel begrijpen dat zij de beste is die er is.'
De 'beste die er is' kwam enkele minuten later binnen. Ze was minstens vijftien kilo te zwaar en bezat een enorme boezem, verscheidene onderkinnen en twee slimme zwarte ogen. Haar glimlach was zo warm dat je haar zonder meer moederlijk kon noemen.
'Vanessa,' zei ze. 'Ik heb je te lang niet gezien.'
De volgende paar minuten gingen heen met omhelzingen en kreten en gemompelde clichés. Toen wendde mevrouw Brock zich tot mij.
'Jij moet Roland Means zijn.' Haar stem was honingzoet, maar haar ogen boorden zich diep in me.
'Dat wordt gezegd, maar ik beken niets.' Mijn glimlach was ongedwongen genoeg. Ik was inspecteur Boutons woorden nog niet vergeten.
'Wai hebben miedelen,' zei Brock met een quasi-Duits accent, 'om oe te laten sjpreken.'
'Beloften, beloften – meer krijg ik niet te horen.'
Nu de beleefdheden waren uitgewisseld, ging Brock in een draaistoel achter haar bureau zitten en vouwde haar dikke handen in elkaar.
'Wel, het gaat dus over King Thong?'
'Ja,' zei Bouton gretig. 'Kennedy...'
Brock bracht haar met een nonchalant gebaar tot zwijgen. 'Voordat je begint, Vanessa, wil ik je eraan herinneren dat wat ik zomaar voor de vuist zeg ook als zodanig moet worden opgevat – als terloopse opmerkingen. Dus niet als analyse.'

Bouton keek beteuterd. 'Je hèbt de King Thong-moorden bestudeerd, Miriam. Je bent dus vertrouwd met de zaak.'
'Dat is waar, Vanessa, en ik ben net als jij tot de conclusie gekomen dat er geen seksueel motief voor de moorden was. En seksueel gemotiveerde moord is het enige terrein waarop ik deskundig ben. De rest is pure speculatie.'
'Mevrouw Brock,' zei ik, 'bedoelt u dat u niet over deze zaak hebt nagedacht? Dat u geen theorieën hebt?'
Ze keek me met een blijmoedige glimlach aan. 'Ik zeg niet dat ik geen mening heb, dat ik geen theorieën over van alles en nog wat heb, tot en met de aanleg van dammen in de Stille Oceaan. Maar dat wil nog niet zeggen dat ik de waarheid in pacht heb.'
'Zou u er gemakkelijk over kunnen praten,' vroeg ik, 'als we beloven dat we uw theorieën niet zullen gebruiken wanneer we om een arrestatiebevel voor Kennedy vragen?'
'Dat is de houding waarop ik hoopte,' antwoordde ze, en ze leunde in haar stoel achterover. 'Zo, Vanessa, kom nu maar op.'
Bouton vertelde tot in details over onze rit naar Owl Creek en keek daarbij steeds in haar aantekeningen. Toen ze klaar was, stopte ze haar notitieboekje in haar tas en keek Miriam Brock aan. 'Het maakt de zaak er niet eenvoudiger op dat Robert Kennedy bij de politie werkt, Miriam. Ik bedoel, hoe kan ik nu in alle rust mijn onderzoek doen? Hoe kan ik om zijn dienstroosters vragen, waaruit kan blijken of hij een alibi had, zonder dat hij het zelf te horen krijgt? Ik zeg niet dat ik het niet zal doen, maar we zouden wel graag wat meer willen weten. Vóórdat ik de poppen laat dansen.'
Het viel me op dat ze steeds 'ik' zei, en niet 'wij'. Opvallend, maar eigenlijk niet verrassend.
Miriam Brock draaide in haar stoel opzij en keek ons over haar schouder aan. 'Interessant,' begon ze. 'Erg interessant.' Ze draaide terug, boog zich naar voren en legde haar handen samengevouwen op het bureau. 'Wanneer hebben we voor het laatst over deze zaak gesproken?'
'Drie maanden geleden? Vier? Vijf? Ik zou in mijn aantekeningen moeten kijken.'
'Laat die aantekeningen nou maar.' Brock glimlachte als een toegeeflijke ouder. 'Het doet er niet toe. Waar het om gaat, is dat ik daarna de hele tijd aan die zaak heb gedacht. Al die tijd probeer ik er iets van te

begrijpen. Ik heb nooit veel in de visie van de FBI op die moorden gezien. Daar zaten te veel elementen in die in strijd zijn met mijn eigen onderzoek. De verschillende types slachtoffer, de identieke verminkingspatronen... We hebben dit al uitgebreid besproken. Die moorden lieten me niet meer los. Iets (misschien de geest van Sigmund Freud, als ik die vergelijking mag maken) zei de hele tijd tegen me dat míjn conclusies net zomin aan het patroon voldeden als die van de FBI.
Mijn gedachten gingen uit naar iemand die nooit eerder had gedood, iemand met hebzucht of jaloezie als motief, iemand die plotseling uit zijn veilige leven was gestapt om zeven gruwelijke moorden te begaan. Die persoon (dus die uit mijn theorie) kon geen huurmoordenaar of ander soort beroepsmisdadiger zijn geweest. Een beroeps zou een veel simpeler plan hebben bedacht. En hij kon ook niet impulsief handelen, want uit alle sporen blijkt dat we te maken hebben met een systematisch ingestelde dader, die zijn misdrijven zorgvuldig voorbereidt.'
Ze haalde diep adem en stak een sigaret op. 'Kijk,' zei ze, en ze wuifde even met de sigaret alvorens een diepe trek te nemen. 'Sigaretten doden duizenden keer zoveel mensen als seriemoordenaars, maar niemand siddert van angst bij de gedachte dat een pakje Marlboro amok zou kunnen maken. Volgens de FBI lopen er nooit meer dan honderd seriemoordenaars rond, en toch wordt er het ene na het andere boek over seriemoordenaars geschreven. Ik zou dat misplaatste paranoia willen noemen.
Hoe dan ook, om op King Thong terug te komen: uiteindelijk kwam ik tot de conclusie dat de dader een heteroseksueel is die *vrouwen* doodde voordat de King Thong-moorden begonnen, en die nog steeds vrouwen doodt nu die moorden voorbij zijn. Dat kan een aantal vreemde afwijkingen in deze zaak verklaren: dat er geen sporen van seksueel geweld zijn, dat er geen patroon van escalerend geweld is, dat de slachtoffers ergens werden achtergelaten waar ze vast en zeker gevonden zouden worden. Volgens de theorie die ik nu heb, beleefde de dader er niet veel plezier aan om die zeven mannen te doden. Zijn motief was niet van seksuele aard, maar doordat hij vroeger wèl seksuele moorden had gepleegd, beschikte hij over een ruime ervaring. Robert Kennedy is, zoals jullie me hem beschrijven, een man die door hebzucht en misschien ook door woede wordt gedreven. Zijn achtergronden, zoals uiteengezet door die meneer Shannon, lijken overeen te komen met die van de typische seriemoordenaar, maar wat jullie me

hebben verteld is maar een vage schets. Een váge schets. Bovendien moeten jullie niet vergeten dat veel, veel mensen een verschrikkelijke jeugd hebben gehad zonder dat ze ooit een misdrijf plegen. Als ik jullie was, zou ik omtrent Kennedy geen voorbarige conclusies trekken, maar ik zou wel de volgende stap zetten. Wat die stap ook mag zijn.'

De stilte die op Brocks woorden volgde, was zo diep dat ik in de verleiding kwam te applaudisseren, maar dat deed ik natuurlijk niet.

'Het klopt.' Bouton was degene die de stilte verbrak. 'Niet Kennedy. Ik denk nu niet aan Kennedy. Ik denk aan King Thong. Het profielteam van de FBI was er zeker van dat King Thong een seriemoordenaar was, en daar hadden ze gelijk in. Ik was er zeker van dat King Thong geen seksuele motieven had, en daar had ik ook gelijk in. Wat een slimme rotzak was hij. Is hij. Laten we dat niet vergeten. Laten we dat nóóit vergeten. Slim en doortrapt.'

'Mag ik iets vragen?' zei ik om de loftuitingen te onderbreken.

'Ja.' Brock keek me aan.

'De slachtoffers zijn allemaal in hun hoofd geschoten. Op bijna precies dezelfde plaats.'

'Ja, dat weet ik. Ik heb de sectierapporten gelezen.'

'Hoe heeft hij dat klaargespeeld? Hoe heeft hij ze alle zeven in de juiste positie gekregen? Waarom was er niet één bij die terugvocht? Of zich op zijn minst omdraaide?'

'Dat is een politievraag,' onderbrak Bouton me.

'Nee, Vanessa.' Brock bracht haar studente met een handgebaar tot stilte. 'Ik vroeg me dat ook af. Het is een fascinerende vraag. In het begin dacht ik: daaruit blijkt hoe goed die misdrijven zijn voorbereid. En hoe koelbloedig ze werden gepleegd. Deze specifieke vraag kwam pas later bij me op, maar omdat er geen forensische sporen zijn, geen haren of weefselmonsters of vezels of wat dan ook, kan ik geen duidelijke conclusie trekken. Ik neem aan dat je zelf wel een paar theorieën hebt ontwikkeld, rechercheur.'

'Geen enkele waarover ik tevreden ben.'

'Heb je er wel eens bij stilgestaan dat King Thong twee mensen zou kunnen zijn? Er zijn een hoop voorbeelden van seriemoordenaars die met zijn tweeën zijn.'

'Ja. Maar ik kan me niet voorstellen dat de slachtoffers in een auto stappen waar twee mannen in zitten. Niet nadat die moorden in de openbaarheid waren gekomen.'

'Waarom zouden het twee mannen moeten zijn? Misschien was het een man en een vrouw.'
'Huh?'
'Ken je de geschiedenis van Gerald en Charlene Gallego?' Ze glimlachte en schudde haar hoofd. 'Nee, blijkbaar niet. Nou, Gerald Gallego was een verstokte crimineel die steeds weer met de politie in aanraking kwam. Hij had een ongelooflijk gewelddadige jeugd doorstaan, terwijl Charlene Williams juist een nogal zedige violiste in spe was, afkomstig uit een "goede" familie. Ze ontmoetten elkaar, werden verliefd en trouwden.
Het ging allemaal redelijk goed (al ging Gerald door met zijn criminele activiteiten en mishandelde hij Charlene van tijd tot tijd) tot Gerald op een dag thuiskwam en Charlene met een andere vrouw in bed betrapte. Dat ondermijnde zijn viriliteit. Hij kon het niet meer. Charlene, die zich wel schuldig zal hebben gevoeld, stelde voor hun liefdesspel interessanter te maken door sexslavinnen te ontvoeren. Gerald vond dat een geweldig idee, zolang ze de sexslavinnen maar doodden als ze klaar met ze waren. En dat hebben ze zeven jaar lang gedaan. Charlene lokte de vrouwen in hun busje, waarna Gerald ze met woorden of geweld in bedwang hield, terwijl Charlene naar een afgelegen plek reed. De vrouw werd urenlang seksueel mishandeld en daarna doodgeslagen en achtergelaten.
Het onderzoek werd in het begin, zoals zoveel van die onderzoeken, gehinderd door twee factoren: als de lichamen werden gevonden, verkeerden ze in een verregaande staat van ontbinding, en de moorden werden in verschillende plaatsen gepleegd. Gerald en Charlene werden pas gepakt toen een van hun slachtoffers kans zag te ontsnappen. Zoals je dan kunt verwachten, getuigde Charlene tegen Gerald. Ze deed dat in ruil voor een veroordeling tot levenslang met de mogelijkheid om na negentien jaar voorwaardelijk vrij te komen. Ze beweerde dat Gerald haar dwong hem te helpen de slachtoffers te ontvoeren en dat ze niet aan de seksuele mishandelingen of aan de eigenlijke moorden deelnam. Maar uit de forensische gegevens bleek iets anders. Gerald Gallego, moet ik er nog aan toevoegen, is ter dood veroordeeld.'

24

Je kunt vluchten, maar je kunt je niet verstoppen.
Misschien zou dat oude cliché moeten luiden: 'Je kunt je verstoppen, maar vroeg of laat jagen de muskieten je uit je schuilplaats.' Het had lang, lang geduurd; ik had het zo lang mogelijk kunnen rekken. Maar er waren geen bossen in Miriam Brocks kamer. Geen donkere wouden. Iets in mij schakelde over, liet de koppeling los, drukte het gaspedaal in. Het zou niet zo'n verschrikkelijk gevoel zijn geweest als ik had geweten wie er achter het stuur zat.
'Gefeliciteerd, inspecteur,' zei ik tegen Bouton. 'Het ziet ernaar uit dat je een verdachte hebt. Eentje die aan alles voldoet.'
Ze keek me eerst verbaasd en toen tevreden aan. 'Heb ik iets gemist? Een paar minuten geleden was je nogal sceptisch.'
'Dat was onwetendheid. Een man en een vrouw samen? Het zal wel komen doordat ik zo macho ben, maar ik ben geen moment op dat idee gekomen.'
'Nou, ik eerlijk gezegd ook niet.' Bouton knikte voldaan. 'Ik weet trouwens nog niet of ik het wel kan geloven, ondanks dat verhaal over Charlene Gallego. Er kunnen andere factoren in het spel zijn...'
'Andere factoren zeggen een smeris niks,' onderbrak ik haar. 'Luister, toen ik nog op straat werkte, had ik een stuk of zes mannelijke prostitués die me tips gaven. Niet allemaal tegelijk, maar over een periode van jaren. Een paar van die jongens leerde ik vrij goed kennen. Nou moet je begrijpen dat het bijna allemaal jonge jongens van buiten de stad waren, afkomstig uit een gebroken gezin, en ik speelde zo goed mogelijk de vaderfiguur. "Vertel me alles, jongen. Ik ben er om te luisteren." En nou moet je nog wat anders begrijpen: de meeste van die jongens waren schijtens benauwd. Ze waren niet alleen op onbekend terrein, maar de klanten deden afschuwelijke dingen met ze, om nog maar te zwijgen over de pooiers en de rest van de straathaaien. Dus hoe groot is de kans, met al die publiciteit over die moorden, dat

die jongens in een auto met twee mannen stappen? Zoals ik je al eerder zei, vroeg ik me op het zien van de sectiefoto's meteen af hoe de dader zijn slachtoffers onder controle had gehouden. Ik heb van alles geprobeerd te bedenken en de enige reële mogelijkheid is dat er twee daders waren, een om het slachtoffer af te leiden en een om hem te doden. Maar twee daders, zeker twee mannen, zouden de slachtoffers nog schichtiger hebben gemaakt. Op een gegeven moment zou er iemand hebben teruggevochten. Een man en een vrouw daarentegen...'
'Rechercheur?' Brocks stem klonk bijna geamuseerd. 'Gebeurt dat?'
'Gebeurt wat?' Wat mij betrof, was Brock al verleden tijd.
'Dat een paar een mannelijke prostitué inhuurt?'
'Professor, in New York gebeurt alles. In New York zijn er mannen in limousines met chauffeur die zich laten pijpen door prostituées van middelbare leeftijd met ziekten onder de leden. Koop maar eens een *Village Voice* en kijk bij de persoonlijke annonces. Als er geen advertentie bij staat van een "bi blanke man" of een "bi zwarte man" of een "bi paar" op zoek naar een echtpaar, trakteer ik u op een etentje.'
'Gebeurt het op straat, Means?' vroeg Bouton. 'Biseksuele contacten?'
Ik haalde diep adem. Nu ik bloed had geroken, kostte het me veel moeite om in die kamer te blijven zitten. 'Niet vaak, inspecteur, en niet met iedereen, maar als het gebeurde, hadden de jongens het er nog weken over. Ik bedoel, voor zover ik kon nagaan, dachten de meeste van die jongens dat ze hetero waren. Ze deden dat werk om ervan te kunnen leven; ze hadden geen andere keus dan hun reet te verkopen, dachten ze. Ze zeiden altijd tegen mij: "Ik doe niks. Ik laat ze hun gang gaan, maar ik doe niks terug." Ik wist dat het in de meeste gevallen onzin was – en er waren uitzonderingen, zoals John-John Kennedy – maar het was precies het soort onzin waardoor een ervaren prostitué in een busje met een man en een vrouw zou stappen. En dan is er nog iets. Volgens de forensische rapporten gebruikte King Thong waarschijnlijk een .22 met lage snelheid en holle punt om zijn slachtoffers te doden. Een groot wapen, een .45 of een 9mm, zou veel effectiever zijn geweest, vooral wanneer het slachtoffer zich zou verzetten. Ik dacht, net als ieder ander, dat onze moordenaar een klein wapen gebruikte omdat het minder lawaai maakt, maar er is een tweede mogelijkheid. Misschien moest hij er zeker van zijn dat de kogel die hij in het achterhoofd van het slachtoffer schoot niet dwars door het hoofd heen ging en zijn vrouw trof, die onder het slachtoffer lag. Inspecteur,

vertel me eens iets. De patholoog-anatoom kon geen sporen van seksuele aanranding door een man vinden. Geen sperma, geen anale penetratie, geen mannelijke schaamharen. Maar heeft iemand ook naar vaginale secreties gezocht, of naar vrouwelijke schaamharen?'
'Als ze dat deden, staat er niets over in de rapporten.'
'Dacht ik het niet?' Ik stond op. 'Ik geloof dat het tijd wordt om in actie te komen, inspecteur. Tijd om aan het werk te gaan. Professor, het was erg leerzaam. En dat is nog zacht uitgedrukt.'
Brock gaf me een hand en wendde zich tot Vanessa Bouton. 'Allemachtig, Vanessa, hij is precies zoals jij zei.'
Bouton wierp me een schuldbewuste blik toe, maar ik reageerde niet. Met zijn drieën hadden we een scenario ontdekt dat aan alle bekende feiten voldeed, en ook een verdachte die in dat scenario paste. Dat wilde nog niet zeggen dat Kennedy schuldig was. En wat mijn opgewonden ideeën betrof, was het heel goed mogelijk dat de wens de vader van de gedachte was. Maar het was wel genoeg om mij blind te maken voor Boutons spelletjes.
Zoals ik het zag, had ik met drie problemen te maken. Ten eerste moesten wij, Bouton en ik, een manier vinden om het onderzoek voort te zetten zonder de speciale eenheid te alarmeren. Commissaris Bowman mocht dan bereid zijn Bouton op een hopeloze onderneming uit te sturen, maar als de onderneming niet meer zo hopeloos bleek te zijn, zouden Bowman en zijn eenheid staan te trappelen om het meteen van haar over te nemen.
Ten tweede moesten we onderzoek naar Robert Kennedy doen zonder hèm te alarmeren. Sheriff Pousson zou, als we hem een beetje onder druk zetten, ons misschien wel een blik in Kennedy's werkrooster gunnen, ook als we geen gerechtelijk bevel konden tonen. Maar Kennedy zou er bijna zeker achter komen. Hij zou erachter komen en zoals het een seriemoordenaar betaamde, zou hij alle trofeeën vernietigen die hij in de loop van de jaren had verzameld.
Mijn laatste probleem was Vanessa Bouton, *inspecteur* Vanessa Bouton. Als ze zich strikt aan de regels hield, waren de problemen één en twee helemaal geen problemen. Dan zou zowel de speciale eenheid als Robert Kennedy het weten. De speciale eenheid zou het onderzoek overnemen en Kennedy zou de kans krijgen om iets aan dat busje te doen voordat wij beslag konden leggen.
Ik keek toe terwijl Bouton en haar professor het ritueel afwerkten: dat

ze het contact zouden aanhouden, dat ze vaker zouden bellen, dat ze samen zouden lunchen. Intussen dacht ik na over een vierde probleem. Ik had de hele tijd (niet zonder goede reden) de rol van verklikker gespeeld. Als ik nu informatie achterhield, zou ik waarschijnlijk de rest van mijn leven in zo'n hokje voor een ambassadegebouw moeten zitten. Vooral wanneer bleek dat Kennedy inderdaad King Thong was. De korpsleiding zou Bouton promotie moeten geven; ze zou op zijn minst hoofdinspecteur worden. Maar rechercheur Means? Iemand zou ervoor moeten boeten dat commissaris Bowman in zijn hemd werd gezet, en de enige iemand die ik kon bedenken was ik.

We gingen naar buiten en liepen Amsterdam Avenue in zonder veel tegen elkaar te zeggen, maar toen konden we ons niet meer inhouden.

'Inspecteur, ik...'

'Means, ik...'

We bleven grijnzend staan en schoten allebei in de lach.

'Laten we ergens gaan lunchen, Means.'

'Lunchen, ja.'

'En een actieplan uitwerken.'

'Actie, ja. Nou en of.'

'Weet jij restaurants hier aan Amsterdam Avenue? Ik ben hier in geen jaren geweest en ik heb geen zin om over de campus naar Broadway te lopen. Als je al die jonge studentjes ziet, voel je je net een overblijfsel uit vroeger tijden.'

'Dit is niet mijn territorium, inspecteur. Een beetje meer naar het centrum zou ik het wel weten.'

Het was net twaalf uur geweest en op straat wemelde het van de Columbia-studenten. Ik hield er een aan, een jongen, en vroeg hem of hij een fatsoenlijk restaurant wist.

'Wat is fatsoenlijk?' vroeg hij, en hij keek van Bouton naar mij en van mij naar Bouton.

'Alles wat met wederzijdse instemming tussen volwassenen geschiedt en waarbij geen geld wordt uitgewisseld.'

'Pardon?'

'Zullen we zeggen: binnen zes blokken en met een drankvergunning?'

Hij gaf me de naam van een Italiaans restaurant, *Stella Mare*, bij 111th Street, en tien minuten later zaten we oncomfortabel op wiebelende stoelen in wat je niet meer dan een buurtcafetaria kon noemen. Tot mijn genoegen zag ik dat ze geen geitekaaspizza met broccoli op het menu hadden staan. Ik bestelde een biertje en garnalen *fra diavolo*. Bouton koos voor linguine met witte mosselsaus, extra knoflook en een cola light.

'Wat denk je, Means?' Bouton liet er geen gras over groeien. Ze wreef letterlijk in haar handen.

'Ik denk dat we een serieuze verdachte hebben. Sterker nog, ik denk dat we twee serieuze verdachten hebben. En ik wil dat je niet vergeet wie je op Kennedy attent heeft gemaakt. Voor het geval dat we geluk hebben en die verdachten de daders blijken te zijn.'

'Maak je geen zorgen, Means. Ook als Kennedy het niet blijkt te zijn, zal ik onthouden wie me op hem attent heeft gemaakt.'

'Je speelt het eerlijk, inspecteur. Maar je speelt het niet leuk.'

En ik ook niet. Ik wilde haar in een goede stemming brengen voordat ik zei waar het op stond, en aan haar brede glimlach te zien zou ik geen betere kans krijgen dan deze. Ik wachtte tot ze had gezegd: 'Het is maar goed dat ik jou als voorbeeld heb,' en greep mijn kans.

'Je moet een paar besluiten nemen, inspecteur. Ik bedoel, nu meteen. Als je het verkeerde besluit neemt, of helemaal geen besluit, glipt de zaak je uit handen.'

Haar glimlach verdween, maar maakte geen plaats voor ergernis of woede. Eerder nieuwsgierigheid.

'Vertel het maar, Means.'

'Eerst dit. Hoe krijgen we toegang tot VICAP? Kun je dat vanuit elke computer doen?'

Ze fronste haar voorhoofd. 'Waarom zouden we contact opnemen met VICAP?'

'Inspecteur, als King Thong, zoals Brock vermoedt, vrouwen aan het vermoorden is, en als King Thong, zoals ik vermoed, het echtpaar Kennedy blijkt te zijn, moeten we daar in die leuke kleine computer van VICAP iets over kunnen vinden.'

'Eigenlijk is hij niet zo klein. Hij is verbonden met een van de grootste mainframes in het land.' Ze knikte terwijl ze sprak en dacht na. 'Waar zou je naar willen zoeken? En wáár zou je willen zoeken?'

'Als Kennedy normale diensten bij de politie draait, werkt hij vijf dagen, vijf avonden en vijf nachten en heeft hij daarna zes dagen vrij. Dat levert hem een hoop tijd op om ergens heen te gaan. Ik zou zeggen: Maine, Vermont, New Hampshire, Massachusetts, Connecticut en New York.'

'Je vergeet Rhode Island.'
'Iedereéén vergeet Rhode Island. Dat hoort bij onze cultuur. Nou, je vroeg waar we naar zouden zoeken. Dat hangt ervan af hoe de computer werkt. En dat is niet mijn afdeling. Het zou ideaal zijn als we de computer naar onopgeloste moorden konden vragen waarbij sporen van een vrouwelijke dader gevonden zijn. Kan dat niet, dan moeten we de vraagstelling ruimer maken. Dan moeten we vragen naar tekenen dat er een seriemoordenaar aan het werk is in Kennedy's territorium.'

Bouton nam een slokje van haar cola en leunde achterover, omdat de ober onze bestelling kwam brengen.

'Mosselen voor mevrouw,' zei hij, en zette een bord voor Bouton neer. 'En garnalen voor meneer.'

Ik keek hem even na en stak toen een garnaal in mijn mond. 'Nogal flauw van smaak,' zei ik. 'Zoals gewoonlijk.'

'Niet genoeg knoflook,' merkte Bouton op. 'Zoals gewoonlijk.'

'Nou, hoe komen we in contact met VICAP?'

Toen ik die vraag stelde, zat ze net op een mondvol linguine te kauwen. En dat was niet zo erg, want nu had ze een minuut de tijd om zich af te vragen waar het mij werkelijk om begonnen was.

'Ik neem aan,' zei ze, 'dat je het niet via de speciale eenheid wilt spelen.'

'Dat klopt.'

'Waarom niet?'

Ik legde mijn vork neer. 'Je weet wat arrestaties pikken is?' Ik zweeg even, kreeg geen antwoord en ging verder: 'Arrestaties pikken is een van de oudste en minst bekende tradities in het korps. Brigadiers pikken arrestaties van agenten; inspecteurs pikken arrestaties van brigadiers; hoofdinspecteurs...'

'Ik snap het.' Nu at Bouton niet langer. Ze zat kaarsrecht en hield haar vork als een dirigeerstokje.

'We werken aan de grootste zaak in New York sinds de Zoon van Sam,' zei ik. Ik wilde het haar zo goed mogelijk inpeperen. 'Dacht je nou echt dat commissaris Bowman, die minstens zo ambitieus is als jij, rustig op zijn stoel blijft zitten terwijl jij King Thong arresteert? Dacht je dat nou echt?'

'Nee.' Ze spuwde het woord uit.

'Hoe vaak heeft hij je in de zeik gezet, inspecteur? Hoe vaak heeft hij

je in de zeik gezet terwijl je collega's erbij waren? Hoe vaak heeft hij je in de zeik gezet alleen omdat je een vrouw bent?' Ik zweeg, maar ze zei niets, al keek ze me fel aan. 'Zoals ik al zei, je moet een besluit nemen, en wel nu meteen. Het kan mij, geloof ik, niet eens zoveel schelen. Niet dat ik het idee om een meervoudige moordenaar op te jagen niet aantrekkelijk vind, want dat vind ik het heus wel. Ik ben een jager; zo simpel ligt dat. Maar aan de andere kant heb ik precies gedaan wat ik van jou moest doen om bij Ballistiek weg te komen. Als Bowman het overneemt en jou van het onderzoek afhaalt, wordt het tijd dat je je belofte inlost en mij naar Zedendelicten terug laat sturen.'
Bouton glimlachte en nam een slokje van haar cola. 'Jij hebt veel overredingskracht, Means. Je had advocaat moeten worden. Maar je vergeet één ding. De papierwinkel. Het indienen van een vals rapport is een ernstige schending van de korpsprocedures. Om van de strafrechtelijke gevolgen nog maar te zwijgen.'
Haar woorden verrasten me. Volgens Pucinski hoefde ze geen rapporten in te dienen zolang het onderzoek nog liep. Niet dat ik dat naar voren kon brengen.
'Hoor eens, inspecteur, vandaag is het vrijdag. Niemand zal er iets van zeggen als je pas, laten we zeggen, aanstaande woensdag een rapport indient. Intussen ga ik met brigadier Pucinski smoezen. Ik zeg tegen hem dat jij gefixeerd bent op een of andere smeris buiten de stad, een zekere Kennedy, omdat Kennedy's vader geld heeft. Wil je horen hoe dat gaat?'
'Ja, dat wil ik.'
'Ze is knetter, Pooch. Ze denkt dat de een of andere politieagent, een echte hillbilly, zeven mannen heeft vermoord en verminkt omdat hij zijn erfenis niet met zijn broer wilde delen. En ik, ik moet erbij zitten en serieus knikken alsof ik met een echte diender te maken heb in plaats van een ambitieuze kantoortrut. Pooch, neem dit van mij aan: als ik nog meer van die onzin te horen krijg, ga ik zelf ook eens een paar mensen vermoorden. En dan begin ik met dat waardeloze kreng.'
Ze huiverde bij het laatste woord en boog zich weer naar voren. 'Dat klinkt erg overtuigend. Oefen je daarop? Of kun je het van nature?'
'Wil je die vijf dagen of niet, inspecteur?'
'O, ik wil ze wel, Means. Zeker als ik er geen prijs voor hoef te betalen. Maar wat gebeurt er dan? Waar halen we de rechterlijke machti-

gingen vandaan? De huiszoekingsbevelen? De mensen om de verdachten te volgen?'

Ik gaf niet meteen antwoord. Niet omdat ik geen antwoorden had. Die had ik wel, maar dat waren geen antwoorden waar zij tegen bestand was. Nog niet.

'Daar zit wat in, inspecteur. Daar zit heel wat in. En op dit moment zou ik ook niet weten hoe we om de speciale eenheid heen kunnen. Niet als we de poppen echt aan het dansen hebben. Maar als we veel aantekeningen maken en een geschikte ghostwriter vinden, zijn wij misschien de eersten die met een boek komen. *King Thong is onder ons*. Door commissaris Vanessa Bouton en inspecteur Roland Means.'

25

VICAP. Op de een of andere manier had ik me, ondanks al het cynisme dat ik aan de dag legde, voorgesteld dat Vanessa meteen op een toetsenbord zou gaan hameren. Ik had me voorgesteld dat ze direct in de ingewanden van VICAP zou graaien om daar de informatie uit te halen die we nodig hadden om Kennedy en eega met de moorden in verband te brengen. Ik had beter moeten weten.

De dossiers van VICAP waren alleen toegankelijk voor FBI-personeel. Als wij doodgewone, lullige rechercheurtjes gebruik wilden maken van VICAP, moesten we een formulier van veertien pagina's invullen en daarna drie weken wachten. En zelfs dat zou ons niets opleveren. We zochten naar onopgeloste moorden in het noordoosten van het land waar een vrouw bij betrokken was. Op het officiële VICAP-formulier moest je een specifiek misdrijf invullen. Je kon dus niet zomaar wat gaan zoeken.

Maar zoals overal geldt ook bij de politie: het gaat niet om je kennis, maar om je kennissen. En het bleek dat Bouton nauw had samengewerkt met een FBI-agent, Timothy Donovan, de officiële verbindingsman tussen VICAP en de speciale eenheid. Vooral hun telefoongesprekken, vertelde Bouton me terwijl we naar mijn appartement in Long Island City reden, waren erg levendig geweest.

'Weet je, Donovan is niet achterlijk,' legde ze uit. 'Hij weet dat de moorden niet te verklaren zijn met de gebruikelijke theorieën, maar hij gelooft ook niet in mijn verklaringen. Hij denkt dat hij iets heel nieuws op het spoor is, een intellectueel die veel in de bibliotheek heeft gezeten. Iemand die slim genoeg is om een serie moorden te plegen en dan in een ander deel van het land op een andere manier te werk te gaan. Donovan denkt dat Thong in een condoom masturbeerde om ons op het verkeerde spoor te zetten.'

'Dat is allemaal goed en wel, inspecteur, maar wat hebben wij daaraan?'

'Wat wij daaraan hebben, is dat Donovan ons verzoek door de computer zal halen zonder veel vragen te stellen. Het enige dat we nodig hebben is een faxapparaat om de gegevens te ontvangen.'
Het faxapparaat was geen probleem. Bijna elke drukkerij in de stad heeft een fax. Voor een bepaald tarief versturen en ontvangen ze informatie. De drukker die we op Vernon Boulevard vonden, vier straten van mijn appartement, wilde ons wel bellen als er iets binnenkwam. Het briefje van tien dat ik de baliebediende toestopte, zou ervoor zorgen dat hij het niet vergat.
Eenmaal bij mij thuis, verspilde Bouton geen tijd. Ze had de telefoon al te pakken voordat ik de deur goed en wel had dichtgedaan. Ze sprak met een autoritaire stem tegen de telefoniste van het FBI-hoofdkwartier, maar toen ze Tim Donovan aan de lijn had, veranderde ze abrupt van toon. Met een lage, diepe stem, zo nu en dan onderbroken door een grinniklachje, paaide en vleide ze hem tot aan het eind, toen ze hem moest vragen het verzoek buiten de papieren te houden. Op dat moment sprak ze verontschuldigend, een beetje verlegen, als een klein meisje dat wordt betrapt wanneer ze in de badkamer van de jongens gluurt.
'Goed zo, inspecteur,' zei ik toen ze had opgehangen. 'Erg indrukwekkend. Als ik dat kon, zou ik nu burgemeester zijn.' Ze fronste haar wenkbrauwen en haalde haar schouders op. 'We leven in een wereld van kontlikkers,' gaf ze toe. 'Wat moet je anders?'
'Vooruitkomen door achterom te gaan?'
Ik vond het nogal een grappige woordspeling, maar zij kon er niet om lachen.
'We hebben wat tijd over. Minstens drie of vier uur. Als we in die tijd eens wat administratie deden?'
'Nou, ik heb een ander idee. Terwijl we op de FBI wachten, neem ik contact op met de politie van Albany. Weet je nog dat Kennedy zo klaagde over de gruwelen in de stad? Dat hij ons wilde laten geloven dat hij bij de politie van Albany wegging omdat hij te fijngevoelig was om in de grote stad te kunnen functioneren? Met een beetje geluk en veel smeekbeden lukt het me misschien om erachter te komen waarom hij werkelijk wegging.'
Met die smeekbeden moest ik bijna meteen beginnen toen ik iemand aan de lijn had. Eerst smeekte ik de informatiedienst van Albany om het telefoonnummer van het politiekorps van Albany, afdeling perso-

neelszaken. Toen hoorde ik de telefoon dertig of veertig keer overgaan, voordat een burgermedewerker me vertelde dat alle verzoeken om informatie over 'leden van het korps' schriftelijk moesten worden ingediend. Pas toen ik brigadier DiMateo, politieman en chef van een eenheid, aan de lijn had, leverde de term 'seriemoorden' resultaten op. 'We hebben het over zeven moorden, brigadier. En we zijn er zeker van dat de moordenaar nog actief is. We hebben gewoon geen tijd voor al die formaliteiten.'

Die laatste smeekbede leverde me de belofte op dat hij me zou terugbellen. Ik hing op, leunde achterover in mijn stoel en rekte me uit.

'Weet je, inspecteur, we hebben iets te bespreken. Omdat we toch niks beters te doen hebben.'

'Fase twee van de corrumpering van Vanessa Bouton? Is dat het?'

Ik kwam in de verleiding een grapje te maken, maar ik keek haar aan en deed het niet. Ze was niet kwaad, eerder bedroefd en verbaasd. Zo zou het niet moeten gaan. Ik kreeg bijna medelijden met haar. Bijna.

'Ik wil je alleen maar vertellen hoe het zit,' zei ik. 'Daarom heb je in eerste instantie om mij gevraagd. Speciaal om mij. Ik zal me niet beledigd voelen als je mijn raad niet opvolgt. Sterker nog: als je het niet wilt horen, hou ik gewoon mijn mond.'

Ze maakte een ongeduldig gebaar. 'Die preek heb je al gehouden, Means. Je moet niet in herhalingen vervallen. De vraag waar het om gaat, is wat er nu komt. Vooropgesteld dat VICAP over de brug komt.'

'Vertel me eens, inspecteur,' zei ik om haar van haar heel begrijpelijke zorgen af te leiden. 'Bewaren seriemoordenaars trofeeën? Trofeeën die als bewijs tegen hen kunnen worden gebruikt?'

'Vaak wel. Maar ze doen het niet allemaal. Dat is een deel van de pret: dat je de moorden als het ware opnieuw kunt beleven. Dat heeft te maken met die obsessieve fantasiewereld die ze hebben. De trofeeën maken de fantasieën... meer bevredigend.'

'Als ik het me goed herinner, ontbraken er stukjes van de slachtoffers, zoals oogleden en tepels, en ook de kledingstukken en de dingen die ze bij zich hadden. Hoe groot is de kans dat hij daar iets van heeft gehouden? Misschien heeft hij die dingen wel boven zijn bed hangen.'

'Ter zake, Means.'

De uitdrukking op Boutons gezicht was van geërgerd naar kwaad overgegaan. Haar lippen waren op elkaar geperst en haar neusgaten waren verwijd.

'Weet je nog, dat busje? Dat bij het huis geparkeerd stond?' Ik wachtte tot ze me voorzichtig toeknikte. 'Het zou niet gek zijn als onze technische jongens daar eens een kijkje in konden nemen. Misschien heeft Kennedy iets over het hoofd gezien bij het schoonmaken.'
'Means, als je me niet gauw iets vertelt wat ik nog niet weet, plak ik je mond dicht.'
'Een paar uur geleden zei je nog dat je hier plezier aan beleeft en nu vind je het allemaal maar niks. Ik moet weten met welke inspecteur Bouton ik te maken heb.'
'Hoe kan het nou leuk zijn als je je collega niet kunt vertrouwen?' Ze gaf me even de tijd om daarover na te denken en ging toen verder. 'Jij wilt daar naar binnen, hè? Jij wilt inbreken in Kennedy's huis.'
'Dat zou geen probleem zijn, inspecteur.' Nu was het mijn beurt om me te ergeren. Het zat me dwars dat ze me zo gemakkelijk kon doorzien.
'Nee? Kun jij garanderen dat je in een huis aan het eind van een lange zandweg kunt inbreken zonder het risico te lopen betrapt te worden? Want als je wordt betrapt, is de zaak voorgoed verknald.'
'Wat dacht je dat ik ging doen, met de Buick tot aan de voordeur rijden? Met mijn politieparkeervergunning achter de voorruit?'
Ik had die sarcastische uitval niet kunnen inhouden en verwachtte nu een scherpe reactie. In plaats daarvan keek ze me strak aan en mompelde: 'Ga verder, Means.'
'Je weet wat topografische kaarten zijn?'
'Nee.'
'Topografische kaarten, ook wel stafkaarten genoemd, kun je kopen bij iedere goede kampeerwinkel. Er staan niet alleen wegen en zo op, maar ook hoogtelijnen. We hebben vroeger allemaal geleerd dat een rechte lijn de kortste afstand tussen twee punten is, maar als die lijn toevallig over een berg leidt, kom je verrekte laat op het feest. Dus als je in een bos bent, moet je het terrein kennen, en dan heb je veel aan stafkaarten. Er staat van alles op, oude houthakkerswegen, wandelroutes, beekjes, meren, moerassen, rivieren, verlaten spoordijkjes. En natuurlijk ook de gewone verharde wegen.
Door de Adirondacks lopen een heleboel paden en routes voor wandelaars. Die paden kan ik gebruiken om Kennedy's huis tot op een afstand van een kilometer of drie te naderen en daarna ga ik dan dwars door het bos naar een punt vanwaar ik het huis in de gaten kan houden

zonder zelf gezien te worden. Als er op een gegeven moment niemand thuis is, is het een fluitje van een cent. Als ik klaar ben, ga ik terug zoals ik gekomen ben.'

Bouton leunde in haar stoel achterover. Ze maakte haar tasje open en haalde een rolletje Tums te voorschijn. Ze stopte er eentje in haar mond en deed het rolletje weer in de tas.

'En die honden?' vroeg ze. 'Ga je die met traangas bespuiten?'

'Traangas werkt niet goed bij honden, inspecteur, want ze hebben geen traanklieren. Er is een spray die Punch II heet. Die is gemaakt van chilipepers en houdt zelfs de agressiefste, best afgerichte honden tegen. Na drie kwartier is het uitgewerkt. Er zijn geen bijwerkingen.'

Bouton stond op en keerde me haar rug toe. Ze liep naar een raam en keek een ogenblik naar de straat. Toen draaide ze zich opeens naar me om.

'Jij probeert mij de hele tijd een stap voor te blijven,' zei ze. 'Alsof ik een vervelende tante ben van wie je een koekje wilt aftroggelen. Volgens mij schrijf jij het allemaal aan de gezagsverhoudingen toe. Nooit een hogere officier vertrouwen, hè? Maar weet je wat het is? Jij vertrouwt helemaal niemand en dat is je hele leven al zo. Nou, je hoeft nu geen uitzondering te maken, want als je mij niet over de fasen drie, vier en vijf vertelt, verlies ik je niet meer uit het oog. Om te beginnen kun je me vertellen wat je gaat doen als je bewijsmateriaal in dat huis vindt.'

'Als we bewijsmateriaal vinden,' zei ik in een poging tijd te winnen terwijl ik nadacht over een plan, 'weten we zeker dat Kennedy en zijn vrouw schuldig zijn. Zoals het er nu voorstaat, zou het weken kunnen duren voor we machtigingen en dagvaardingen hebben…'

'Hou op met dat geëmmer. Wat ga je dan doen?'

Ik keek even in haar ronde, donkere ogen en toen wist ik het opeens.

'Eén ding dat ik kan doen, inspecteur,' zei ik, terwijl ik mijn ogen neersloeg, 'vooropgesteld dat ik die trofeeën vind, is dat ik een of twee daarvan ergens in het huis verstop. Bijvoorbeeld in een koffer achter in de kast. Dan zijn ze er nog op de dag dat we met alle papieren naar het huis komen.'

'Je neemt niets mee?'

'Alles wat ik meeneem, kan niet op het proces worden gebruikt. Dus heeft het geen zin. De volgende stap, vooropgesteld dat ik bewijsmateriaal vind, is dat ik sheriff Pousson thuis bel en hem om zijn medewerking vraag. Kennedy's dienstrooster levert hem misschien een waterdicht alibi op, maar als dat niet zo is, hebben we genoeg aanwijzingen om de machtigingen te kunnen krijgen die we nodig hebben om het huis te doorzoeken en beslag te leggen op het busje.'

Bouton liep naar het bureau terug, fronste haar wenkbrauwen en schudde haar hoofd. 'Ik kan niet zeggen dat ik je vertrouw, Means. Hoe kun je iemand vertrouwen die zijn hele leven een eenling is geweest? Maar ik verdom het om met jou dat bos in te gaan. Ik ben doodsbenauwd voor die grote, donkere bossen.' Ze liet zich in een stoel zakken en deed haar ogen even dicht. Toen ze haar ogen weer opendeed, nam ze me scherp op. 'We lopen nu op de zaken vooruit. We hoeven nog geen beslissing te nemen.'

'Dat klopt, inspecteur. We hebben nog niets van VICAP gehoord. Of van de politie van Albany. Zullen we met het nemen van de definitieve beslissingen wachten tot het daar echt tijd voor is?'

Het geval wilde dat zowel VICAP als de politie van Albany ons wel een glimp liet opvangen van heel interessante dingen, maar ons niets concreets te bieden had. DiMateo belde als eerste terug, zoals hij had beloofd. Dat was even na halfvijf. Kennedy, zei DiMateo, was uit eigen beweging bij de politie van Albany weggegaan, zoals hij zelf beweerde. Hij was nooit beschuldigd van schending van regels of voorschriften, maar in zijn dossier stond wel dat een aantal vrouwen hem had beschuldigd van wat DiMateo 'afgedwongen seksuele activiteiten' noemde. Jammer genoeg waren dat actieve prostituées met een lang strafblad geweest en hadden ze geen officiële klacht willen indienen. Daarom was het bij informele beschuldigingen gebleven en had Kennedy er nooit meer van ondervonden dan een onofficiële reprimande van zijn chef.

Terwijl DiMateo en ik daarover spraken, wisten we allebei heel goed dat veel agenten van Zedendelicten bereid waren in ruil voor seksuele gunsten van een arrestatie af te zien. Natuurlijk was dat een kwalijke zaak, maar omdat het zo veel voorkwam, kon je er niet meteen uit afleiden dat Kennedy een seriemoordenaar was.

'Als je verder wilt gaan, collega,' zei DiMateo aan het eind van ons gesprek, 'stel ik voor dat je contact opneemt met Kennedy's vroegere chef, inspecteur Forey. Die is met pensioen, maar we hebben zijn telefoonnummer nog. Je kunt het van me krijgen, zo lang je hem maar niet vertelt van wie je het hebt.'

Nadat ik dat had beloofd, hing ik op en draaide het nummer van inspecteur Forey. Hij nam bijna meteen op, luisterde een ogenblik argwanend en reageerde zodra hij het woord 'seriemoorden' hoorde.
'Robert Kennedy,' zei hij met een stem waar de whisky duidelijk in doorklonk, 'was een klootzak van het zuiverste water. Zo'n smeris die ieder probleem te lijf gaat door erop los te meppen. Ik wist wel dat hij vroeg of laat in grote problemen zou komen.'
'Ik wil u niet teleurstellen, inspecteur,' zei ik, 'maar we bevinden ons nog maar in het eerste stadium van ons onderzoek. Op dit moment zijn we eerder bezig Kennedy als mogelijke dader te elimineren dan hem te veroordelen.'
Hij begon zich meteen op te winden. Hij haalde diep adem en schreeuwde praktisch uit: 'Elimineren, ja! Hem elimineren! Dan zou de wereld van die ellendeling verlost zijn.'
'Is het zo erg?'
'Nog erger! De jongens noemden hem altijd Robert Rampetamp Kennedy. Hij had zijn pik nog eerder uit de broek dan die verrekte progressievelingen uit Massachusetts waar hij naar genoemd is.'
'Weet u, inspecteur, zo te horen had hij een opperbest leven daar in Albany. Waarom is hij weggegaan?'
'Nou, op een avond ging onze vriend een beetje te ver en sloeg hij een van zijn concubines het ziekenhuis in. Ze had al besloten een officiële klacht in te dienen, maar hij zag kans om daar ook onderuit te komen.'
'Hoe?'
'Hij is met het kreng getrouwd. Trouwde met haar en ging met haar de wildernis in. Zo deed hij dat.'
'Weet u haar naam nog, inspecteur? Die vrouw met wie hij trouwde? Ik zou graag willen weten of hij nog steeds met haar getrouwd is.'
'Zeker, rechercheur. Ik ben uren bezig geweest die verrekte hoer over te halen een officiële klacht te ondertekenen. Ik maar slijmen en complimentjes maken. Het kreng! Ik vergeet haar mijn hele leven niet. Ze heette Rebecca Knott.'
'Had ze een strafblad?'
'Nee, ze was nooit veroordeeld. Al was ze wel eens opgepakt wegens prostitutie. Het grootste deel van haar leven ging ze de gekkenhuizen in en uit. Werd voor het eerst opgenomen toen ze acht was.'

Om vijf uur belde VICAP, zoals was beloofd. FBI-agent Donovan vertelde dat hij iets interessants had ontdekt en dat hij de gegevens op datzelfde moment doorfaxte. Bouton had nog maar amper opgehangen of ze stuurde me al naar de drukkerij. Daar trof ik niet alleen een forse rekening aan, maar ook twaalf pagina's met gegevens, alsmede een briefje waarin Donovan ons aanraadde eerst de bovenste drie pagina's te bekijken. Ik kwam in de verleiding alles ter plekke door te nemen, maar kon me beheersen. Ik nam de papieren mee naar huis en liet ze voor Bouton op tafel vallen, als een hondje dat de krant heeft gehaald. Bouton nam alles met een ernstig gezicht in ontvangst en gaf elke pagina aan me door zodra ze hem gelezen had.

De twee moorden die op de eerste drie pagina's werden beschreven, betroffen vrouwen wier lichamen honderdvijftig kilometer van elkaar in uitgestrekte bossen waren gevonden. De doodsoorzaak was in beide gevallen zware mishandeling geweest; in hun hele lichaam waren botten gebroken. Wat voor ons vooral van belang was, waren bijtsporen die op ieder lichaam waren aangetroffen, beten in de onderbuik, de billen en de dijen. Forensische specialisten van de FBI in Quantico waren na zorgvuldige analyse tot de conclusie gekomen dat het beten van een vrouw waren, dus niet van een kleine man.

De rest van Donovans rapport ging over twaalf moorden met vergelijkbare aspecten. Alle slachtoffers waren vrouwen van tussen de twintig en de dertig. Ze waren allemaal diep in het bos gevonden, binnen honderdvijftig kilometer van Owl Creek, en ze hadden allemaal veel botbreuken. De lichamen hadden in zo'n verregaande staat van ontbinding verkeerd dat de zachte weefsels niet meer geanalyseerd konden worden. Hoewel de verschillende deskundigen hadden verklaard dat de mishandelingen ernstig genoeg waren om de doodsoorzaak te kunnen zijn, kon niet worden uitgesloten dat er messen, vuurwapens of zelfs vergiften in het spel waren geweest.

Negen van de slachtoffers waren geïdentificeerd. Van hen was er maar één met de politie in aanraking geweest, en dan nog alleen wegens bezit van marihuana, zes jaar voor haar dood. In maar liefst zes van die negen gevallen (waaronder de twee slachtoffers met bijtsporen) was de kapotte auto van het slachtoffer kort na de vermissing ergens aangetroffen.

De man van slachtoffer nummer acht was van de moord beschuldigd en daar ook voor veroordeeld. Dat gebeurde in de staat New York. Een hogere rechter had de veroordeling op formele gronden vernietigd

(een getuige-deskundige van de verdediging was niet in de gelegenheid gesteld een verklaring af te leggen), en het openbaar ministerie had van een nieuw proces afgezien omdat intussen het lichaam was gevonden en er verband was gelegd met de andere moorden.
'Stel je eens voor, inspecteur,' zei ik zodra we alles hadden doorgelezen. 'Je bent een vrouw in…'
'Ik hoef me niet voor te stellen dat ik een vrouw ben, Means. Hoe moeilijk het voor jou ook is om toe te geven dat een vrouw als inspecteur kan functioneren.'
Ze was in een goed humeur en ik was daar blij om. Het werd tijd om knopen door te hakken. Ik voelde dat mijn hart sneller ging slaan als ik eraan dacht.
'Goed, je hoeft je dus niet voor te stellen dat je een vrouw bent. Denk je dan in dat je jezelf bent en dat je auto het op een klein weggetje ver van de bewoonde wereld heeft begeven. Het eerste waar je op hoopt is dat er politie voorbijkomt, maar dat gebeurt niet. Je denkt erover om naar een telefooncel te lopen, maar je weet niet of je die zult vinden. Eindelijk komt er een busje langs. Het remt af en komt tot stilstand. Duizend verschrikkelijke gedachten schieten door je hoofd en voor het eerst besef je hoe alleen je bent. Maar dan kun je je geluk niet op, want als de deur van het busje opengaat, komt er een vrouw uit! Een vriendelijk dametje met een zuidelijk accent. Het laatste waar je aan denkt, is dat ze kijkt of je alleen bent en of je jong genoeg bent om acceptabel te zijn, en of je ongewapend bent. Nee, dat komt pas in je op als het al veel te laat is. Als je bent overmeesterd en als je in dat busje met grote snelheid je dood tegemoet rijdt.'
'Ik neem aan dat je nog steeds in dat huis wilt inbreken?' Boutons stem klonk neutraal.
'Nou en of.'
'Probeer me dan maar eens te overtuigen. Bewijs me dat je het redt zonder betrapt te worden. We beginnen met die topologische kaarten waar je het zoëven over had. Waar zei je dat we die konden kopen?'
'Het zijn topografische kaarten, inspecteur. Ze zijn waarschijnlijk wel te krijgen bij Eastern Outfitters aan Third Avenue bij 77th Street.'
'Waarschijnlijk? Een paar uur geleden gebruikte je dat woord niet.'
'Rustig maar. Ze zijn vast en zeker te krijgen bij Rand-McNally. Voor zover ik weet, doen die niets anders dan kaarten verkopen. Alleen is het zeven uur geweest en dan is Rand-McNally dicht. Aan de andere

kant is het vrijdagavond en blijft Eastern Outfitters misschien tot negen uur open. Tenten en slaapzakken voor mensen die op het laatste moment besluiten te gaan kamperen. Als je die stafkaarten vanavond nog wilt hebben, is die winkel onze enige hoop.'

Gelukkig ging die ene hoop in vervulling. Voor het vorstelijke bedrag van zevenendertig dollar verwierven we een boek met een verzameling stafkaarten. We betaalden, gingen met het boek naar een lege balie bij de wapenrekken en bogen ons eroverheen. De bedrijfsleider kwam naar ons toe. Blijkbaar wilde hij protesteren, maar hij veranderde van gedachten toen Bouton hem haar penning liet zien.

'Problemen, meneer?' vroeg Bouton.

'Nee, nee. Ik vroeg me alleen af...' Hij droop af.

'Opschieten, Means,' zei ze tegen mij. 'Ik geloof dat hij wil sluiten.'

Het eerste dat ik deed, was Owl Creek opzoeken in het register. Daarna sloeg ik kaart 45 op.

'Kijk, daar heb je Owl Creek,' zei ik, en ik liet mijn vinger er een paar keer omhoog cirkelen. 'En hier heb je de weg die langs Kennedy's zandweggetje gaat.' Ik ging daar ook met mijn vinger omheen. 'Zie je die rode stippellijn? Dat is een onverharde weg, waarschijnlijk een overwoekerde houthakkersweg. Die zijn we op vijftig meter afstand van Kennedy's zandweg gepasseerd. Op die onverharde weg kan ik me oriënteren.' Opnieuw bewoog ik mijn vinger. 'En dit blauwe stipje is het huis zelf. Laten we dat Punt Zero noemen.' Weer een omcirkeling. 'Goed, nu hebben we een wandelpad nodig dat daar in de buurt komt. Dit hier lijkt me wel geschikt. Hij gaat naar de top van Black Mountain. Vanaf dit punt op het pad kan ik de houthakkersweg kruisen en die gebruiken om Kennedy's huis te lokaliseren.'

'Dat klinkt te gemakkelijk.'

'Inspecteur, voor jou zou het onmogelijk zijn. Maar ik ben in die bossen opgegroeid. Hier, kijk daar. Zie je die onregelmatige concentrische ovalen? Kijk maar goed, ze zijn vaag.'

Ze boog zich even over de kaart, want ze wilde me blijkbaar nauwkeurig controleren. Dat was helemaal niet nodig. Dit was nou iets waar ik echt alles van wist.

'Ja, ik zie ze.'

'Ze geven veranderingen in hoogte aan. Tussen de zwakkere lijnen zit steeds twintig voet hoogteverschil en tussen de donkerder lijnen honderd voet. Nou, als je donkere ovalen heel dicht bij elkaar ziet, weet je

dat het daar erg, erg steil is. Daar wil je liever niet langs.'
'Het pad gaat dwars door die lijnen.'
'Ja, omdat het uitzicht vanaf de top zo spectaculair is en je daar alleen maar kunt komen door omhoog te gaan. Maar ik ga niet zo ver. Ik volg het pad een kleine kilometer en dan ga ik het dal in en volg dit beekje hier tot de houthakkersweg. Die kruisen elkaar hier.'
'Goed.' Bouton sloot het boek. 'Ik ben ervan overtuigd dat je het kunt.'
'Dank je, inspecteur.' Ik boog mijn hoofd. 'Ik stel je vertrouwen op prijs.'
'Maar dat wil nog niet zeggen dat je het moet doen.'
Ik keek haar even aan, probeerde haar gedachten te lezen. Probeerde iets te bedenken wat ik nu kon zeggen. Toen ik niets slagvaardigs kon verzinnen, gooide ik het maar over de praktische boeg.
'Ik heb een hele uitrusting nodig, inspecteur – slaapzak, rugzak, kompas, veldfles. Ik bedoel, nu we toch in een kampeerartikelenwinkel zijn...'
Ze slaakte een diepe zucht en schudde haar hoofd. 'Kun je het niet in één dag doen?'
'Kom nou, inspecteur, hoe weet ik dan wanneer het huis leeg is? Daar komt nog bij dat ik vier of vijf uur nodig heb om er te komen.'
Ze bleef me aankijken, bleef met haar hoofd schudden. 'Ik mag dan gek genoeg zijn om dit te doen, maar ik ben niet zo gek dat ik je in je eentje laat gaan. Nee, ik ga met je mee. Niet die bergen in. Ik rij je naar dat wandelpad en dan zoek ik een fatsoenlijk motel en kom ik iedere middag om zes uur terug om je op te pikken. Ik wil niet dat je zelf van alles gaat ondernemen, wat je ook ontdekt. Heb je daar bezwaar tegen?'
'Nee hoor.' Ik sprak met kalme stem, al bonkte mijn hart van opwinding.
'En als jij daar in het bos zit, ga ik eens uitgebreid met sheriff Pousson over agent Kennedy praten. Dat betekent dat je maar één keer in dat huis kunt binnengaan. Bezwaar?'
Ik antwoordde door haar mijn ene creditcard te laten zien.
'Voor zover ik kan zien, hebben we maar één serieus probleem, en dat is wat we gaan doen als ik niet genoeg geld op mijn rekening heb staan voor alles wat ik nodig heb.'

26

Anderhalf uur later was ik weer in mijn appartement. Beladen met pakjes als ik was (mijn creditcard was uiteindelijk goed genoeg gebleken), kon ik alleen maar mijn sleutel in het slot steken en de deur openduwen. Ik zag Marie Koocek pas in het donker zitten toen ik de deur al had gesloten en het licht had aangedaan.
'Wat doe je, Means?'
'Wat doe jíj, Koocek?'
'Ik vroeg het jou eerst.' Ze had een stuk houtskool in haar linkerhand en zwaaide daarmee alsof het een dirigeerstokje was. Een schetsboek gleed van haar knieën op de vloer en belandde op de afgekeurde papieren die verspreid rond haar voeten lagen.
'Dat is waar,' zei ik, 'maar ik woon hier. En op dit moment ben jij de indringer.'
'Indringer is niet het juiste woord. Je hebt me zelf een sleutel gegeven. Je zou "onwelkome gast" kunnen proberen. Of "kroongetuige".'
'Goed. Vertel me dan nu maar wat je hier doet, onwelkome kroongetuige.'
'Ik maak een schets voor een nieuwe sculptuur.'
'In het donker?'
Ze kneep haar zwarte, Slavische ogen halfdicht onder haar zware wenkbrauwen. 'Het idee komt uit de duisternis van de leegte en ik gebruik de duisternis om het in materie om te zetten.'
'Gelul.'
Ze grijnsde voldaan en rekte zich uit, haar rug welvend als een lome kat. Ik zag haar kleine borsten tegen de stof van haar blauwe t-shirt drukken en had zin om haar ter plekke te bespringen. Niets brengt de testosteron zo goed aan het stromen als het vooruitzicht van een goede jacht.
'Goed, het is gelul,' zei ze. 'Het is nog maar een vaag idee, en de straatlantaarn geeft genoeg licht voor wat ik in dit stadium wil doen.

Trouwens, ik werk graag in het donker. Het is rustig.'

Dat kon ik niet tegenspreken, want ik werkte ook graag in het donker. Al had ik dan liever een .45 dan een stuk houtskool in mijn hand.

'Hoe ga je het noemen, Koocek? *Manestraal en plaatstaal*?'

'Ik ga het *Doodgeknepen vogel* noemen.'

'O Jezus!' Ik huiverde. De schok die door mijn ruggegraat ging, was sterk genoeg om mijn schouders in beweging te brengen. Marie Koocek zag wel vaker kans me te verrassen (misschien kwam dat doordat ze veel slimmer was dan ik) maar op die specifieke avond kon ze niet meer uit me krijgen dan die ene, onwillekeurige huivering. Ik had iets beters te doen. Iets veel beters.

'Gaat het wel, Means?'

'Wie denk jij dat je bent, Sigmund Freud?'

'*Anna* Freud. Als je daar geen bezwaar tegen hebt.' Het had geen zin haar tegen te spreken. En ook niet om mezelf van een vogelmoord te overtuigen als ik zelf niet meer wist wat er gebeurd was. Als er al iets gebeurd was. Ik begon het gevoel te krijgen dat het hele incident een droom was geweest. Hoe kon het me anders zo helder voor ogen staan en toch geen einde hebben?

Ik liep naar de eetkamertafel en begon mijn nieuwe uitrusting neer te leggen – rugzak met frame; brede, rechthoekige donzen slaapzak; eerste-hulpset; Timberland-wandelschoenen met harde zolen; waterdicht verpakte lucifers; houtskoolbrander voor alle weersomstandigheden (voor die momenten waarin het een kwestie is van: leg ik een vuur aan in de regen of ga ik dood); twee plastic veldflessen en een flesje waterzuiveringstabletten; een erg licht, erg duur kompas; een camouflage-T-shirt met bijpassende wollen trui; een spuitbus met pepperspray; tien gevriesdroogde maaltijden (kokend water toevoegen en kotsen maar); poncho met kap die ook als grondzeil gebruikt kon worden; bijltje en kleinere rugzak voor korte expedities; extra grote fles muggenolie.

'Ga je op jacht, Means?'

'Zo is het maar net, Marie. Ik ga op jacht.'

Hoe ze wist dat ik op jacht ging, terwijl ik nog niets had uitgepakt wat ook maar een vage gelijkenis met een wapen vertoonde, drong pas tot me door toen ze eraan toe voegde: 'Wie is de gelukkige prooi?'

Daar keek ik van op. Ik draaide me naar haar om en zei: 'Zou jij je tot het bespotten van mijn kinderjaren willen beperken en zou je willen ophouden met mijn gedachten te lezen? Ik moet me even concentreren.'

Toen ik er redelijk zeker van was dat ze me niet meer zou onderbreken, nam ik een van mijn geweren van de muur, een Anschutz 1700D repeteergeweer. Ik had er lang over nagedacht welk soort wapen ik zou meenemen. Mijn Thompson had genoeg kracht om bomen neer te maaien, maar hij woog meer dan zes kilo (de munitie niet meegerekend) en schoot ook niet zo nauwkeurig: voorbij de vijftig meter vertrouwde ik hem niet meer. De Anschutz daarentegen kon op honderd meter afstand de ogen van een mug wegschieten, maar had de nadelen dat het repeteermechanisme nogal langzaam was en dat er maar vijf .22LR patronen in het kleine magazijn zaten. Uiteindelijk had ik, terwijl Bouton maar doorratelde over het tijdstip waarop ze me zou oppikken en welke auto we zouden gebruiken, besloten de Detonics (aan een holster en niet achter mijn riem) mee te nemen voor de korte afstand en er verder op te vertrouwen dat de nauwkeurigheid van de Anschutz voldoende zou opwegen tegen het langzame vuurtempo en het kleine kaliber van de munitie.

Ik liep met het geweer naar de tafel en haalde toen een ANPVS-2 nachtvizier uit een kast die achter de bank in de muur was ingebouwd en bracht dat ook naar de tafel. Met de schroevedraaier van mijn padvindersmes (die alles was wat ik zou hebben als ik hem weer in elkaar zette), haalde ik de loop van de Anschutz en rolde ik de kolf, de loop, het vizier, de draagband en de Detonics in de slaapzak, waarna ik die boven op de rugzak vastjorde. De rest van de uitrusting, met uitzondering van het kompas, ging in de rugzak, samen met wat extra ondergoed en drie paar sokken.

'Het is als volgt, Koocek,' zei ik, terwijl ik een erg lichte kijker, het kompas en een Buck-klapmes, elk in een nylon hoes, aan een zware leren riem vastmaakte. 'Je doet onderzoek naar twee mensen, man en vrouw, die ervan worden verdacht eenentwintig mensen te hebben vermoord, de meesten gewoon voor de lol. Je breekt bij ze in en vindt het onomstotelijk bewijs van hun schuld, maar jammer genoeg mag je dat bewijs niet gebruiken, want je hebt het op een onwettige manier verkregen. Nou, wat doe je? Leg je dat bewijsmateriaal terug en ga je weg en wacht je een maand of twee tot je genoeg bewijsmateriaal hebt verzameld om ze te kunnen arresteren en veroordeeld te kunnen krijgen? Of kom je onmiddellijk in actie en verwijder je ze van de aardbodem voordat ze nog een keer iemand vermoorden?'

Ze gaf niet meteen antwoord. In plaats daarvan liep ze de kamer door en legde haar hand op mijn arm.
'Je bent het belangrijkste vergeten,' zei ze.
'Wat dan?'
'Dat je, als je ze van de aardbodem verwijdert, geniet van iedere minuut dat je daarmee bezig bent.'
Ik keek haar aan. We kwamen op het punt dat er geen geheimen meer waren. Koocek was een inrichtingskind geweest: van pleeggezin naar pleeggezin naar kindertehuis.
'Of je het nu leuk vindt of niet, je hebt geen keus, Marie. Je zult altijd moeten kiezen. Ook al dacht je in het begin dat het een zaakje van niks was, je zult toch moeten kiezen.'
Ik nam de onderkant van haar T-shirt, trok het over haar hoofd en halverwege omlaag, zodat haar armen vastzaten. Ze bleef me recht aankijken, met een vaag glimlachje om haar mondhoeken. Ik wreef met de eeltige muis van mijn hand over haar tepels, heen en weer over haar borst, terwijl mijn linkerhand de riem van haar spijkerbroek losmaakte en de rits omlaag trok. Ze begon dieper adem te halen en haar ogen fladderden even voor ze dichtgingen. Ik liet me op mijn knieën zakken en trok haar spijkerbroek en slipje omlaag.
'Spreid je benen.'
Ze gehoorzaamde, spreidde ze zo ver als de spijkerbroek om haar enkels dat toestond. Toen ik mijn vinger tussen haar schaamlippen bewoog, trilden haar knieën. Ze was drijfnat en haar clitoris was zo hard als een erectie van een man. Ik ging er met mijn vingertop omheen, zo zacht dat het contact bijna denkbeeldig was. Haar T-shirt fladderde op de vloer en ze drukte haar handen tegen mijn achterhoofd.
'Ga op de bank liggen en trek je benen op tegen je borst.'
Ze had het nu helemaal te pakken en trapte haar spijkerbroek uit terwijl ze door de kamer liep. Ik zag haar billen op en neer gaan toen ik haar volgde. Proefde ze al. Ze ging op de bank liggen, een beetje huiverend omdat het leer koud was, aarzelde nog even en trok toen haar benen op. Ik liet haar in die houding liggen terwijl ik me langzaam uitkleedde. Totdat mijn eigen staat van opwinding onmiskenbaar was.
'Niet bewegen; geen geluid maken.'
Ik begon met het puntje van haar ruggegraat, haar stuit, en liet mijn tong met een boog naar haar navel gaan, begon daarna aan de terug-

reis, aarzelde even toen ik over haar clitoris ging en bracht haar tot de drempel van een orgasme maar liet haar toen weer wegvallen. Ze lag volkomen stil, al verhardden de spieren op haar buik zich tot dunne flexibele richels en siste haar adem tussen haar opeengeklemde tanden door.

Toen ik het niet meer uithield, toen mijn eigen vuur mijn haar in lichtelaaie dreigde te zetten, bracht ik haar in zittende positie, met haar reet op de uiterste rand van de bank, en knielde ik voor haar neer en duwde ik me naar binnen. Dat was het einde van de zelfbeheersing, het einde van het spel. Op de een of andere manier kwam ik op de vloer terecht terwijl Marie op mijn kruis bonkte, vastbesloten om te krijgen wat ze hebben wilde. Haar borsten dansten voor mijn vermoeide ogen langs toen ze zich voorover boog; ze gingen wild op en neer. Ik zag zweetdruppels van haar keel over haar borsten en tepels rollen en op mijn gezicht vallen. Op het eind, toen ik in vergetelheid wegzakte, hoorde ik een schreeuw. Eerst dacht ik dat zij het was, toen wist ik dat ik zelf schreeuwde.

We sliepen en neukten en sliepen en neukten, tot het zes uur was en het tijd werd dat ik onder de douche ging. Marie kwam met slaperige ogen achter me aan. We zeepten elkaar om beurten in, maar hadden geen van beiden de energie voor nog meer sex. Of voor overbodig gepraat. Nadat we ons hadden afgedroogd, ging ik naar de huiskamer terug, controleerde alles nog een keer voordat het in de rugzak ging en wond tape om mijn hielen en tenen om te voorkomen dat de nieuwe, niet-ingelopen schoenen blaren veroorzaakten.

Om halfacht ging de zoemer van de bel beneden. Het was Bouton die me kwam oppikken. Ik zei dat ik zo beneden zou komen en wendde me toen weer tot Marie.

'Heb je een keuze gemaakt?' vroeg ik. 'Heb je een keuze gemaakt voor mij?'

'Wat maakt dat voor verschil? Je hebt je besluit al genomen.'

'Dat is niet waar, Marie. Dit alles?' Ik tilde de rugzak even op. 'Nou, zoals de padvinders zeggen, het is niet snugger om onvoorbereid het bos in te gaan. Maar wat ik daar ga doen? Ik ben nog niet op het punt dat ik moet kiezen. Zolang ik nog niet in dat huis ben geweest en nog niets heb gevonden, is het allemaal hypothetisch.'

Toen ik de deur opendeed, pakte ze mijn arm vast. Haar vingers groe-

ven zich in mijn biceps. 'Wees voorzichtig, Means. Ik wil je niet dood hebben. Of in de gevangenis.'
Ik maakte aanstalten om de deur uit te gaan, maar ze trok me terug. 'Je moet in actie komen, Means,' fluisterde ze. 'Dat moet. In onderwerping is geen glorie te vinden.'

27

Zo zie je maar weer eens, dacht Lorraine Cho, net wanneer je denkt dat de natuur je dwingt een besluit te nemen, dwingt diezelfde natuur je te blijven waar je bent. In het vagevuur.
De pijn van het vagevuur zat in haar buik. Ze had er al een naam aan gegeven. Ze noemde de pijn Betty. Naar Betty Compton, die haar eersteklas-reputatie waarmaakte door haar mede-eersteklassers in hun buik te stompen. Betty deed dat zo vaak en bij zoveel kinderen dat ze na een tijdje een soort natuurkracht werd: een aardbeving of een vulkaan, iets wat je zoveel mogelijk moest vermijden en wat je moest doorstaan als je geen keus had.
Lorraine zag haar honger als een natuurkracht. Met een meedogenloos en blind instinct belaagde die honger haar ingewanden, tot ze zich voorover boog en haar handen tegen haar buik drukte, alsof ze het allemaal weer naar binnen wilde drukken. Dat had niet veel zin, want juist als het binnen bleef, ging ze er dood aan. Het zou beter zijn als ze Betty eruit liet, als ze Betty in iemand anders z'n maag liet stompen.
Lorraine hoorde de regen op het dak van de hut trommelen en glimlachte zuur. Er kwam een beeld in haar op, een pompeuze politicus met een hoge hoed die telkens riep: 'We moeten iets doen aan Betty.' Maar er was maar één ding dat moest gebeuren: ze moest een uitweg uit deze wildernis vinden. Waarom moest het dan ineens zo hard gaan regenen, na een week van warmte en zonneschijn?
Ze dacht aan een bierreclame waarin telkens dezelfde vraag werd gesteld: 'Waarom vraag je waarom?'
Omdat ze levend door Betty werd opgevreten. Omdat ze voor de tienduizendste keer sinds deze nachtmerrie begon tegen zichzelf zei dat ze iets moest doen. Omdat ze geloofde dat ze in die regen niet in leven kon blijven. Omdat Becky niet kwam, vandaag niet en morgen niet en overmorgen niet.
Ze hoorde kleine klauwen over de vloerplanken krabbelen. Haar

vriendje. Natuurlijk was het geen rat. Zelfs geen klein muisje. Lorraine stelde zich een donzige bruine eekhoorn voor. Klaar om met falsetstem zijn lied te zingen. En waarom ook niet? Wordt de blinden dan geen enkel voordeel gegund?

'Sorry, Alvin,' zei ze, 'nog niets te eten. Misschien wel nooit meer iets te eten.'

Opnieuw dat krabbelen van kleine klauwtjes. Toen stilte. Lorraine pakte de kruik en dronk. Het lauwe water kwam in haar maag, vond de verblijfsruimte ongeschikt en kwam meteen weer omhoog.

Het kokhalzen bracht Lorraine op haar knieën. Haar maag kwam keer op keer omhoog. Kwam omhoog tot het bittere zuur in haar holten brandde en door haar neus naar beneden kwam.

Ze bleef een tijdje op haar knieën zitten, nam toen een slokje van het water, spoelde haar mond, nam weer een slokje. Tenslotte had ze de moed verzameld om te slikken.

Ditmaal hield ze het binnen en vreemd genoeg voelde ze zich nu beter. De pijn verdween, en daardoor werd ze nu ook niet meer zo door de honger gekweld. Ze luisterde naar de regen, meende in de verte een automotor te horen, maar schudde haar hoofd. Toen was ze er zeker van.

Paniek. Haar hele lichaam beefde, totdat ze zichzelf onder controle had. Totdat ze tegen zichzelf zei dat het tijd werd om in actie te komen. Dat ze geen beslissingen meer hoefde te nemen. Ze strompelde door de kamer, pakte het zakje met stenen en liep vlug naar de deur.

'Alsjeblieft, God,' zei ze, zo vurig biddend als een non in een klooster. 'Laat het Becky zijn. Becky alleen. Alsjeblieft, laat het niet papa zijn. Alsjeblieft, God, alsjeblieft.'

Ze draaide zich van de deur weg, draaide vanuit haar middel om zo goed mogelijk met haar wapen te kunnen zwaaien. Ze zei tegen zichzelf dat ze moest toeslaan zodra de deur open was, voordat Becky's ogen aan het halfduister in de kamer gewend waren geraakt.

Het geluid van de motor zwol aan. De auto kwam ronkend het erf op, en van het ene op het andere moment was de motor stil. Een autodeur kraakte aan zijn hengsels en werd dichtgeslagen. Er liep iemand door de modder; iemand rammelde aan het slot op de deur.

'O, Heer die boven ons is, Lorraine. Het is allemaal zo verschrikkelijk. Papa en ik hebben dagen en dagen gereden, maar we hadden helemaal geen geluk. Ik zweer je dat ik dacht dat papa me zou doden,

maar ik zei: "Papa, we moeten teruggaan om ons kleine meisje te halen. Weet je nog hoeveel geluk ze ons bracht toen we haar meenamen? Laten we teruggaan en haar meenemen. Dan hebben we vast wel meer geluk."'
Het slot sprong open en viel op de grond. Becky gromde, een geluid dat in hoogte toenam naarmate ze zich weer oprichtte.
Lorraine haalde diep adem, bad dat ze niet ter plekke zou verstijven, hoorde de deur opengaan, wist dat haar leven nu op het spel stond. Dat dit haar eerste, laatste en enige kans was.
'Ik heb een lekkere hutspot voor...'
Lorraine zwaaide uit alle macht. Ze zwaaide de stenen in de richting van Becky's stem. De klap van de stenen tegen bot sidderde door haar armen, schokte door haar schouders. Er kletterde van alles tegen de vloer en daarna was er een harde plof van een vallend lichaam te horen.
Het was even stil en toen volgde er een langgerekt kreungeluid.
Ik moet haar doden, dacht Lorraine, terwijl ze door de deuropening stapte. Ze mag niet overeind komen. Maar ze sloeg niet voordat Becky begon te bewegen. Voordat de angst haar tot handelen bracht. Ditmaal was de kracht van de slag te veel voor haar geïmproviseerde slinger en vlogen de stenen de tuin door. Ze liet zich op haar knieën zakken, tastte in het rond tot haar hand een grote steen had gevonden en haar andere hand Becky's bewusteloze lichaam.
'Doe het,' zei ze hardop. 'Denk er niet bij na. Doe het, doe het, doe het.'
Maar ze zou het geluid niet kunnen verdragen. Het geluid van een steen die de schedel van een hulpeloos menselijk wezen kapot slaat. Dat eerste knerpende geluid, en dan het sijpelen van bloed dat vast en zeker zou volgen. Ze kon het niet over haar hart verkrijgen om nog eens te slaan. Lorraine zat nog op haar hurken. Ze besefte dat er tranen over haar wangen liepen, terwijl de koude regen op haar haar en schouders viel. Ze had plotseling een razende honger; ze tastte weer om zich heen, vond een plastic zak en voelde het warme voedsel en het gebroken schaaltje dat erin zat.
Haar vingers plukten al aan de zak voordat ze goed en wel in de beschutting van de hut terug was. Bevend scheidde ze de stukjes vlees en groente van de scherven. Ze besefte vaag dat ze nu moest vluchten, dat ze niet op papa moest wachten. Ze wist ook dat ze beter niets kon

eten. Wist dat zelfs nog toen ze het laatste beetje in haar mond stopte, en terwijl ze de appel opat, en het pasteitje. En zelfs toen ze de plastic zak binnenstebuiten keerde om bij de gemorste jus te komen.

Tenslotte stond ze op en liep naar de waterkruik. De pijn in haar buik was weg; nu moest ze de confrontatie met de regen en het bos aangaan. Hoe onwaarschijnlijk het ook leek, ook voor haarzelf, ze was plotseling kalm en doelbewust. Ze had het gevoel dat ze voor het eerst in haar leven iets had bereikt. Voelde zich net een kind van vier dat het hele alfabet voor zijn liefhebbende ouders heeft opgezegd.

Het water gleed door haar keel, nestelde zich aangenaam in haar buik. Ze voelde dat haar kracht terugkwam en vroeg zich af of ze sterk genoeg was om de volgende stap te zetten. De koude regen maakte die stap onvermijdelijk, al werd het daar niet gemakkelijker op.

'Wat gebeuren moet, moet gebeuren,' mompelde ze.

Lorraine liep naar de deuropening, hurkte weer neer, pakte Becky's voeten en trok haar de hut in. Ze greep naar de rits van Becky's jasje, maar haar handen kwamen op Becky's keel terecht en voelde daar dat Becky's hart nog sloeg. Lorraine was tegelijk opgelucht en bang. Ze wist dat als Becky bij haar positieven kwam voordat zij, Lorraine, kon ontsnappen...

Ze wist ook dat ze niet kon doden. 'Wat gebeuren moet, moet gebeuren,' herhaalde ze.

Het bleek moeilijker te zijn dan ze had gedacht. Becky's jasje en sweatshirt waren doorweekt van de regen en van het bloed. Het lichaam leek wel vloeibaar te zijn, leek weg te stromen als Lorraine het omrolde, maar het lukte haar het jasje uit te krijgen en het sweatshirt over het bloederige hoofd te trekken.

'Maak je niet druk om het bloed,' mompelde Lorraine, en barstte in lachen uit. Ze dacht: het kàn niet waar zijn dat ik dit doe.

Maar het gewicht van dat natte sweatshirt op haar eigen huid was te echt om iets uit een droom te kunnen zijn. Het gewicht en de huivering die erop volgde, herinnerden haar eraan dat ze geen tijd aan nutteloze gedachten mocht verspillen.

Becky's versleten gymschoenen gingen gemakkelijk uit, maar de spijkerbroek vormde een groot probleem en Lorraine had Becky al half door de hut getrokken voordat ze het kledingstuk in handen had. Ze stapte erin, trok de rits dicht, drukte de knoop door het knoopsgat.

De broek zat strak, erg strak, maar in zekere zin was dat wel goed. Ze

hoefde hem in ieder geval niet op te houden. Trouwens, de gymschoenen waren belangrijker, en die zaten goed.
Nu ze volledig gekleed was, sloeg ze een deken om haar schouders en pakte de stok die ze als speer had willen gebruiken. Natuurlijk kon hij nog steeds als zodanig dienen. Ze kon hem in Becky's onbeschermde borst steken, in haar buik.
Becky kreunde een keer en was weer stil. Het geluid galmde door de kleine hut, galmde door de regen buiten. Lorraine ging doelbewust naar buiten, dacht eraan het slot terug te hangen en zocht op de tast de weg naar het busje. De sleutels zaten in het contact en ze deed ze in haar zak voordat ze de wagen systematisch begon te doorzoeken.
Ze vond gereedschap en godbetert ook een volslagen nutteloze zaklantaarn en een pakje even nutteloze kaarten met een elastieken band eromheen. Maar geen eten, geen mes en geen vuurwapen.
Toen ze daar achter in het busje zat, dacht ze terug aan haar laatste rit, het gegil, het doffe geluid toen papa het lichaam op de grond duwde.
Tijd om te gaan. Om het onbekende, het onkenbare in te gaan. Een eenzame figuur, op weg door een donker bos. Takken graaiden naar haar gezicht; dieren beslopen haar.

Geef er niet aan toe, zei ze tegen zichzelf. Geef niet toe aan je angst en zelfbeklag. Als je je wilde overgeven, had je kunnen blijven waar je was. Nee, denk aan wat papa zal doen als hij zijn handen om je keel heeft. Denk aan een langzame dood. Denk aan die vrouw in het busje. Je wilt haar lot niet delen. Dan kun je nog beter in een afgrond vallen.
Toch dacht ze, toen ze de regen in stapte, aan een schilderij dat ze lang geleden in een museum had gezien. Een kromme, verschrompelde monnik bewoog zich moeizaam over een schier eindeloze vlakte. Er was geen water, er waren geen bomen, alleen een paar halmen droog gras en een hemel vol woedende wolken. Het schilderij heette *De onverbiddelijke winden van karma*, en dat leek niets met haar eigen situatie te maken te hebben, want het enige dat haar meezat, was dat er geen wind stond. De regen viel recht naar beneden. Maar het was ook niet de omgeving zelf waardoor ze aan dat schilderij werd herinnerd. Die kleine gestalte, die monnik met zijn dunne baardje en zijn kromme rug, had haar zo alleen geleken, zo verlaten, zo hulpeloos, dat zijn silhouet zich in haar geheugen had gegrift, terwijl ze de rest van de tentoonstelling allang vergeten was.

Ze voelde die eenzaamheid nu zelf. Of beter gezegd, dat alleen zijn. Ze kon geen hulp verwachten, kon geen beroep doen op de menselijke samenleving. Het bos wachtte haar op, oeroud en onverzoenlijk. Ze moest er doorheen, voortgedreven door de onverbiddelijke winden van andermans waanzin.

'Je moet niet zo'n medelijden met jezelf hebben,' zei ze tegen zichzelf. 'Let liever op.'

En een paar minuten later moest ze toegeven dat het niet zo erg was als ze had verwacht. Tenminste: nog niet. Het kostte haar niet veel moeite het pad te vinden, twee groeven met een verhoging in het midden. Als ze het volgde, kwam ze vanzelf aan het andere eind. Dan kwam ze in die menselijke samenleving die een paar minuten geleden nog onbereikbaar had geleken. Zo eenvoudig was het.

In het begin huiverde ze van de kou, maar ze merkte al gauw dat toen de regen door de twee dekens, het jasje en het sweatshirt was doorgedrongen, haar lichaam het vocht op haar huid verwarmde, tot de kou afnam en zelfs helemaal verdween.

Het enige dat bleef, was de onzekerheid. Die ondermijnde haar concentratievermogen. Ze gleed uit, viel, krabbelde overeind, ging verder. Ze had geen idee hoe ver ze al was gekomen en hoe ver ze nog moest gaan. In New York kon ze de straten tellen, de kruispunten, maar deze wildernis was niet in keurige rechthoeken verdeeld. Het enige dat ze kon zeggen, was dat het pad heuvelafwaarts leidde, al was ze daar niet helemaal zeker van, omdat het heen en weer ging om de steilere hellingen te vermijden. Dat laatste ontdekte ze toen ze bijna in een afgrond stapte.

Ze hield meteen haar pas in, nam even rust en herinnerde zich eraan dat ze voorzichtig moest zijn. Als ze die geïmproviseerde blindenstok niet had gehad, was ze nu als een steen omlaag gerold, helemaal naar beneden, waar ze dan was blijven liggen tot ze was weggerot en er alleen nog een paar botten en een paar slierten haar waren overgebleven. In de verte hoorde ze een paar kraaien naar elkaar roepen, en een blauwe gaai die veilig in een boom zat te krijsen, en een zangvogel nog dichterbij. Maar niets dat ook maar enigszins menselijk was.

Ze dacht aan haar ouders in het uiterst beschaafde Forest Hills, met al die zorgvuldig onderhouden appartementen en huizen. Ze vroeg zich af of ze de hoop al hadden opgegeven, of ze in de rouw waren. Natuurlijk waren ze al naar de politie geweest, maar hoe kon de politie helpen? Als iemand haar ontvoering had gezien, als ze een nummerbord hadden geweten, zou de politie haar allang hebben gered. Nee, ze hadden natuurlijk op braakliggende terreinen gezocht, en in leegstaande huizen, en ze hadden posters opgehangen: VERMIST: LORRAINE CHO, 1,60 M, 50 KILO, BLIND, BELONING VOOR AANWIJZINGEN DIE LEIDEN TOT...

'Ik hoop,' zei ze tegen de regen, 'dat ze op zijn minst een leuke foto hebben gebruikt.'

De tijd verstreek. Ze wist niet hoeveel tijd, want omdat het regende, kon ze de beweging van de zon niet aan de hand van de warmte op haar huid volgen. In zekere zin was dat een voordeel, dacht ze. Ze kon dag en nacht even goed lopen, zo lang haar lichaam het volhield en ze zich kon concentreren. Sterker nog: als ze de dag van de nacht kon onderscheiden, zou ze overdag ergens gaan liggen en alleen 's nachts verder gaan.

Want vroeg of laat zou papa over deze weg komen aanrijden om naar zijn lieve vrouwtje te zoeken. Dat was natuurlijk het grote probleem. Zodra papa Becky had gevonden, zou hij op zoek gaan naar Lorraine. En dan zou Lorraine zich gedwongen zien de weg te verlaten, zich te verstoppen tot...

Tot wanneer? Tot het gevaar was geweken? Hoe kon ze weten of alle gevaar voorbij was? Want papa hoefde alleen maar aan het eind van de weg te zitten wachten tot Lorraine aan kwam strompelen.

'Wat gebeuren moet, moet gebeuren,' zei ze hardop. Toen hoorde ze motorgeronk.

Ze bleef stokstijf staan, in verwarring gebracht door het geluid, dat door het bos gedempt werd. Toen wist ze dat het haar tegemoet kwam. Dat het papa was die in volle vaart kwam aanrijden om zijn liefhebbende echtgenote te redden. Of om haar tot moes te slaan omdat ze alles had verknoeid.

Ondanks al haar mentale voorbereiding raakte Lorraine in paniek; ze wankelde van het pad af, struikelde over een boomwortel, tuimelde een steile helling af, smakte tegen rotsen en bomen en bleef helemaal beneden liggen.

28

Omdat een goede aanval de beste verdediging is, had ik een afleidingsmanoeuvre voor inspecteur Bouton voorbereid. Ze stond naast me in de regen toen ik de rugzak in de kofferbak gooide, en keek nogal nors en onzeker, precies zoals ik had verwacht. Als ze een beetje meer straatervaring had gehad, zou ze hebben gewéten dat ze me niet kon vertrouwen zodra ze me haar rug had toegekeerd. Ze had nu een hele nacht liggen piekeren en kon wel wat geruststelling gebruiken.
'Ik wil dat je hiernaar kijkt en een besluit neemt, inspecteur.' Ik gaf haar een grote boodschappentas. 'Onder het rijden.'
Ik wachtte niet op haar reactie, want die kon ik vrij goed voorspellen. Ik drukte op het gaspedaal en begon over Vernon Boulevard te rijden, in de richting van Astoria Park en de Triborough Bridge. Ik reed zo snel als het verkeer op de vroege ochtend toestond.
'Is dit wat ik denk dat het is?' Ze hield een elektronisch apparaatje ter grootte van een speelkaart omhoog.
'Het is een zendertje, inspecteur. En in die doos zitten een ontvanger en een bandrecorder. Die bandrecorder is voice-activated en begint dus te werken zodra er iets gesproken wordt. Hij kan acht volle uren conversatie bevatten. Die doos is trouwens waterdicht. Hij kan tien jaar in het bos liggen zonder dat de inhoud wordt beschadigd.'
'En wat wil je ermee doen?' Haar stem was zo koud als de regen die tegen de voorruit sloeg.
'Begrijp me nou niet verkeerd, inspecteur. Ik doe alleen maar een voorstel. En wat ik gisteravond zei, is nog steeds van kracht. Ik ga niets op eigen houtje doen.' Ik zweeg even om die boodschap goed tot haar te laten doordringen. 'Ik kan dit ergens verstoppen waar niemand het vindt en dan een week of een maand later terugkomen. Ik kan de telefoon ook aftappen. Ik bedoel, we hebben hier niet met de KGB te maken. Kennedy zal nooit iets vermoeden, en ook als hij iets vermoedt, kan hij toch niets vinden. Of hij moet al veel deskundiger zijn dan hij eruitziet.'

Ik had maar één doel en dat was haar op het verkeerde been zetten. (Ik wilde bijvoorbeeld niet dat ze in haar argwaan mijn uitrusting ging controleren.) Het was de bedoeling dat ze het voorstel meteen van de hand zou wijzen. Maar dat gebeurde niet, en dat vond ik ook prima. We bespraken langdurig hoe ik de apparaatjes zou verstoppen (in het plafond, achter de wandbetimmering, in de voet van een lamp) en hoe ik ze terug zou halen (niet) en wat we zouden doen met het materiaal dat we zo in handen kregen.

'Als ik het goed heb,' zei Bouton terwijl we door de Bronx reden, 'dan ga jij daar om twee redenen naar binnen: om ons een beetje tijd te besparen door je ervan te vergewissen dat Kennedy de dader is, en om de aandacht van de speciale eenheid te vermijden. Ik zie niet in waarom je ook bewijsmateriaal zou moeten verzamelen.'

'Het is toch mogelijk dat ik niets vind?'

'Hoor eens, Means, terwijl jij in het bos bent, ga ik met de sheriff praten. Als...'

'Laat hem naar jou toe komen.'

'Wat?'

'Ga niet naar het politiebureau. Dat zou dan je tweede bezoek in één week zijn, genoeg om Kennedy duidelijk te maken dat we hem verdenken. Laat Pousson naar jou toe komen. Als je dat lukt.'

'Ik geloof dat we dit al hebben besproken.' Ze haalde een papieren zakdoekje uit haar tas en snoot haar neus. 'Kunnen we weer ter zake komen?'

'Goed.'

'Als we dat huis gaan afluisteren, levert dat ons helemaal niets op. In ieder geval niets wat we in een rechtszaal kunnen gebruiken. Je... Jezus Christus!'

Terwijl ze praatte, vloog een oude Cadillac ons links voorbij, kwam in een grote plas water terecht en zeilde over vier rijstroken om tenslotte tegen de vangrail te klappen. Een enorme achttienwieler zwenkte opzij om de Cadillac te ontwijken en begon te scharen, maar de chauffeur kreeg hem weer onder controle. In het spiegeltje zag ik de bestuurder van de Cadillac, een kalende man van middelbare leeftijd, uit zijn wagen springen en tegen de banden schoppen.

'Is hij gewond?' vroeg Bouton, die zich omdraaide om het beter te kunnen zien.

'Ik hoop het.'

We reden zonder veel te zeggen door Yonkers. Bouton keek recht voor zich uit, alsof ze gefascineerd werd door de ruitewissers. Het regende gestaag, een echte voorjaarsregen die nog wel een hele tijd zou doorgaan.

'Weet je zeker dat je dit aankunt, Means? In die nattigheid? Zal het in de bergen niet veel erger zijn?'

'Hoe natter, hoe beter. Slecht weer betekent minder mensen op pad. Ik wil niemand in de buurt hebben als ik de bossen in ga.'

'En als je de beek mist?'

'Als ik die beek mis, zien we elkaar in Canada terug.'

'Ik meen het.'

'De beek is op de bodem van het dal, inspecteur. Met allemaal steile hellingen eromheen. Zolang ik niet iets heel stoms doe, zoals over de berg heen klimmen, kan die beek me niet ontgaan.'

Gerustgesteld, zei ze niets meer, tot we over de Tappen Zee Bridge heen waren. Toen maakte ze een autoritair snuifgeluid en begon te spreken.

'Laat die afluisterapparaatjes maar, Means. Het is een stom idee. Ten eerste kan niets van wat die dingen oppikken als bewijsmateriaal worden gebruikt. Ten tweede moet je, ook als je de apparaatjes in het huis laat, terug om de bandjes op te halen. Ten derde wil ik, als Kennedy weer uit moorden gaat, dat niet op de band horen als het al gebeurd is. Ten vierde zullen die apparaatjes, als Kennedy ze vindt, de bewijsvoering tegen hem in diskrediet brengen.' Ze schudde heftig met haar hoofd. 'Ik zie geen voordelen. Geen enkel.'

Ik haalde mijn schouders op en liet het erbij. Bouton leek er toch al niet helemaal met haar gedachten bij te zijn, en dat kwam mij goed uit. Ik had over mijn tocht dwars door de bossen, van het wandelpad tot de oude houthakkersweg, gesproken alsof het een wandelingetje door Central Park was. In werkelijkheid moest ik in de regen door zeker acht kilometer wildernis, met zo'n twintig kilo op mijn rug. Ik twijfelde geen moment aan mezelf (stond er bijvoorbeeld geen moment bij stil wat er met me zou gebeuren als ik uitgleed en een been brak); ik wist dat ik het kon. Maar ik wist ook hoe zwaar het was. Ik zou blij mogen zijn als ik het in minder dan zes uur deed.

Hoewel we vroeg uit New York waren vertrokken en ik honderdtwintig kilometer per uur reed (de Dodge spoorde een beetje naar links, dat maakte het rijden extra inspannend), zou ik niet voor twee uur aan

mijn trektocht kunnen beginnen. Tel daar zes uur bij op en het zou bijna zonsondergang zijn als ik bij Kennedy's huis aankwam. Op een mooie zonnige dag was dat niet zo erg, maar nu, met die regen...
We ontbeten in de Thruway, slijmerige eieren en koude, soppige bacon. Omdat de Thruway veel kosmopolitischer dan Owl Creek was, beperkten onze medebezoekers hun reacties tot korte afkeurende blikken. Bouton lette daar toch niet op. Ze bracht haar ontbijt met de precisie van een robot naar haar mond.
Prikken, kauwen, slikken; prikken, kauwen, slikken; prikken, kauwen, slikken.
Tenslotte hield ik het niet meer uit. 'Inspecteur,' zei ik, en ik ergerde me meteen aan mezelf. 'Is er iets? Je bent vanochtend niet zo vrolijk als anders.'
Ze keek naar me op en haalde diep adem.
'Lydia is weg,' zei ze.
'Wie? Wat?'
Haar ogen schoten vuur. 'Lydia Singleton,' herhaalde ze, heel, heel langzaam.
'O, je bedoelt...' Ik had bijna 'Dolly Dope' gezegd, maar hield me op het laatste moment in.
'Ja, díe bedoel ik.'
'Wat is er gebeurd?' Ik stelde die vraag alleen omdat het van me werd verwacht.
'Ze is gisteravond uit het rehabilitatiecentrum weggelopen. Niemand weet waar ze is en er gaat ook niemand naar haar zoeken. Ik heb me de hele nacht afgevraagd of we deze trip niet moeten afgelasten.'
'Je wou het afgelasten vanwege zo'n heroïnehoertje?' Nu schoten mijn ogen ook vuur. Als politieman heb je dagelijks met de krankzinnigheid op straat te maken. Je raakt gewend aan die krankzinnigheid, past je tactiek erbij aan. Maar je verwacht het niet van je collega, ook al hééft ze haar hele carrière niks anders gedaan dan de reet van haar superieuren likken.
De volgende paar minuten deed Bouton haar uiterste best me met een vernietigende blik tot onderdanigheid te brengen. Toen dat niet lukte, stond ze op, keerde me haar rug toe en liep naar buiten. Er zat niets anders voor me op dan haar te volgen.
De rest van de rit werd er geen woord gesproken. Bouton was ziedend en ik hield mijn grote mond stijf dicht, al was mijn woede al gauw

weer verdwenen. Ik had me een beetje schuldig gevoeld omdat ik Bouton bedroog (zoals ik al zei, zo langzamerhand was ik haar sympathiek gaan vinden) maar met haar houding onthief ze me van alle verantwoordelijkheid. Ik kon haar niet de waarheid vertellen, kon haar niet in vertrouwen nemen. Kennedy en eega waren hoofdverdachten in zo'n twintig moordzaken. Dat zou genoeg moeten zijn om haar het hele bestaan van Dolly Dope te doen vergeten. Daar kwam nog bij dat wij tweeën op het punt stonden de grootste speciale eenheid die ooit in het leven was geroepen (om van de FBI nog maar te zwijgen) te slim af te zijn en de hele zaak misschien met zijn tweeën op te lossen. In het licht daarvan grensden Boutons zorgen om een verslaafde hoer aan het obsessieve. Ik kreeg zin om een boekje over haar open te doen bij Miriam Brock.

Tegen een uur kwamen we bij het pad aan. Ik zette de motor af en keek naar een klein bordje met een rode pijl: 'Uitkijkpunt Black Mountain, 11,7 km.

'Nou, we zijn er,' zei Bouton.

'Scherp opgemerkt, inspecteur.' Het regende niet zo hard meer, maar de mist was dichter dan ooit, een muisgrijze sluier die de dichtstbijzijnde bomen in indrukwekkende fantomen veranderde. De bomen die verder weg stonden, waren helemaal niet te zien.

Bouton negeerde mijn woorden. 'Ik kan niet geloven dat je daar in gaat. Het lijkt wel het eind van de wereld.'

'Je zou het in de winter moeten zien.'

Ik stapte uit, liep naar de kofferbak en maakte hem open. Ondanks mijn ongeduld werkte ik zorgvuldig de procedure af. Als ik een fout maakte, zou het bos het me niet vergeven. De leren riem met wat daar allemaal aan hing – mes, kompas, peperspray, bijltje, kijker – kwam als eerste uit de kofferbak. Daarna pakte ik de poncho, stak mijn armen door de schouderriemen van de rugzak en hees hem op mijn schouders.

Hij was zwaar; dat viel niet te ontkennen. Sinds Vietnam had ik niet zo'n groot gewicht meegetorst. Maar toen ik de heupriem had aangegord, waardoor mijn schouders niet meer de volle last hoefden te dragen, was het wel uit te houden. Ik liet de poncho over mijn hoofd zakken en trok hem met enige moeite over de rugzak heen.

'Help eens even, inspecteur. Ik word vergeetachtig op mijn oude dag. Je moet hem eigenlijk van achteren naar voren omdoen.'

Ze rukte de poncho over de rugzak en kwam toen voor me staan.
'Wees voorzichtig, Means.' Ik kon horen dat ze het meende, maar dit was niet het moment voor verzoeningen of afscheidswoorden. Het bos zong me toe. Ik geloof dat het 'Embraceable You' zong, maar het had net zo goed 'Helter Skelter' kunnen zijn.
'Als ik over drie dagen niet terug ben, inspecteur, kun je de cavalerie laten komen.'
Dat was het. Geen omhelzing, geen tranen. Zodra ik wegliep, voelde ik dat ik in de mist verdween. De mist streelde me zo zacht als een moeder een kwetsbaar kind. Ik zei tegen mezelf dat ik mijn doel voorop moest stellen. Dat ik aan het werk moest. Toch kon ik het gevoel niet van me afzetten dat ik thuis was gekomen. En dat ik welkom was. Ergens in de verte zong een rode kardinaal zijn baltslied, een ingewikkelde serie scherpe metaalachtige fluittonen die hoopvol door het bos gingen. Ik zocht hem tussen de bomen en hij kwam bijna meteen te voorschijn, omlaag schietend om neer te strijken op een tak boven het pad. Hij hield zijn kopje een beetje schuin om me eens goed te bekijken, zong weer even, luisterde naar het antwoord van een andere rode kardinaal, en vloog weg.
Ik ging verder. Ik stapte over de modderigste plekken heen en gebruikte boomwortels en rotsen als opstapjes. Het bos verhief zich aan weerskanten, een mengeling van beuken en esdoorns, lariksen en sparren, met hier en daar een dicht bosje hemlocks. De loofbomen waren nog bezig met de lente; hun halfgevormde bladeren waren geelgroen en bijna doorschijnend. De naaldbomen zagen eruit alsof ze daar sinds het begin der tijden hadden gestaan.
Twintig minuten later, na een steile klim, kwam ik op het punt waar ik het pad zou verlaten, een enorme rots die over de rand van de berg stak. Die rots fungeerde als uitkijkpunt en moest wandelaars inspireren verder te gaan naar de top. Maar toen ik daar op de rand stond en over de hoogste bomen uitkeek, voelde ik me juist geïnspireerd door die ondoordringbaar lijkende grijze sluier. Ik wilde erin verdwijnen, wilde helemaal onzichtbaar worden.
Hoe vaak was ik niet doodsbang het bos in gevlucht? Hoe vaak had het bos me onder zijn hoede genomen, me verborgen gehouden, me te eten gegeven? Hoe vaak had het me niet beschermd? Ik ging op de rots zitten, leunde tegen de rugzak en liet de regen over me heen spoelen. Ik had werk te doen, en de tijd drong, maar ik wilde genieten van

het welkom dat mij hier werd bereid, al zou het betekenen dat ik een extra dag in de bossen moest doorbrengen. De menselijke maatstaf van tijd had hier toch geen betekenis. Ik was de verloren zoon, of beter gezegd de verloren idioot, en ik vroeg me af waarom ik al die jaren was weggebleven, terwijl alles hier zo schitterend was. Hoe kon ik zo dom zijn geweest?

Ik weet niet hoe lang ik daar zat, maar toen ik eindelijk overeind kwam, was mijn spijkerbroek drijfnat. Niet dat ik had gehoopt hem droog te houden, maar hij maakte me weer attent op het werk dat me te wachten stond. Ik ging van het uitkijkpunt af, vond een punt waar de helling begaanbaar was en begon af te dalen.

De tocht naar het huis van de Kennedy's zou eenvoudig genoeg zijn, al zou ik langzaam en moeizaam vooruit komen. Omdat ik over herkenningspunten als de beek en de verlaten houthakkersweg beschikte, kon ik niet verdwalen. Aan de andere kant zou het nog lastig worden om de terugweg te vinden. Ik moest zorgen dat ik de beek dan verliet op het punt waar ik hem op de heenweg had bereikt. Als ik dat pad voor wandelaars niet terugvond, zou Bouton me inderdaad in Canada kunnen oppikken.

Daarvoor had ik dat bijltje meegenomen. Ik had het niet nodig om hout voor een vuur te hakken. Er lag meer dan genoeg dood hout om er mijn eten op klaar te kunnen maken (vooropgesteld dat ik het kon opbrengen om dat gevriesdroogde hondevoer te eten) en me warm te houden. Het bijltje had ik meegenomen om een route van het vertrekpunt tot de beek te markeren, een route die ik op de terugweg opnieuw kon gebruiken.

Het was niet erg ingewikkeld. Een pijl die ik in een boom uithakte, wees naar een pijl in een andere boom, en die wees weer naar een boom... Maar als je een poncho over je heen hebt, en twintig kilo op je rug en nog eens vijf om je middel, kun je echt wel van hard werken spreken, en voordat ik tweehonderd meter heuvelafwaarts was gegaan, was ik al drijfnat van het zweet.

Niet dat ik het erg vond. Ik had er behoefte aan om mijn gedachten tot het heden te bepalen, en als je je wilt concentreren op waar je mee bezig bent, is niets zo geschikt als met een bijl in een boom hakken terwijl je op een steile, modderige helling staat. Overigens bewoog ik me allesbehalve in een rechte lijn. Gevallen bomen en steile afgronden dwongen me telkens weer om van richting te veranderen en soms

moest ik zelfs een eindje omhoog. Als mijn bewegingen op een kaart stonden aangegeven, zouden ze op zo'n kindertekening met genummerde punten lijken.
Het kostte me anderhalve uur om bij de bulderende, schuimende stroom te komen die op de kaart zo'n onschuldig beekje had geleken. De stroom was maar tien meter breed en ongetwijfeld bijna nergens dieper dan een meter, maar omdat hij was gezwollen van de regen en het smeltwater, daverde hij met een verbijsterend geweld over de rotsen. Het water stroomde door het struikgewas en de dichte berken- en populierenbosjes op de oevers.
Jammer. 's Winters zou het een klein beekje zijn en zou ik van de bedding mijn eigen kleine snelweg kunnen maken. Maar nu moest ik me een weg door het bos banen en op mijn gehoor afgaan om met de stroom in contact te blijven terwijl ik me om obstakels heen manoeuvreerde. Maar daar zat ik niet zo mee. Echt moeilijk zou het pas worden als de stroom op een gegeven moment bij een steile rotswand uit zou komen. Een rotswand die niet te beklimmen of te omzeilen was. In dat geval zou ik het water in moeten gaan, en als de stroom zich op dat punt dan in een diep ravijn stortte...
Die ergste mogelijkheid deed zich niet voor. Wel moest ik de stroom twee keer oversteken, stappend van rots tot rots terwijl het snelstromende water als een woeste krokodil aan mijn benen trok. Ik verloor meermalen mijn evenwicht en moest me dan vastgrijpen aan keien, met mijn gezicht helemaal onder het schuim, tot ik weer op mijn voeten stond. Ik had alle reden om bang te zijn, maar was dat niet. Ik weigerde te geloven dat het bos zich tegen me zou keren. Wat mij betrof, was de wildernis net zo goed een levend wezen als ze voor mijn Indiaanse voorouders was geweest. Ik was jarenlang bezig geweest de geesten die er huisden gunstig te stemmen. Ik had ze eer bewezen tot ik hun respect had verworven. Tot ik hun vertrouwen had gewonnen.
Nog net binnen de zes uur bereikte ik de houthakkersweg. Van daaruit was het ongeveer een kwartier naar Kennedy's huis. Ik ging niet recht op het huis af, want ik wilde de honden niet alarmeren. In plaats daarvan ging ik heuvelafwaarts om het huis heen, om vervolgens in het oosten omhoog te gaan en tenslotte op een enorme rotsmassa uit te komen. Waar ik op had gehoopt, en wat ik inderdaad aantrof, was een uitholling langs de bodem, waar de regen en de wind de grond hadden weggespoeld. Over een miljard jaar of zo zou er zoveel van de bodem

zijn geërodeerd dat de hele rotsmassa op Kennedy's dak zou vallen, maar nu was er zoveel ruimte dat ik mezelf en mijn uitrusting uit de regen kon houden terwijl ik een goed zicht op mijn prooi had.

Het eerste dat ik deed, was de rugzak afdoen en kreunen als een puber die zojuist de vreugde van het orgasme heeft ontdekt. Ik had wel vaker grote afstanden met zware bepakking afgelegd. (En niet alleen in Vietnam; ik had menigmaal twintig kilo hertevlees uit de diepten van de Adirondacks mee gebracht.) Maar dat was lang geleden, en ondanks al mijn inspanningen om in conditie te blijven was die laatste kilometer een kwestie van tanden-op-elkaar-en-doorzetten geweest.

Ik nam een paar minuten de tijd om van mijn relatief gewichtloze staat te genieten en ging toen aan het werk. Het was bijna donker en hoewel er alleen nog wat motregen viel, was de hemel in laaghangende, zwarte wolken gehuld. Meer op de tast dan op het zicht bevestigde ik loop, vizier en draagband aan de Anschutz, schoof er een magazijn in en legde hem samen met de .45 ergens neer waar ik er snel bij kon. Vervolgens ging ik het bos in, vond een groepje weymouthdennen en sneed genoeg takken om er een matras van te kunnen maken.

Toen ik tevreden was over mijn slaapgelegenheid, was de temperatuur al flink gedaald. In zekere zin was dat wel gunstig; de volgende morgen zou ik een heldere hemel en veel zonlicht hebben. Maar op dat moment, toen de wind opstak, leek het wel of mijn benen en voeten ieder moment levenloze voorwerpen konden worden. Ik had mijn wollen trui al aangetrokken, maar een extra spijkerbroek had ik niet bij me. En natuurlijk kon ik geen vuur maken. Niet in het zicht van Kennedy's huis.

Ik deed mijn laarzen, sokken en spijkerbroek uit en wurmde me in de ganzedonzen slaapzak. Ik had voor een donzen zak gekozen omdat die veel lichter was dan een normale zomerslaapzak met een flanellen tijk, maar nu was ik vooral blij omdat hij zo warm was. Twee fouten resulteerden samen in iets goeds. En ik was ook blij dat ik het werk nu had gedaan en dat het amusement kon beginnen. Kennedy's politiewagen stond voor het huis en ik stelde me voor dat hij zijn avondeten naar binnen werkte en daarna naar buiten zou komen om zijn patrouilledienst af te maken. Toen hij dat niet deed, toen er twee uren verstreken zonder dat ik hem zag, wist ik dat er iets mis was. Dieren, ook roofdieren, veranderen hun gedragspatronen alleen als iets ze daartoe dwingt. Waar ik bang voor was, terwijl ik op een mondvol zaden, no-

ten en rozijnen zat te kauwen, was de gedachte dat Bouton voortijdig in actie was gekomen en dat Kennedy daar lucht van had gekregen en nu druk bezig was bewijsmateriaal te vernietigen.
Maar afgezien van een doldrieste aanval was er niets dat ik kon doen. En misschien deed het er ook niet toe. Op een gegeven moment zouden Kennedy en ik een langdurig, intens gesprek hebben en daarna zou ik alles weten.

29

Het was nog donker toen ik wakker werd, maar de bijna volle maan wierp een bleek schijnsel langs de hoge donzige wolken die door de nachtelijke hemel gleden. Die bewegende wolken boden een wisselend zicht op een gitzwarte hemelkoepel met duizenden schitterende sterren. Ik ging rechtop zitten. De wind danste door het bos, fluitend, gierend, bulderend, soms met veel geraas, dan weer zacht ruisend. Ik voelde die wind in mijn lichaam, voelde hoe hij door mijn lichaam danste alsof de spieren die mijn botten in beweging brachten niet meer weerstand konden bieden dan de bladeren aan de bomen. Het was een zuiver lichamelijk gevoel en toch zo krachtig dat ieder verzet zinloos zou zijn. Ik gaf me er helemaal aan over, voelde mijn adem als de wind, de wind als mijn adem. Het duurde niet erg lang, maar in die weinige minuten verdween het verleden en leefde ik zonder tijd of ruimte. Ik verkeerde in volmaakte rust.
Toen schreeuwde er een lynx aan de overkant van het dal. Hij maakte bekend dat hij er was en dat hij bereid was zijn territorium te verdedigen. Een tweede lynx antwoordde ergens hoger op de helling achter me. Geen leven zonder oppositie, zei hij. Toon mij je vijanden en ik zeg je wie je bent.
Ik ging weer liggen, nog steeds in mijn slaapzak, en deed mijn ogen dicht. Vlak voordat ik wakker werd, had ik gedroomd, en hoewel ik me de droom niet kon herinneren, wist ik welke gebeurtenis me tot die droom had geïnspireerd. Ik was twaalf, oud genoeg om nonchalant te zijn geworden en dom genoeg om weinig respect voor moeder Natuur te hebben. Dom genoeg om midden in september diep het bos in te gaan, zonder de voorzorgsmaatregelen te treffen die nodig zijn om een vroege najaarssneeuwstorm te overleven. Toen de grote, natte vlokken begonnen te vallen, maakte ik meteen rechtsomkeert, richting huis, maar toen de wind opstak en gierend over het bos ging, wist ik dat ik het niet zou halen. Ik wist ook dat ik alleen in leven zou blijven

als ik een vuur zou aanleggen, en dat was nagenoeg onmogelijk.
Het enige gunstige dat ik over mijn eigen domheid kan zeggen, is dat ik niet op de grond ging liggen wachten tot ik dood was. Ik strompelde door de sneeuw en zocht naar iets, al had ik niet kunnen zeggen naar wat. Ik ging moedig verder en bereikte een stapel enorme keien op de rand van een steile helling. Ze vormden een ruwweg kubusvormig geheel en lagen op elkaar alsof ze oorspronkelijk één rots waren geweest maar op een gegeven moment gebarsten waren, als een ijsblokje in een glas heet water. Onderin, waar een aantal keien bij elkaar kwam en de hele massa op massief gesteente rustte, vond ik een diepe holte. Die holte, hoog en van boven afgerond, leek op zo'n nis waarin ze een gipsen heiligenbeeld zetten.
Hoewel ik (zelfs niet in mijn eigen ogen) niet voor heiligverklaring in aanmerking kwam, was ik schrander genoeg om mijn kans te grijpen. Ook had ik de tegenwoordigheid van geest om brandhout te verzamelen en een vuur te maken en dat vuur de hele nacht brandende te houden. Het lukte me in leven te blijven.
Jaren later las ik Jack Londons korte verhaal 'To Build a Fire' en herinnerde ik me meteen mijn eigen gevecht met de brute onverschilligheid van de natuur. Ik was niet beter voorbereid geweest dan Londons personage en ik had niet meer recht gehad om aan de gevolgen van mijn arrogantie te ontkomen. Maar niet alleen was ik ontkomen, ik had het ook fascinerend gevonden om de dood zo dichtbij te weten. Ik zat niet thuis tevreden te wezen met wat ik had (daar zorgde die goeie ouwe mam wel voor) maar ik verkende mijn wereld tot aan de uiterste grenzen, en dat alles in de wetenschap dat een ernstige fout – een gebroken been bijvoorbeeld, of een zware hersenschudding – gemakkelijk tot mijn dood zou kunnen leiden.

Ik ging rechtop zitten en wreef de slaap uit mijn ogen. Kennedy's huis, omgeven door een ijle nevel en in het zwakke licht van de maan, zag er vredig genoeg uit, maar toen ik door het nachtvizier naar het erf tuurde, zag ik dat zijn honden achter het huis waren en aan erg lange kettingen zaten. Ze hadden geen enkele beschutting en zouden nooit lang in leven blijven als ze regelmatig op die manier aan de elementen werden blootgesteld. Wat deden ze daar nu dan midden in de nacht? En waarom waren ze juist aan de achterkant van het huis?
De politiewagen was weg, maar er stond een andere auto naast het

busje. Kennedy's oude Toyota. Ik keek op mijn horloge. Het was vijf uur, tijd om een veilig plekje op te zoeken en daar een vuurtje te stoken en het ontbijt klaar te maken. Tenminste, daar zou het tijd voor zijn geweest als ik eraan had gedacht een pannetje mee te nemen.

Mooie padvinder was ik. Ik moest genoegen nemen met een maaltijd van muesli met water, maar ik kon niet in alle rust ontbijten. Een rode eekhoorn, zijn gepluimde oren recht omhoog, zat op een boomtak tegen me te kwetteren. In een impuls gooide ik een handvol zaden en noten op de grond. En inderdaad: het kleine schoffie vloog de boom uit, greep een amandel en schoot de takken weer in alvorens zijn buit te verorberen.

Toen ik de eekhoorn meermalen heen en weer had zien gaan, kwam ik op grond van alles wat ik van de natuur wist tot de conclusie dat het dier al vaker door mensen was gevoerd. Eekhoorns hebben geen groot territorium en er stond geen ander huis in de buurt. Dus...

Ik geloof dat ik wel bijna alles had willen doen om niet uit mijn lekker warme slaapzak te kruipen en me in die koude, natte spijkerbroek te wringen. Alles behalve een natuurlijke aandrang negeren. Toen ik terug was, kwam achter me de zon op en had iemand in het huis van de Kennedy's een licht aan gedaan. Ik keek weer op mijn horloge. Zes uur, verschrikkelijk vroeg voor iemand die tot na middernacht had gewerkt.

Natuurlijk kon het zijn vrouw Rebecca zijn die naar haar werk moest, maar ik had de indruk dat ze huisvrouw was. Die rol had ze in ieder geval gespeeld toen Bouton en ik bij hen op bezoek waren. Ik haalde de kijker uit zijn nylon zak en richtte hem op het raam. Ik verwachtte een halfnaakte vrouw te zien die haar make-up aanbracht, maar zag in plaats daarvan Robert Kennedy met zijn rug naar het raam staan. Hij maakte wilde gebaren; zijn armen bewogen als de vleugels van een natte kip die aan een woeste wezel probeert te ontkomen.

Ik begon mijn spullen bij elkaar te zoeken omdat ik wat dichter naar het huis toe wilde gaan, maar opeens begonnen de honden hard te blaffen. Dat zou ik op zichzelf niet zo bijzonder hebben gevonden (ieder klein dier, om van een beer of hert nog maar te zwijgen) kon ze aan het blaffen brengen, maar toen Kennedy met zijn geweer in de hand door de achterdeur naar buiten kwam rennen, begreep ik iets meer van de situatie.

De honden waren de hele nacht buiten geweest om Kennedy te kunnen waarschuwen. Blijkbaar verwachtte hij een of andere bedreiging en was hij ervan overtuigd dat die vanuit het bos zou komen, niet vanaf de weg. Daar kon je uit afleiden dat het niet de politie was waar hij bang voor was.

Ik zag hem over het achtererf lopen en het bos ingaan. Een paar minuten later kwam hij terug. Hij schopte beide honden en ging het huis weer in.

Ik zat goed verborgen achter een groepje berken en pakte de spullen die ik nodig had. Eerst de riem met alle hulpmiddelen die daaraan hingen, inclusief de Detonics. Ik gordde hem om en nam toen de kleinere rugzak en deed daar een fles water, mijn eerste-hulpset, een doos lucifers, de insektenolie en de muesli in. Toen pakte ik het geweer. Ik keek het magazijn na, verwijderde de grendel, keek langs de loop, controleerde de batterijen van het nachtvizier en zette alles weer in elkaar.

Ik deed dit alles zo snel als ik kon, want op het moment dat Kennedy de achterdeur achter zich dichtdeed, was me plotseling iets te binnen geschoten, een besef dat me niet losliet al wist ik wel dat het maar een van de vele mogelijkheden was. En dan ook nog een heel kleine mogelijkheid.

Als er nu eens een slachtoffer was ontsnapt en blindelings door de bossen liep? Of als er nu eens gewoon een slachtoffer was ontsnapt? Als de vrouw (en ik moest aannemen dat het een vrouw was), de weg op was gerend, kon Kennedy het wel schudden. Hij kon alleen maar hopen dat ze, om welke reden dan ook, het bos in gerend was. Maar als dat zo was, waarom dacht hij dan dat ze terug zou komen? En waarom was hij, nu de zon op was, niet naar haar op zoek?

De vraag werd enkele minuten later beantwoord, toen Kennedy en zijn vrouw het huis uitkwamen (Kennedy nog met het geweer). Ze sprongen in het busje en reden over het achtererf om meteen daarop in een dicht sparrenbos te verdwijnen.

Ik stond op, deed de kijker in zijn nylon hoes, hing de Anschutz aan mijn schouder en verliet mijn positie. Ik kon Bouton bijna horen roepen dat ik me aan de afspraak moest houden. Dat ik het huis moest doorzoeken en daarna moest maken dat ik wegkwam. Als ik Kennedy volgde, was er een groot risico dat ik zou worden ontdekt. Wist ik veel, misschien zat hij wel honderd meter verderop. En ik twijfelde er niet aan dat als ik het goed had en hij inderdaad op zoek was naar een slachtoffer, hij niet zou aarzelen mij te doden. Hij zou me doden en mijn lichaam ergens in die wildernis begraven.

Waarom was ik dan niet bang? Waarom was ik zo opgewonden dat mijn handen letterlijk beefden en dat mijn lippen opzij getrokken werden in een bijna wilde grijns? Waarom had ik al mijn zelfbeheersing nodig om het niet op een lopen te zetten?

Ik liep om het erf heen en bracht de honden daarmee tot razernij. Ze gromden, snauwden, jankten en rukten aan hun kettingen, hunkerend om hun tanden in mijn vlees te zetten. Ik kwam in de verleiding ze met de peperspray te laten kennismaken, maar dat had geen zin. Ze konden niet bij me komen en eigenlijk had ik niets met die honden te maken.

Mijn doel was het sparrenbosje achter het erf. Vanuit mijn uitkijkpost op zo'n honderd meter afstand had het ondoordringbaar geleken, maar ik zag dat er net genoeg ruimte tussen de bomen was voor een pad. Het pad bleek veel gebruikt te worden. Ik kwam in de verleiding het te blijven volgen en van de relatief vlakke bodem te profiteren, maar de kans op een hinderlaag was te groot. Ik wist dat ik een evenwijdige koers moest volgen. Ik moest uit het zicht blijven, maar toch ook zo dichtbij dat ik het busje kon horen als het de helling weer afkwam.

Het pad volgde min of meer de lijn van de flank, maar vormde hier en daar een haarspeldbocht als de helling te steil werd. Het liefst zou ik boven het pad blijven, want dan zou ik een goed zicht hebben op iemand die naar beneden kwam, maar die haarspeldbochten maakten dat onmogelijk.

Toch bleef ik zo dicht mogelijk bij de weg. Ik ging van bomen naar struiken naar rotsen – alles wat maar dekking te bieden had. De adrenaline spoot door mijn aderen en eiste dat ik sneller ging, een aandrang waar ik me uit alle macht tegen verzette. Ik had in Vietnam geleerd dat haastige spoed zelden goed is. En ook dat hardlopers doodlopers zijn. Ik hield een langzaam, gestaag tempo aan en bleef van tijd tot tijd staan om langs de helling omhoog te kijken.

Een halfuur later kwam ik bij een bruisende beek, dezelfde die ik de vorige dag was overgestoken. Het busje was nergens te bekennen, maar het pad leidde naar het water en ging aan de andere kant verder. Ik begreep eerst niet hoe Kennedy, zelfs met vierwielaandrijving, door dat water was gekomen, maar toen ik dichtbij kwam, zag ik dat de bedding bedekt was met kleine, dicht opeengepakte steentjes en dat de beek hier erg ondiep was. Vijftig meter stroomopwaarts hield een beverdam genoeg water tegen om de stroom begaanbaar te maken. Ik herinnerde me dat ik langs de dam en het meertje was gekomen, maar ik had niet gelet op het ondiepe stukje water even verderop.

Ik bleef even staan om Kennedy's handigheid en vastbeslotenheid te bewonderen. Het pad had niet op mijn stafkaarten gestaan (was dat wel zo geweest, dan was alles veel gemakkelijker voor mij verlopen) en dat betekende dat Kennedy het zelf had gemaakt. Hij zou niet in staat zijn geweest een stuk van dit dichte bos vrij te maken, niet zonder bulldozer, en had dus overal gebruik moeten maken van de mogelijkheden die het terrein hem bood. Die doorwaadbare plaats vlak onder de beverdam was daar maar een van de voorbeelden van. Op andere plaatsen had hij bomen gekapt en de stammen gebruikt om de lage, moerassige gedeelten op te vullen. En hij had zijn weg zoveel mogelijk over vlak gesteente laten lopen.

Vlak na de beek ging het pad naar links, wegdraaiend van een steile helling. Die helling eindigde abrupt aan de rand van een groot veld met riet en lisdodde, misschien wel tweeduizend vierkante meter groot, naast het bevermeertje. Ik probeerde onder de rand van het pad te blijven om mijn silhouet verborgen te houden, maar de helling was te steil en ik moest al gauw van het ene houvast naar het andere grijpen.

Er zat niets anders voor me op dan het pad weer op te gaan. Ik wou het oversteken en het aan de andere kant proberen, maar opeens zag ik aan de rand van het rietveld iets wat op een bundel vodden leek. Je zult het niet geloven, maar eerst schudde ik alleen maar afkeurend met mijn hoofd. New York is een zwijnestal. Daar verwacht je niet anders dan rotzooi; na een tijdje zie je het niet eens meer. Maar niet hier, niet in het hart van de Adirondacks.

Toen bewogen de vodden en wist ik wat ik zag. Ik wist ook dat mijn hoofd en schouders zich boven de rand van de weg bevonden, en dat betekende dat ik zichtbaar was voor iemand die hoger op de helling was. Ik moest daar weggaan, maar dat deed ik niet. In plaats daarvan verstijfde ik even en wachtte ik tot mijn hart tot rust was gekomen. In de loop van de jaren had ik wel honderd slachtoffers van moord gezien en had ik nooit meer dan een lichte walging gevoeld. Nu ik met een levend slachtoffer werd geconfronteerd, moest ik mezelf dwingen om in actie te komen.

Ik maakte veel geluid toen ik naar beneden ging, glibberend van boom naar boom, grind en keien los schoppend. Toen ik dichtbij kwam, richtte dat bundeltje vodden zich op haar knieën op en draaide ze haar gezicht in mijn richting. Ik verstijfde. Mijn handen beefden letterlijk en ik wist tot op zekere hoogte al wat ik te zien zou krijgen. Toch was ik niet voorbereid op dat rode, gezwollen gezicht, dat met bloed doorweekte haar, die niet-ziende ogen. Het was of ik mezelf zag, of ik plotseling was teruggevoerd naar die eerste jaren. Die jaren voordat ik leerde te ontsnappen, die jaren waarin ik niets anders kon doen dan wachten tot er een eind aan het pak slaag kwam en ik met de pijn als enige gezelschap in mijn bed kon gaan liggen. Die jaren waarin ik niets begreep en niets kon accepteren.

Ik weet niet hoe lang ik zo bleef staan. Gedachten schoten bliksemsnel door mijn hoofd, te kort, te gauw vervlogen om een samenhangende boodschap te kunnen vormen. Mijn handen kwamen omhoog alsof ik mezelf terug kon brengen in de realiteit door mijn gezicht aan te raken.

'Wie? Wie?' Ze strompelde op me af, één arm uitgestoken. 'Alstublieft.'

Ik stond daar nog steeds alsof ik in de rotsen en aarde geworteld was. Bleef staan tot ik de doffe knal van een geweer hoorde en het schot hagel in mijn rug voelde. De schok stuwde me naar voren, dwong me datgene te doen waartoe ik mezelf niet kon dwingen.

30

Ik had in Vietnam vaak met hinderlagen te maken gehad: plotselinge explosies van angstaanjagend geweervuur, altijd net wanneer je dat het minst verwachtte. Wat ik, evenals de meesten van ons die levend zijn teruggekomen, daarvan heb geleerd, is een simpele reflex: meteen dekking zoeken. Niet aarzelen. Niet denken.
Ik vloog naar voren, greep de vrouw aan haar uitgestoken arm vast en dook het riet in. Het geweer knalde opnieuw en opnieuw, maar wat ik me daarvan herinner, duidelijker nog dan de doffe knallen, was het *snik, snik, snik* van de hagelkorreltjes die door het lange, droge riet gingen. Ik weet nog dat het riet overal omviel, terwijl ik op zoek was naar een plaats waar ik me kon verschansen.
Een eend vloog langs mijn gezicht, direct gevolgd door haar paniekerige woerd, kwakend zo hard als ze konden. Als ze in het riet nestelden, deden ze dat op een vaste bodem, op grond die bij zware regenval niet zou onderlopen. Als ik die plek kon vinden, maakten we een kans.
Toen we dieper het riet in kwamen, liet ik me helemaal zakken om mijn rug niet als schietschijf te laten fungeren. Natuurlijk wist ik wel dat Kennedy aan het bewegende riet kon zien waar we langs gingen. Ik wilde kruipen, maar ik wist niet hoe ik dat moest doen zonder het gezicht van de vrouw door de modder te sleuren. Kennedy nam nu de tijd. Hij was zorgvuldig aan het mikken, ondanks mijn pogingen om te zigzaggen. Ik stond al op het punt om te blijven waar ik was en me vanuit de modder te verdedigen, toen ik op een stuk vaste grond stuitte. Het was niet veel, misschien zo groot als een eettafel, en er groeide dicht struikgewas, maar we zouden het ermee moeten doen. Ik kroop eromheen en legde de vrouw er met haar hoofd en schouders op. De rest van haar lichaam lag in het riet en de modder.
'Geen geluid,' fluisterde ik, terwijl ik naast haar ging liggen.
De vrouw knikte en keek me met niet-ziende ogen aan. Ik wist dat ze blind was, al vanaf het moment dat ze me voor de eerste keer had aan-

gekeken. Ik wist ook dat ik haar moest beschermen, dat ik als eerste moest sterven, wanneer dat niet anders kon. Alsof haar dood mijn eigen dood was.

Maar ik was niet van plan te sterven. Ik nam de Anschutz van mijn schouder, legde hem voor me op de grond, trok vervolgens de .45 en legde die naast het geweer. Ik hoopte dat Kennedy, als hij eenmaal ophield met het verspillen van munitie, zo dom zou zijn om achter me aan te komen. Of beter nog, dat hij zou besluiten de helling op te gaan om een beter zicht te krijgen. Op grote afstand zou mijn kleine Anschutz geen partij voor zijn geweer zijn. Ik bracht mijn handen naar mijn rug en bewoog mijn vingers langzaam rond tot ik de twee kleine gaatjes in mijn linkerzij had gevonden, net onder de ribben. De gaatjes bloedden niet erg aan de buitenkant, en dat was op zich wel gunstig, al wist ik dat er misschien bloed in mijn buik stroomde. Nog gunstiger was het dat ik, toen ik met mijn hand over mijn buik ging, geen uitgangswond kon vinden, alleen een bultje onder de huid, ongeveer zeven centimeter links van de navel. De pijn beperkte zich tot een dof gevoel dat ik wel kon verdragen.

Kennedy ging door met zijn kalme, systematische beschieting, alsof zijn geweer een rietmaaier was. Ik voelde me rustiger, nu ik wist dat ik nog even de tijd had. Tijd om bijvoorbeeld mijn rugzak af te doen en de eerste-hulpset te pakken. Ik kon niets aan mijn rug doen (als er iets mis was, was het inwendig), maar wel aan het gezwollen gezicht van de vrouw.

Toen mijn vingers de striemen op haar huid aanraakten, deinsde ze even terug, maar daarna liet ze me begaan. Eerst dacht ik dat ze die zwellingen had opgelopen doordat ze een klap had gekregen of zoiets, want ze had ook veel opgedroogd bloed in haar haar, maar bij nader inzien bleken het tientallen insektebeten te zijn. Muggen, mieren, vlooien... het maakte niet uit, want ik had toch niets specifieks voor een bepaald soort beet bij me.

'Ben je bewusteloos geweest?' fluisterde ik.

'Ik denk het. Ik weet het niet.'

'Je zit onder de beten. Ik ga wat zalf op je gezicht doen. Het is eigenlijk voor zonnebrand, maar misschien helpt het.'

'Nee.' Ze duwde mijn hand weg. 'Ik heb niets nodig. Maak ze dood.'

Zomaar? Misschien dacht ze dat het een of ander rollenspel was, *Dungeons and Dragons* of zoiets. Means de Magiër.

Haar vingers tastten naar mijn gezicht, volgden mijn gelaatstrekken, aarzelden bij mijn ogen.

'Hoe heet je?' vroeg ze.

'Roland Means.'

'Ik ben Lorraine Cho.' Ze aarzelde even. 'Ik hoorde hem schieten.' Weer een aarzeling. 'Zijn we veilig?'

Ik legde het haar zo goed mogelijk uit, fluisterend in haar oor. Kennedy was opgehouden met schieten, en hoewel ik niet verwachtte dat hij een overijld besluit zou nemen, was er altijd een kans dat hij ineens kwam aanstormen. Het laatste wat ik dan kon gebruiken, dus als Kennedy door dat riet kwam aanrennen, was een blinde vrouw die in paniek raakte.

'Dus zo staat het ervoor,' besloot ik. 'Het is een patstelling. Wij kunnen er niet uit; hij kan er niet in.'

'En als hij gewoon wacht?'

Ik begon de zalf op haar gehavende gezicht aan te brengen, en ditmaal protesteerde ze niet. 'Als hij ons hier niet uit heeft gekregen voordat het donker is, is hij dood. Dat is het goede nieuws. Het slechte nieuws is dat het nog maar acht uur is en dat hij elf uur de tijd heeft om erover na te denken.'

Ze greep mijn pols en klampte zich daaraan vast. 'Dood ze allebei!'

'Allebei?'

'Becky is psychotisch. Je weet nooit van tevoren wat ze gaat doen. Je moet haar doden.'

Er viel niet veel meer te zeggen. In ieder geval had het geen zin haar tegen te spreken. Je kunt niet van een slachtoffer verwachten dat hij of zij de dingen in het juiste perspectief ziet. Net zomin als je van iemand die in een wervelstorm terecht is gekomen, kunt verwachten dat hij beseft dat ergens anders de zon schijnt, de vogels zingen en de koeien vredig staan te grazen. Trouwens, ik kon me voorstellen wat ze had doorgemaakt, want ik had het zelf ook doorgemaakt, en hoewel ik niemand had gehad die het voor mij opnam, had ik wel altijd van een redder gedroomd.

Ik gaf haar de veldfles en ze drukte hem tegen haar lippen en dronk veel. Te veel.

'Rustig aan, Lorraine. Dat is alles wat we hebben. Of je moest al van plan zijn dat modderwater te drinken.'

'En als hij brand sticht?' Ze gaf me de fles terug. 'Als hij nu eens probeert ons met vuur te verdrijven? Want dat zal hij doen. Papa zal het doen en Becky zal hem helpen.'

Het duurde enkele seconden voordat ik besefte dat ze Kennedy bedoelde. Ik vroeg me af hoe lang ze bij hem was geweest. En welke rol dat suikerzoete vrouwtje van Kennedy in dit alles speelde. Volgens VICAP hadden er vrouwelijke bijtsporen op de lichamen van de vrouwelijke slachtoffers gezeten. Ik zag weer voor me hoe die woorden op het scherm waren verschenen. Er werd geen speciale nadruk op gelegd. Ze gaven alleen de feiten, alsof VICAP verslag deed van het weer in Arizona. En we waren blij geweest toen we het lazen, Bouton en ik. Onze enige emotie was blijdschap geweest. Ja! Bijtsporen! Dat betekende: King Thong! Laten we ergens iets gaan drinken om het te vieren.

Kennedy opende plotseling het vuur. Hij schoot lukraak het riet in. Toen zijn magazijn leeg was, herlaadde hij het, schoot het opnieuw leeg en gaf het toen op. Blijkbaar was hij razend. Als politieman en moordenaar was hij gewend zijn zin te krijgen. Nu had hij een probleem en wist hij niet wat hij moest doen. Hij zou wel weten dat ik gewond was, misschien buiten gevecht gesteld of zelfs dood. En verder was er altijd een kans dat een jachtopziener de schoten had gehoord en op onderzoek uitging. Maar hij was niet dom genoeg (of kwaad genoeg) om door dat riet te komen aanstormen. Zelfs als hij de .45 op mijn heup niet had gezien, kon het geweer hem niet zijn ontgaan. Als ik nog fit was, als ik op de loer lag, zou hij...

'Als hij nu eens brand sticht?'

'Huh?' Onwillekeurig keek ik in haar ogen en besefte plotseling dat ze van glas waren. Ik zag mijn eigen spiegelbeeld in die donkere pupillen. Ikzelf, kijkend naar mezelf, kijkend naar mezelf.

'Hoor eens, klungel,' snauwde ze. 'Wat gaan we doen als hij brand sticht?'

Klungel?

'Als hij brand sticht, zijn we hier eerder weg dan we dachten. We hebben de wind in de rug; die waait de rook naar hem toe. Verder heeft het gisteren de hele dag hard geregend. Alles is nat. Trouwens, het is voorjaar en dan heb je veel nieuwe scheuten die te groen zijn om te branden. Hier, voel eens.' Ik pakte haar hand en legde die op het nachtvizier. 'Dit is een nachtvizier. Hij versterkt het beetje licht dat er is en dan kun je zien in het donker. Daarom moeten we wachten.'

Ze dacht er een tijdje over na en knikte toen. Blijkbaar had ze een of andere conclusie getrokken. 'Wie ben jij? Wat doe je hier?'
Ik vertelde haar dat ik een rechercheur uit New York was, dat Kennedy verdacht werd van iets wat niets met haar te maken had, dat ik toevallig voorbij kwam, dat iemand anders wist waar ik was, maar dat het minstens twee dagen zou duren voordat ze naar me op zoek zouden gaan. Ik vertelde haar ook dat ik gewond was geraakt, al wist ik dat het haar bang zou maken. Maar ze reageerde niet angstig. In plaats daarvan liet ze haar vingers over mijn rug en daarna over mijn buik gaan.
'Heb je daar iets voor? Antiseptica? Verband?'
Ik gaf haar een tube antibiotische zalf, een pakje steriel gaasverband en een rol kleefpleister. Eigenlijk vond ik het overbodig. Als ik aan mijn wonden zou sterven, zou dat niet komen door iets wat van buiten kwam. Maar omdat we toch alle tijd van de wereld hadden en niets konden doen, rolde ik me op mijn zij en liet haar aan het werk gaan.
Toen ze mijn wonden schoonmaakte en verbond, merkte ik dat ze precies wist wat ze deed. Zoiets had ik nog nooit meegemaakt. Kooceks handen waren snel en trefzeker, alsof haar vingers dingen wisten die haar hersenen ontgingen, maar in vergelijking met deze vrouw was Koocek stuntelig.
'Heb je pijn?' vroeg ze tenslotte.
'Niet veel. Een beetje.'
'Wil dat zeggen dat je het redt?'
'Wil je dat echt weten?'
'Ik móet het weten.' Ze legde haar hand op de mijne. 'Ik wil hier niet doodgaan. Ik wil niet gedood worden door hèn.'
Ik zette haar de verschillende mogelijkheden uiteen, al wist ik dat het niet veel zin had.
'Kennedy heeft me geraakt met twee grote hagelkorrels uit een jachtgeweer. Als hij een gewoon geweer had gebruikt, zou ik dood zijn, maar hagel heeft niet zoveel snelheid. Daarom kwamen de korrels er niet aan de andere kant uit.' Ik zweeg even en ze kneep protesterend in mijn hand. 'Goed, Lorraine. Het enige dat ik met zekerheid kan zeggen, is dat de korrels geen slagader of grote ader hebben doorboord. Was dat wel gebeurd, dan was ik inmiddels bewusteloos geweest. Bewusteloos of dood. Maar er blijft nog van alles over: de nieren, longen, lever, dikke darm, milt en wat er daarbinnen nog meer zit. Ik

weet echt niet wat er gebeurt als een groot stuk hagel in je lever binnendringt. Op de korte termijn en op de lange termijn. Wat ik wel weet, is dat ik me op dit moment goed voel.'
Ik richtte mijn aandacht weer op Kennedy. Ik stelde me voor dat hij door het riet kroop om zo dichtbij te komen dat hij zijn jachtgeweer kon gebruiken. De wind bewoog het riet heen en weer en ging steeds maar heel even liggen. Die beweging zou hem een goede dekking geven, vooropgesteld dat hij het lef had om het te proberen. Hetgeen ik betwijfelde.
Lorraine kwam naast me liggen. Ze viel niet in slaap en verloor zich ook niet in dagdromen. In plaats daarvan doorzocht ze de rugzak zonder mij om toestemming te vragen. Op een gegeven moment vond ze de muesli. Ze begon meteen te eten.
'Je mag blij zijn dat ik daar geen muizeval in had.'
Ze gaf geen antwoord. Haar mond vormde een rechte lijn en haar neusgaten werden een beetje wijder. Misschien trok ze dat gezicht alleen maar omdat ze zich concentreerde, maar op het moment zelf zag ik het als een teken van vastbeslotenheid. Ze was een lange weg gegaan en had bijna alles verloren, maar ze ging niet liggen wachten tot ze dood was. Ze zou zich niet overgeven.
En dat was maar goed ook, want om een uur of twaalf begon ik te zweten, ondanks de kou en ondanks het feit dat het grootste deel van mijn lichaam in natte modder lag. Binnen een halfuur beefden mijn handen en klapperden mijn tanden. Er gebeurde iets in mijn lichaam en ik probeerde het te verpletteren, probeerde het weg te drukken. Ik had net zo goed kunnen proberen de oceaan tegen te houden.
'Je hebt koorts.' Lorraine streek over mijn gezicht.
'Goed gezien.' De wind was gaan liggen en ik moest mezelf eraan herinneren dat ik moest fluisteren.
'Leer me hoe ik dat geweer moet gebruiken.'
'Waarvoor gebruiken? Ik ben niet dood, Lorraine. Nog niet.' Ik dacht dat ze zichzelf wilde doden voordat Kennedy de kans kreeg het voor haar te doen.
'Papa is niet degene die komt, Roland. Hij zal Becky sturen. Als jij niet met haar kunt afrekenen, moet ik dat doen. We gaan hier niet sterven.'
Ik vatte dat 'we' als een teken van vooruitgang op. Een paar uur geleden zou het nog 'ik' zijn geweest.

'Daarmee heb je mijn vraag niet beantwoord.'
'Hoor eens.' Ze maakte zich weer kwaad. 'Ik ben niet blind geboren en ik heb wel eens met een vuurwapen geschoten, een revolver, geen automatisch wapen. Als Becky komt, zal ze heus niet door die struiken komen aanstormen. Als ik haar met mijn vinger kan vinden, kan ik haar ook met de loop van een geweer vinden. Laat me nou maar zien waar de veiligheidspal zit en laat het geweer dan ergens liggen waar ik het kan vinden.'
Er ging een huivering door mijn hele lichaam, van mijn tenen tot mijn kruin, en voor het eerst begon ik het gevoel te krijgen dat ik het niet zou redden. Niet tot het donker werd, niet als het donker was. Wat ik het liefst zou doen – het enige dat ik zou willen doen – was mijn ogen dichtdoen en rusten.
'Geef me je hand,' zei ik. Ze gehoorzaamde zonder iets te vragen en ik legde haar vingertoppen op de loop van de .45. 'Dit wapen is zwaar, Lorraine, maar het is zo gemaakt dat het niet erg hard terugslaat als je de trekker overhaalt. Het probleem is de veiligheidspal op de kolf.'
Ik leidde de top van haar wijsvinger naar de pal. 'Voel je hem?'
'Ja.'
'Druk hem in.' Ik wachtte tot ze het had gedaan. 'Je moet die pal met de muis van je hand ingedrukt houden als je de trekker overhaalt. Doe je dat niet, dan schiet hij niet. En bedenk wel: als je hem ergens heen brengt, moet je niet tegelijk de kolf en de trekker vastpakken. Als je dat doet, loop je gevaar een been te verliezen.'
Dat was het laatste advies dat ik voor haar had. Binnen enkele minuten gingen mijn gedachten heen en weer tussen dat eiland van riet en... Ik kom in de verleiding om te beschrijven wat ik als een droom zag, maar de beelden die me voor ogen stonden, hadden niet eens de samenhang van een droom. Stukjes en flarden dwarrelden door mijn gezichtsveld en waren al weer weg voordat ik begreep wat ze te betekenen hadden. Grote Mike was er, en die goeie ouwe mam natuurlijk ook. Maar er waren ook onderwijzers en klasgenoten, en een hoerenkast in Saigon met allemaal trieste, kleine vrouwtjes.
Ik weet niet hoe lang dat doorging. Ik weet wel dat ik na een tijdje in een echte slaap viel, maar dat weet ik alleen omdat Lorraine me wakker schudde.
'Ze komt eraan.'
Ik probeerde de .45 te pakken, maar kon me bijna niet bewegen. Niet

dat het er veel toe deed, want Lorraine had hem al in haar handen.
'Lorraine? Schatje? Ik ben het, Becky. Alsjeblieft, niet schieten. Ik wil alleen maar met je praten.'
De wind was gaan liggen en ik hoorde het gestage geluid van Rebecca Kennedy's voetstappen in het riet. Opnieuw probeerde ik de .45 te pakken, maar Lorraine voelde dat ik die beweging maakte en duwde mijn uitgestoken hand weg. Voor het eerst zag haar gezicht er volkomen beheerst uit, bijna sereen. Er speelde een glimlach om haar lippen, maar het vreemde was dat haar gezicht op mij gericht was. Haar blinde glazen ogen waren op mijn ogen gericht, terwijl het pistool naar het naderend geluid wees.
'Lorraine? Alsjeblieft, zeg nou waar je bent. Ik snij me zo aan dat riet. Ik begrijp niet hoe jij hier terecht bent gekomen. Je moet er wel verschrikkelijk aan toe zijn.'
Rebecca's stem klonk opgewekt, alsof ze verstoppertje speelde met een ondeugend kind. Als ze al enig benul had van de ontvangst die haar te wachten kon staan, liet ze daar niets van blijken. Zelfs met mijn hevige koorts wist ik dat Lorraine gelijk had. Rebecca Kennedy was krankzinnig.
Misschien kwam het door dat plotselinge inzicht dat ik opeens sterk genoeg was om naar het geweer te grijpen. Ik zag kans het tegen mijn borst te trekken, maar mijn vingers beefden zo erg dat ik de veiligheidspal niet kon overhalen. Ik kon het wapen ook niet tegen mijn schouder krijgen.
'Zeg, Lorraine, papa is zo boos op me. Hij zegt dat het allemaal mijn schuld is, en als jij niet bij ons terugkomt, zal hij precies doen wat hij zei. Dan stopt hij me in de versnipperaar. En dat is dan allemaal jouw schuld. Zou je met die gedachte door het leven willen gaan? Geloof me, Lorraine, ik heb in mijn leven vreselijke dingen gedaan en het is heel erg moeilijk om daarmee te leven. Ik wil niet dat jij dat ook moet doormaken.'
Het geluid van Rebecca's stem was nu recht voor ons. Ze was blijven staan (tenminste, ik hoorde haar voetstappen niet meer; het zou ook kunnen dat ze was gaan kruipen). Er kwam een gedachte in me op, een gedachte die ik moest uitspreken. Ik kon bijna niet geloven dat die gedachte niet eerder in me opgekomen was. Ik tikte op Lorraines schouder en ze boog zich naar me toe.
'Niet schieten tenzij het absoluut moet. Misschien is Kennedy vlak

achter haar.' Ik haalde diep adem. Lorraine bewoog de hele tijd haar oren, alsof ze een hond was die de herkomst van een geluid probeert te bepalen. Ik zag hoe haar oor zo groot werd als een theekopje, en daarna draaide het weer van me weg. Op dat moment geloofde ik dat ik zou sterven.

Rebecca Kennedy kwam weer in beweging. Haar voetstappen gingen soms over de nieuwe scheuten en soms door de modder. Ze bewoog zich niet in een rechte lijn naar ons toe. Ik schatte dat ze zo'n vijf meter van ons vandaan terecht zou komen. Ik kon haar lichaam nu zien, een vaag silhouet dat bijna spookachtig zou zijn geweest als ze die felrode doek niet om haar haar had gebonden.

Ik kon mijn ogen niet van die doek afhouden. Soms leek hij los van haar in de lucht te hangen, leek hij tussen het riet te zweven als een Disney-animatie tegen een sepiakleurige achtergrond. Die hoofddoek vertelde me alles over Kennedy's bedoelingen. Hij had Rebecca gestuurd om ons te vinden, niet om ons te doden, en hij zat zelf ergens op de helling en volgde met zijn ogen die rode doek. Ik moest dat aan Lorraine vertellen. Ik moest haar vertellen dat ze die trekker moest overhalen terwijl Rebecca Kennedy nog ver weg was, maar ik deed het niet.

Ik deed niets meer dan daar liggen kijken, terwijl die rode doek, vluchtig als een vlinder, van koers veranderde en recht naar ons toe kwam. Het lichaam kreeg vastere vormen en toen zag ik ook het vertrokken gezicht, de gezwollen ogen en lippen, het vlasblonde haar. Lorraine hield de loop van het pistool op Rebecca's geluid gericht. Ze moest weten hoe dichtbij Rebecca was.

'Niet schieten.' Dat was mijn stem, al kon ik me niet herinneren dat ik had besloten iets te zeggen.

'Lorraine, schatje, ben jij dat?'

'Alsjeblieft, niet schieten.'

'O, ik ben zo blij je te zien, schatje. Ik moet dat gewoon vieren.' Haar ogen waren op het pistool in Lorraines handen gericht en ze maakte langzaam de knoop onder haar hals los, bracht de rode doek boven haar hoofd en zwaaide hem heen en weer. 'Jaaaaajjj. Jaaaaajjj.'

31

Robert Kennedy's eerste schot sloeg het achterhoofd van zijn vrouw weg. Toen die kogel haar hoofd verliet, ontstond er een grillige cirkel van de buitenhoek van haar rechteroog naar de onderkant van haar mond en vandaar weer omhoog langs de buitenkant van haar neus naar haar wenkbrauw. Ik zag het in slow-motion – dat wil zeggen, ik herinner me het in slow-motion – rode en witte flarden van een driedimensionale caleidoscoop die uitstulpten en zich over de bruine lisdodde en donkergele rietstengels drapeerden en robijnrode druppels op de zwarte modder lieten vallen.
Ik vond het mooi. Even mooi als napalm die op een heuvel in de verte explodeert. Ik had dat vele, vele malen gezien. Voor mijn peloton was napalm een soort televisie geweest. We gingen 's avonds bij elkaar staan, een fles rum in de meeste handen (en joints en dope in de andere handen) en wachtten tot onze piloten aan het werk gingen. Ik wist dat die geleiachtige benzine op mensen terechtkwam, maar dat waren vijandelijke mensen en het was mijn plicht ze te haten, om geen medelijden met ze te hebben. Als man van eer was ik trouw aan mijn plicht. Robert Kennedy schoot niet met zijn jachtgeweer. Dat had hij inmiddels ingewisseld voor een AK-47. Ik herkende dat diepe blafgeluid ondanks de hevige koorts. Zolang ik leef, zal ik dat geluid herkennen. Hij haalde de trekker zo snel mogelijk over en probeerde de plek waar zijn vrouw had gestaan met supersonisch lood te overspoelen.
Lorraine legde de .45 neer en drukte zich tegen me aan. We konden niets anders doen dan wachten en luisteren. Luisteren naar de knallen in de verte en het ploffen van kogels in de natte modder. Wachten tot Kennedy een magazijn van vijftig patronen had leeggeschoten, een nieuw magazijn had genomen, ook dat had leeggeschoten.
Lang voordat het voorbij was, verloor ik mijn greep op het heden en ging ik helemaal terug naar de Mekong-delta in Zuid-Vietnam. Mijn peloton werd belaagd door één sluipschutter. Iemand (een goede

vriend misschien, of een gehate tweede luitenant, of een gerespecteerde sergeant) lag dood op de grond. Het was niet de eerste keer dat het peloton dit meemaakte, en wat we deden – wat we deden zonder dat ons daartoe een bevel werd gegeven – was de stinkende modder in duiken van een rijstveld dat met menselijke mest werd verrijkt en waar je zo ongeveer struikelde over de booby-traps.

Omdat we ons niet verder terug konden trekken, reageerden we op de geijkte wijze: met gigantische vuurkracht. Twee M60-machinegeweren en twintig M16's waren de eerste die in actie kwamen. Dat gebeurde zo snel als tweeëntwintig wanhopige, doodsbange soldaten ze in stelling konden brengen. Vervolgens openden de M79's het vuur. Ze vuurden de ene na de andere granaat op de bomen af.

Twoep-BOEM! Twoep-BOEM! Twoep-BOEM!

Het geluid was onvoorstelbaar. De individuele patronen werden zo snel verschoten dat ze een ononderbroken, onverbiddelijke muur van geluid vormden. Omdat ik er middenin zat, kon ik de bevelen van de luitenant of de sergeants niet horen en hoorde ik het vuur van de tegenpartij ook niet. Ik haalde de trekker over, schoot een magazijn leeg, herlaadde, schoot er weer een leeg – dat alles in de richting van een boom in de verte waarin de sluipschutter zich misschien verscholen had.

Ik wilde altijd blijven schieten, wilde me altijd achter die muur van geluid blijven verbergen, maar na een tijdje (lang of kort was iets wat achteraf werd gemeten, bij een joint en een koud biertje) begon de muur af te brokkelen. Eerst vielen er kleine gaten in, maar die gaten werden groter naarmate meer en meer soldaten de trekker loslieten. Nu hoorde ik ook de kreten van onze gefrustreerde pelotonscommandant en zijn vriendjes: 'Stoppen met vuren. Stoppen met vuren', en wist ik dat het ergste me nog te wachten stond.

Want zodra de stilte even oorverdovend zou zijn als het vuurgevecht was geweest, zou iemand de eerste moeten zijn die zijn hoofd omhoog bracht, die op zijn knieën ging zitten, die opstond. En ondanks alle tienduizend patronen die we hadden afgevuurd, kon niemand garanderen dat de sluipschutter dood was. Misschien had hij het achter een boomstam uitgezeten. Of misschien hadden we gewoon in de verkeerde richting geschoten. Of te hoog, of te laag.

Eén ding stond vast: we hadden in alle mogelijke richtingen geschoten en hadden geen flauw idee waar de sluipschutter zat. Misschien

wachtte hij tot we te voorschijn kwamen en zou hij dan nog een magazijn of twee op ons leegschieten. Misschien zou hij nu meteen gaan schieten om zich daarna terug te trekken. Misschien was hij van plan dit de hele middag te blijven doen, omdat de Vietcong zijn hele familie zou uitmoorden als hij het niet deed.
Langzaam, heel langzaam, begonnen we overeind te komen. Ik had me net op mijn ellebogen opgericht toen ik beweging tussen de bomen zag, de flikkering van zonlicht op metaal. De sluipschutter bracht zijn AK-47 in de aanslag. Ik gooide me op de grond, trok de M16 naar mijn schouder, zette hem op semi-automatisch en schreeuwde: 'Liggen, liggen, liggen!'
'Rustig maar, Roland. Niet spreken. Het is nu bijna tijd.'
Ik deed mijn ogen open en merkte dat Lorraines vingers over mijn gezicht streken. Ze zat met haar rug tegen de struik en hield mijn hoofd op haar schoot. Het was bijna donker. De zon was weinig meer dan een violet waas dat over de bergen in het westen hing.
'Ga liggen,' fluisterde ik, gehoorzamend ondanks mijn angst. 'In godsnaam. De sluipschutter is nog actief.'
Ze glimlachte en gaf me de veldfles. 'Drink maar, Roland. Je moet sterk zijn. Het is bijna tijd.'
Ik dronk de fles leeg, keek er enkele ogenblikken naar en hield hem schuldbewust omhoog.
'Ik heb alles opgedronken, maar je kunt hem vullen in de beek.'
Toen keek ik om me heen. Ik herinnerde me Kennedy, het bevermeertje, de lisdodde. Het was windstil en het water in het meertje leek op een plaat rookglas. Vijf meter van ons vandaan lag het donkere silhouet van Rebecca Kennedy's lichaam op een bed van platgedrukt riet. Ik kon haar amper zien, maar ik hoorde wel het gestage zoemen van de vliegen die hun werk deden.
Lorraine had gelijk; het was bijna tijd.
'Ga zitten, Roland.'
Ze hielp me in zittende positie en hield me vast terwijl ik tegen de duizeligheid vocht. Na een paar minuten voelde ik me sterker. Ik zweette niet meer en ik was niet gedesoriënteerd, maar ik was zwak en moe.
'Je hebt een inwendige infectie,' fluisterde Lorraine. 'De kogels hebben misschien je darmen geraakt.'
'Dank je voor de mededeling.' Dat grapje dat ik maakte, hoe flauw ook, beurde me op. 'Trouwens,' voegde ik eraan toe, 'het waren geen

kogels. Als het kogels waren geweest, zou ik dood zijn.'
Ze glimlachte en diepte de zak met muesli uit de rugzak op. 'Dat heb je me al verteld. Wil je eten? Voordat je op hem af gaat?'
De zon was nu helemaal onder en het zou nog wel een uur duren voordat de maan aan de hemel zou staan. De lucht was helder; de wind en de regen hadden alle flarden mist verdreven. Ik wist dat ik geen betere kans zou krijgen. En wat er ook in mijn lichaam aan de hand was, het zou niet vanzelf genezen. Zoals ik het toen bekeek, was mijn keuze heel eenvoudig: nu in actie komen of sterven.
En als ik stierf, zou Lorraine ook sterven. Dat was ook volkomen duidelijk.
In het magazijn van de Anschutz zaten vijf patronen, en ik had twee extra magazijnen. Ik gebruikte Remington High Velocity-munitie, maar dat maakte mijn .22 nog geen partij voor Kennedy's AK-47. Nee, een schietpartij op twintig meter afstand zou alleen maar tot gevolg hebben dat stukken van mijn vlees tot in Nebraska zouden neerdalen. Ik had maar één voordeel en dat was dat ik in het donker kon zien. En dat ik mijn hele leven op een prooi had gejaagd die terug kon vechten. Ik had niet stad en land afgeschuimd op zoek naar weerloze vrouwen. Ik had mijn vrouw niet gebruikt om mannen op hun knieën te lokken, opdat ik ze in hun achterhoofd kon schieten.
'Ik heb eigenlijk geen honger, Lorraine. Maar ik zou het als een laatste maaltijd kunnen beschouwen. Dan krijg ik misschien wel trek.'
Weer een grapje; de toekomst begon er rooskleurig uit te zien.
'Je moet iets voor me doen, Lorraine,' ging ik verder. 'Ik weet namelijk niet waar Kennedy zich schuilhoudt en ik ben niet sterk genoeg om urenlang naar hem te zoeken. Ik wil dat je me genoeg tijd geeft om bij het pad terug te komen en dat je dan meermalen in de modder schiet. Hopelijk schiet hij dan terug en kan ik aan de vuurflitsen zien waar hij zit.'
'Wat bedoel je, vuurflitsen?'
'De vlam die uit de loop van het geweer komt. Die kun je overdag niet zien, maar 's nachts is het net of er een vuurpijl de lucht in gaat.'
Ze dacht daar even over na en knikte toen ze de verschillende mogelijkheden was nagegaan.
'Wat gebeurt er als ik dat heb gedaan? Als ik die schoten heb gelost?'
'Als je hebt geschoten, duik je weg.'
'Ik dacht dat jij in het donker kon zien met je... je nachtding.'

'Hoor eens, Lorraine. Kennedy kan overal zitten, zelfs achter ons. Stel je een punt op misschien wel driehonderd meter afstand voor en trek dan een cirkel met ons in het midden. Dat is een enorm terrein om af te turen, zelfs met een nachtvizier. Ik voel me veel beter dan een halfuur geleden, maar dat wil nog niet zeggen dat ik weer helemaal fit ben. Sterker nog, ik geloof dat mijn tijd begint te dringen en dat ik Kennedy zo gauw mogelijk moet vinden. Ik moet hem vinden en hem doden zolang ik nog sterk genoeg ben om hier vandaan te lopen. Ik wil hem met één goed schot uitschakelen wanneer hij dat het minst verwacht: als hij overeind staat en op jou schiet.'

Natuurlijk loog ik. Ik was niet van plan Kennedy er zo gemakkelijk van af te laten komen. Ik wilde achter zijn ogen kijken. Ik wilde zien of ik me daar zelf schuilhield. Ik was niet bang voor de dood, stond daar geen twee tellen bij stil (maar wel één tel). Misschien kwam het door de koorts. Of misschien hadden mijn eigen Brockiaanse obsessies me nu eindelijk in hun greep gekregen. Dat kwam allemaal op hetzelfde neer.

'Hoeveel tijd heb je nodig, Roland? En hoe kan ik weten of die tijd verstreken is?'

'Ik heb genoeg tijd nodig om op dat pad te komen. Daarvandaan moet ik een goed zicht hebben. Dat duurt een minuut of twintig.'

'Ik kan niet…'

'Dat weet ik, Lorraine. Zodra ik mijn positie heb bereikt, neem ik een steen en gooi die in het water. Misschien hebben we geluk en begint Kennedy dan meteen te schieten. Ik betwijfel dat, want hij is in deze bossen opgegroeid en zal weten dat het een dier kan zijn, misschien een bever die met zijn staart op het water slaat. Als Kennedy niet reageert, moet jij aan het werk gaan. Vergeet niet: in de modder schieten. Als je in de lucht schiet, ziet hij jóuw vuurflits.'

'En als hij helemaal niet reageert?'

'Dan ga je gewoon staan zwaaien.' Ik glimlachte, maar die glimlach kon zij natuurlijk niet zien. En het grapje begreep ze ook niet. 'Als hij niet reageert, moet ik naar hem gaan zoeken. Ik weet niet hoe lang dat duurt of in welke richting ik dan moet gaan. Je kunt op me wachten of je kunt zelf proberen er tussenuit te knijpen. Als je rechtuit loopt en de helling opgaat, kom je op het pad. Van daaruit is het nog geen kilometer, meest heuvelafwaarts, naar Kennedy's huis, en vandaar is het zo'n vierhonderd meter over een zandweg om op de verharde weg te komen. Hij heeft twee honden achter het huis aan de ketting liggen. Als ze je ruiken, gaan ze tot het eind van hun ketting en dan maken ze een hoop lawaai. Stel je het als een halve cirkel voor en ga om ze heen. Er is waarschijnlijk wel een telefoon in het huis. Die zou je ook kunnen gebruiken.'

Er viel verder niet veel te zeggen. Ik had weer dorst, maar er was niets te drinken, of ik moest al naar de beek teruggaan. Maar dat had niet veel zin. De beek stroomde in het meertje, dat op zijn beurt weer in de beek uitkwam. Als ik uit de beek kon drinken, kon ik ook direct uit het meertje drinken. Jammer genoeg kwam ik niet op dat idee. De beek bestond uit helder, stromend water en het meertje was donker en troebel, en daarmee uit. Ik dacht ook niet aan de waterzuiveringstabletten die ik in mijn rugzak had.

'Ik moet gaan,' zei ik. 'Mijn hoofd begint te duizelen.'

Ze tastte naar mijn gezicht en legde haar vingers erop. 'Ik denk dat je risico's gaat nemen.' Ze wachtte tot ik iets zei, maar er viel niet veel te zeggen. Het was aan mij om met Kennedy af te rekenen; hoe ik dat deed, ging haar niet aan. 'Zorg dat je niet doodgaat, Roland Means. Ik moet je terugzien. Als jij doodgaat, raak ik dit mijn hele leven niet meer kwijt.'

Haar gezicht was beheerst, haar kleine mond vrij van iedere spanning. Ik had haar net verteld dat ze misschien een erg steile helling op moest en dan over honderden meters een vaag pad moest volgen, door een beek en naar een huis met twee gevaarlijke honden in de achtertuin. Dat alles zonder iets te kunnen zien. Toch werd ze niet hysterisch en zei ze niet dat ze het niet kon. In plaats daarvan maakte ze zich zorgen om míj.

Ik hing de .22 aan mijn schouder en draaide me om.

'Roland?'

'Ik heb werk te doen, Lorraine. Als ik dat niet doe, kan ik mijn genezing wel vergeten.'

'Luister nou, man. Er is een hut aan het eind van het pad. Als je niet weg kunt komen, ga daar dan heen. Ik stuur hulp.'

Ik boog me naar haar toe en kuste haar. 'Mijn heldin,' zei ik.

Het was daar erg donker. De heuvels rondom het meertje waren zwarte schaduwen, alleen zichtbaar omdat ze geen sterren hadden. Ik ging niet recht door het riet maar waadde in de richting van het meertje en begon daar langs de rand te kruipen, waar het riet op dieper water stuitte. Ik was ook niet op weg naar de helling, zoals ik tegen Lorraine had gezegd. Vanaf het pad zou mijn zicht door de helling zelf en ook door de bomen en struiken worden belemmerd. Ik wilde naar open terrein, en de beverdam was, hoewel je hem misschien niet bepaald 'terrein' kon noemen, hoog genoeg om me dekking te geven en tegelijk laag genoeg om me een onbelemmerd schootsveld te bezorgen.

Moeizaam bewoog ik me langs de rand van het riet, terwijl mijn voeten wegzakten in het koude water. Ik feliciteerde mezelf met mijn moed en snelle voortgang. De dam kwam in zicht, vreemde zwarte stokken die uit een zwarte massa staken. Toen ik voorzichtig dichterbij kwam, op zoek naar een steen die ik in het water kon gooien als ik eenmaal op mijn positie was, voelde ik dat er voor me iets bewoog. Een ogenblik meende ik het klikken van een veiligheidspal te horen, meende ik de loop van een geweer te zien bewegen. Toen stoof een massa witte veren uit de lisdodde op. Het was een zilverreiger, een erg woedende zilverreiger. Zijn kreet van razernij werd twee, drie keer herhaald en nu begonnen ook andere vogels het luchtruim te kiezen, zelfs in het maanlicht nog spierwit. Het enige dat ik kon doen was met open mond toezien hoe ze langzaam met hun vleugels begonnen te slaan en langzaam opstegen. Ik vond dit het mooiste dat ik ooit had gezien.

Kennedy zette een bulderend salvo in. Hij haalde de trekker zo snel over als hij kon. Terwijl de kogels in de modder smakten, stegen overal in het moeras vogels op: tien kwakende eenden, wild met hun vleugels slaand, een enkele paniekerige duiker die over het water rende om omhoog te komen, twee grote blauwe reigers, minstens een meter twintig groot, die bijna recht omhoog gingen en zich toen langzaam van het geweervuur weg draaiden. De reigers gingen met hun spanwijdte van meer dan twee meter recht over me heen. Ook zij schreeuwden van woede en angst.

Ik kon kogels om me heen horen inslaan, maar ik bewoog me niet. Schrijf het maar toe aan de koorts, schrijf het maar toe aan pure vreugde – de vogels waren ontkomen en ik zou ook ontkomen. Dat was onvermijdelijk.

Maar Kennedy zou niet ontkomen. Ik had hem nu te pakken en dat maakte me uitbundig van blijdschap, zoals een kind dat nooit iets krijgt maar opeens zijn grote wens in vervulling ziet gaan. Of als een zondaar die op het laatst mogelijke moment wordt gered. Ik begon hard te lachen en zag de AK-47 vlammen uitspuwen. Kennedy stond zo'n tweehonderd meter van me vandaan. Ik bracht het nachtvizier naar mijn oog en richtte het op de groenige gloed. Het zou zo gemakkelijk zijn geweest hem te doden; hij was het soort jager dat vallen zet en later terugkomt om zijn verlamde prooi af te maken. Zonder er ooit bij stil te staan dat hij zelf ook in zo'n val kon trappen.

Ik wachtte tot hij klaar was en hield het vizier op hem gericht voor het geval dat hij van positie veranderde. Natuurlijk deed hij dat niet. Zijn arrogantie stond dat niet toe. Hij verwisselde het magazijn, zette de AK-47 tegen een boom, stak een sigaret op en wachtte op nieuwe ontwikkelingen. Ik ging op mijn gemak naar de oever en begon me met een boog in zijn richting te bewegen.

Mijn geest was helder, maar mijn lichaam weigerde te volgen. Ik herinnerde me hoe ik eens door het bos had gedraafd, van spoor naar spoor met de meedogenloze vastbeslotenheid van een hongerige coyote. Nu voelden mijn benen als boomstammen aan. Ze gingen op en neer alsof ze maar één verlangen hadden: wortel te schieten in de aarde. Het geweer op mijn rug woog nog geen vijf kilo maar dreigde me over de steilere hellingen te trekken. Na een paar minuten was mijn lichaam al tot en met de vingertoppen bedekt met zweet. Zodra dat zweet mijn kleren doorweekte, zou ik het erg koud krijgen. Daar was ik me terdege van bewust.

Maar ik wist ook dat ik de omstandigheden moest aanvaarden. Het ergste dat ik kon doen, was mezelf forceren, eisen dat mijn lichaam hetzelfde presteerde als tijdens de krachttraining. Op de een of andere manier raakte ik ervan overtuigd dat het allemaal al in een scenario was beschreven – ik, Kennedy, Bouton, Lorraine... alles, en dat het nu alleen nog een kwestie van acteren was. Zolang ik de rol speelde die mij was toebedeeld, kon er niets misgaan.

Ik bewoog me van boom tot boom en bleef telkens na ongeveer vijfentwintig meter staan om me ervan te vergewissen dat Kennedy nog op dezelfde plaats was. Iedere keer dat ik keek, stond hij tegen dezelfde boom geleund, met een sigaret in zijn hand. Ik zag hem een keer door een grote verrekijker turen en vroeg me af wat hij meende te zien. Als je een zwart gat vergroot, wordt het daarmee niet beter zichtbaar.

Toen ik zo dichtbij was dat ik de gloeiende punt van Kennedy's sigaret kon zien, ging ik nog langzamer lopen dan ik al deed. Eigenlijk was dat helemaal niet nodig. Al maakte ik een geluid dat hij kon horen, al liet ik een steen langs de helling tuimelen of een dode tak onder mijn voeten kraken: hij zou me niet kunnen zien. Het ergste wat hij kon doen, was blindelings in de bomen schieten, schieten op wat heel goed een wasbeer of een stinkdier kon zijn.

Toch bewoog ik me erg voorzichtig. Ik liet de zool van mijn laars over de woudbodem gaan en luisterde naar de boodschappen die hij uitzond. Ik liet mijn gewicht nooit op een voet rusten voordat ik wist wat eronder lag. Toen ik hem tot op minder dan dertig meter was genaderd, richtte ik op het midden van zijn voorhoofd. Ik dacht erover hem nu meteen af te maken, maar richtte toch tien centimeter hoger en schoot een stuk schors van de boom waar hij tegen leunde.

Volgens het scenario – althans, mijn scenario – moest hij zich nu verdedigen. Hij moest zich achter een rots verschansen en het vuur beantwoorden. Dat deed hij niet. In plaats daarvan begon hij te schreeuwen, zo hard dat het geluid als een echo achter het schot van de .22 aan galmde, en zette het op een lopen.

Een goede jager moet de reactie van zijn prooi kunnen voorspellen; dat is een gegeven. Dieren leven en sterven volgens hun gewoonten, en Robert Kennedy was daar geen uitzondering op. Hij leefde met wegen en huizen en auto's. Donkere bossen joegen hem grote angst aan. Ik wist zeker dat zijn busje ergens op de berg geparkeerd stond, misschien wel bij die hut waar Lorraine het over had gehad, en ik wist ook zeker dat hij daarheen zou gaan. Daarom had ik gezorgd dat ik tussen hem en het pad bleef. En daarom was ik, hoezeer ik ook vertraagd werd door mijn conditie, eerder bij het pad dan hij.

Ik had genoeg tijd om achter een boom te gaan staan en hem over het dode hout te horen strompelen. Hij viel, kwam overeind, was hopeloos verloren in een wereld die niet vlak was. Toen hij bij me was aangekomen, zijn geweer in beide handen geklemd, zijn adem piepend uit zijn rokerslongen, schoot ik in de rotsen, alleen om te zien hoe hij op het gieren van de ricochetterende kogel reageerde.

Hij reageerde door op zijn gezicht te vallen. In plaats van zijn AK-47 in de aanslag te brengen, drukte hij het wapen tegen zijn borst alsof het een toverstok was. Misschien gaf het hem het gevoel dat hij machtig was. Of misschien dacht hij helemaal niet na. Misschien was hij zo bang dat hij niets anders kon doen dan daar blijven liggen, een kind omringd door zijn grootste angsten. Per slot van rekening kon hij me

niet zien en niet horen. Hij kon niet aan me ontsnappen.
'Ga je dat geweer gebruiken?' riep ik, verbaasd over mijn schorre stem.
'Wie ben je?' Zijn hoofd kwam enigszins omhoog, maar de rest van zijn lichaam bleef op de grond liggen.
'Dat weet ik niet. Misschien ben ik King Thong. Wie denk jíj dat ik ben?'
Ik schoot in de modder, zo'n vijf centimeter van zijn neus vandaan en ging toen hoger de helling op. Hij zou straks moeten vechten (ik voelde dat hij de moed aan het verzamelen was) en als ik dan in zijn schootsveld was, zou ik hem moeten doden.
'Waarom doe je dit? Waarom dood je me niet? Als je het lef hebt.' Een lange stilte. 'Maar jij hebt het lef niet, hè? Jij bent die Indiaanse smeris – ik ken je nog wel – en smerissen mogen geen mensen doden. Nietwaar?' Weer een stilte. 'Zeg dan wat, klootzak. Verdomde halfbloed. Zeg dan wat.'
Toen hij het vuur opende, was ik al achter hem. Ik wist dat hij uiteindelijk zou weglopen van waar hij dacht dat ik was. En dan zou hij naar me toe komen. Toch bleef ik wachten tot ik daar zeker van was, tot hij daadwerkelijk begon te klimmen. Toen pas ging ik de helling op.
Zoëven was ik moe geweest, maar nu was ik uitgeput. Kennedy had me met gemak kunnen inhalen, maar omdat hij in paniek was geraakt, kwam het niet tot een confrontatie. Ik hoorde dat hij naar me toe rende, hoorde hem hijgen. Hij zal zo'n twintig meter van me vandaan zijn geweest toen hij bleef staan om op adem te komen. Telkens wanneer hij even stopte, schoot hij een half dozijn kogels naar beneden. Op een gegeven moment slingerde hij een uitdagende kreet de nacht in, een langgerekte, akelige kreet waardoor mijn nekharen recht overeind gingen staan.
Ik bleef in een gestaag tempo lopen, tilde mijn voeten op en zette ze weer neer, zoals me tijdens de rekrutentraining was geleerd. Ik dacht terug aan die nacht dat sergeant Belardi besloot ons een lesje over onze begrenzingen te leren, en hoe je die begrenzingen kon overwinnen. Hij maakte ons om middernacht wakker en liet ons in een flink tempo met volle bepakking marcheren. En dan niet twee of drie of vier uur, legde hij uit. Nee, wij 'zakkenwassers' zouden door die moerassen blijven marcheren tot híj besloot dat het tijd werd om te stoppen. Als een van ons 'mietjes' zo stom was om in elkaar te zakken, kreeg de hele afdeling veertien dagen strafcorvee.

Belardi had een perfecte nacht uitgekozen. De lucht was betrokken en een mistige regen zorgde ervoor dat we alleen de rug van de soldaat voor ons konden zien. Het was ons verboden ons horloge te dragen en omdat er geen maan te zien was, wisten we niet hoe lang we al aan het lopen waren. Een uur? Twee? Tien? Het leek wel of we aan het begin der tijden waren begonnen en tot in de eeuwigheid zouden doorgaan.
Optillen, neerzetten. Optillen, neerzetten. Op het laatst had ik geen enkele gedachte meer in mijn hoofd. Ik was niet kwaad meer, koesterde geen wrok meer. Het lichaam dat onder die bepakking marcheerde, had net zomin een eigen wil als een lopende band in een fabriek. Het zou pas stoppen als iemand de brandstoftoevoer blokkeerde.
Toen ik eindelijk op de kleine open plek rond Lorraine Cho's gevangenis kwam, was de maan, net niet helemaal rond, over de rand van de oostelijke heuvelruggen geklommen. De open plek baadde in een vaal licht en de manestralen glansden op de ramen van de kleine blokhut en flikkerden op het wild stromende water van een beek. De glanzende bladeren van een enorme witte esdoorn leken bijna licht te geven, de weerschijn van het zuiver witte sterrenlicht in de hemel.
Ik bleef een ogenblik met open mond staan kijken en had toen mijn eerste duidelijke gedachte in drie kwartier. Water! Ik zweette al een hele tijd niet meer. Niet omdat mijn koorts was gezakt – die was eerder erger geworden – maar omdat ik helemaal uitgedroogd was. Toch waagde ik me niet in het maanlicht op dat veldje. Ik bleef aan de rand van het bos en verborg me, zoals ik mijn hele leven had gedaan, in de veilige schaduw. Toen ik bij de beek aankwam, draaide ik me om. Ik keek of Kennedy eraan kwam, maar ik zag niets en stak toen mijn hoofd in het water.
Toen ik mijn hoofd omhoogbracht, liep Kennedy over de open plek. Het snel stromende water had zijn geluiden overstemd, zoals ikzelf in de donkere schaduw verborgen bleef. Hij stopte bij het busje en keek toen naar de hut, alsof hij in tweestrijd verkeerde: moest hij me opwachten of moest hij vluchten zolang het nog kon? Dat zou allebei beter zijn geweest dan wat hij in werkelijkheid deed: in mijn richting kijken. Zonder erbij na te denken, bracht ik het geweer naar mijn schouder en schoot hem door zijn linkerknieschijf.
Hij smakte tegen de grond en de AK-47 vloog uit zijn handen. Ik stond op, de .22 nog tegen mijn schouder, en begon naar hem toe te lopen. Hij zag me, wilde zijn geweer grijpen en keek me toen weer aan.

'Dàt zou ik maar niet doen,' zei ik. 'Als je dàt doet, zal ik je moeten doden.'
Hij dacht daar even over na en besloot uiteindelijk dat hij dàt niet wilde. Wat hij wilde, was zijn knie vastgrijpen en het uitschreeuwen van pijn. En dat deed hij.
Ik pakte de AK-47 op en gooide hem het bos in.
'Doe je jasje uit en gooi het me toe. Ik heb het koud.'
'Ik bloed,' schreeuwde hij. 'Ik bloed en mijn been is kapot.' Hij leek wel een zeurend kind. Hoe kon ik hem dit aandoen? Hoe kon ik zo wreed zijn?
'Als ik jou was, zou ik dat jasje meteen uitdoen. En ik zou mijn handen ook niet in de zakken steken.'
Hij zag kans het jasje uit te krijgen door zich op zijn goede zij te rollen. Toen hij het me toewierp, trok ik het aan en voelde me meteen veel beter. Mijn sweatshirt was doorweekt en ik had het erg koud.
'Trek je overhemd omhoog en maak je zakken leeg.'
'Waarom doe je me geen handboeien om? Ik ben ongewapend en ik bied geen verzet.'
'Heb je haast om in de gevangenis te komen, Kennedy? Wil je al aan je boek beginnen?'
Mijn verlangen om hem dood te schieten, was zo groot dat ik het kon proeven. Ik wilde de koperlucht van zijn bloed ruiken, het bloed dat uit zijn lichaam stroomde. Ik wilde stukjes van zijn hersenen in het maanlicht zien glinsteren. Ik keek in zijn ogen en zag dat ze licht grijsblauw waren. Zo licht dat ik ze nauwelijks van het omringend wit kon onderscheiden.
'Ze leeft nog, weet je. Lorraine. Je vrouw is dood, maar Lorraine leeft nog.'
Ik ging in het vochtige gras zitten, voelde dat mijn benen bijna kreunden van opluchting. Nu de grootste opwinding voorbij was, maakte de vermoeidheid zich weer van mijn geest meester. Mijn lichaam was allang uitgeput. Ik zou die berg niet meer afkomen. Dat stond niet in het scenario.
'Ik had dat kreng al veel eerder kapot moeten maken.'
'Welk kreng?'
Hij gaf niet meteen antwoord en zei toen: 'Ik wil een advocaat. Ik heb recht op een advocaat.'
Ik zag kans overeind te komen en naar het busje te lopen. De deur zat

niet op slot, de sleutels zaten in het contact. Ik trok de sleutels eruit, stak ze in mijn zak en zette de koplampen aan.

'Perfect, vind je niet? Geen ondervraging zonder felle lampen.' Ik strompelde naar hem terug, ging een meter of twee van hem vandaan zitten. Ik kon zijn ogen nu zien. Ze waren dof en genadeloos en toonden geen andere emotie dan sluwe berekening.

'Je kunt me niet dwingen te bekennen. Een afgedwongen bekentenis is geen legitiem bewijsmiddel. We zijn allebei bij de politie en we weten dat allebei.'

'Legitiem bewijsmiddel? Wat een moeilijke woorden voor een boerenkinkel. Die moet je geleerd hebben toen je in Albany was. Niet dat het er iets toe doet. We hebben het niet over een proces, Robert. Jij bent al veroordeeld.'

'Wat ga je doen, me doodschieten?' Hij zei het met een sneer, maar toen drong de waarheid tot hem door.

Het was bijna grappig. Eerst keek hij verbaasd op. Toen verstrakten zijn lippen zich en werden zijn neusgaten groter. In die kleurloze ogen danste een dierlijke woede. De kaken van een dierenval of een kogel in de knie – het was allemaal hetzelfde. Hij was hulpeloos; hij had de situatie niet meer onder controle. Ik denk dat hij de vuren van de hel geprefereerd zou hebben.

Toen was die woede opeens verdwenen, alsof iemand een schakelaar had overgehaald. 'Ik heb je verwond, nietwaar? Ik wist wel dat ik je had verwond. Ik schiet nooit mis. Als jij niet op het laatste moment had bewogen, was je nu rattevoer geweest.'

'Goed voor mij; slecht voor jou.'

Hij verplaatste zijn hoofd enigszins en greep naar zijn knie. De onderste helft van zijn broekspijp was doorweekt met bloed.

'Als je me overhoop gaat schieten, waarom doe je dat nu dan niet?'

'Ik doe het zodra we daaraan toe zijn.'

'Hè?'

'Kijk om je heen, Bobby. Rustieke blokhut, kabbelende beek, maanlicht op de esdoorns – dat alles omringd door de majesteitelijke Adirondacks. Welke regisseur zou weerstand kunnen bieden aan zo'n locatie? Voor de slotscène, uiteraard. Weet je, Bobby, het móet hier eindigen. Het kan niet op een andere manier.'

'Ja, je zult wel gelijk hebben. We hebben zoveel lawaai gemaakt dat er vast wel al politie bij het huis staat te wachten. Het zit er dik in dat

ze hier te voet naartoe komen zodra het licht wordt.' Hij zuchtte en schudde zijn hoofd alsof hij zich bij het onvermijdelijke had neergelegd. Alleen zijn ogen verrieden de waarheid. Hij wachtte op zijn kans. Hij probeerde tijd te winnen terwijl hij naar een uitweg zocht. 'Maar ik heb het lang volgehouden. Al die jaren? Ik wist wel dat ze me vroeg of laat te pakken zouden krijgen. Ik bedoel, hoe groot is de kans dat je thuis in je bed overlijdt als je dat soort dingen doet? Ik moet wel toegeven dat ik niet had verwacht dat het een Indiaan zou zijn die me te pakken kreeg. Het lijkt wel het Wilde Westen.'
'Vergeet de nikker niet.'
'O ja. Hoe heet ze ook weer?'
'Vanessa Bouton.' De Anschutz voelde aan als een staaf lood. Het leek wel of ik gewichten van vijf kilo aan mijn polsen had hangen. Zou Kennedy dat kunnen zien? Zou hij het kunnen ruiken, zoals een dier zwakheid ruikt? Hij beantwoordde die vraag door zich naar me toe te buigen en zich zo langzaam en gestaag te bewegen als een slang die achter een muis aan zit. Jammer dat deze muis een vuurwapen had. Ik schoot hem in zijn linkerdij, ongeveer vijftien centimeter boven zijn gewonde knie.

Hij viel achterover, rukte zichzelf van me weg. Blijkbaar zag hij in dat hij nog een paar minuten te leven had, nog een kans om te doden. Ik hoorde hem schreeuwen. Hij sloeg grommend en grauwend tegen de grond en schreeuwde in een taal zonder woorden. Ik had eens een man gekend die zich hondentrainer noemde. Hij ging eerst naar hondenasiels en zocht de grootste, gemeenste honden uit. Die gooide hij in kooien en porde ze met het uiteinde van een scherp gemaakte bezemsteel. Kennedy deed me nu aan een van die honden denken, een kolossale herdershond, vervuld van zo'n woeste haat dat hij de hele wereld als niets anders kon zien dan als een doelwit van wraak.

'Ik zal je niet snel doden,' zei ik, toen hij rustig genoeg was om te luisteren. 'Dat is geen uitweg voor jou.'

Hij hees zich in zittende positie, vechtend tegen de pijn. 'Wat heeft dit voor zin? Ik snap er niks van.' Toen begon hij plotseling te grijnzen; ik zag zijn kleine, regelmatige tanden. Het was de grijns van een roofdier. 'Jij wilt me laten zien dat je beter bent, hè? Betere jager; betere doder. Ja?'

Ik reageerde door een nieuw magazijn in het geweer te schuiven. Ik deed dat zorgvuldig, niet alleen omdat mijn hand nogal beefde maar

ook om Kennedy te laten zien dat ik me niet erg interesseerde voor zijn mening over mij.
'Je hebt gelijk en je hebt ongelijk, Robert. Ik ben de betere jager, maar dat wist ik al van tevoren. Jij daarentegen bent de betere doder. Hoeveel heb je er gedood?'
'Eenendertig. De mietjes meegerekend. Die moet je eigenlijk niet meetellen. Dat deed ik voor het geld. Weet je hoeveel mijn vader heeft opgepot? Twee miljoen dollar. Minstens. En ik maar bonnen uitdelen. Dat kan toch niet?'
'Maar je hebt je vader niet gedood, Robert. Je hebt je broer gedood.'
'Ik hoefde mijn vader niet te doden. Dat deed de kanker voor mij. En wat die lieve John-John betrof: zo'n viezerikje verdient het toch niet om een miljoen te erven? Wat vind jij daarvan?' Ondanks de pijn wilde Kennedy blijkbaar graag praten. Misschien wist hij dat ik moest luisteren. Dat luisteren stond in het scenario. 'Eigenlijk vond ik het wel leuk om die homo's koud te maken. Ik bedoel, ze volgen, ze in het busje krijgen zonder dat iemand het zag. Het was een uitdaging, want ik was gewend op plaatsen te werken waar niemand kon zien wat ik deed. In New York loopt er altijd wel de een of andere knakker op straat. Je hebt daar nergens privacy. Ik moest die flikkertjes op een zodanige manier oppikken dat niemand het zich later zou herinneren. En dat heb ik gedaan en daar ben ik trots op, al moet ik toegeven dat de dingen die ik zei om het voor elkaar te krijgen ronduit walgelijk waren.
''Zo, wat was je van plan, schat? Wat zou je graag willen doen?''
Ik had Becky met een slipje zonder kruis in dat busje liggen en dan moest ik ze nog steeds vertellen wat er gebeuren moest. De kut was niet goed genoeg.
''Wat ik wil doen, schatje,'' zei ik dan, ''is in je balletjes knijpen terwijl jij het met haar doet. Daarna zien we wel verder.''
Ik zweer je, man, het was net als vroeger bij de zedenpolitie van Albany. Het is de bedoeling dat je ze zo ver krijgt dat ze jou een duidelijk voorstel doen. Anders accepteert de rechter het niet. Natuurlijk weten de hoeren dat zelf ook en daarom willen ze dat jij ze precies vertelt wat je wilt en noemen ze dan pas een prijs. Ik vond het niet erg om dat spelletje te spelen met die meiden. Dat ging vanzelf. Maar als het op homo's aankwam, pakte ik ze meestal direct op en loog ik de rechter wat voor.

Daarmee heb ik het verknoeid, hè? De manier waarop ik de homo's koud heb gemaakt. Ik bedoel, ik heb alle boeken over echte misdadigers gelezen. Over John Wayne Gacy en Henry Lee Lucas en de Green River Killer. Ik wist dat ik die mietjes had moeten neuken. Of dat ik me op zijn minst op ze had moeten aftrekken of zoiets. Maar ik kon het niet opbrengen. Het was al erg genoeg dat ik ze mijn vrouw moest laten naaien.

Arme Becky. Ze begon als hoer en eindigde als hoer. Al vond ze het niet erg. Niet als het zoveel geld opleverde. En Becky was trouwens degene die me overhaalde om het te doen. Toen ik uit Albany terugkwam, wist ik dat het niet veel had gescheeld of ik was naar de bliksem gegaan. Het enige dat ik nog wilde, was mijn werk doen en een rustig leven leiden. Maar Becky was biseksueel. Begrijp je dat? Ze hield van meisjes. Nou, waar vind je in Owl Creek een wijf dat het met een getrouwde vrouw wil doen en daarna haar mond wil houden? Nergens. Waarom wilde Becky dat nou niet snappen? Waarom bleef ze me aan mijn kop zeuren? Waarom zei ze altijd maar weer hoe mooi het zou kunnen zijn?

Weet je, man, als je aan dat soort dingen denkt, kun je het heel warm krijgen. Héél warm. En ik dacht er net zo lang aan tot ik zowat uit mijn broek barstte. Ik zocht naar een manier waarop we het konden doen zonder dat we gepakt werden. Ik bedoel, als ik in mijn patrouillewagen rondreed, zag ik vaak de mogelijkheid om een meid van de straat te plukken en met haar te doen wat ik wilde. Nee, dat zou het probleem niet zijn, maar wat moest ik met ze doen als ik klaar was? Dàt was het probleem.

Becky was degene die zei dat we ze moesten doden. Ik zweer het je op de bijbel. "Papa," zei ze, "we hoeven de lijken alleen maar ergens achter te laten waar niemand ze ooit zal vinden."

Zo is het begonnen. Een praktische oplossing. Er was gewoon geen andere manier om het aan te pakken als je die sex wilde, en die wilden we. We vonden een dametje dat met panne langs de kant van de weg stond en dan stuurde ik Becky om te kijken of het kon. Je weet wel, om na te gaan of er hulp op komst was en of ze op de een of andere manier kon terug vechten en of ze niet te oud of te lelijk was... dat soort dingen. Als Becky me het teken gaf, liep ik er met mijn gereedschapskistje heen, liet haar mijn politiepenning zien en bood haar een lift naar huis aan. Als ze weigerde, gingen we gewoon naar de volgen-

de. Want al was ze dan achterdochtig geweest, wat zou ze ooit kunnen zeggen? Maar als ze ons aanbod accepteerde, liep ik met haar naar het busje, sloeg haar op haar kop en duwde haar naar binnen. Tegen de tijd dat ze erachter kwam wat er aan de hand was, kon ze schreeuwen wat ze wilde.
En ik zal je nog wat vertellen over het doden. Voor het geval je het nog niet weet. Iemand doodmaken is een soort drug. Hoe meer je het doet, des te meer wil je het doen. Ze begonnen altijd meteen te smeken. "Alsjeblieft, doe me geen pijn. Alsjeblieft, doe me geen pijn." Alleen vond ik het juist leuk om ze pijn te doen, en dat was iets wat ik niet wist toen ik ermee begon. Later zeiden ze: "Alsjeblieft, maak me niet dood. Alsjeblieft, maak me niet dood." Maar weet je, ik vond het ook leuk om ze dood te maken. Ik deed er graag lang over, nam alle tijd, deed het helemaal goed. Ik deed het pas wanneer ze de magische woorden hadden gesproken: "Maak me niet dood. Alsjeblieft, maak me niet dood."
Weet je op hoeveel manieren je een vrouw pijn kunt doen? Hoeveel manieren je kunt bedenken, als je je best doet? Na afloop patrouilleerde ik weer in mijn district en deelde ik bekeuringen uit, en dan dacht ik: waarom heb ik dit niet gedaan, waarom heb ik dat niet geprobeerd? Als ik nog een klein beetje meer uit dat kreng had gehaald, zou het perfect zijn geweest.'
Toen verviel hij in stilzwijgen. Alsof hij zichzelf helemaal had uitgeput met zijn poging mij te imponeren. Er kwamen rimpels in zijn gezicht, maar zijn ogen bleven me intens aankijken. Ik vroeg me af wat hij hoopte te bereiken. Wilde hij bijvoorbeeld nog één kans hebben om iemand te doden, voordat hij voorgoed werd opgesloten? Want hij had gelijk gehad toen hij zei dat het afgelopen met hem was. We hadden zoveel lawaai gemaakt dat het tot ver in de omtrek te horen moest zijn geweest. De politie was waarschijnlijk laat in de middag gearriveerd, maar ze zouden het wel te gevaarlijk hebben gevonden om in die wildernis achter iemand met zo'n gevaarlijk vuurwapen aan te gaan, maar evengoed zouden ze er zijn. Vooral omdat Bouton vragen had gesteld en omdat Kennedy, die eigenlijk dienst had, tot de vermisten behoorde.
'Vertel eens, Robert,' zei ik. 'Als je je boek schrijft, ga je het dan ook over de moord op je moeder hebben?'
'Dat was een ongeluk.'

'En dat je sex had met je broer?'
Zijn gezicht verstrakte, maar hij zei niets.
'Misschien kun je beweren dat hij je heeft verleid. Per slot van rekening was hij twaalf en was jij... hoe oud, achttien? Welke jongen van achttien zou niet bezwijken voor de charmes van een twaalfjarige jongen?'
'Dat deed hij gráág, nietwaar? Ik was áárdig voor dat mietje.'
'Bewaar dat voor je boek, Robert. We gaan nu een spelletje spelen. Jij houdt toch van spelletjes? Het doden van mensen is een spelletje voor jou, nietwaar? Als kat en muis?' Ik gaf hem de gelegenheid om antwoord te geven, maar hij zweeg. Misschien wist hij niet wat er ging gebeuren, maar hij wist dat ik nu eindelijk ter zake zou komen. 'De naam van het spel is "Ik mag doodvallen als...". Nee, wacht eens. Het heet "Wij mogen doodvallen als...". We verwedden ons leven eronder dat een blinde vrouw, Lorraine Cho genaamd, kans ziet haar weg te vinden door een moeras, een steile helling te beklimmen, een pad te vinden dat weinig meer is dan een ruw karrespoor, door een beek terug te lopen naar jouw huis, twee gevaarlijke honden te ontwijken, hulp te halen en dan terug te komen voordat wij dood zijn. Hoe lijkt je dat?'
'Jij gaat me niet doden, hè?'
'Nee. Maar het hoort wel bij de spelregels dat ik je buiten gevecht stel. Draai je om.'
'Wat ga je doen, krijg ik handboeien om?'
'Jammer genoeg ben ik vergeten mijn handboeien mee te nemen. Reken maar dat ik van de inspecteur op mijn kop krijg.'
'Zeg, ik ga niet...'
'Als je je niet omdraait, zal ik je heel, heel langzaam doden.'
Hij aarzelde nog even en schatte de situatie toen goed in. Hij kon zich onderwerpen of hij kon sterven – dat was een betere keuze dan zijn eenendertig slachtoffers hadden gekregen. Die had hij gedwongen zich te onderwerpen èn te sterven.
Toen hij zich helemaal had omgedraaid, met zijn rug naar me toe, bracht ik het geweer naar mijn schouder, haalde diep adem, blies die adem weer uit en schoot hem recht tussen de schouderbladen. Ik hoorde twee duidelijke knallen: een exploderende patroon en een exploderende ruggegraat. Zijn benen zakten onder hem weg en hij viel voorover in de modder, smakte hard neer. Ik kroop naar hem toe, want ik

wilde absolute zekerheid hebben. De rechterkant van zijn gezicht lag roerloos tegen de grond, maar zijn linkeroog rolde in zijn kas en zocht me.
'Ik voel niks,' fluisterde hij. 'Ik voel helemaal niks.'
Ook ik voelde niks.

32

Begin augustus werd ik uit het Mount Sinai ziekenhuis in New York ontslagen. Ik was in het Mount Sinai gekomen via het Guardian Angel ziekenhuis in Lake George, en ik was met een politiehelikopter in Lake George gekomen. (Een helikopter die ik deelde met een verlamde Robert Kennedy en een bemoeierige Lorraine Cho, die de ziekenbroeders commandeerde als een engel der wrake op zoek naar werk.) Kennedy had me met twee .00 hagelkorrels geraakt. De eerste had een rib verbrijzeld en was in die rib tot stilstand gekomen, maar de tweede had zijn weg naar mijn onderbuik gevonden, waar hij mijn dikke darm had beschadigd, waardoor faecale materie, vol bacteriën, in mijn buikholte terecht was gekomen. Mijn lichaam had strijd geleverd tegen de grote infectie die daaruit voortkwam, een verwoede strijd die het zou hebben verloren (heb ik me door de artsen laten vertellen) als Lorraine geen kans had gezien de berg af te komen.
Of als Vanessa Bouton, sheriff Pousson en twintig politieagenten niet bij Kennedy's huis hadden staan wachten. Mèt een helikopter.
'Een kwestie van uren,' legde de chirurg later uit. 'We hebben je leven gered.'
Wat dokter Manuel Ramirez bedoelde, was: 'Ik heb je leven gered.' Hij was de meest arrogante man die ik ooit heb ontmoet en hij verstrekte zijn professionele gunsten met de nonchalance van een Britse lord die broden naar knielende boeren werpt. Het feit dat hij gelijk had – dat hij inderdaad mijn leven had gered – maakte zijn optreden niet beter verteerbaar. Vooral omdat het een hele tijd helemaal niet zo geweldig leek wat hij voor me had gedaan. Toen ze me de operatiezaal van het Guardian Angel binnen reden, had ik een delirium en kon niemand me uitleggen wat zo'n darmreparatie inhield. Dokter Ramirez verwijderde vijftien centimeter van mijn dikke darm, naaide het eind waar die darm in het rectum uitkwam dicht, schoof het andere stuk in een slang die uit mijn buik naar buiten stak en deed een plastic zak om die slang.

Dagen later, toen mijn koorts weer zo ver was gezakt dat ik zijn hooghartig verstrekte informatie kon bevatten, bleef dokter Ramirez aan de voet van mijn bed staan. Omringd door acht of negen onderdanige assistenten, keek hij me over zijn halvemaanvormige leesbril aan en gooide me toen een paar goed gekozen woorden toe.
'Een tijdelijke stoma. We draaien het later terug.'
Tijdelijk? Later? Betekende dat een uur, een dag, een week, een maand, een jaar, een decennium? Ramirez slenterde verder voordat ik de voor de hand liggende vraag kon stellen. Zijn witte doktersjas wapperde als het gewaad van een hogepriester achter hem aan.
Hij zal wel hebben geweten dat ik niets kon beginnen. Ik had niet alleen koorts, maar was ook door twee infusen en andere apparatuur aan mijn bed gekluisterd. Lorraine daarentegen kon zich vrijer bewegen. Ze dreef Ramirez bij de lift in het nauw, verdroeg zijn zucht van ergernis en kreeg de feiten te horen.
Tijdelijk betekende minstens een maand, vooropgesteld dat hij kans zag mijn infectie onder controle te krijgen.
Het duurde langer dan hij wenselijk vond en langer dan mij lief was. Daarom liet ik me naar het Mount Sinai in New York overbrengen, waar ze de darmchirurgie zo ongeveer hebben uitgevonden. Jammer genoeg had het Mount Sinai niet veel meer succes met het bestrijden van de hardnekkige bacteriën die ergens onder mijn lever gedijden. Al met al duurde het zes weken voor ik weer in orde was. Zes weken van telkens terugkomende koorts en infuusnaalden die mijn aderen zo zwart maakten als die van een junkie.
Lorraine bleef de eerste paar dagen in het Guardian Angel bij me en ging toen terug naar haar ouders in New York. Indertijd dacht ik dat ik haar niet meer zou ontmoeten. Maar toen ik in New York aankwam, stond Lorraine bij mijn bed te wachten. Koocek was er ook en de twee vrouwen bouwden in de volgende drie weken een merkwaardige relatie op. Koocek was nooit zo'n prater geweest, maar in vergelijking met Lorraine was ze een kletskous. Lorraine deed haar werk met een verwoede concentratie, botste tegen dingen op, bleef staan om ze in haar geheugen te prenten en ging verder naar het volgende obstakel. Koocek zat urenlang in een plastic stoel en tekende de twee mensen die het minst in staat waren om te klagen: de blinde Lorraine Cho en de ijlende Roland Means.
Toen ik eindelijk naar huis mocht, gingen Lorraine en Marie mee.

Beiden bleven de eerste paar dagen, maar toen ging Koocek weer aan haar werk. Ze liep feestjes en vernissages af om haar carrière te bevorderen. Koocek was altijd ambitieus geweest; dat moest ze ook wel zijn. Een schilderes kan haar ideeën financieren met een inkomen dat ze als serveerster verdient. Een beeldhouwster daarentegen, iemand die monumentale werken vervaardigt, moet toegang hebben tot het grote geld. In Koocek's geval kwam dat geld van subsidies, en de verstrekkers van die subsidies waren vaak te vinden op de feestjes en vernissages waar ze zo trouw naartoe ging.
Ik veronderstelde dat Lorraine het voorbeeld van Koocek zou volgen. Ik was nog zwak, maar ik was geestelijk weer normaal en hoefde niet vierentwintig uur per dag verzorgd te worden. Lorraine dacht daar blijkbaar anders over. Ze ging het appartement zelden uit en stond erop dat haar ouders haar kwamen bezoeken in plaats van andersom. Ze wilde niet bij hen intrekken. In het begin schreef ik dat toe aan de angst die alle slachtoffers, zelfs slachtoffers die niet blind zijn, na een gewelddadige aanval hebben. Later realiseerde ik me dat er tussen ons een – nooit uitgesproken – band was ontstaan. Ik kan niet zeggen dat ik iets van die band begreep of zelfs dat ik er veel over nadacht. Hoe dan ook, die band was er en ik wilde hem niet verbreken.
Het liep tegen september toen Vanessa Bouton met een diplomatenkoffertje bij me voor de deur stond. Ze kwam praten over wat ze 'je opties' noemde. Bouton was me in de loop van de weken een paar keer komen opzoeken. Ze had mijn officiële versie van de gebeurtenissen geaccepteerd zonder vragen te stelen (dat ik een delirium had gehad, dat Kennedy de hut inging om een wapen te halen en dat ik hem uit zelfverdediging in zijn rug had geschoten) en ze had die versie aan haar superieuren voorgelegd en die hadden alles ook zonder commentaar geaccepteerd. De hele kwestie werd irrelevant toen Kennedy, misschien omdat hij bang was te zullen worden uitgeleverd naar een staat die de doodstraf kende, zich schuldig verklaarde aan alle misdrijven die aan zijn arrestatie voorafgingen, inclusief moord met voorbedachten rade op zijn vrouw.
Kennedy's bekentenis maakte helden van Bouton en mij, ook binnen het politiekorps. De media hadden ons al verheerlijkt, maar het korps, dat zich zorgen maakte over de getuigenis die we op het proces moesten afleggen, beperkte zijn lofprijzingen tot enkele clichés bij monde

van een inmiddels onbekende (en beslist niet onvervangbare) commissaris Bowman. Maar twee uur nadat Kennedy zijn schuldbekentenis had afgelegd, hield de hoogste baas, hoofdcommissaris Bernard Jackson, een persconferentie op de trappen van het hoofdbureau. Bouton en ik kregen de Medal of Honor van het korps, een borstlintje met gouden sterretjes. Bovendien zou ik het Police Combat Cross en een Silver Star krijgen.
Drie hoeraatjes!
Dit alles is een omslachtige manier om uit te leggen waarom ik niet verbaasd opkeek toen Bouton in het uniform van hoofdinspecteur verscheen. Eigenlijk vond ik het, toen ik haar binnenliet, vooral interessant dat ze überhaupt een uniform droeg. Ze had me blijkbaar iets officieels te vertellen.
'Means,' zei ze, 'hoe voel je je?'
'Goed genoeg om te weten dat ik beter word.'
Lorraine zat aan mijn bureau op een IBM Selectric te hameren. Ze draaide zich om toen ze Boutons stem hoorde, wuifde een keer en ging weer aan het werk.
'Schrijft ze een boek?' vroeg Bouton met een afkeurend gezicht.
'Helemaal in haar eentje.'
Wat ik Bouton niet vertelde, was dat Lorraine door tien presentatoren van televisietalkshows en door zo ongeveer elke uitgever in den lande was benaderd. De aanbiedingen waren monumentaal geweest. Ze begonnen met zes cijfers voor de komma en eindigden op duizelingwekkende hoogten. Ze had de televisieshows afgewezen en had daarna via een agent met uitgevers onderhandeld, waarna ze in zee was gegaan met de enige die goed vond dat ze het boek in haar eentje schreef. De anderen wilden allemaal pas met de dollars over de brug komen als ze een professionele ghostwriter accepteerde.
'Heb jij daar iets mee te maken, Means?' Bouton draaide zich naar me om. Haar hele houding straalde een nieuw gezag uit. 'Jij bent toch niet de mede-auteur?'
'Je zou me beter een soort corrector kunnen noemen. Maar maak je geen zorgen, inspecteur... hoofdinspecteur. Het laatste dat ik wil, is beroemd worden. Mensen letten te veel op beroemdheden. Ga toch zitten.'
Ze liep naar de bank en nam plaats. Een deel van Lorraines manuscript lag op een bijzettafeltje. Bouton was brutaal genoeg om het op

te pakken, maar wilde niet beginnen te lezen zonder eerst om toestemming te vragen.
'Is dit het boek?' Ze hield het me voor.
'Een gedeelte.' Ik pakte de papieren aan en liet ze op mijn schoot vallen. 'Lorraine doet het laatste deel eerst, wat nogal ongebruikelijk is. Wil je er iets van horen?'
'Zolang ik er maar niet in voorkom.'

> *Toen ze opstond en door het moeras begon te lopen, zag Lorraine zich als Lazarus die uit de dood herrees. Ze dacht die woorden letterlijk: ik ben Lazarus die herrijst. En evenals Lazarus moest ze het zelf doen. Ze moest de graftombe verlaten om naar het warme vlees van de wereld terug te keren, en de woorden die worden gezegd, en het ruisen van de wind over haar lichaam.*
>
> *Ze kwam gretig naar voren en wist precies waar ze haar voeten moest zetten, maar ze had ook een last te dragen. Een last die ze voelde maar die ze geen naam kon geven. Later zou haar duidelijk worden welke last het was.*
>
> *Ze herinnerde zich een boek over Lazarus te hebben gelezen. De titel wist ze niet meer, maar de auteur stelde zich een Lazarus voor die nooit naar het land van de levenden terugkeerde. Een man die begraven bleef ook al zat hij aan het avondmaal. Zelfs toen hij bad tot de man die hem uit het graf had gehaald.*
>
> *Toen ze eindelijk haar reis had volbracht, toen ze een erf op kwam strompelen waar politieradio's knetterden, waar ze opgewonden stemmen hoorde en helpende handen op haar armen voelde, wist Lorraine dat zij, evenals Lazarus, de last van de graftombe voor altijd zou dragen.*

'Nou, wat vind je ervan?'
'Ze schrijft over zichzelf alsof ze iemand anders was.'
'Dat is waar. Dat zei ik ook tegen haar, maar ze trok zich niet veel van mijn mening aan.'
Bouton keek naar de achterkant van Lorraines gebogen hoofd. 'Ik denk dat ze een slachtoffer is. En ik denk dat ze blij mag zijn dat ze dat inziet. De meeste slachtoffers proberen verder te gaan met hun vroegere leven voordat ze daar aan toe zijn.' Ze keek mij weer aan en deed dat nogal koel. 'Je hebt me mooi in de maling genomen, Means. Dat nachtvizier? Ik kan nog steeds niet accepteren wat je hebt gedaan. Je hebt me stelselmatig belazerd.'
Ik glimlachte en probeerde me er met een grapje van af te maken (gebeurd is gebeurd, nietwaar?), maar ze glimlachte niet terug.

'Weet je, inspecteur,' zei ik, 'wij samen vormden één hele rechercheur. Al die tegenstrijdigheden die jij in de werkwijze van King Thong bespeurde? Ik dacht dat bij jou de wens de vader van de gedachte was. Ik dacht dat het allemaal het produkt was van jouw grenzeloze ambitie. Maar toen we Kennedy voor ons hadden, toen ik hem kon ruiken, hem op mijn tong kon proeven, had jij weer allerlei twijfels. Je wilde wachten tot alle stukjes van de puzzel op hun plaats lagen.'
Bouton schudde vol walging haar hoofd. 'Kom niet opnieuw met dat gezeik aan boord, Means. Dit was voor jou gewoon een jachtpartij. Bowman heeft me verteld wat je met Pucinski had afgesproken. Jij houdt je nooit aan de regels. Nog geen minuut.'
'Dat is niet helemaal waar, inspecteur. Ik hou me aan regels, maar dan wel aan regels die jij niet zou begrijpen.' Ik gaf haar even de tijd daarover na te denken. 'Maar waarom vertel je me niet waarvoor je komt? Je bent niet gekomen om hierover te praten.'
'Waarom denk je dat?'
'Omdat we allebei weten dat er toch niets meer aan te doen is. Omdat we allebei weten dat jij had móeten weten wat ik deed. Want ik mag dan over de bijzonderheden hebben gelogen, ik heb nooit onder stoelen of banken gestoken wat voor iemand ik was. Daar komt nog bij dat jij naar me toe kwam met een belofte die je niet kon nakomen. Je zei dat ik, ongeacht het resultaat van ons onderzoek, uit Ballistiek bevrijd zou worden, maar in werkelijkheid gokte je met de carrières van ons beiden. Trouwens, jij hebt gekregen wat je wilde, *hoofdinspecteur* Bouton.'
Ze liet zich tegen de rugleuning van de bank zakken en kneep haar oogleden halfdicht. Ze keek me strak aan. Blijkbaar wilde ze dat ik nog iets zou zeggen, maar ik wist niet wat dat was en wachtte daarom rustig af.
Ze veranderde van onderwerp. 'Weet je, we hebben die trofeeën gevonden waarnaar jij in Kennedy's huis had moeten zoeken. Heeft iemand je daarover verteld?'
'Nee.'
'We vonden sieraden en persoonlijke bezittingen, zoals we hadden verwacht. Maar we vonden ook een stapel brieven. Brieven van John aan zijn broer, waarin de hele Newyorkse prostitutiewereld wordt beschreven. Alles, Means. Wat hij deed; met wie hij het deed; waar hij

het deed. Misschien wist John het indertijd niet, maar zijn brieven vormden samen een handboek voor het plegen van moorden in New York City.'
Het laatste stukje van de puzzel. Al die tijd had ik me afgevraagd hoe een politieman van ver buiten de stad had geweten waar hij in New York homoprostitués kon oppikken. Nu wist ik het.'
'Waarom deed hij dat?' vroeg ik. 'Die twee broers haatten elkaar. Waarom die brieven?'
'Dat heb ik aan Robert Kennedy gevraagd, en hij zei dat John met zijn seksuele avonturen te koop liep om hem, Robert, te pesten.'
We zwegen een tijdje. Ik was nog niet zo lang uit het ziekenhuis en mijn lichaam verlangde al naar de lakens.
'We hebben Lydia Singleton gevonden,' zei Bouton tenslotte.
'Waar?' Deze ene keer herinnerde ik me dat Lydia Singleton en Dolly Dope dezelfde persoon waren.
'Ze lag op een braakliggend terrein in de Bronx. Iemand heeft haar met een knuppel geslagen, haar keel doorgesneden, vuilnis over haar heen gegooid.'
'Je hebt een verdachte?'
'Means, we hebben geen flauw idee. We komen geen steek verder, niet met Lydia Singleton en niet met de zes andere vrouwen die op dezelfde manier zijn vermoord.'
Ik wilde vragen blijven stellen. (Zochten ze naar een krankzinnige klant? Kenden die vrouwen elkaar? Lagen de plaatsen van de misdrijven dicht bij elkaar? Of ver van elkaar vandaan?) Maar ik rook het aas. En de val die over mijn onderzoekende snuffelneus zou dichtklappen.
'Ik heb de leiding van de speciale eenheid,' zei Bouton even later. 'Het gaat niet veel anders dan bij King Thong. Er zijn geen organisaties die voor de rechten van prostituées opkomen.'
'Is dat gunstig of ongunstig?'
'Die organisaties?'
'Het feit dat het anders is dan bij King Thong.'
Ze streek met haar vinger over de zijkant van haar neus. 'Dat is een heel interessante vraag, Means. Toen je bijna doodging, zijn je hersenen blijkbaar wakker geworden.' Ze ging een beetje meer rechtop zitten en nam de houding aan die aankondigde dat er een preek in aantocht was. 'Al met al zou ik zeggen dat het gunstig is. We hoeven niet tienduizend tips na te trekken. Die tips hebben ons niet verder gehol-

pen toen we King Thong zochten, maar ze vraten wel een groot deel van ons budget en onze mankracht op.'
'En de FBI? Hebben ze al een daderprofiel?'
'Dat is hun werk. En het korps heeft tegenwoordig ook een eigen profielspecialist. Een rechercheur tweede klasse, een zekere Roy Murtz. Hij is een jaar lang opgeleid door de FBI.'
'En doet nu zijn best om rechercheur eerste klasse te worden. En dat wordt hij als het profiel klopt.' Ik hees me van de sofa, schuifelde naar de koelkast en haalde er een kan ijsthee uit. Bouton knikte instemmend toen ik de kan vragend voor haar omhoog hield. 'Voor jou staat natuurlijk vast dat de dader een psychopaat is?'
'Ja.'
'Heb je met Miriam Brock gesproken?' zei ik met een glimlach, terwijl ik glazen thee meenam naar de bank.
'Nou, dat heb ik inderdaad. Ze zei dat ik jou iets moest vragen. Ze zei letterlijk: "Vraag hem wat hij heeft ontdekt."'
Daar moest ik om glimlachen. 'Zeg tegen haar dat ik diep in mijn hart heb gekeken en daar heb ontdekt dat ik geen softie ben.' Ik wilde het daar eigenlijk bij laten, maar dat kon ik niet. Ik ging maar door, ondanks al mijn goede bedoelingen. 'En zeg tegen haar dat je niet kunt optellen door af te trekken. Je kunt niet ontdekken wie je bent door te ontdekken wie je niet bent.'
Bouton zuchtte. 'Genoeg over die onzin. Laten we ter zake komen. Ongeveer een week geleden heeft het politiekorps van New York, in al zijn wijsheid en hoogverhevenheid, besloten dat jij en ik voor altijd quitte staan. Ik heb gesproken met de voorzitter van de officieuze commissie die dat besluit heeft genomen, en ik heb hem zo ver gekregen dat jou een keuze wordt gelaten. Je kunt twee dingen doen. De eerste optie is arbeidsongeschiktheid voor vijfenzeventig procent. Je hoeft niet naar een dokter en je wordt nooit opnieuw gekeurd. Je krijgt het geld en je ziet maar wat je ermee doet. De tweede optie is dat je rechtstreeks onder mij gaat werken in die speciale eenheid. We zullen veel straatwerk doen – surveillances, lokvogels op plaatsen waar getippeld wordt, prostituées overhalen om ons informatie toe te vertrouwen. Het ligt helemaal in jouw straatje.'
'Het spijt me dat ik je moet teleurstellen, inspecteur, maar volgens de artsen gaat mijn straatje de komende vijf weken helemaal nergens heen.'

'Dat is geen probleem. Die dader komt heus geen politiebureau binnenlopen om zich over te geven. Daar komt nog bij dat wij ongeveer net zoveel tijd nodig hebben om de hele operatie op poten te zetten. Intussen kom ik van tijd tot tijd langs om je de papieren te laten lezen en te horen wat je te zeggen hebt.'

Ik kon niet goed aan haar gezicht zien hoe ze over dit alles dacht. Er stond enthousiasme op te lezen, maar er was ook nog iets anders. Misschien dacht ze dat ze me een dienst bewees. Of wilde ze me nog steeds redden. Of realiseerde ze zich dat ze de testosteronspiegels van de kerels van het korps flink had laten dalen door in haar eentje King Thong te vangen en dat ze deze kerel niet moest laten glippen.

'Sorry, inspecteur, maar ik kies voor optie nummer een.' Ik wilde het daarbij laten, maar ze keek opeens zo hevig teleurgesteld dat ik daar niet aan voorbij kon gaan. 'Vat het niet persoonlijk op. Ik heb er gewoon genoeg van. Er is op die berg iets met me gebeurd. Ik weet niet precies wat het is, maar ik weet dat ik niet terug kan gaan. Ik kan mijn levensloop niet laten bepalen door een paar oudere politiefunctionarissen die al in meer dan tien jaar niet op straat hebben gewerkt. Trouwens, ik heb het geld niet nodig.'

'Wat bedoel je nou? Ga je een schommelstoel kopen? Of wil je naar bingo-avonden? Of sokken leren breien? Jij bent een jager, Means. Je kunt niet stoppen.'

'Ik heb niet gezegd dat ik zou stoppen, inspecteur. Dat heb ik helemaal niet gezegd.'